현대소설의 수사학적 담론 분석

현대소설의 수사학적 담론 분석

현대소설의
수사학적 담론 분석

김 상 욱

The Rhetorical Discourse Analysis of the Morden Novels

푸른사상

책 머리에

소설에 관한 공부를 시작한 지도 어느 정도의 세월이 흐른 듯 싶다. 그러나 정작 마음과는 달리 낯선 곳을 줄곧 기웃거렸기에 소설 공부의 결실은 언제나 부족한 편이었다. 더욱이 오늘날의 소설이 이전의 잣대로는 도무지 성에 차지 않아, 의식적으로 밀쳐둔 느낌도 없지 않다. 소설이 근대적인 형식이며, 근대적 형식에 요구되는 계몽과 이성의 논리를 밀쳐둔다면, 소설이 아닌 또 다른 무엇이 아니겠는가 하고 생각한 것이다. 따라서 정작 준비된 글임에도 불구하고 책으로 묶지 못하였던 것은, 기존의 담론에 기댄 분석의 방법론이 그만큼 실천적 의미가 떨어지지 않겠는가 하는 망설임 때문이었다. 그러나 다른 한편, 기존의 주제 비평이나 작가 연구와는 달리 방법론 그 자체에 착근하여 온 연구의 방향이나, 수사학이란 새로운 학제적 텍스트 연구가 현실적으로 필요한 작업이 아닐까 하는 생각이 들었다. 이에 부족한 점이 없지 않으나, 개인적인 연구의 한 단계를 정리한다는 점에서 감히 책의 형식으로 몸을 내밀어 본다.

　책은 크게 3부로 나누었다. 첫 번째 부분은 이론적인 탐구로 담론 분석의 방법론을 비판적으로 점검하는 한편, 대안을 제시하였다. 그리고 실제 소설에 관해 일정한 수준으로 논의를 거듭해 왔던 1930년대의 인식을 함께 살펴보았다. 이론 자체에 대한 메타적인 탐구가 부족한 소설 연구에 조금이나마 도움이 되고자 하였다. 두 번째 부분은 이론에 바탕을 둔 실천적인 적용을 다루었다. 주로 식민지 시대 이전과 이후로 나누어 살펴보았다. 소설이 그저 언어적 표현의 양식이 아니라 이념의 형성과 직결되어 있다면, 현실의 지각 변화는 자연스럽게 이념의 형식을 변화시켰을 것이라는 전제 때문이다. 그리고 가능한 한 방법론의 정합성을 위해 대표적인 작가들의 작품들을 검토하였다. 기존의 풍부한 논의들에 새로운 시각 하나를 덧붙일 수 있다면 더할 나위 없이 소망스러운 작업일 것이라는 터무니 없는 기대도 작용하였다. 그 결과 염상섭, 현진건, 이상, 이태준, 한설야, 이기영 등 근대문학의 커다란 이름들을 거론한 것이다. 책의 세 번째 부분은 식민지 시대 이후의 작가들 가운데 기회가 닿았던 몇몇 작가들, 박노갑, 박경리, 송기숙 등을 살펴보았으며, 여기에 80년대 후반 작가들에 대한 개괄적인 지형도를 그려본 글을 함게 실었다. 여전히 소설을 보는 시각이 풍부하지 못하고 폐쇄적이라는 느낌을 지울 수 없지만, 그 경직된 관점조차 오히려 되돌아볼 여지는 있을 것이라고 생각한다.

사실 책을 엮어내는 일은 결코 혼자만의 힘으로 이루어지지 않는다. 많은 선배들의 밟아온 길을 따라, 때로는 그 길을 다지고 또 곁길을 엿보면서 가는 일이다. 이에 한국의 근현대 소설을 열심히 탐사해 온 여러 선생님들과 동학들에게 고마움을 전한다. 이분들은 저마다 다른 시각이기는 하지만 한결 같은 밀도로 텍스트를 보는 내 눈을 환하게 밝혀주었으며, 명료한 서술과 풍부한 관점으로 문학 속에서 즐거움을 지금껏 느끼도록 도와 주었다. 거듭 고마운 마음을 전한다. 또한 이 책이 이처럼 단정하게 엮어나올 수 있게 도와 준 '푸른사상'의 살가운 편집자들에게도 고마운 마음 헤아릴 수 없다. 이 자리를 빌어 모두에게 고마움을 건넨다.

봄내에서 2005년 봄에
김 상 욱

제 1 부　방법론

제 3 부 현대 소설의 담론 분석

방법론

1. 소설 담론 분석의 방법론 재고

Ⅰ. 서론

인간은 서사의 세계에 파묻혀 살아가고 있다.[1] 강의를 하는 것도 서사이며, 영화나 드라마도 서사이며, 개인의 일생 역시 서사이다. 인간은 이야기하는 동물(homo fabulans)인 것이다. 그리고 인간은 이들 다채로운 서사를 통해 세계를 재현한다. 그러나 서사는 세계를 재현할 뿐 아니라, '세계를 인식하는 수단'[2]이기도 하다. 처음과 중간, 그리고 끝으로 이루어진 서사는 그 자체로 이야기의 시작과 끝이 아니라, 인식의 체에 걸러진 시작과 끝이기 때문이다. 예컨대 삶의 시작은 수태에서부터 시작될 수도, 첫울음을 토하고 세계에 머리를 내미는 것으로 시작될 수도 있다.

---

1) R.Barthes, 「이야기의 구조분석 입문」, 『구조주의와 문학비평』(김치수 편역), 홍성사, 1981.

2) J.K.Adams, "Causality and Narrative", *Journal of Literary Semantic*, vol.18, no.2, 1989, p.151.

삶의 끝 또한 다르지 않다. 삶의 끝은 뇌가 활동을 멈추는 것으로 혹은 심장이 멎는 것으로 간주될 수 있다. 어쩌면 혼백이 되어 구천을 떠도는 것 역시 계속되는 삶으로 간주되기도 하는 것이다. 요컨대 서사는 그 자체로 존재하는 것의 단순한 재현이 아니라, 일정한 선택과 배열, 변형을 필연적으로 수반하는 인식의 결과인 것이다.

서사의 역사적 구체태인 소설 역시 세계에 대한 인식의 특정한 한 방식이다. 작가는 경험세계로부터 유의미하다고 인식되는 서사를 선택하고, 변형하며, 배열한다. 물론 이 과정의 근저에는 언어가 존재한다. 소설은 언어를 통해, 언어 안에서 이루어지며, 언어의 제약 속에서 완성된다. 그러나 엄밀히 들추어보면, 서사에서 사용되는 언어는 소쉬르 류의 체계로서의 언어나 기표와 기의의 일대 일의 대응관계로 이루어진 기호론적인 의미작용[3]을 수행하는 언어는 아니다. 서사의 언어는 언제나 구체적인 맥락 안에서 창조된 언어이며, 사용된 언어이다. 이 사용된 언어를 새롭게 '담론'이라 지칭한다.

애초 담론이란 말은 라틴어의 'discurrere'에서 유래하였고, '전후' 혹은 '이리저리 달리는'의 뜻으로 역동성을 그 자체 내에 포함하고 있다.[4] 언표화된 언어인 담론은 체계로서의 언어와는 다른 역동성을 통해 스스로를 여타의 기호론적 활동과 구분하고자 한 것이다. 따라서 소설을 담론의 관점에서 살펴본다는 것은 소설을 정태적인 체계로 간주하기보다 끊

---

3) '기호론적인 의미작용'과 '의미론적인 의미작용'은 벵브니스트의 구분이다. 그는 기호론적인 의미작용을 기표와 기의의 관계 속에서 식별해야 하는 의미작용으로, 의미론적 의미작용을 사용의 맥락 속에서 이해해야 하는 의미작용으로 나누어서 살펴보고, 문학작품이 의미론적 의미작용을 수행하는 담론임을 지적하고 있다. E.Benveniste, 『일반언어학의 제문제 2』(황경자 역), 민음사, 1982, pp.75~78.

4) 정정호, 『전환기의 문학과 대화적 상상력』, 한신문화사, 1998, 39면.

임없이 관련 주체들이 서로 대화를 통해 담론의 실체를 구성해 나가는 것으로 간주한다. 결국 소설의 담론 분석은 기존의 소설론들이 다루어 왔던 '무엇을 말하는가'에서 '누가, 어떻게 말하고 있는가'로 초점을 옮겨가는 방법론상의 혁신에 기초를 두고 있다.

그러나 다른 한편으로 기왕에 이루어져 왔던 담론 분석은 새로운 방법론의 수용에 상응하는 혁신을 충분히 실현하고 있는 것인가 하는 문제는 실제 이루어지고 있는 성과에도 불구하고 여전히 제기되어야 할 것이다. 그것은 단일한 하나의 방법론이 포괄하는 세계상 자체가 제한적이라는 인문과학적 방법론에 내재된 근원적인 한계뿐만이 아니라, 적용되고 있는 방법론 자체의 내부적 충돌과 모순이 항상적으로 존재할 여지도 만만치 않기 때문이다. 이에 이 글은 담론 분석이란 방법론의 합리적 핵심을 다시금 점검하고, 그에 바탕을 두고 기왕에 이루어져 왔던 연구성과들을 개괄적으로 검토하는 한편, 가능하다면 새로운 대안을 모색해 보고자 한다. 물론 이 짧은 소론에서 연구성과 모두를 포괄한다는 것은 외람된 것이기도 하거니와 불가능하기까지 하다. 다만 이 글은 그 경개를 그려 보임으로써 기왕의 기획과 실천을 되돌아볼 수 있는 계기를 마련하는 것으로 그 소임을 다하는 것일 터이다.

II. 담론의 본질적 표지

담론 분석을 텍스트의 해석과 평가를 위한 방법론으로 상정한다는 것은 사용된 언어인 담론에 즉각적으로 현존하는, 사용하는 주체와 사용되는 상황맥락이 새롭게 조명되는 것을 의미한다. 무엇보다 사용된 말이란 언제나 구체적인 현실에 개입하는 의사소통의 한 방식5)이며, 따라서 특정한 주체의 발화일 수밖에 없다. 그러나 단순히 상황맥락과 주체가 담론을 통해 부각되는 이면에는 텍스트가 관계 맺고 있는 현실성과의 관계와 함께 주체에 내재된 이데올로기적 자질들이 존재한다.

담론 분석 방법론으로 수용할 경우, 그 주요한 자질인 상황맥락은 자연스럽게 지시대상의 문제를 부각시킨다. 사용된 언어는 지시대상과의 관련 속에서 진위를 입증받는다. 소쉬르의 지적대로 기표와 기의는 자의적일 수 있으나 기의는 명백하게 존재하는 지시대상에 의해 동기화되어 있으며, 담론의 주체는 끊임없이 지시대상과의 관련 아래 담론을 생산하고, 의미를 교환한다. 그것은 곧 소설텍스트의 생산과 해석에 텍스트의 언어와 지시대상인 현실 사이의 연관을 탐구하게 만든다. 물론 텍스트는 현실의 반영이 아니라, 현실의 구조화이자 형성임은 명확하다.

그리고 이 구조화와 형성을 방향조정하는 것이 주체의 인식이며, 더욱 정확히 말하자면 주체의 이데올로기적 인식인 것이다. 물론 그 주체는 단순히 텍스트 생산자인 작가 개인을 지칭한다기보다 사회적 존재로서의 작가임과 동시에 그 텍스트를 수용하고 평가하는 독자를 지칭하는 것이기도 하다. 작가는 끊임없이 독자와 내적 대화6)를 진행하면서 텍스트를 기획 생산하기 때문이다. 뿐만 아니라 이 주체는 개별적인 주체라기보다 사회적인 주체이다. 담론이 갖는 사회적 성격은 주체의 어떠한

---

5) 야콥슨의 의사소통모형을 구성하는 여섯 가지 요소들에 견주어 볼 때, 이 글에서의 상황맥락이란 단순히 컨텍스트를 넘어 발신자와 수신자를 제외한 모든 요소들을 총괄하는 포괄적인 의미를 담고 있다. 이는 소설을 쓰고 읽는 주체들의 활동이란 점을 전제할 때, 채널이 글로, 텍스트의 형태로 이루어져 있다는 것이나, 텍스트 생산과 수용에 사용되는 다양한 유형의 약호들 또한 컨텍스트로 존재하기 때문이다.

6) 바흐친, 『맑스주의와 언어철학』(송기한 역), 흔겨레, 1988.

개별적인 특성조차 언어적 실천을 통해 사회화하고 만다. 그리고 그 언어적 실천의 근저에는 주체의 이데올로기[7]가 존재한다.

이데올로기는 궁극적으로 세계관과 다르다. 세계관이 단순한 표상체계에 대한 분류적 명칭인 데 반해, 이데올로기적 실천은 필연적으로 현실효과를 기획하고 확립하고자 한다. 그리고 그 효과는 현실 속에서 권력을 획득하고 유지하며, 지배를 공고화하고자 한다. 물론 그 권력은 정치적 권력이 아니라, 표상체계를 가운데 두고 벌여나가는 쟁투로 표현된다.

이와 같은 담론의 이데올로기적 특성은 무엇보다 텍스트의 중심적인 탐구 대상의 이데올로기적 의미화 과정을 통해 드러난다. 이는 지배적인 이데올로기적 양태와의 관계 속에서 '지속', '확장', '전이', '대체' 등 어휘소의 의미론적 구체화를 통해 드러난다. 그러나 소설 텍스트의 담론 분석이 지향하는 것은 이처럼 형해화된 이데올로기 분석이 아님은 물론이다. 문제는 특정한 담론이 어떠한 이데올로기인가를 명명하는 것이 아니라, 그 이데올로기가 담론의 표층을 어떻게 기능적으로 조직하고 구성하고 있는가를 파악해야 한다. 곧 이데올로기 자체가 아니라 이데올로기가 담론 속에서 여하한 경로를 통해 구축되고 있는가를 인식하여야 하며, 나아가 이데올로기와 담론의 표층 사이에 놓인 긴밀함의 정도를 바탕으로 개별적인 담론구성체로서의 텍스트를 적극적으로 평가할 수 있어야 한다. 모든 담론 분석이 '누가, 어떻게 말하고 있는가'를

---

7) 알튀세는 이데올로기를 '인간과 사회집단의 정신을 지배하는 사고들과 표상들의 체계'라고 규정함으로써 이데올로기를 허위의식이나 가능의식과 명확하게 구분한다. 나아가 이 이데올로기가 '개인을 주체로 호명한다'라고 함으로써 모든 구조주의가 그러하듯 주체의 능동적인 관여를 차단하고 있다. L.Althusser, 「이데올로기와 이데올로기적 국가장치」, 『아미엥에서의 주장』(김동수 역), 솔출판사, 1991.

통해 '무엇을 말하고 있는가'로 진행되어야 함은 바로 이러한 연유에서이다.

그러나 '누가, 어떻게'에서 '무엇을'에로 진행되는 담론 분석의 경로에 지나치게 집착할 경우 자칫 담론의 양상을 밝혀 보이는 것으로 담론 분석의 의미를 지나치게 제한할 우려가 있다. 중심항을 설정하지 않는 분석이란 불가피하게 흩뿌려진 양상의 탐구로 시종할 수 있기 때문이다. 분석은 구체적인 담론 양상으로 시작될 수 있으나, 그 해석은 엄밀하게 주체의 이데올로기로부터 견인되는 형태로 개진되어야 할 것이다. 이러한 과정이야말로 구체에서 추상으로, 추상에서 다시 구체로 상승[8] 해 가는 변증법의 풍부한 개진방식인 것이다. 물론 담론의 표층을 방향조정하는 이데올로기적 심급이 구체적인 텍스트 속에서 단선적으로 드러나는 것은 아니다. 때로는 '다양한 가능 주체'들이 서로의 이데올로기적 표상체계를 공고히 하고자 쟁투를 벌여나가기도 하며, 심지어는 그 어떠한 우월적인 목소리도 허용하지 않는 말 그대로의 '다성성'을 드러내 보이기도 할 것이다. 이는 소설 텍스트의 안팎에서 작가와 텍스트, 서술자, 인물 등이 중층적으로 길항할 수 있기 때문이다. 뿐만 아니라 이러한 담론 분석은 소설텍스트가 놓여 있는 텍스트 외적 상황 맥락과의 관련 속에서 담론의 실질적인 이데올로기적 효과를 적절히 드러낼 수 있게 될 때, 비로소 담론의 본질적 표지에 상응하는 분석과 해석, 평가로 이어질 수 있을 것이다.

---

8) K.Kosik, 『구체성의 변증법』(박정호 역), 거름, 1985.

Ⅲ. 담론 분석 방법의 전개 과정

담론 분석의 본질적인 표지가 텍스트와 현실성의 관계, 텍스트와 이데올로기의 관계라고 할 때 기존의 담론 분석 방법은 그 표지를 충분히 드러내고 있다고 생각하기 어렵다.

담론 분석을 본격적으로 시도하기 이전의 소설 분석9)은 대체로 루카치로 대변되는 역사철학적 경향과 쇼러, 러복, 부쓰 등으로 대변되는 분석주의적 경향으로 나누어 생각해볼 수 있다. 이 가운데 역사철학적 경향은 소설의 세계관과 현실반영을 적절히 규명하였으나, 이념의 무게에 눌려 담론적 양상에는 충분한 관심을 기울이지 못하였다. 나아가 지나치게 거시적인 분석틀로 말미암아 소설의 언어가 이념을 드러내는 경로를 밝히는 데에도 미흡하였다고 보인다. 반면 영미의 경험주의적 소설분석은 기법을 장치라는 차원을 넘어 "주제를 발견, 탐구, 개발하는 유일한 수단이자, 의미를 전달하는 유일한 수단이며, 마침내는 소설을 평가하는 유일한 수단"10)임을 주장한다. 그러나 이 당연한 지적은 구체적으로 적용될 경우 형식주의로 현저하게 기울고 만다. 예컨대 시점의 연구는 그 시금석이 된다. 애초 시점이란 개념은 서술 대상을 바라보는 위치와 함께 서술대상에 대한 서술자의 평가와 태도를 동시에 포괄하는 용어였으나, 이들 분석주의적 경향은 서술자의 가치평가란 문제를 배체한 채 서술자의 위치라는 개념으로 단순화11)하고 말았다.

---

9) 이들 소설 이론의 발전과정을 전구조주의, 구조주의, 후구조주의로 구분하고자 하는 시도들이 있으나, 이는 현재의 이론적 발전단계를 잘 보여주기는 하나 미래상까지 제시하기에는 부족하다는 점에서 잠정적인 의미를 지닐 뿐이라고 생각한다.
10) M.Schorer, "Technique as a Discovery", *The Theory of Novel*(ed. Stevick), The Free Press, p.66.

이들 전구조주의 단계의 분석과 달리 구조주의적 분석은 언어학적 모형을 바탕에 두고 있다. 1960년대 이후 소설의 주도적 경향으로 나타난 이 이론적 조류는 바르뜨, 토도로프, 쥬네트, 그레마스 등으로 대변된다. 이들은 공통적으로 서사체의 고유한 자질들을 텍스트의 내적 구조에서 규명하고자 하였다. 그러나 정작 이러한 연구들은 텍스트의 다양한 관계항들을 분석할 수 있었을 뿐, 의미의 해석에까지는 도달하지 못하였다. 예컨대 이들 이론가들은 텍스트의 구조체 분석으로 일관한 나머지, 정작 소설에서 탐구하고자 하는 세계를 보는 창조적이고 새로운 관점의 가능성을 거론할 수 없었다. 이러한 한계는 이들이 이론적 검토의 대상으로 선정한 텍스트들이 한결같이 설화에 가까운 소설의 전단계에 해당하는 텍스트들이라는 점에서 더욱 분명히 드러난다. 프로프나 그레마스는 설화를 대상으로, 바르뜨는 발자크의 짧은 소설을, 토도로프는 탐정소설을 분석하였으며, 이들 텍스트들은 소설을 형성하는 다른 많은 요소들을 버린 대신 특정한 하나의 요소를 전경화하고 있는 것들이다.

이러한 한계는 바흐친에 이르러 담론을 매개로 의미와 형식적 구조가 통합됨으로써 어느 정도 극복되기에 이른다. 그것은 곧 '이데올로기'와 '미학적 질료'를 통합하고자 하는 것으로 요약된다. 이는 곧 소설의 주제에 대한 탐색과 그 형식적인 구현으로서의 구성과 서술[12]을 일컫는다. 그러나 정작 그 구체화는 개별 텍스트의 분석을 근거로 해명되어야 하며, 이는 지금 여기에서의 연구자들에게 남겨진 몫일 것이다.

---

11) S.S.Lanser, *The Narrative Act*, Princeton Univ. Press, 1981, p.17.
12) M.M.Bakhtin, *Speech Genres and Other Late Essays*(trans. V.W. McGee), Univ. of Texas Press, 1986, p.60.

지금까지 개략적으로 살펴 본, 담론분석을 중심축에 두고 전개된 문체론, 서사학, 서술이론의 발전과정은 그 자체가 소설의 이론이 진전된 과정이라고 보아도 무방하다. 이 과정을 통해 소설의 이론은 더욱 정교화되고, 다양한 지류들이 통합되어 소설텍스트의 총체적 분석을 향해 더욱 가깝게 다가서고 있기 때문이다. 이러한 과정은 우리의 소설 담론 분석에서도 동일한 궤적을 밟으며 반복되고 있다.

소설 담론 분석의 초기 단계를 보여주는 연구는 무엇보다 문체론으로 지칭되는 연구성과들[13]이다. 이들 문체론적인 분석들은 문체 양상에서 두드러지게 드러나는 특성을 밝혀 보이고자 한다는 점에서 기존의 내용 분석보다 훨씬 소설의 언어적 본질에 가깝게 다가선 것은 사실이다. 그러나 문체적 특질은 엄밀하게 개별 텍스트에 집중하는 대신 오히려 작가의 전반적인 문체 특질로 연결됨으로써 문체가 갖는 문체 효과를 적절하게 규명하지 못하였다. 최근에 이루어진 김상태의 연구는 이한 양상을 선명하게 보여준다.

김상태는 박태원의 작품을 검토하는 자리[14]에서 특유의 정밀한 탐사를 바탕으로 박태원 문체를 청각의 문체와 시각의 문체로 나누고 있다. 나아가 잦은 쉼표의 사용과 함께 문장의 리듬을 미단위의 연상적 리듬과 거단위의 고저형, 파도형을 구사하고 있음을 밝혀낸다. 그리고 이야기의 전개는 서술자의 감정이 침투된 장면 단위로 서술된다는 것을 지적한다. 그러나 이들 문체의 특성은 문체의 효과를 적절하게 규명하지 못하는 한편, 자칫 지나치게 일반화됨으로써 문체 양상과 작가의 의식

---

13) 구인환, 김정자, 김상태 등의 연구는 대표적인 연구사의 업적들이다.
14) 김상태, 「박태원 소설의 문체 연구」, 『현대소설의 언어와 현실』(김상태 편), 국학자료원, 1997.

이 풍부한 매개없이 연결되는 문제를 야기하고 있다.

　　박태원은 불확신의 문장을 많이 쓰고 있다. 그는 "—지 않는다",
"—수 없다" 등 불확신의 부정과 긍정이 문장을 많이 쓰고 있고, "—
께다", "—듯 싶다" 등의 추측을 나타내는 서술어를 많이 쓰고 있는
것도 같은 이유다. 또 의문형의 서술어를 많이 쓰는데, 이는 그가 단
정적으로 판단을 내리지 못하는 성향의 일단이다. 그는 언제나 서술
자의 판단을 유보시키면서 독자와 더불어 생각하는 문장을 쓰고 있
다. …… 그는 결코 이념의 문학을 표현하려고도 하지 않았다. 그 대
신 그는 문학적 진실을 위해서 글을 썼던 것이다. 그것은 닫힌 언어
보다 열린 언어를 통하여 그의 문학적 진실을 표현하고자 하는데서
드러내고 있다.[15]

이 인용은 박태원의 문체 특성 가운데 두드러진 '불확신의 문장'이
특정한 이데올로기를 독자에게 강요하지 않는 '개방적'인 문학 정신을
의미하는 것으로 그의 해방 공간에서의 문학적 행적을 연결시켜 살펴보
고 있다. 그러나 과연 '불확신의 문장'이 의식의 '개방성'과 연결된다는
것은 부분을 전체로 확장하여 해석하는 것이며, 이는 다른 한편으로 '서
술자의 감정이 강하게 침투된 소설'이란 앞의 해석과 서로 충돌하기도
한다. 결국 개별적인 텍스트의 문체 자질은 다만 개별적인 텍스트의 해
석으로 그 의미를 한정해야 하며, 작가 의식의 층위로까지 분석이 이루
어지기 위해서는 방법론의 확장이 필수적이다.

그러나 문체 분석이 갖는 함의는 여전히 유효하다. 이를 황도경의 정
교한 분석[16]을 통해 확인할 수 있다. 황도경은 이상의 문체를 내면문체

---

15) 앞의 글, pp.44~45.
16) 황도경, 「존재의 이중성과 문체의 이중성」, 『현대소설연구』 1집, 1994.12.

란 큰 범주틀 안에서 몸의 언어와 관념의 언어로 대별하고, 이 이항대립의 구체적인 양상을 문법적 표지를 통해 규명한 바 있다. 그러나 이 이항대립의 체계는 대립에 터하고 있는 엄밀한 기호론적 체계이며, 목표로 설정한 이념의 해명에까지는 충분히 미치지 못한다. 이는 이항대립의 체계 그 자체가 부과한 제약17)이기도 하다. 이항대립이야말로 상이한 주체들이 맺고 있는 정교한 변증법적 관련을 소거한 끝에 얻어지는 결실이기 때문이다.

결국 문체론적 분석은 담론의 표층이 소설의 중핵이란 당연한 인식을 유포하고 강화하였으나, 담론분석이 궁극적으로 서술의 방식을 통해 심층으로서의 주체와 세계로 진입해야 한다는, 나아가 그 역의 방향으로 구체적인 텍스트에 안착할 수 있을 때 비로소 완결된다는 이념태에는 현저히 미치지 못하고 있음을 알 수 있다.

소설의 문체론적 접근이 포괄적인 의미에서의 담론분석이라고 한다면, 서술에 초점을 맞추는 분석의 방법론은 담론 분석의 한 축을 이루는 '이야기하는 사람'에 주목하고 있다는 점에서 한결 담론의 실체에 근접해 있는 방법론이다. 이들 연구는 주로 채트먼의 '서사전달구조 이론'18)을 비롯한 구조주의적 분석틀의 도식에 착목하여 다양한 주체들의 목소리, 곧 기능적 장치를 분석하고자 한다. 이러한 연구는 나병철에 의해 시도되었으며, 일정한 성과19)를 얻기도 하였다. 나병철은 시점, 거리,

---

17) 이로부터 미루어볼 때 최혜실이 '이항대립의 해체'로 이상의 작품을 해석하고자 한 것은 방법론적 시야의 견고함으로 평가될 수도 있다. 최혜실, 「이항대립 해체로서의 근대성」, 『한국현대소설의 이론』, 국학자료원, 1994.
18) S.Chatman, 『이야기와 담론』(김경수 역), 민음사, 1990, p.183.
19) 이에 대한 상세한 논의는 김성종(1995)을 참고할 것. 김성종, 「소설 담론 연구의 현황과 전망」, 『현대소설연구』2, 1995.

내포작가 등 다양한 서술적 장치의 분석을 통해 30년대의 대표적인 도시소설들을 분석하였으며, 이를 문학사 속에 적절히 평가하였다. 그러나 이들 개념들은 다만 개별 텍스트의 미적 자질들을 해명하는 방법론으로 존재할 뿐, 담론 분석의 일반적인 방법론으로까지 상승하기에는 많은 어려움이 있다. 이는 사용하는 다양한 방법론적 개념 자체가 적절한 체계 속에서 융합되지 않은 채, 개별 텍스트의 특정한 자질들을 설명하기 위한 방편으로 선택되었기 때문으로 보인다. 이는 수사학적 관점에서 서술체를 분석하는 부쓰와 서술자의 시야를 중심축에 두고 시점에 초점을 맞추고 있는 슈탄젤 등을 종합하고 있는 채트먼 자체가 갖는 절충적인 성격을 탈피하지 못하였기 때문이다.

이러한 문제점들은 박태원 소설을 통해 이야기의 층위와 담론의 층위를 분석하고 있는 공종구는 박태원의 초기 소설들이 '불행한 처지의 인물들이 현실의 폭력적인 힘에 패배당하는 과정들'을 서사대상으로 설정하고 있으며, 이들 대상들에 대해 '서술자는 동정과 연민을 서술의 기저 톤으로 유지하고는 있으나 정서적 몰입에 대해서는 지극히 절제하는 서술태도'를 보이고 있다고 분석한다. 이러한 접근은 비록 서사지평이란 새로운 개념을 통해 서술의 대상과 서술의 태도를 결합하고 있으나, 정작 그로부터 걸러진 분석의 결과는 예상외로 소략하다. 이는 방법론과 대상 작품과의 관계가 긴밀하지 못한 탓도 있으나 원거리에서나마 언급하고 있는 쥬네뜨의 범주 자체가 지나치게 정밀한 나머지 정작 텍스트 분석에서는 실질적인 의미 해석에 도달하기 어려운 한계를 고스란히 보여주는 것이 아닌가 한다. 결국 미시구조는 거시구조[20]와 결합될

---

20) 우한용은 이를 미세층위와 거대구조로 명명하고 있다. 우한용, 「김동리 <을화>의 담론특성 연구」, 『현대소설연구』3, 1995.

때에야만 비로소 온당하게 자리매김될 수 있는 것이다.

문체론이나 서술구조의 분석이 주로 표현의 층위를 중심에 두고 그 의미기능을 모색한 것에 비해 주체의 문제를 거론하는 연구는 주로 의미 층위에 초점을 두고 있다. 그 대표적인 성과는 김정자[21], 김미현[22], 박훈하[23] 등을 들 수 있다. 이들은 공통적으로 푸코의 거시적인 담론 개념, 곧 담론구성체에 내재되어 있는 이데올로기적 의미를 중점적으로 탐구하고 있다. 김미현은 희망의 함축을 구체적으로 제시하며, 나아가 김정자는 담론들의 전이 양상을 날카롭게 포착하고 있으며, 부분적이나마 그 미시적인 서술 양상과의 결합을 모색하고 있다는 점에서 기존의 담론분석을 한 단계 높인 것으로 평가될 수 있다. 그리고 그 성과들은 박훈하의 논문에서 잘 드러나고 있다.

박훈하는 50년대 소설을 대상으로 지배이데올로기를 강화하는 거대주체와 그 이데올로기에 침윤된 의사주체, 그리고 거대주체와 미약하게나마 길항하면서 이탈하고자 하는 탈정합적 주체로 분류하고 각각의 양상을 살펴보고 있다. 이 연구는 주체의 문제를 단일한 주체로 상정하지 않고 다양한 주체들이 상호 충돌하는 중층적인 구조로 문학사를 파악하고자 하였다는 점에서 진일보한 연구가 아닐 수 없다. 그러나 문학사에 지나치게 고착된 나머지 개별 텍스트에 충분한 관심을 기울이지 못한 것이 근본적인 한계라고 생각된다. 적어도 담론 분석이 담론의 표층으로부터 심층으로, 다시 표층으로 이동해 가는 끊임없는 분석과 해석의 과정이라고 할 때, 개별 텍스트의 의미는 이 논문에서 상정하고 있는 문

---

21) 김정자, 「여성소설의 담론적 연구」, 『현대소설연구』2, 1995.
22) 김미현, 「회망의 두 가지 담론화」, 『현대소설연구』2, 1995.
23) 박훈하, 『소설담론과 주체형식』, 삼지원, 1998.

학사적 자리매김과는 별도의 관점에서 면밀하게 검토할 필요가 있다. 그것이 소홀하게 다루어진 결과 실질적인 담론의 구성적 측면과 서술적 측면이 상대적으로 약화되어 나타나고 있는 것이다. 또한 담론 주체의 이데올로기 구성 과정에서 거론되어야 하는 중층성이 개별 텍스트 내부의 중층성으로 포착되지 못한 채, 문학사적 단층에서의 중층성으로 파악됨으로써 중층성이 갖는 역동적인 관계망들이 소거되기에 이르렀다는 점이다. 덧붙여 담론의 이데올로기 개념을 허위의식에 바탕을 두고 이해하고 있는 것도 문제가 아닐 수 없다. 이는 이데올로기를 단일한 형태의 지배이데올로기와 대항이데올로기로 단선적으로 파악할 우려24)가 있으며, 이 연구 역시 그 단성성을 제대로 극복하지 못하고 있는 것에서 확인된다.

끝으로 담론분석의 성과를 거론하는 자리에서 놓칠 수 없는 성과는 우한용의 지속적인 연구 작업이다. 접근하는 방법론의 적실성과 함께 그 총체적인 구도에 있어서도 담론분석이란 방법론의 시금석이 되는 작업을 줄곧 진행해 가고 있다. 그는 '소설이 언어적 실천인 담론을 문제 삼는 경우, 담론의 주체가 중시되어야 한다'25)는 명료한 원칙을 바탕에 두고 개별 작가의 전체상을 분석하기도 하고, 때로는 개별적인 텍스트의 전반적인 구도를 검토26)하기도 한다. 뿐만 아니라 정교한 서술 층위의 분석으로 담론분석에 요구되는 필요조건을 충족시켜 보이고 있다는 점에서 주목에 값하는 연구들이다.

---

24) 이렇게 된 이면에는 담론의 이데올로기를 올리비에 르불을 중심으로 재구성했기 때문이 아닌가 생각된다. 르불은 여전히 우파적 관점에서 이데올로기를 규명하고 있으며, 허위의식의 주박으로부터 완전히 놓여나지 못하고 있기 때문이다.
25) 우한용, 『채만식 소설 담론의 시학』, 개문사, 1992, p.14.
26) 우한용, 「김동리 <을화>의 담론특성 연구」, 『현대소설연구』3, 1996.

그러나 선언적 진술에도 불구하고 담론의 주체에 내재된 이데올로기적 자질들을 충분히 검토하지 못하고 있으며, '내적 형식'의 중요성에 착목하고 있음에도 불구하고 텍스트의 구성적 층위의 분석에 인색하다는 점이다. 이 가운데 이데올로기적 자질의 검토는 연구가 진행될수록 점차 많은 비중을 두고 심층적으로 검토되고 있다는 점에서 긍정적이나, 구성적 층위는 여전히 부족하다고 생각된다. 예컨대 <을화>의 분석에서 스토리 층위를 분석하고 있으나, 그것을 담론의 구성적 층위와 어떻게 상호관련되어 있는지를 건너뛰고 있는 것이 그 대표적인 예증이 될 것이다. 그러나 종합적인 담론 분석이 스토리의 구조가 여하히 담론의 구조로 변형되어 있는지를 적절히 규명하지 못한다면, 이는 담론의 서술적 층위 역시 양상성으로 분산된 특성으로 고착되고 마는 한계를 노정하게 된다는 점이다.

Ⅳ. 방법론의 보완

지금까지 살펴보았듯이 소설의 담론분석 방법론은 초기에는 영미의 경험적 전통과 구조주의적 전통을 수용하는 가운데 시작되었으며, 현재에 이르러서는 담론의 거시구조와 미시구조를 통합하는 종합적인 성격의 텍스트 분석으로 진행되고 있다. 이러한 종합화는 담론분석이 형식을 통해 내용으로 진입하고자 하는 방법론의 혁신을 바탕에 두고, 텍스트의 해석과 평가라는 궁극적인 문학 연구의 방향을 지향한다는 점에서 필연적이다. 더욱이 애초 담론분석이 문학텍스트의 분석뿐만 아니라, 다양한 형태의 인접과학에서 학제적인 형태로 진행되고 있다는 점에서 종합의 방향은 바람직한 것이기도 하다. 그러나 자칫 인접과학의 영향을 지나치게 수용할 경우 문학텍스트는 여타의 일반적인 기호적 텍스트와 변별되지 않는다[27]는 점에서 그저 환영할 만한 일은 아니다. 따라서 문학의 특수성으로서의 서술 층위를 더 한층 섬세하게 규명하는 한편 담론의 구성적 층위를 매개로 이데올로기적 층위를 정교하게 연결하는 방향으로 진행될 것이 요구된다.

필자는 그 보완의 일환으로 담론의 수사학적 분석[28]을 제시한 바 있다. 이는 서술의 전략이란 좁은 의미의 수사학을 지칭하는 것이 아니다. 여기에서의 수사학이란 진리와 무관한 그럴 듯하게 말하는 기술[29]도 아니다. 표현의 특성 혹은 서술 층위의 특성에 국한되지 않고, 다양한 현실과의 접촉면에서 특정한 탐구의 대상을 선정하는 창작자의 이념과 이를 내적으로 발전시켜 나가는 구성적 원리까지 포괄하는 수사학이다. 이른바 탐구하고자 하는 대상에 부과하는 의미와 직결된 창안(Inventio)으로서의 수사학과 그것을 일정한 질서로 구성하는 배열(Dispositio)로서의 수사학, 개별적인 단어와 문자의 선택을 조정하는 문채(Elocutio)로서의 수사학[30]이 동시에 거론될 수 있을 것이다. 물론 이와 같은 광범위

---

27) 박훈하, 앞의 책, p.35.
28) 필자는 그 일환으로 다음과 같은 일련의 분석을 시도한 바 있다.
「이상의 「날개」론 : 아이러니의 수사학」, 『국어교육』, 한국국어교육연구회, 1996. ; 「박경리 초기소설론 : 증오의 수사학」, 『현대소설연구』4, 한국현대소설연구회, 1996.; 「이태준의 <석양>론 : 허무의 수사학」, 『논문집』 제 57집, 한국국어교육연구회, 1996. ; 「<만세전>론 : 3·1운동의 소설적 평가」, 『현대소설연구』3, 한국현대소설연구회, 1995.
29) 이러한 관점에서 수사학을 바라보는 대표적인 관점은 Gorgias로 수사학을 철학과 대립적으로 설정한다. 이는 진리와 언어의 관계에 대한 인식론의 문제와 연관을 맺고 있으며, 진리가 언어로 수행되는 인식과 무관하게 존재한다는 플라톤류의 관념론과 직결되어 있다. Sanley Fish, "Rhetoric", *Critical Terms for Literary Study*(Eds. F.Lentricchia and T.McLaughlin), Univ. of Chicago Press, 1987, p.205.

한 용법으로 사용되는 수사학은 전래의 수사학이 표현기교의 도식화된 목록이라는 부정적인 함의로 인해 담론에 그 자리를 넘겨주고 있음도 사실이다. 그러나 담론 또한 끊임없이 서술의 층위, 곧 문채로서의 층위에 국한시키고자 하는 경향 또한 만만치 않아 굳이 담론의 수사학이란 용어[31]로 의미를 확장하고자 한다. 이념과 서사의 구성, 서술의 방법이 긴밀하게 결합된 통일체임을 표나게 드러내고자 하는 것이다. 그리고 이 세 지절이야말로 한 작품의 전체상을 재구성하기 위한 튼튼한 버팀목이 되리라는 것이다.

구체적인 작품을 예로 드는 것이 더 한층 이해를 도울 것이다. 예컨대 현진건의 「정조와 약가」를 들 수 있다.

이 텍스트의 의미론적 층위를 먼저 살펴보면, 제목에서도 확인되듯 의미동위소가 '정조'이다. 그리고 텍스트의 전체 속에서 이 정조는 기존의 공준된 이데올로기인 유교적 이데올로기와 대결하면서 새로운 함축을 실현해 보이는 것으로 진척된다. 물론 그 과정은 단선적이지 않다. 정조를 중심에 두고 텍스트 내에서 서로 상반된 이데올로기적 실천들이 쟁투를 벌여 나가고 있는 것이다. 그 이데올로기의 한 쪽에 최주부가, 또 다른 한 쪽에 환자와 그 아내가 있다. 공준된 유교적 이데올로기의 담지자인 최주부는 조선조 전체를 장악해 온 정조관을 실현하고 있으며, 끝내 자신의 이데올로기적 틀 안에서 벗어나지 못한 채, '저런 것들은 정조도 모르고 질투도 모르는 모양이지'라는 독백을 하며 서둘러 소설의 저편으로 넘어가고 만다. 반면 환자와 그 아내는 정조를 약값 대신

---

30) R.Barthes, 「옛날의 수사학」, 『수사학』(김현 편), 문학과지성사, 1985, pp.64~65.
31) 이글튼의 경우 설득을 목적으로 하는 모든 글쓰기는 수사학이며, 문학작품과 수사학을 동일시하고 있다. 이글튼, 『문학이론입문』(정남영 외 역), 창작과비평사, 1986 참조.

최주부에게 바치고도 오히려 당당하다. 그들에게 정조는 결코 유교적 인습으로 재단되어야 하는 대상이 아니라, 삶의 필요에 의해 언제라도 유보될 수 있는 허식에 불과한 것으로 인식된다. 새롭게 전이된 의미를 실현하고 있는 것이다.

결국 이 텍스트는 「희생화」, 「불」 등에서 현진건이 지속적으로 탐구해 온 인습타파란 주제와 함께 결합되어 있는 것이다. 그러나 감상적인 낭만주의의 틀 안에서, 혹은 수동적으로 반응하는 비관주의의 틀 안에서 보여주었던 이전의 면모와는 전적으로 다르다. 「정조와 약가」는 구체적인 현실성 안에서 작동하고 있으며, 그 해결의 적극적인 의지를 통해 미래에의 전망을 구체화하고 있다는 점에서도, 인습타파를 주창하는 비판적 자각으로서가 아니라 그 이후에 무엇이 제기되어야 할 것인지를 진지하게 탐색한 대안을 건실한 낙관적 전망으로 제시하고 있는 것이다.

구성적 층위에서 이 텍스트는 전통적인 인신공양의 모티프를 택하고 있다. 아내의 희생을 통해 남편의 건강을 회복한다는 것으로, 다만 다른 것은 결코 비극적인 방식으로 처리되지 않는다는 것이다. 또한 의미론적 층위에서의 이데올로기적 대립이 텍스트 구성에서는 정조의 새로운 논리를 구축하기 위해 욕망과 사랑의 대립으로 드러난다. 욕망은 탐욕스러운 현실의 논리이며, 사랑은 이들 헌신적인 부부가 세상을 버티어 가는 유일한 대안이자 삶의 논리이기도 하다. 따라서 이 텍스트의 구성에서 욕망과 사랑은 충돌하고, 어느 한편이 몰락하는 것이 아니라 욕망은 욕망대로 증대되고, 사랑의 밀도는 그것대로 충만해 진다는 것이다. 이는 욕망의 주체인 최주부를 풍자적으로 설정하였기 때문에 가능하다.

　이데올로기적 효과를 위해 서술층위에서도 텍스트는 초점화자인 최주부를 풍자하기 위해 판소리 문체를 방불케 하는 대상에 대한 빈정거림, 민중언어의 구사, 점층적인 문장 구조의 짜임, 구술되는 듯한 문장의 호흡을 획득하고 있다. 반면 아내를 묘사하는 것은 이와 달리 상투적이고 전형적인 묘사를 통해 독자의 감염력을 증대시키고, 자연 상징의 효율적인 묘사를 통해 감각적이고 구체적인 이미지를 획득할 수 있게 한다. 이와 같은 문체자질들은 궁극적으로는 최주부에 대한 거리두기와 환자와 그 아내에 대한 동화를 서술자의 능동적인 개입 속에서 실현하고 있는 것이다. 특히 인물에 대한 풍자는 인물을 적극적인 초점화자로 설정함으로써 이중풍자를 기획하고 있음도 전체적인 서사의 의미작용과 긴밀한 조응을 이룬다는 점에서 두드러진 문체적 장치라고 평가된다.

　이상과 같은 담론의 수사학적 분석으로 지칭된 세 가지 층위의 분석과 그 분석의 상호관련은 담론의 의미론적, 구성적, 서술적 층위의 어느 한 측면을 전경화하지 않고 개별텍스트의 전체적인 면모를 동시적으로 포착할 수 있다는 이점이 있다. 그러나 담론의 수사학적 분석이 지닌 한계는 기존의 소설을 이루는 상투적인 3요소인 주제, 구성, 문체의 분석과 조금도 다를 바가 없다는 점이다. 결국 이러한 현상은 문제의 원인이 방법론에 있다기보다 깊이의 문제에 있는 것으로 치환하고 말 우려가 있는 것이다. 이는 더욱 확장될 경우 담론분석의 이점조차 묻혀버릴 개연성을 띠고 있는 것이다.

V. 결론

  소설의 담론분석은 기존의 소설론이 직면한 난점을 돌파하는 긍정적인 계기들을 다채롭게 포함하고 있다. 인물의 유형이나 행위를 중심으로 한 내용 중심의 텍스트 분석, 추상적이고 형식적인 양적 분석에 치중하는 형식주의적인 텍스트 분석을 동시에 극복할 수 있다는 것이다. 이는 담론이란 개념 자체가 주체의 이데올로기와 언표된 말의 상호관련성으로부터 출발하고 있기 때문이다. 그러나 현재의 담론분석은 두드러진 몇몇 성과에도 불구하고 담론분석의 이러한 특성들을 충분히 구체화되고 있지 못하다고 평가된다.

  이를 한시바삐 탈피하기 위해서는 담론분석 방법론의 심화와 확대가 필수적이다. 한편으로는 담론분석을 이루는 이데올로기적 층위와 구성적 층위, 서술적 층위에 관한 통합적이고 일관된 분석과 동시에 개별적인 각각의 층위에 관한 심층적인 분석이라는 두 방향을 적절히 결합하는 형태로 진전하는 것이 바람직하다.

2. 소설 담론의 이데올로기 분석 방법

Ⅰ. 서론

서사는 세계 속에서 살아가는 인간의 존재 양식이자 세계를 인식하는 한 방식이다. 인간은 지속되는 시간의 흐름 위에서만 자신의 삶을 영위해 나갈 수 있으며, 시간의 연쇄에서 벗어날 때 인간은 인간적 존재이기를 멈추어 버린다. 시간으로부터 자유롭게 되는 것은 시간과 영원히 단절되어 있는 죽음의 세계, 혹은 애초부터 시작과 끝을 갖지 않았던 초인간적인 세계에서나 가능한 법이다. 그렇지만 인간 존재를 가능케 하는 시간은 그 자체로 인식의 범주가 되지는 않는다. 시간은 서사화되었을 때, 곧 처음과 끝이 있는 사건으로 제시되었을 때, 그제서야 비로소 인식 가능한 시간1)이 된다. 인간은 논리적이든 경험적이든 원인과 결

---

1) 리꾀르(P.Ricoeur)는 서사와 시간의 내적 연관을 "시간은 서사적 양식을 통해 직조되는 한에서 인간적인 것이 되며, 서사는 시간적 존재의 조건이 되었을 때 그 완

과, 시작과 끝을 갖는 것으로 시간 속에 존재하는 경험세계의 대상을 인식하는 것이다. 따라서 인간이 끊임없이 세계와 자신의 경험을 서사화하고자 하는 것은 당연한 귀결이다.

그러나 원인과 결과, 시작과 끝 역시 시간 속에 놓여 있는 대상 자체의 본질은 아니다. 그것 역시 능동적인 인간의 해석을 통해 비로소 가능해진다. "사건의 인과성이란 관찰되는 두 부분의 본질적인 표지가 아니라, 인간의 추론을 통해 형성된 것이다. 따라서 인과성은 경험을 지각하는 차원이 아니라 경험을 해석해 내는 차원에 속한다."[2]라고 피력한 논자의 주장은 서사를 형성하고 추론을 이끌어내는 주체로서의 서술자를 전면에 부각시킨다. 시작과 끝 역시 마찬가지이다. 하나의 특정한 사건은 시간적인 연속성 위에 놓여 있으며, 처음과 끝도 없이 유동하고 있을 뿐이다. 예컨대 동학혁명이라는 객관적인 사건은 기실 명료한 시작과 끝을 규명하기가 쉽지 않다. 다만 역사학자들이 끊임없이 지속되는 역사의 시간을 단절하여, 처음과 끝으로 인식하는 것이다. 한 개인의 생애, 하루의 삶, 특정한 사건의 전말은 존재 자체의 연속성에도 불구하고, 하나의 분절되고 독립된 의미를 가진 서사로 인식되는 것이다.

존재의 양식이자 인식의 방식인 서사는 그 역사적인 형태의 다양한 차이에도 불구하고 몇가지 공통된 속성을 지니고 있다. 그것은 곧 서사에는 반드시 서술되는 사건이 있어야 하며, 이 사건은 다시 배열되고 재구성된 형태의 구조로 존재한다. 그리고 이 사건을 이야기하는 서술자가 존재하며, 서술자는 특정한 관점으로 사건을 이야기하는 것[3]이다.

벽한 의미를 획득한다."라고 밝힌 바 있다. P.Ricoeur, *Time and Narrative* vol. 1 (trans. K.McLaughlin & D.Pellauer), The Univ. of Chicago Press, 1984, p.52.

2) J.K.Adams, "Causality and Narrative", *Journal of Literary Semantic*, vol.18, no.2, 1989, p.151.

사건, 구조, 서술자, 여기에 덧붙여 서술자의 관점이란 네가지 요소[4]야 말로 서사의 기본적인 요소인 것이다.

이러한 서사의 기본적인 특성은 소설이란 서사의 역사적 형태 속에서 구체화되어 나타난다. 소설의 양식적 특성은 이들 서사의 기본적인 요소들이 특정한 역사적 맥락에 조응하여 부분적인 변형과 함께 관계의 변모를 통해 이루어진다. 특히 소설이 자본주의의 성립과 긴밀하게 결부된 서사적 양식[5]이라고 할 때, 소설은 서술되는 사건을 자본주의적 삶에서 선택한다. 그것은 곧 서사시에서와 같은 영웅적인 인물이 아니라 현실 속에서 언제든지 찾을 수 있는 개연적인 인물이 자신의 앞에 펼쳐진 일상적인 상황과 접촉하는 가운데 일어날 수 있는 사건을 다룬다는 것을 의미한다.[6]

---

3) 서사의 네 요소는 라마르끄(P.Lamarque)의 정리된 견해이기도 하다. P.Lamarque, "Narrative and Invention", *Narrative in Culture* (ed. Christopher Nash), Routledge, 1990, p.131.

4) 서사의 본질을 스콜스(R.Scholes)와 켈로그(R.Kellogg)는 '사건과 서술자'로, J.Hillis Miller는 '상태의 변화, 인물, 핵심적인 인물을 둘러싼 요소들의 반복이나 유형화' 등으로 각기 상이한 관점에서 규정하고자 한다. 하지만 이들 다양한 관점들 역시 '서술자, 사건, 구조' 등의 세 요소와 직접적으로 연관되어 있으며, 이 가운데 특정한 측면을 상세하게 검토하고 있는 것으로 여겨진다. R.Scholes & R.Kellogg, *The Nature of Narrative*, Oxford Univ. Press, 1979, p.4. ; J.Hillis Miller, "Narrative", *Critical Terms for Literary Study* (ed. F.Lentricchia & T.McLaughlin), The Univ. of Chicago Press, 1990, p.75.

5) I.Watt, *The Rise of the Novel*, Penguin Books, 1970, p.12.

6) 바흐친(Bakhtin)은 소설이 현재적인 현실을 다룸으로써 미적 고유성을 확보하고 있다고 주장한 바 있다. "소설은 서사시적 거리가 와해되고 인간과 세계 양자가 일정한 정도로 희극적 친숙성을 띠며 예술적 재현의 대상이 미완성의 유동적인 당대 현실의 차원으로 낮춰지는 바로 그 순간에 형태를 갖추었다. 시초부터 소설은 거리가 먼 절대적 과거의 형상 속에서가 아니라 미완결의 현재적 현실과의 직접적인 접촉 영역 속에서 축조되었다." M.Bakhtin, 『장편소설과 민중언어』(전승희 외 옮김), 창작과비평사, 1988, pp.59~60.

　　그러나 소설이 현실에서 일어날 수 있는 일을 다룬다는 것이 곧 소설 텍스트가 경험 세계의 현실을 직접적으로 반영하고 있음을 의미하지는 않는다. 아주 평범한 인물의 이야기일지라도 이미 텍스트로 형성되었을 때, 그 인물은 결코 현실의 인물이 아니라 구성된 인물이자 허구적으로 고안된 인물일 수밖에 없다. 반영이란 단순히 텍스트 외부의 현실과 텍스트 내부의 현실을 일대 일로 대응시키는 것이 아니라, 텍스트 생산자인 작가의 관점에서 투사하는 왜곡과 변형을 필연적으로 동반한다. 작가는 현실을 그대로 복제하는 것이 아니라 현실을 선택하고 배열하며, 나아가 자신의 의도와 텍스트의 내적 논리에 맞게 변형함으로써 새로운 텍스트의 현실을 재현해내는 것이다. 그리고 이 모든 과정에 언어가 놓여 있다. 소설텍스트가 자신의 내적 논리에 따라 실제의 현실을 생략하고 과장하며, 연결하고 단절시키는 이 모든 작업은 언어를 통해, 언어 안에서 이루어지며[7], 언어의 제약 속에서 완성된다. 따라서 소설텍스트의 읽기 역시 언어에 내재된 의미를 이해하고 해석하며 평가하는 활동이다. 그리고 그 언어를 매개로 의미를 탐색해 가는 과정이야말로 소설텍스트가 고유하게 지닌 삶의 존재양상과 마주치는 과정이며, 삶에 대한 인식에 도달하고자 하는 과정인 것이다.

　　그러나 정작 소설의 언어에 대한 관심은 그다지 풍부하게 논의되지 못하였다. 기존의 논의들은 대부분 언어의 형식적 자질을 중심으로 검토하였으며, 정작 언어가 인간 존재의 본질과 인간이 세계에 대해 견지하는 인식과 깊은 관련을 맺고 있다는 사실을 등한시해 왔음이 사실이다. 더욱이 세계에 대한 인식이자 가치평가[8]를 능동적으로 수행하고자

---

7) R.Fowler, 『언어학과 소설』(김정신 역), 문학과지성사, 1985, pp.16∼17.
8) 까강(Kagan)은 다음의 인용에서 예술작품을 가치평가적 계기와 인식적 계기를 통

하는 소설텍스트의 경우 언어에 대한 관심은 형식적으로 다루어졌을 뿐, 언어에 내재하는 사회적 의미를 풍부하게 고구하지 못하였다. 이는 무엇보다도 언어를 구체적인 사용의 맥락 안에서 특정한 주체와 상황을 매개하는 언어가 아닌, 그 맥락과 동떨어진 언어체의 기술적인 분석에 치중하였기 때문이다. 물론 이러한 경향이 소설의 본질과 조응하지 않는다는 것은 분명하다. 소설은 미적 고안물임과 동시에 특정한 이데올로기적 관점에 입각한 삶에 대한 평가를 독자에게 전달하고자 한다. 따라서 소설은 세계에 대한 적극적인 가치평가를 텍스트 내부에 견지함으로써 특정한 이데올로기적 표상을 독자들과 공유하고자 하는 서사양식인 것이다. 그 결과 소설에서 사용되는 언어는 이데올로기적 효과를 최대한 이끌어내기 위해 기능적으로 선택된다. 이에 소설의 분석과 해석은 언어를 통해 궁극적으로 텍스트가 기획하고자 하는 의미를 천착할 수 있어야 하며, 그것은 곧 언어 사용에 내재된 이데올로기적 지향을 분석할 수 있어야 함을 의미한다.

소설에 사용된 언어와 그에 내재된 이데올로기를 문제삼기 위해서는 무엇보다도 기존의 언어 분석의 단위를 어휘나 통사가 아닌 문장 단위 이상의 사용된 언어체인 담론의 차원으로 확장하지 않으면 안된다. 어휘나 통사적 차원의 언어 단위는 그 자체만으로는 언어적 형식일 뿐, 세계에 대한 어떠한 표상도 전달할 수 없기 때문이다. 실제 사용된 현실적 언어 단위로서의 담론만이 '세계에 대한 체계적인 사고들과 표상'9)으로

합한 것으로 인식한다. "예술적 인식의 대상이 인간에 대한 관계 속에서의 세계라고 할 때, 이는 예술의 대상 자체 속에 이미 어떤 가치론적·가치규정적 '맹아'가 내포되어 있으며, 이 맹아로부터 예술적 내용의 가치적 측면이 아주 자연스럽게 성장해 나온다는 것을 의미한다. …… 예술의 대상은 마찬가지로 예술적 인식의 대상이자 동시에 예술적 가치평가의 대상이라는 것을 의미한다." M.Kagan, 『미학강의 1』(진중권 역), 새길, 1992, p.296.

서의 이데올로기를 문제삼을 수 있는 것이다.

Ⅱ. 담론 분석의 층위

한 편의 소설은 텍스트 전체가 하나의 담론을 형성한다. 따라서 소설 역시 여타의 담론들과 마찬가지로 주체의 문제와 지시대상의 문제를 벗어나 논의하기는 어렵다. 그러나 여타의 텍스트와 달리 소설텍스트에서 주체와 지시대상은 현저히 중첩된 형태로 존재한다.

일상적 담론에서 담론의 주체는 담론의 발신자인 화자와 수신자인 청자일 것이다. 이들 화자와 청자는 직접적으로 대면하고 있는 상황 속에서 자신들의 사회적 위치, 약호의 체계, 스키마 등의 제한을 받으며 담론을 생산하고, 수용한다. 그러나 소설텍스트의 주체는 결코 단일한 주체일 수 없으며 그 성격 또한 명료하지 않다. 예컨대 텍스트를 생산하는 주체로서의 작가와 독자를 들 수 있다. 작가는 자신의 체험을 토대로 텍스트를 생산하며, 독자는 그 텍스트를 수용한다. 이러한 소통의 구조는 여타의 담론 양식과 다르지 않다.

그러나 문제는 텍스트 내부에 또 다른 주체가 존재한다는 사실이다. 텍스트에 드러나는 대표적인 발화 주체는 서술자이다. 서술자는 인물들을 직접적으로 묘사하고, 설명하고, 평가하는 가운데 자신을 이데올로기적 주체로 형성해 나간다. 등장인물 또한 텍스트 내적 담론을 형성하

---

9) L.Althusser, 「이데올로기와 이데올로기적 국가장치」, 『아미엥에서의 주장』(김동수 역), 솔, 1992, p.103.

는 주체임은 분명하다. 물론 인물은 서술자와 공존하는 가운데 혹은 서술자와 명료하게 분리된 가운데 자신의 시야로, 자신의 제한된 관점 안에서 세계를 제시하며, 세계에 대한 일정한 이데올로기적 담론을 생성해낸다.

소설텍스트에서 작가와 서술자는 명확히 구분된다. 이들 두 존재는 반드시 일치하지도 않으며, 심지어는 극단적인 대립을 보이기도 한다. 예컨대 「치숙」을 통해 구성한 서술자인 어린 아이의 담론은 결코 작가 채만식 자신의 담론일 수가 없는 것이다. 비록 서술자와 작가를 일치시킨듯이 보이는 장치들조차 다만 신빙성을 부여하고자 하는 장치에 불과하다는 점에서 서술자의 중요성은 소설텍스트에서 간과할 수 없다. 그럼에도 작가의 역할은 텍스트의 이데올로기가 작가의 이데올로기로 환원될 수 없다는 사실로부터 명확하게 제한될 수밖에 없다. 작가가 텍스트에 부여하고자 하는 의미는 단지 의도로써 존재할 뿐, 그 이상도 이하도 아닌 것이다. 특히 작가와 그의 작업의 산물인 텍스트의 관계가 논의의 중심항이 아니라, 텍스트의 분석과 해석, 나아가 정당한 평가를 논의의 목적으로 한다면 의당 그 관계의 방향은 텍스트로부터 작가에로 향할 수밖에 없다. 텍스트야말로 담론생산자인 작가에게 도달하기 위한 유일한 매개항인 것이다.

독자 역시 이와 다르지 않다. 텍스트가 담론을 통해 일정한 이데올로기를 형성했다고 하더라도 그 이데올로기가 곧 독자의 이데올로기로 전화하지는 않는다. 독자 역시 자신의 이데올로기적 지평 안에서 제한된 정도로 새로운 이데올로기를 형성하거나 더욱 더 자신의 이데올로기를 강화해 나갈 따름이다. 개별적인 독자의 수용 정도는 구체적이고 현실적이기는 하나, 어떠한 일반화도 용납하지 않는 경험적 사실일 따름이다. 수용미학의 한계 또한 이와 맞물려 있다. 수용미학이 독자에 의한 의미의 확정[10]을 주장함으로써 문학현상의 새로운 측면을 끌어들였음에도 불구하고, 그 독자는 결국 텍스트를 읽고 그 텍스트를 바탕으로 새로운 비평텍스트를 생산해 내는 모범적인 내포독자이지 현실의 독자는 아닌 것이다. 독자가 텍스트의 이데올로기를 수용하는가 않는가 하는 문제 역시 텍스트가 내부로부터 설정한 그 가능역 안에서 논의되어야 하는 것이다. 연구의 방향은 텍스트의 이데올로기는 무엇이며, 그 이데올로기는 얼마나 효과적으로 구성되고 있는가를 평가하는 것이 곧 독자에게 미치는 이데올로기적 효과의 구체적인 척도인 것이다.

결국 소설텍스트에서 의미를 갖는 담론 생성의 주체는 서술자와 등장인물이 거론될 수 있을 따름이다. 서술자야말로 텍스트 내부에서 발화행위를 담지하는 주체로서 자신이 직접적으로 혹은 간접적으로 경험한 서사를 자신의 정향에 따라 선택·배열하고, 장르적 규칙과 사회역사적 상황이 가하는 제한을 수용하면서 마침내 하나의 완전한 담론을 형성해 나가는 것이다. 여기에 부차적으로 등장인물 또한 주체로서 등장한다. 하지만 이 인물은 서술자와 일치되지 않는다면, 국지적인 역할만을 담당할 뿐이며, 서술자의 이데올로기적 기획을 여실히 입증해 주는 장치로 존재한다.

상황맥락도 단순하지 않기는 마찬가지이다. 텍스트 자체를 둘러싼 작가와 잠재적인 독자가 공통적으로 마주치고 있는 상황이 존재한다. 하지만 이들 상황은 일상적 담론에서처럼 즉각적으로 담론 주체들에게 현존하는 것이 아니라, 폭넓은 자장을 지닌 채 흩어져 있을 뿐이다. 이 무한히 펼쳐져 있는 상황맥락 가운데 서술자는 특정한 상황맥락을 텍스트

---

10) H.R.Jauss, 『도전으로서의 문학사』(장영태 역), 문학과지성사, 1983, p.185.

내부에 형성하며, 그것을 매개로 텍스트 외부의 상황맥락을 구체적으로 지정한다. 하지만 이렇게 지정된 상황맥락 역시 텍스트의 내적 상황맥락과 엄밀히 일치하기보다, 구조적인 상동성을 지니고 있을 따름이라는 사실도 분석의 중심을 텍스트로 이끌어간다. 현실의 상황맥락이 이미 작가와 독자의 면전에 동시에 또한 즉각적으로 현존하지 않는 다음에야 텍스트 내적 상황 맥락을 통해 구성되는 현실성의 깊이와 그로 인한 이데올로기적 효과만이 적절한 매개항일 수 있는 것이다.

결국 소설텍스트의 담론분석은 텍스트를 중심으로 담론의 생산자인 작가와 수용자인 독자에게로 진행될 수밖에 없으며, 이데올로기와 상황맥락 또한 텍스트가 구성한 이데올로기, 텍스트가 설정한 상황맥락을 통해 접근해 나가야 한다는 사실이다.

소설의 분석 대상을 담론으로 인식할 때, 분석의 실제는 다양한 언어적 층위를 통해 검토할 수 있다. 하지만 그 다양한 언어적 층위들은 소설텍스트의 양식적 특성으로 말미암아 내적 연관이 긴밀하지 못한 층위의 의미작용은 상대적으로 소홀하게 다루어진다. 예컨대 음소의 층위를 들 수 있다. 음소는 음성학과 음운론의 가장 기초적인 단위임에도 불구하고, 그 자체가 의미를 실현하는 단위가 아니기 때문에 서사텍스트의 분석에서는 제외된다. 시텍스트가 규칙적인 음소의 배열을 통해 일정한 운율의 반복성을 획득하는 것과 달리 소설텍스트는 음성적 층위의 관여 정도가 미미하다. 따라서 의미작용을 능동적으로 수행하는 층위인 어휘에서부터 분석은 적극적인 의미를 갖는다.

그리고 분석의 결과 텍스트 생산자가 어떠한 어휘를 사용하는가, 그리고 어휘의 결합을 통해 어떠한 통사를 구성하는가, 그 결과 전체의 담론는 문장의 산술적인 결합을 능가하는 어떠한 새로운 의미작용을 수행하고 있는가를 검토할 수 있어야 한다. 이러한 사용된 언어의 분석을 위해 할러데이(M.A.K.Halliday)는 '언어사용역(register)'이란 개념을 끌어들이고 있다. 그에 따르면 언어사용역이란 상황의 유형에 따라 사용된, 언어의 형식적 특성을 일컫는다. 그리고 그 사용역은 다음의 세가지 관점을 통해 포착된다.

> 폭넓게 보아 언어적 상황의 유형들은 세가지 관점에서 서로 상이하다. 먼저 실제로 어떤 일이 일어나고 있는가이며, 두번째는 누가 관여하고 있는가이고, 그리고 세번째는 그 언어가 어떠한 역할을 수행하고 있는가이다. 이들 세가지 변이체들은 함께 결합되는 가운데 선택되는 의미와 표현을 위해 사용되는 형식들을 제한하는 영역을 결정한다. 달리 말하면, 이것들이 '언어사용역(register)'을 결정하는 것이다.11)

물론 할러데이는 사회적 맥락을 알면 언어형식을 알 수 있다는 '예견'12)을 위한 관점에서 '언어사용역'을 다루고 있으나, 담론의 형식이 이미 완성된 서사텍스트 분석에서는 오히려 언어형식을 통해 경험 내용과 담론의 주체, 나아가 담론의 기능 등을 미루어 알 수 있다는 점에서 그 함의가 오히려 더욱 풍부해진다. 즉 어휘 및 통사라는 특정한 언어형식은 어떠한 경험내용을 전달하고 있으며, 담론의 주체는 그 경험 내용을 어떠한 시각에서 제시하고 있는가, 그리고 서사텍스트의 부분 부분은 전체 서사텍스트의 형성에 어떠한 기여를 하고 있는가를 거꾸로 확인할 수 있다는 것이다. 나아가 여기에서 경험 내용은 언어

---

11) M.A.K.Halliday, *Language As Social Semiotic*, Edward Arnold, 1978, p.31.
12) M.A.K.Halliday, 같은 책, p.32.

의 관념적 기능에, 담론의 주체는 언어의 대인적 기능에, 담론의 전체 내에서의 역할은 텍스트적 기능에 각기 대응하면서, 기능적 관점에서의 분석을 위한 층위를 마련해 준다. 그리고 이들 각각의 기능은 담론 분석의 기본 단위인 의미 층위와 서술의 층위, 구성적 층위에 각기 해당한다.

이러한 할러데이의 설명은 해석의 과정을 중심으로 페어클로프(Norman Fairclough)에 이르러 더욱 정교하게 구성[13]된다. 페어클로프에 따르면 해석의 과정은 텍스트에 드러나는 단서들과 현저히 이데올로기적인 해석자의 세계 지식 사이의 변증법적 상호작용의 결과이다. 그는 담론 분석의 구체적인 대상으로 음운·문법·어휘 등의 담론의 표층을, 의미론적인 화용론, 결속구조의 화용론, 그리고 텍스트의 형성 원리를 근저에서 조정하는 담론 구성의 선지식 등을 각기 대응시키고 있다. 이러한 텍스트 내적 구조의 양상은 곧 뻬쉐(M.Pecheux)가 지칭하는 담론구성체의 언어적 요소들과 조응하며, 이들 각각의 층위야말로 담론분석의 단위가 되는 것이다.

"이데올로기에 대한 알뛰세적 접근과 담론분석에 대한 기술적인 장치를 결합"[14]하고자 한 뻬쉐는 담론분석의 선구자인 해리스(Zellig Harris)를 비판함으로써 자신의 방법론을 수립하였다. 해리스[15]는 비록 문장 단위를 넘어서서 문장연속체를 분석의 대상으로 설정하였으나, 정작 그의 분석은 담론의 구성적 요소들 가운데 반복되는 유형만을 주목하였을 뿐이다. 그 결과 내적으로 반복되지 않는 담론구성체의 언

---

13) N.Fairclough, *Language and Power*, Longman, 1989, p.142.

14) J.B.Thompson, *Studies in the Theory of Ideology*, Polity Press, 1984, p.232.

15) Zellig S. Harris, "Discourse analysis", *Language*, vol.28, 1952, pp.1~30.

어적 요소를 규명할 수 없었던 것이다. 이에 대한 비판을 통해 뻬쉐가
이끌어 낸 언어적 층위 역시 다음과 같은 순서를 지닌 과정으로 제시
되고 있다.

통사적 장치 등의　　　　　자동적 사전(*auto* –
언어(*langue*)　　　　　　*dictionnaire*)으로 기능
분석　　　　　　　　　　하는 담론 대상체에 관한
　　　　　　　　　　　　담론(*discours*) 분석

전체에 속한 ──── 1 ────▶ 담론의 ──── 2 ────▶ 담론의
담론의 언어적 표층　　　　　대상　　　　　　　　　　과정

　　　= 2의 차원이　　　　　　= 1의 차원이
　　　지닌 효과를 배제　　　　지닌 효과를 배제
　　　하고자 하는 언어적　　　함으로써 시작되는 담론적
　　　탈표면화　　　　　　　탈계열체화

〈뻬쉐 담론 분석의 거시적 과정〉16)

　　이 모형에서 알 수 있듯이 두가지 서로 구분되는 분석의 유형이 존재
한다. 그 첫번째는 언어(langue) 분석 혹은 탈표면화로 담론의 표층에서
작동하며, 통사적 장치를 구체화함으로써 이루어진다. 여기에서는 두번
째 단계가 초래하는 효과인 탈통사적 과정을 배제하고자 하는 방향으로
진행된다. 곧 통사 자체에 대한 분석을 통해 담론의 대상을 확인하는 과
정이다. 이와 달리 두번째 단계는 언어(langue)의 분석이 아닌 담론

---

16) M.Pêcheux & C.Fuchs, "Mises au point et perspectives à propos de L'analyse automatique
　　du discours", *Language*, vol.37, 1975. 여기에서는 J.B.Thompson(1984: p.239)에서 재인
　　용.

(discourse)의 분석이 이루어지는 단계이며, 통사적인 흐름을 차단하고자 하는 방향으로 이루어지는 과정이다. 간략하게 말하면, 담론의 문장 연속체를 통해 담론의 주제에 해당하는 대상을 밝혀내고, 그 대상에 조응하는 구체적인 담론 구성의 과정을 살펴보아야 한다는 것이다. 그리고 그 과정에는 표면적인 단어의 의미를 벗어나야 하며, 통사의 수준에서 전체적인 구성의 수준으로 상승해가야 함을 적시하고 있는 것이다. 이는 각기, 통사에서 드러나는 서술의 층위, 서술을 방향조정하는 의미의 층위, 그리고 이 의미가 구조화되는 구성의 층위 등의 과정을 경유함을 뜻한다.

이러한 텍스트를 이루는 세가지 층위는 결코 명확하게 분리된 것만은 아니다. 세가지 층위가 항상 상호중첩된 가운데 실현된다. 읽기의 실질적인 과정은 텍스트 내적 상황맥락을 재구성하면서 이들 층위를 동시에 진척시켜 나가기 때문이다. 그러나 분석의 과정은 의미 층위를 중심으로, 구성 층위와 서술 층위를 기능적으로 결합함으로써 분절화할 수 있을 것이다. 궁극적으로 해석과 비판을 향한 초점은 의미 층위에 집중되며, 구성과 서술의 층위는 기능적으로 선택된다. 하지만 이들 층위의 관계가 의미에서 구성으로 전이되는 일방적인 경로는 아니다. 의미 또한 구성적 장치와 조응하지 못한다면 수정되며, 서술의 층위를 통해 적확한 기능을 다하지 못할 때에는 작가의 의도와는 다른 이질적인 의미를 생성하기 때문이다.

Ⅲ. 의미 층위의 이데올로기 분석

1. 의미동위소와 그 이데올로기적 기능

의미 층위는 텍스트 분석의 여러 층위들 가운데 담론의 내용에 관련된 층위이다. 이 의미 층위는 텍스트 생산의 과정 속에서는 경험 내용의 의미화란 형태로 이루어지며, 수용의 과정에서는 국지적인 의미가 끊임없이 상호 결합하면서 마침내 읽기의 종료와 함께 부분적으로 완료된다. 여기서 부분적이라 함은 수용주체의 명료한 말이나 글의 형태로 언표화되지 않은 의미의 지각은 불명료한 이미지의 상태로 존재하기 때문이다. 이와 달리 분석과 해석을 목적으로 하는, 읽기의 과정에서 의미는 텍스트를 통해 구성된 담론의 의미작용을 의미 요소들의 결합과 연관을 통해 포착하는 과정이다.

텍스트의 의미는 먼저 어휘의 의미로부터 비롯된다. 그러나 어휘의 의미는 반드시 맥락 속에서만 의미를 갖는다. 의미의 최소단위인 의미소(seme)는 잠재적으로 의미를 지닐 뿐이다. 의미소가 자신의 의미를 현실화하기 위해서는 다른 의미소와의 결합과 함께 상황맥락의 능동적인 관여 속에서, 특정한 사용의 맥락 속에서 문맥소로 존재해야만 한다. 그리고 이들 문맥소들은 담론 전체 속에서 차지하는 관계와 결합의 양상 속에서 의미를 현실화하며, 현실화된 의미는 항상적으로 가치[17]를 갖는

---

17) Saussure는 '언어의 가치'를 mutton과 sheep의 비교를 통해 설명함으로써 사용의 맥락과 분리한 채 다만 언어의 의미역(意味域)으로 제한하고 있다. 그러나 여기에서 논급하는 '언어의 가치'는 의미역의 구체화와 함께, 사용의 맥락 속에서 언어에 부과된 사회적 반응을 함께 포괄하는 광의의 뜻으로 사용한다. Saussure, 『일반언어학의 제문제』, 민음사, 1981, p.138.

다. 나아가 그 가치가 사회적으로 실현되는 경향성을 지닐 때 그것은 사회어[18]로 지칭되며, 그 사회어 역시 문맥 속에서 구체화되며, 그 구체화를 결정하는 것은 텍스트 전체에 펼쳐져 있는 의미소들을 관계와 위계 속에서 일관되게 설정하는 기능적 단위이자 의미단위인 의미동위소(Isotopy)[19]를 통해 가능해진다.

의미동위소는 이야기를 통일적인 것으로 읽을 수 있게 해 주는 일련의 의미론적 범주들로 규정한다. 특히 그레마스Greimas는 초기에는 이 의미동위소를 문맥 속에서 결정된 의소라는 의미로 사용하였으나, 후기에 들어 주제론적인 의미동위소로 사용함으로써 담론의 생성을 일관되게 규제하는 심층적인 차원의 대상을 지칭하기에 이르렀다.[20] 예컨대 성서에 등장하는 수많은 비유들이 동일한 하나의 주제를 이루고 있으며, 이 동일한 주제가 곧 의미동위소인 것이다. 사랑, 우정, 욕망, 혁명 등등의 텍스트 전체를 결속시켜 주는 의미의 핵이라는 개념으로 사용한다.

예컨대 현진건의 작품인 「빈처」에서 동위소를 형성하는 것은 '가난' 혹은 '예술'이며, 이들 동위소는 모든 문맥소들을 통합할 뿐 아니라, 텍스트 내부에서 각각의 문맥소를 적절한 위계 속에 배치하는 기능을 담당한다. '그것이 어째 업슬가'라는 첫부분의 내적 독백도 '가난'이란 동위소에 대한 반응으로 존재하며, '그의 눈에도 나의 눈에도 그렁그렁한

---

18) P.Zima는 '사회어'를 "어휘적 층위와 담화적 층위에서 구조화되어 어느 정도 유기적인 이데올로기를 표현하는 이념소로서의 구조를 갖추게 되는 언어단위"로 규정한다. 곧 '사회어'란 이념적인 가치를 갖는 어휘소인 것이다. P.Zima, 『텍스트 사회학을 위하여』(허창운 역), 민음사, 1991, p.98.

19) A.J.Greimas, *Structual Semantics : An Attempt at a Method*(trans. J.E.Lewin), Cornell Univ.Press, 1980. 참조.

20) T.E.Sebeok ed., *Encyclopedic Dictionary of Semiotics*, mouton de gruyter, 1986, p.400.

눈물이 물쏟듯 넘쳐 흐른다'는 서사의 종결에 나타나는 묘사적 문장도 역시 '가난'이 부과한 어려움을 극복한 뒤의 사랑을 제시하고 있는 것이다.

그러나 이들 동위소는 부분적인 문맥소의 관련 양상을 통해서뿐만 아니라, 서사 전체를 구성하는 담론의 변이과정을 통해서도 확인된다. 곧 서사를 추동하는 동력이 무엇인가 하는 점이다. 「빈처」라는 서사텍스트에서 사건을 가능하게 만들고, 그 사건이 단일하게 모아지는 초점이 곧 '가난'을 중심적인 의미로, '예술'을 그와 중첩하는 부가적인 의미로 설정되어 있는 것이다. 그리고 이러한 동위소는 서사텍스트가 다루고자 하는 대상으로 나타난다.

그러나 '가난' 혹은 '예술'이라는 서사텍스트의 대상, 혹은 의미동위소 그 자체를 인식하는 것은 작품의 이해에 어떠한 명시적 도움을 줄 수가 없다. 문제는 그 동위소들이 텍스트 내적 사용의 맥락 속에서 어떠한 의미를 획득하고 있는가에 달려 있다. 그리고 그 의미가 획득하는 과정은 명확하게 이데올로기적이다. 의미동위소의 공준된 의미를 텍스트 내부의 현실성 속에서 다른 의미들과 관련을 맺는 가운데 구체적인 텍스트적 의미를 창출해 내는 것이다.

그리고 그 이데올로기적 의미화 과정은 서사텍스트의 경우 '지속', '확장', '전이', '대체' 등 모든 의미화 양상을 실현하지는 않는다. 적어도 문학적 텍스트는 특정한 개별적 청자를 상정하는 것이 아니라, 아주 일반적인 수준의 공중을 그 수용자로 전제하고 있으며, 그 일반적인 불특정한 수용자의 기대지평 내에서 작동한다. 대부분의 경우 그 기대지평은 지배적인 이데올로기에 무의식적으로 침윤된 형태로 나타난다.

그렇다고 해서 문학텍스트의 생산자는 수용자의 기대지평 속에서 고스란히 머물지는 않는다. 그 기대 지평과 조금도 다르지 않은 의미화를 실현할 때, 일반적인 의미의 통속적인 작품으로 전락하는 것이다. 나아가 그 기대지평과 전적으로 상이한 패러다임 위에 텍스트가 서 있을 때, 그 텍스트는 공중의 이해를 얻지 못한 채 성큼 실험적인 작품이 되어 초월적으로 존재하기에 이른다. 따라서 이들 두가지 양상, 곧 '지속'과 '대체'는 소설텍스트에서보다 다른 담론 양식의 고유한 특성으로 존재한다. 그것은 곧 일상적 담론과 학술적 담론에 각기 조응한다. '지속'은 일상적 담론에, '대체'는 학술적 담론에 주로 나타나는 담론적 특성인 것이다. 물론 이러한 구분은 결코 절대적이지 않다. 일상적 담론와 학술적 담론 역시 담론을 무의식적인 관습에 의해서가 아니라 명료한 인식을 바탕으로 구성한다면, 그 모든 의미화 양상을 능동적으로 선택할 수도 있는 것이다. 그러나 전반적인 경향성 속에서 포착한다면, 소설텍스트가 주로 의존하고 있는 이데올로기적 의미화의 전략은 '확장'과 '전이'로 나타난다. 하지만 확장이 충분히 이루어지지 않았을 때, 의미화의 양상은 '지속'으로 전락하며, 통속적인 소설이 되고 만다. 현진건의 소설은 이 모든 양상을 적절히 제시해 주고 있으며, 본고에서는 「타락자」, 「운수 조흔 날」, 「술 권하는 사회」를 각기 이들 양상의 실례로 들어 보일 것이다.

2. 이데올로기적 함축의 양상

① 지속

지속은 텍스트에서 실현한 이데올로기적 함축이 공준된 이데올로기와 다르지 않은 경우를 지칭한다. 물론 공준된 이데올로기는 명료하게 확인하기 어렵다. 다만 당대의 지배적인 이데올로기에 침윤된 이데올로기와 항용 보편적으로 인식되어 오는 이데올로기적 함축을 그 준거로 제시할 수 있을 뿐이다. 여기에서 지배적인 이데올로기란 지배계급의 이데올로기이다. 가령 식민지시대라면 이 시대적 규정성 속에 식민주의자들이 유포시키고자 하는 이데올로기인 것이다. 반면 보편적으로 인식되어 오는 이데올로기적 함축은 지배계급의 이데올로기와 다를 수 있다. 이는 엄밀히 보아 전시대의 잔여물인 것이다. 이데올로기는 전일적인 형태로 한 사회를 장악하고 있다기보다 새로운 지배 이데올로기와 전통적인 지배 이데올로기가 불규칙적으로 혼효되어 있는 상태로 나타난다.

소설텍스트에서 이데올로기적 함축으로서의 지속은 통속소설에서 잘 드러난다. 예컨대 로맨스소설이라고 부르는 연애소설은 대표적인 실례이다. 연애소설이 탐구하고자 하는 대상, 곧 의미동위소는 당연히 사랑이다. 대부분의 이들 텍스트들은 사랑, 구체적으로 남녀간의 사랑을 삶의 본질적인 목표로 인식한다. 등장하는 주요 인물들은 사랑을 하기 위해 태어나며, 사랑을 할 수 있는 나이가 되기 위해 성장해 간다. 그리하여 마침내 그들이 이루어내는 사랑은 그 어떤 가치보다 절대화되어 나타난다. 더욱이 이들에게서 사랑은 완벽하기까지 하다. 사랑에 대한 현실적인 의미를 넘어서면서 사랑에의 낭만적 지향을 여지없이 입증해 보이고 있는 것이다. 이러한 사랑이란 의미동위소에 부여하는 이데올로기적 함축은 일반적인 대중들이 갈망하는 사랑을 그대로 반복해 보이고 있는 것이다. 심지어는 이들 텍스트를 통해 대중들은 사랑에 대한 낭만적인 가치함축을 오히려 강화해 나가기도 한다. 무협소설도 이와 다르지 않다. 무협지가 그 중심에 두는 의미동위소는 정의(正義)이다. 이 정의를 실현하기 위해 인물은 초인간적인 힘을 바탕으로 정의롭지 못한 텍스트의 현실을 일소해 나가는 것이다. 여기에서는 여지없이 사필귀정과 권선징악의 전통적인 이데올로기가 재생산되고 있는 것이다.

대중의 이데올로기적 함축과 끊임없이 부응하고자 하는 것은 단지 연애소설이나 무협소설과 같은 통속적인 양식에서만 드러나는 것은 아니다. 현진건의 소설 또한 이러한 측면들을 내함하고 있다. 특히 사랑에 대한 낭만적인 이데올로기적 함축은 「犧牲花」에서 잘 드러난다. 「희생화」는 인습에 짓눌려 마음껏 자신들의 사랑을 이루지 못하고 마침내 자살하고 마는 누이의 이야기를 동생의 시각으로 포착한 작품이다. 비록 인습에 대한 저항이라는 새로운 이데올로기적 함축이 드러나기는 하나, 텍스트 전반을 일관되게 구성하는 이데올로기는 사랑에 대한 낭만적 함축과 다르지 않다. 사랑에 있어서 자유롭게 상대방을 선택한다는 자유연애의 의미가 없는 것은 아니나, 이는 1920년대의 상황에서는 적어도 새로울 것이 없는 가치 함축의 표현일 뿐이다. 애초 낭만적인 지향에서 벗어나고자 시도된 「墮落者」 또한 이데올로기적 함축이 지속으로 드러나기는 마찬가지이다.

「타락자」의 주인공이자 서술자인 '나'는 일본에서 학업을 닦던 중 당숙의 죽음으로 양자로 들어간 탓에 귀국하여 그대로 주저앉았고, 결혼을 했으며, 신문사를 다니는 인물로 제시된다. 그는 좌절에 잠긴 '유망한 청년'인 것이다. 그리하여 그는 '되는대로 되여라! 偉人이 다 무엇이랴! 人生이란 물거품의 그림자에 不過한 것이다'라고 외치기에 이른다. 그러던 그는 어느날 요리집에서 춘심이란 기생을 만나, 사랑에 빠지게 된다. 만나지 말아햐 한다는 생각과 만나고 싶다는 욕망 속에서 끊임없이 번민하다가 몸은 몸대로 춘심과 더욱 가까워지고, 마침내 춘심이 다른 사람에게로 떠나버렸을 때, 그에게는 지독한 성병만이 남게 되었으며, 그 몹쓸 병은 임신을 한 아내에게도 이미 옮겨졌음을 참담하게 발견하는 것으로 끝나고 있다.

이 텍스트에서 중심적인 탐구의 대상은 '사랑'이다. 물론 이 사랑은 정상적인 관계 속에서의 사랑이 아니라 엄밀히 보아 '욕망'일 따름이다. 텍스트에서 탐구하고자 하는 대상이 욕망임은 그와 춘심을 연결하는 매개가 춘심의 육체를 통해 갈망이 고조되는 것으로 드러나는 데에서 확인할 수 있다.

> 그는 부끄러운 듯이 시선을 피하여, 의미잇게 웃기만 한다. 그 아름다운 입술이란! 모든 것을 잊고 열렬한 키쓰를 하고 싶었다. 그것은 못하나마 나의 손뿐마는 어느결에, 상 밑에서 그의 녹신녹신한 손을 꼭 쥐고 있었다. 이 말끝을 잃어서는 아니된다. 무슨 말이던지 하여야 될 것 같다. 하나, 아까 생각해 놓은 절묘한 언사는 다 어데로 갔는지! 씻은듯이 잊고 말았섯다.

이 인용은 서술자가 춘심과 처음 말을 건네는 부분이다. '열렬한 키쓰'에의 갈망과 '녹신녹신한 손'이란 육체에 대한 갈망이 그와 춘심의 사이를 매개해 준다. 더욱이 춘심 역시 기생이란 자신의 역할에 종국에는 김승지란 이를 맞아들이고 서술자인 '나'를 내몰아 버리고 만다.

「타락자」에서 '욕망'에 부여하는 가치 함축은 부정적이다. 그것은 육체적인 쾌락, 어리석은 정욕, 성병 등의 의미소들과 함께 결부되어 있다. 특히 이러한 부정적인 함축은 아내에게서 선명하게 드러난다. 아내는 '춘심의 사진을 갈기갈기 찢'어 놓음으로써 자신의 감정을 명료하게 표출한다. 이 극단적인 행위는 곧 서술자의 욕망에 대한 날카로운 비난인 것이다. 더욱이 그의 아내는 서술자 자신에 의해 긍정적인 가치 함축을 체현하고 있는 인물로 제시되고 있기 때문에 이 인물을 통한 부정적인 가치 함축의 실현은 곧장 텍스트의 이데올로기적 함축으로 연결된다. 단순화시켜 말하자면, 이 텍스트에서 형성된 욕망에 대한 이데올로기적 함축은 욕망이 곧 타락이며, 패가망신으로 귀결됨을 제시해 주고 있는 것이다. 그리고 이러한 함축은 공준된 의미와 다르지 않음은 물론이다.

더욱이 이 텍스트가 욕망의 부정성에 대해 자신이 성병을 옮긴 아내에게는 새생명이 자라고 있었다는 과장된 상황 설정까지 감행하고 있으나, 정작 서술자 자신의 내면적인 갈등이 단순화되어 제시됨으로써 새로움을 획득하고 있지 못한다. 이러한 구태의연한 방식의 탐구는 이 소설텍스트 전체를 자연주의적이라고 평가할 수밖에 없게 만든다. 서술자와 춘심이 이끌어 나가는 욕망의 유희가 타락자의 결말 그 자체만을 드러내기에 급급할 뿐 삶의 단면을 풍부하게 그려내지 못하고 있기 때문이다.

② 확장

지속이 공준된 이데올로기적 의미를 단순 반복하는 것과 달리 확장은 그 의미를 더욱 풍부하게 구체화하는 경우를 지칭한다. 물론 지속과 확장은 명료하게 구분하기 어렵다. 다만 그 준거는 텍스트 속에 구축한 현실성의 깊이를 통해 평가할 수 있을 따름이다. 따라서 이들 이데올로기적 의미화의 양상을 지칭하는 용어들은 그 자체가 평가적일 수밖에 없다. 똑같이 현실을 재현하더라도, 그 재현된 현실이 얼마나 핍진하게 재현되어 있는가에 달려있기 때문이다. 물론 이러한 주관적인 평가 이

외에도 형상화 방식의 새로움은 지속과 확장을 선명하게 구분하는 기준이 될 수 있다. 예컨대 「운수 조흔 날」의 아이러니적 구조는 동일한 주제를 한결 견고하게 구축하는 기능을 담지하기 때문이다. 지속이 공준된 의미에 새로움을 덧붙인 것이라면, 그 새로움은 대상 자체에 대한 생동감과 대상을 바라보는 서술시각의 깊이를 통해 확인할 수 있다.

　「운수 조흔 날」의 의미동위소는 '가난'이거나 '운명'일 수 있다. 이 소설텍스트의 의미동위소가 '운명'이라면 주제는 운명의 간교함에 놓여 있을 것이다. 이 간교함을 드러내기 위해 작가는 비극적인 운명에 놓여 있는 한 인물을 구성한다. 그리고 그 인물의 비극성을 완화하기 위해 '거듭 계속되는 행운'을 설정한다. 그 행운 속에 인물은 '기쁨을 감추지 않'는다. 운명은 짐짓 화해의 몸짓으로 김첨지를 불러들이나, 더욱 심각한 불행을 감추고 있다. 그 거듭되는 행운과 불행의 굴곡에 민감하게 부응하기 위해 주인공 김첨지는 지극히 즉물적으로 반응하는 인물로 설정된다. '가난'이라는 주제에 근거한 읽기도 역시 가능하다. '가난'이 얼마나 참담하게도 한 인간을, 그리고 한 가족을 무너뜨리는가 하는 실상이 심리적 변화 속에서 여실히 포착되고 있는 것이다. 갑자기 찾아든 '행운'과 '불행'을 대립적으로 설정하는 가운데 가난의 현실적 힘을 검증하고자 함이 이 텍스트 전체의 기의가 될 수 있으며, 이 기의를 효과적으로 드러내기 위해 거듭되는 행운과 반전되는 불행이 구성적으로 존재하며, 상황과 인물 또한 그 가난의 구체적인 자국들을 선명하게 보여주고자 배치되고 있는 것이다. 적어도 '운명'과 '가난'이 모두 의미동위소가 될 수 있다면, 그리고 이 두 동위소를 통해 텍스트 전체가 일관되게 의미화될 수 있다면, 정확하게는 '가난한 이들의 운명'이 의미동위소로 드러날 수도 있을 것이다.

'가난한 이들의 운명'에 대한 공준된 이데올로기는 명확하게 비극적이다. 가난이야말로 삶에서 느낄 수 있는 기쁨과 활력을 송두리째 앗아가는 원인임을 모든 사람들이 자각하고 있는 것이다. 「운수 조흔 날」 역시 이러한 공준된 의미를 동일하게 반복하고 있음은 사실이다. 그러나 문제는 그것을 제시하는 방식에 달려 있다. 그 방식의 정교함과 새로움이야말로 지속을 확장으로 상승시켜 내는 요체이다. 이를 제목에서부터 분석적으로 검토해 보기로 한다.

제목은 하나의 담론적 약호이다. 제목은 제목이 일반적으로 제시되는 관습의 체계와 관련된 가운데 적출된다. 그 체계는 일반적으로 인물(「흑치상지」), 사건(「할머니의 죽음」), 주제(「술 권하는 사회」), 배경(「지새는 안개」)과 내적 연관을 맺고 있다. 현진건의 「운수 조흔 날」이란 텍스트의 제목 역시 이 약호 체계의 틀 안에서, 혹은 틀을 벗어남으로써 관련을 맺고 있다. 독자는 이러한 약호 체계에 대한 '기대지평'[21]을 지닌다. 제목에는 몇가지 의미소들이 존재한다. '운수'라는 어휘는 '행복, 불행, 운명' 등의 의소를 내포하고 있으며, 운명론적인 세계 인식을 드러내고 있음을 알 수 있다. '날'이란 어휘를 통해서는 이 서사텍스트가 다루고 있는 사건은 하루 동안에 일어난 사건임을 추론할 수 있다.

서사텍스트의 첫번째 문장에서는 소설 전체를 포괄하는 배경이 제시되고 있다. '비가 내리었다'가 핵심적인 정보에 해당한다. 여기에서 '비' 역시 특정한 상징을 내포하고 있다. 독자는 '비'가 갖는 문화적 약호를 활성화해야 하며, 텍스트는 그 상징성을 전유한다. 대체로 시와 달리 소설은 가장 널리 공유되고 있는 문화적 상징을 구사한다. '비'에 일반적으로 부여하는 '우수, 낭만, 비애' 등등의 상징과 벗어나지 않는다. 특히

---

21) H.R.Jauss, 『도전으로서의 문학사』(장영태 역), 문학과지성사, 1983, p.185.

구체적인 사건의 흐름과 벗어난 배경으로서 작동할 때, 서사텍스트의 상징은 쉽게 추론할 수 있는 제한 가운데 이루어진다. 하지만 그러한 단순한 전유의 과정조차 어휘적 수준에서 획득되지 않음은 물론이다. '비'란 어휘의 상징성은 잠재적으로 존재할 뿐, 구체적이고 특정한 상징으로 곧장 연결되는 것일 수는 없다. 그 연결은 문맥 속에서 이루어진다. 여기에서는 '얼다가 만 비'이며, '추적추적' 내리는 비라는 연관을 통해 '을씨년스러움'을 연상케 한다. 배경과 제목이 서로 대치하고 있는 것이다.

다음은 인물이 제시된다. 김첨지이다. 하지만 그가 '인력거군'이란 제시는 인물을 설명함과 동시에 인물이 설정되는 존재의 조건이란 점에서 상황이기도 하다. 인물에 관련된 담론으로는 인물 자신의 행위, 말 등을 통해 추출될 수 있는 성격, 의식, 감정의 상태 등이며, 그의 직업, 가족 구성 등등은 그를 둘러싼 상황에 해당한다고 할 때, 김첨지의 사회적 역할은 오히려 상황에 가깝다. 배경을 단순히 공간과 시간으로 이해할 것이 아니라, 인간이 처해 있는 운명이란 관점[22]에서 살펴볼 때, 상황은 곧 운명으로 상승된다. 이러한 인물을 둘러싸고 있는 운명은 서사가 진행되는 가운데 소급 제시를 통해 주로 드러난다. 먼저 그는 '인력거군'이며, '열흘 동안 돈 구경도 못한' 가난한 일용노동자임이 구성된다. 더욱이 그에게는 '달포가 넘어 앓고 있는, 설렁탕을 먹고싶어 하는 아내'가 있으며, '배고파 보채는 세살먹이 개똥이'가 있다. 소설이 상태의 변화를 그려낸다고 할 때, 그 변화의 중심은 운명의 변화에 있다. 특정한 사건을 경유하여 운명이 변화되는 것이다. 운명의 변화는 수평적인 이동이 아니라, 서술되기 이전의 운명이 더욱 호전되거나 악화되는 상승

---

22) N.Freedman, *Form and Meaning in Fiction*, The Univ. of Georgia Press, 1975, p.64

과 하강으로 존재한다. 그리고 이 변화의 과정은 선후에 따른 시간적 과
정이거나, 원인을 갖는 논리적 과정일 수 있다. 이 텍스트에서 운명의
변화는 '돈이 생겼다'는 사실과 '아내의 죽음'으로 나타난다. 새롭게 제
시된 운명은 부차적인 측면에서는 호전되나 중심적인 측면에서는 악화
되어 나타난다. 곧 인물의 운명은 서사를 통해 더욱 악화된 형태로 변모
된 것이다. 그리고 그 변모의 중심에는 시간적 흐름에 놓여 있다.

　다음으로 구성되어야 하는 것은 인물이다. 인물 역시 단순히 누구인
가가 아니라, 그가 어떠한 성격을 지니고 있으며, 어떠한 생각을 견지하
고 있는가를 구성해야 한다. 물론 이러한 성격과 생각은 운명과의 긴밀
한 결합 속에서 획득된다. 그리고 그 결합의 양상은 서사텍스트의 특성
인 개연성을 토대로 이루어진다. 김첨지는 손님을 향해 '거의 비는듯한
눈결'을 보내고, 작은 돈에도 '눈물을 흘릴 만큼 기뻐한다'. 거친 말투와
행위로 아내를 대하지만 애틋한 연민을 지니고 있으며, 친구와의 대화
속에서는 분열을 일으키고, 마침내 아내의 죽음 앞에서 울고 마는 성격
의 인물로 그려져 있다. 그리고 이 모든 성격들의 이면에는 가난이라는
운명이 개재되어 있으며, 따라서 그 인물과 운명의 개연성은 지극히 높
은 수준에 도달하고 있다.

　사건은 인물과 운명의 관계를 형성하는 기본축이다. 사건을 통해 인
물은 축조되며, 운명은 변화되는 것이다. 이 서사텍스트의 중심적인 사
건은 「운수 조흔 날」이란 제목이 제시하듯 '돈벌이'에 있다. 김첨지는
'아침 댓바람에' 이미 두 손님을 태우고 80전을 번 것으로 제시되어 있
다. 그 다음에도 학교 학생을 태우고 남대문 정거장까지 가며, '난봉 여
학생인 듯한 여편네'에게 타박을 당하기는 하나, 다시 인사동까지 손님
을 태우게 된다. 그리고 집으로 향하는 중에 치삼이를 만나 술을 마시

고, 집으로 돌아와 보니 아내는 이미 죽어 있다. 이것이 사건의 전모이다. 전체적으로 전진적 모티프로 이루어져 있으며, 중간에서의 '여자'에 관한 일과 치삼과의 술자리는 지연적 모티프에 해당한다. 그러나 정작 표면적으로 제시되고 있지는 않지만 이 서사텍스트의 중심적인 사건은 '죽어가는 아내'와 '좋아지는 운수'라는 하강과 상승의 구도 속에서 서사는 구성된다. 이 텍스트가 아이러니적 구조를 갖추고 있다는 일반적인 지적을 이를 지칭함이다. '죽어가는 아내' 역시 작품의 서두에 분명하게 제시되었으며, 서사의 진행 속에서 끊임없이 일정한 긴장을 유발하며 강화되고 있었던 것이다. 따라서 구성의 시야 속에서 살펴 볼 때, 서사의 정점은 '돈벌이'의 경우 '마지막 손님'에게 있으며, '아내의 죽음'의 경우 '치삼과의 술자리'에 있다. 물론 운명의 중심축이 '아내의 죽음'에 있는 한 '치삼과의 술자리'에서 보이는 김첨지의 자기분열이 정점으로 설정될 수 있다.

이밖에도 이 텍스트의 정교함은 서술의 층위에서 잘 드러난다. 주제를 중심으로 한 의미의 층위는 그 자체로 문화적 산물로 존재할 수 있는 것이 아니라, 반드시 서술의 과정을 경유해야만 가능하다. 독자 또한 서술을 통해 인물, 사건, 상황을 구성하며, 주제 또한 해석할 수 있는 것이다. 그리고 이러한 서술의 층위에서는 반드시 서술자와 서술대상의 관계를 확인해야 한다. 서술자가 특정한 의미를 전달하기 위해 어떠한 서술 양상을 자신의 언어로 선택하고 있는가를 살펴보아야 한다. 이는 문체 양상으로 가장 선명하게 나타난다. 문체야말로 담론생산자로서의 작가가 선택한 고유한 개인방언이자 사회적 방언으로서의 언어사용역(register)[23]이기 때문이다.

---

23) Halliday는 언어사용역을 담화의 내용, 담화의 양식, 담화의 유형 등이 맺고 있는

이 텍스트의 가장 두드러진 서술의 특성은 서술자가 서술대상의 제시에 능동적으로 개입하고 있다는 것이다. 대상 자체가 객관적으로 제시되는 대신 반드시 서술자의 시야를 경유한 다음, 윤색된 형태로 나타난다. 첫번째 문장인 '새침하게 흐린 품이 눈이 올 듯하더니 눈은 아니오고 얼다가 만 비가 추적추적 내리었다'에서도 이는 확인된다. '새침하게 흐린', '얼다가 만' 등의 표현은 인물의 초점화에 기댄 대상 자체의 객관적 서술이 아니라, 서술자의 관점이 명료하게 투영되고 있는 표현들이다. 이러한 서술 방식의 효과는 서술대상으로서의 인물에 대한 관점을 독자에게 제시함으로써 심리적 동화(同化)를 유도한다는 점이다. 또한 인물의 발화가 직접적으로 묘사되는 부분에서 역동적인 현실성을 지닌 채 효과적으로 인물의 성격을 형성하고 있는 것도 큰 특징이다. '에이, 오라질 년, 조랑 복은 할 수가 없어, 못 먹어 병, 먹어서 병, 어쩌란 말이야! 왜 눈을 바루 뜨지 못해' 라는 직접적인 발화의 제시는 인물의 '제한된 언어'24)를 고스란히 드러내며, 그의 계층적 한계를 명료하게 형상화하고 있는 것이다.

그러나 무엇보다 두드러진 이 텍스트의 문체 자질은 통사구성에 있다. 이 텍스트의 전체를 통해 인물인 김첨지는 '김첨지는 앓는 이의 뺨을 한 번 후려 갈겼다'에서처럼 자신의 아내에 대한 행위, 치삼과의 관계 속에서 일어나는 행위를 제외하고는 대부분 행위의 주체로서 나타나지 않는다. 김첨지는 다만 '그는 몹시 홧증을 내며 누구에게 반항이나 하는 듯이 게걸거렸다'에서처럼 상태의 주어이거나, '이 말이 저도 모를

상관관계에 따라 규정되는 특정한 언어사용의 방식으로 규정한다. M.A.K.Halliday (1978), *Language as social semiotic*, Edward Arnold, 1978, p.31.

24) B.Bernstein, 「계급과 언어」, 『언어사회학 서설』(이병혁 편), 까치, 1986, p.231.

사이에 불쑥 김첨지의 입에서 떨어졌다'에서처럼 동작을 받는 피동적인 주체로 존재한다. 특히 이러한 피동적인 주체의 구성은 오히려 이 텍스트의 주체를 '그의 행운은 그걸로 그치지 않았다'에서처럼 운명으로 바꾸어 놓고 있다. 결국 인물은 행위하는 인물이 아니라, 상태상으로 존재하거나 행위를 자신도 모르는 사이에 받아들이는 인물로 제시되고 있는 것이다. 이는 서사 전체의 구성적 핵으로서의 '운명'과 '인물'의 관계를 담론의 표층에서 어떻게 직조해 보이는지를 선명하게 드러내고 있는 것이다.

지금까지 살펴보았듯이 「운수 조흔 날」은 '가난'과 '운명'에 대한 의미화를 구성의 층위에서나, 서술의 층위에서나 아이러니적 구조를 바탕으로 생생하게 획득함으로써 의미의 확장을 실현해 보이고 있는 것이다. 결국 의미의 지속이나 확장은 단순히 명제적 수준에서 드러나는 이데올로기의 함축이 아니라, 적어도 소설텍스트의 경우 명확하게 텍스트 전반에 걸친 평가적 범주임을 확인할 수 있다. 더욱이 앞선 「타락자」의 자연주의적 방법과 달리 「운수 조흔 날」에서 획득되는 리얼리즘적 방법이야말로 비록 운명에 대한 적극적인 새로운 인식에까지 도달하고 있지는 않지만 가난의 고통스러움을 선명하게 제시해 줄 수 있었던 동인이기도 하다는 점에서 평가적 범주의 의미는 더욱 잘 드러날 것이다.

③ 전이

전이란 심리학에서 주로 사용되는 용어로 라깡에게서 구체화되고 있다. 라깡은 현실의 경험과 꿈의 관계 양상을 설명하면서, 현실이 꿈으로 전이되어 나타난다고 함으로써 하나의 대상에 대한 경험이 다른 대상으로 투영되어 제시되는 것을 의미한다. 하지만 여기에서는 심리학에서 말하는 '옮겨간다*transmit*'는 의미라기보다 의미의 변화와 전환*mutation*이란 의미로 사용된다.

이데올로기적 의미화의 한 양상인 전이란 기존의 가치 함축과는 이질적인 새로운 의미를 대상에 부과하는 경우를 지칭한다. 이는 「술 권하는 사회」에서 잘 드러난다.

「술 권하는 사회」는 아내의 초점화를 통해 아내와 남편의 관계를 서사의 기본축으로 설정하고 있다. 아내는 늦은 시간까지 돌아오지 않는 남편을 기다리며 바느질을 하고 있다. 그녀의 남편은 결혼과 동시에 동경으로 유학을 떠났고, 아내는 오랜 세월을 오직 남편만을 기다렸다. 특히 그가 공부를 다 하고 돌아오는 날이면 그동안의 고생이 모두 보상되리라고 기대한다. 하지만 돌아온 남편은 그저 무력하게 나날을 보내며, 마침내는 폭음을 일삼기에 이른다. 말다툼 끝에 남편에게 술을 마시게 권하는 것이 바로 이 사회라는 것을 알고 '그 못쓸 사회가, 웨 술을 권하는고!'라고 자탄하면서 텍스트는 끝난다.

길지 않은 이 텍스트의 두드러진 의미 동위소는 '지식'이다. 서술의 주인공인 아내가 기대하고 있는 '지식'이 갖는 현실적인 함축과 정작 공부를 끝마치고 돌아왔으나 현실 속에서 좌초해 가는 인물의 일상을 포착함으로써 '지식'이 갖는 무력함을 드러내고 있는 것이 이 작품의 이데올로기이다.

아내의 이데올로기적 가치 함축은 다음의 인용에서 잘 드러난다.

> 남편이 동경에서 무엇을 하고 있나? 공부를 하고 있다. 공부가 무엇인가? 상세히는 모른다. 또 알려고 애쓸 필요도 없다. 어찌하였던지, 이 세상에 제일 좋고 제일 귀한 무엇이라 한다. 마치 옛날 이야기에 있는 도깨비의 부자 방망이 같은 것이어니 한다. 옷나오라면 옷나

오고, 밥 나오라면 밥 나오고, 돈 나오라면 돈 나오고…… 저 하고 싶
은 무엇이든지, 청해서 아니되는 것이 없는 무엇을, 동경에서 얻어가
지고 나오려니 하였었다. 가끔 놀러오는 친척들의 비단옷 입은 것과
금지환 낀 것을 볼 때에 그 당장엔 마음 그윽히 부러워도 하였지만
나중엔 「남편만 돌아오면!」 하고 그것에 경멸하는 시선을 던지었다.

아내에게서 동경유학으로 구체화되는 공부는 온갖 귀한 것을 다 가
져올 수 있는 '도깨비 방망이'에 비유된다. 비록 명료한 인식은 아니나,
사회적으로 공준된 인식을 드러냄으로써 이데올로기적 함축의 지속을
더욱 여실히 제시해 준다. 그러나 정작 지식을 소유한 남편의 가치함축
은 판이하다. 그에게 지식은 물질적인 부와는 어떠한 관련도 없다. 오히
려 돈을 벌어오기는커녕 돈을 쓰기만 할 뿐이다. 더욱이 지식은 '깊은
한숨', '뜨뜻한 눈물', '폭음'을 야기하는 동인일 따름이다. 이들 두 상이
한 의미화는 각기 공준된 의미와 전이된 의미를 대표한다. 아내의 이데
올로기적 함축은 당대의 일반적인 사람들이 동경유학과 공부에 대해 지
녔던 이데올로기인 것이다. 그러나 텍스트는 이러한 가치함축을 단호하
게 배제하고 전적으로 상이한 의미화를 실현해 보인다. 물론 이러한 전
이된 의미를 가능케 하는 것은 사회로 제시되는 일본의 식민지지배에
놓여 있다.

이처럼 공준된 의미와 전이된 의미가 접점을 찾지 못한 채, 혹은 어
느 한 편으로 견인되지 못한 채 종결되고 만다. 새롭게 전이된 의미에까
지 아내가 도달하지 못하는 것은 인물 형상이 지닌 특성에 기인한다. 그
녀는 아직 세상물정에 모르며, 다만 제한된 자신의 경험 속에 갇혀있기
때문이다. 이러한 무지는 오히려 이 작품의 이데올로기적 긴장을 날카
롭게 벼리는 역할을 수행한다. 텍스트는 어느 한 편으로 이데올로기를

끌어들이지 않고, 제한된 초점화자의 서술시각 속에서 이해할 수 없는 안타까움을 드러냄으로써 서투른 계몽주의를 벗어나고 있는 것이다.

이 텍스트에는 '공부'와 함께 검토되어야 하는 부가적인 또 하나의 의미동위소가 존재한다. 그것은 '사회'이다. 이 사회는 서술시각의 초점화자인 아내에게는 어떠한 의미화도 가능하지 않은 불가해한 대상으로 존재한다. 따라서 이를 둘러싼 아내와 남편의 대화는 단절감을 더욱 깊게 만들 뿐이다. 만일 아내의 이데올로기적 함축을 공준된 의미와 동일시한다면, '사회'라는 동위소는 대체에 해당한다. 대체가 기존의 개념으로 포착할 수 없는 이데올로기를 위해 고안될 수밖에 없는 개념이라는 앞서의 규정을 떠올려 볼 때, '사회'는 명확하게 대체된 의미이다.

이처럼 「술 권하는 사회」는 '공부'를 둘러싼 전이적 의미와 공준된 의미의 대립을, 나아가 '사회'를 통한 의미의 대체를 성공적으로 수행한 작품으로 평가된다. 그것을 가능케 한 것은 무엇보다도 식민지 현실과 지식인 남편, 순박하고 세상물정에 어두운 아내라는 상황과 인물의 대립적 연관 때문이다. 이를 통해 텍스트는 암울한 현실을 살아가는 지식인의 고통을 객관화할 수 있었으며, 그 의미를 끊임없이 되묻게 만들 수 있었던 것이다.

3. 이데올로기적 함축의 구성 과정

사회적으로 공준된 의미와 텍스트 속에 실현된 의미가 맺고 있는 이러한 관계의 양상은 다른 한편 문학적 언어에 대한 논의를 정당하게 투영해 볼 수 있는 유효한 장치일 수 있다. 요컨대 소설텍스트의 문학성은 특정한 실체로서의 문학적 언어, 혹은 소설텍스트의 특정한 방식의 언어 사용에 놓여 있는 것이 아니라, 대상을 전유하는 인식의 특수성에 기인하고 있음을 지각할 수 있게 만든다. 그것은 곧 일상적인 의사소통에서 사용되는 의미화의 양상과는 상이한 방식의 의미화 양상을 실현하는 것이 문학텍스트이며, 그 의미화 양상은 일상적 의사소통에 내재된 상투적인 인식을 더욱 고양된 형태로 표출(확장)함으로써, 혹은 단호하게 거부(전이)함으로써 달라진 인식, 그 자체가 지닌 차별성에 근거하고 있는 것이다. 따라서 텍스트의 해석에 있어 중요한 것은 텍스트가 의미동위소의 '확장'인가 '전이'인가를 판별하는 것뿐만 아니라, 어떠한 구성적 과정을 통해 마침내 '확장' 혹은 '전이'에 도달하며, 도달한 결과 '확장된' 혹은 '전이된' 끝에 실현된 의미는 무엇인가 하는 점이다.

현진건의 「고향」에서도 이러한 전반적인 의미화의 양상과 그 해석상의 의의는 다르지 않다. 먼저 현진건의 작품에서 '고향'의 의미는 전이에 해당하며, 그것은 의미의 대립과 중첩이란 의미화의 과정을 통해 구체화된다. 의미의 중첩과 대립은 실질적으로 소설텍스트를 단순한 사건의 연속체일뿐 아니라, 각각의 요소들이 체계 내부에서 일정한 연관을 맺고 있음을 드러내 준다.

먼저 중심적인 의미의 대립은 의당 의미동위소인 고향을 둘러싼 대립이며, 구체적으로는 과거의 고향과 현재의 고향이 갖는 차별성으로 제시되는 대립이다. 서사텍스트의 출발선에서 고향은 '넉넉지는 못할 망정 평화로운 농촌'으로 표상된다. 그러나 서사의 진행 과정에서 고향은 극심하게 피폐한 형상으로 포착된다. '집도 업고 사람도 업고 개 한마리도 얼신을 안'는 고향이며, '문허지다가 담만 즐비하게 남'은 고향이며, 심지어는 '해골을 허러 저처 노흔 것' 같은 형상으로 변모되어 인식된다. 그러나 이러한 단순한 의미 대립만으로 서사는 충분한 이데올로기적 효과를 도모할 수 없다. 그 결과 요청되는 것은 또 다른 대립의 설정이며, 그것이 단일한 텍스트가 의당 지녀야 할 내용의 상호 연관에 조응하기 위해서는 고향을 중심으로 하는 대립되는 의미의 구조적 중첩으로 연결되어야 한다.

이러한 구조적 중첩은 텍스트의 도처에서 발견된다. 그러나 이들 중첩은 텍스트 내부에 명시적으로 제시될 수도 있으며, 독자는 텍스트가 부과하는 지식과 함께 이미 습득한 세계 지식을 활용하는 가운데 전제된 사실들을 추론[25)]해야만 하는 경우도 있다. 예컨대 고향에서 마주친 '녀자'의 변모는 명시적이며, '그', '마을 사람'들의 변모는 변모된 다음만 제시되어 있을 뿐, 변모되기 이전의 모습은 명시적으로 제시되어 있지 않다. 이와 달리 '그의 부모'들은 만주에서의 간난 속에서 '죽음'이 제시되고 있으나, 과거의 고향과 관련된 삶은 나타나 있지 않다. 그러나 그 제시되지 않은 부분들은 이미 텍스트의 전반적인 논리적 연쇄 속에서 전제되어 있는 사실들이다. 다만 구체적으로 언급되지 않았을 따름인 것이다.

이처럼 언급되어 있지 않은, 그러나 독자가 추론을 통해 구성해 낼 수 있는 전제는 앞서의 의미화 양상을 통해 형성해 낸 의미의 함축과 함께 텍스트의 이데올로기를 축조하는데 있어 결정적인 역할을 수행한다. 함축이 이데올로기의 공공연한 표현이라면, 전제는 이데올로기의 무의식적인 표출인 것이다. 예컨대 피폐해진 고향과 그 고향에 대한 생각으로 흘리는 그의 눈물 속에서 서술자가 '음산하고 비참한 조선의 얼굴'을 보았다고 한다면, 여기에는 이미 단순한 개인으로서의 그와 그의

---

25) Eco는 이를 '추론적 걷기'로 명명하고 있다. The Role of the Reader, Indiana Univ. Press, 1979, p.23.

고향뿐만이 아니라, 조선의 전민중이 그와 같은 정황에 놓여 있음을 전제하고 있으며, 이는 명백하게 이데올로기의 표출인 것이다.

이 전제들을 충분히 추론을 통해 재구할 때, 「고향」의 의미 대립은 더욱 풍부하게 주요인물인 '그'의 대립, '그의 부모'가 겪어야했던 이농 전과 이농 후의 죽음을 통한 대립, 백여 호 되던 동리 사람들 전체의 과거와 현재의 대립, '녀자'의 삶의 변화된 모습의 대립 등등이 재구될 것이다. 그리고 이 가운데 가장 면밀한 중첩을 이루는 의미의 대립은 어린 시절 자신과 혼인말이 있었던 '녀자'의 변모일 터이다. '녀자'는 '숫만튼 머리', '이들이들하든 얼골빗'으로 어린 마음에도 '탐탁하게 생각'할 만큼 아름다웠으나, 고향의 변모와 유비되는 가운데 머리는 '훌렁 다 버서 젓'고 얼굴은 '유산을 끼어진 듯' 참혹하게 일그러진 채 그의 앞에 나타난 것이다. 이는 고향의 변모와 면밀하게 조응하는 양상이다. 이처럼 텍스트 속에 다양하게 구조화된 의미 대립을 통해 '고향'의 '전이'된 의미가 축조된다. 그 결과 더 이상 고향은 '영혼의 요람'이 아니라, '피폐한 상처'로 전이되어 인식되고 있는 것이다.

나아가 이러한 전이의 과정은 결코 단선적이지 않다. 단일한 목소리가 통일적으로 전이를 실현하는 것이 아니라, 명시적이든 잠재적이든 대화적으로 이루어진다. 곧 고향의 의미는 과거와 현재라는 단일 인물의 의식 속에 투영되는 의미의 차별성으로만 존재하지 않고, 등장인물 상호간의 대립으로도 현상한다. 「고향」의 경우 서술자로 등장하는 '나'와 주요 인물인 '그'가 '고향'에 대해 서로 상반된 의미를 두고 쟁투를 벌여나간다는 사실이다. 물론 그 쟁투는 전혀 상반된 의미화 속에서 지속적으로 대립될 수도 있고, 대립이 첨예화되지 않은 채 쉽사리 융화될 수도 있다. 발화자는 끊임없이 작품 내적 인물과의 대화 속에서 자신의 현실적 의미를 강제하기에 이르는 것이다. 「고향」에서 서술자인 '나'는 "고향에 가시니 반가워하는 사람이 잇습듸까"라는 질문 속에서 암묵적으로 공준된 의미를 확인하고자 하며, 그것은 인물의 발화를 통해 단호하게 거부된다. 이어서 서술자는 서둘러 자신의 의미를 포기하고 타자의 발화를 자신의 것으로 수용하는 양상을 보이는 것이다. 이러한 대화적 성격은 작품 내적 인물 사이에서 뿐만이 아니라, 작품 외부에 존재하는 독자와의 관계 속에서도 나타남은 분명하다.

이렇게 의미화의 양상과 의미 대립을 통해 추출한 이데올로기는 그 자체로 완결된 형태의 것일 수는 없다. 이데올로기란 적어도 이데올로기적 효과를 충분히 발휘할 수 있을 때 이데올로기로서의 면모를 갖는다. 이데올로기란 단순히 인식을 의사소통의 기제를 통해 전달하는 것에 그치지 않고, 이데올로기적 효과를 통해 권력을 획득하고, 지배를 관철시켜 나가고자 하기 때문이다. 권력과 지배의 문제를 배제한 이데올로기는 단순히 가치관과 세계관으로 치환해도 무방한 개념이며, 풍부한 구체성을 담지하지 못하는 이념도식으로 전락할 따름이다. 그리고 권력과 지배의 문제는 즉각적인 현실적 힘으로 작용하기보다 독자의 의식 속에 투영되어 내재적인 효과로 작용한다. 따라서 그 과정에서 이데올로기적 효과를 작동시키기 위해서는 의미의 '전이'를 추동하는 동력에 대한 탐구가 요청된다. 이 지점에서 필요로 하는 것은 분석이 아닌, 비평적 판단이다. 문제는 과연 그러한 변모를 야기한, 담론 속에서 의미의 전이를 초래한, 장치들이 적실한가를 판단하는 것이다. 이 단계에서 작가는 더 이상 대상을 제시하는 것에 연연해 하지 않는다. 이상적 독자로서 내포독자를 작가는 상정하고, 그 내포독자를 설득할만한, 곧 모델 독자에게 자신의 이데올로기적 지형을 부식할 만큼 충분한 개연성을 획득하고 있는가를 자신의 문제의식으로 삼는다. 여기에서 독자로서의 타자의 담론이 적극적으로 텍스트의 담론에 작용을 가하기에 이른다. 텍스트는 더 이상 음울한 독백이 아닌, 생동하는 대화로 현상하는 것이다. 나아가 이러한 개연성이야말로 서사 텍스트를 여타의 텍스트와 명확하게 구별해 주는 잣대인 것이다.

현진건의 「고향」에서 이 추동력은, 곧 인물의 운명을 그렇게 만든 현실적인 원인은 일본 제국주의에 의한 식민지 지배로 포착되어 있다. '영혼의 요람'을 '피폐한 상처'로 내몬 것은 '세상이 바뀌'었음에 연유하며, 이 과정은 전반적으로 짧은 서사텍스트에서 상대적으로 상세하게 기술되고 있는 것이다. '백호 남짓한 주민'들이 기존에 부치며 살던 역둔토가 동양척식회사의 수중에 떨어지고, 자작농들은 졸지에 소작농으로 전락하여 중간소작인인 마름과 동척이란 이중의 착취 속에서 결국에는 목숨조차 연명하기가 어려워지며, 남부여대하여 타지로 마침내는 간도나 일본으로 전전하면서 살아가야 했던 운명의 역선이 기술되고 있는 것이다. 그리고 이러한 운명은 단순히 텍스트 내부에 등장하는 '그'에 그치지 않고, 백호 남짓한 마을 사람들 모두, 나아가 '조선의 얼골'로 제시되는 삼천만 전민중의 운명과 다름없는 것이다. 적어도 이는 지나치게 단순화되어 있고, 한편으로 과장되어 있음에도 불구하고, 현실의 본질적 형상을 적절하게 투사하고 있는 것으로 보인다. 결국 이 텍스트에 존재하는 모든 운명의 변화에는 공통적으로 일본의 식민지 지배가 가로놓여 있으며, 작가는 일본 제국주의의 강점이야말로 고향을 피폐케 만든 장본인임을 지적하고 있는 것이다. 텍스트의 이데올로기적 정향은 곧 반식민주의로 명명할 수 있다.

요컨대 이 텍스트 전반을 포괄하는 명제는 고향은 피폐해졌으며, 그 원인은 동척으로 구체화되는 일제의 강점에 놓여 있다는 것이다. 그리고 이 명제야말로 서사텍스트 전반을 통해 구축한 이데올로기의 핵심적인 내용인 것이다. 이처럼 서사텍스트를 단일한 명제로 인식하는 것은 의사소통으로서의 텍스트를 이해할 때, 필수적인 과정이다. 명제야말로 소통의 핵심적인 동인을 가능케 하기 때문이다. 서사텍스트에 관한 그릇된 인식은 텍스트 전체를 명제로 환원하는 것이지 명제 그 자체에 대한 인식을 공유하는 것이 문제일 수는 없다. 명제를 단일한 체계를 구성하는 텍스트 전체의 축조된 의미 속에서 밝혀내는 구성적 과정에 충실하기만 하다면, 명제는 의미 분석의 중핵이자, 이데올로기의 명징한 표현으로 기능할 수 있을 것이다.

Ⅳ. 구성·서술 층위의 기능적 연관

1. 이데올로기의 전개 과정

의미화 과정을 통해 확인되는 텍스트의 명제는 텍스트 전체에 명확한 방향을 부여하는 구심점을 형성한다. 적절한 어휘의 선택, 통사의 구성, 혹은 텍스트 전체의 구성 등으로 존재하는 구성적 층위와 서술의 층위는 이 구심점으로서의 명제와 기능적으로 연결된다. 곧 한 편의 서사텍스트가 기획하는 이데올로기적 효과를 최대한 획득하기 위해 구성적 층위와 서술의 층위는 기능적으로 조정되고 선택된다.

물론 이러한 과정은 결코 내용과 형식, 심층구조와 표층구조라는 이항대립에서처럼 단절적이거나 시간적 선후로 제시되지 않는다. 생산의 과정, 곧 창작의 과정에서 살펴 보면, 명제 역시 이미 존재하는 작가의 사상으로 고형화된 채 존재하는 것이 아니라 소설 텍스트 속에서 요소들의 역동적인 결합에 의해 비로소 구성되며, 서술의 과정을 통해 끊임없이 변모를 거듭하는 유동적인 미정형의 사유로 존재한다. 심지어 텍스트의 명료한 명제는 담론의 생산이 종결되는 지점에서조차 잠정적으로 명료할 따름이다. 텍스트의 의미 역시 해석자 혹은 독자에 의해 현실화되기 이전에는 잠재태로 존재하기 때문이다.

하지만 그렇다고 해서 텍스트의 의미가 결코 이해될 수 없다는 신비주의적 관점은 마치 개별 어휘의 의미가 사회적으로 공준된 상태로 내재되어 있다는 사실을 부정하는 것과 마찬가지이다. 이는 텍스트의 공준된 의미 역시 이미 제한된 형태로 존재한다는 사실을 부인하는 그릇된 인식론에 바탕을 둔 것이다. 텍스트의 이데올로기는 담론의 표층을 이루는 통사 및 통사의 연쇄로 이루어진 텍스트의 구성적 단위와 시시각각 길항하면서 서로를 형성해 가며, 이 모든 지절들, 이 모든 과정들이 공통적으로 하나의 단일한 효과를 갖는 담론을 구성해 내는 것이다.

단일한 효과라는 관점에서 구성적 층위는 내용의 자기 전개 방식에 다름아니다. 이데올로기가 텍스트 내부에 스스로를 펼쳐나가는 과정이 곧 텍스트의 구성인 것이다. 그리고 서술의 층위는 이 이데올로기를 구체화함과 동시에 일관된 이데올로기적 효과를 위해 통일적인 인상을 부여하는 기능을 수행한다.

구성의 문제를 이데올로기의 자기 전개과정으로 인식하는 방법론은 기존의 서사체 분석으로는 부족하다. 그 대표적인 경우는 프로프와 그에 연이은 프랑스 구조주의자들의 시도일 것이다. 하지만 이들은 공통적으로 사건이 전체적인 의미작용의 역동성과 어떠한 관련을 맺고 있는지를 적실하게 규명하지 못한다는 점에서는 동일한 문제점을 드러내고 있다. 예컨대 이들 구조주의자들이 자신의 이론을 이끌어낸 텍스트가 전근대적인 사건을 중심으로 구성된 민담이거나, 사건의 논리적 연관을 중시하는 탐정소설[26]이라는 점은 함의하는 바가 크다. 이들 모든 텍스트들은 공통적으로 소설 텍스트가 직면하고 있는 현실성과의 긴장을 결여하고 있기 때문이다. 인물의 행위, 행위에 부과되는 사건, 그 사건에 대한 인물의 또 다른 행위의 연쇄는 내적 필연성이 없는 선택의 연속체로 존재할 뿐, 하나의 목표를 향해 전진하는 서사텍스트 고유의 역동적인 구성을 간과하게 만드는 것이다.

의미와 연결되지 못하는 사건의 구조화에 비교할 때, 오히려 소설의 내적 형식을 탐구하는 루카치의 인식에서 더욱 선명한 시사를 받을 수 있다. 적어도 텍스트의 내부 공간에서 설정되는 현실성의 문제를 정면에서 제기하기 때문이다. 루카치는 소설의 내적 형식과 외적 형식을 구분한 후, 외적 형식을 '전기적 형식'으로, 내적 형식을 '문제적 개인이 자신을 찾아가는 여행'으로 설명[27]한 후 다음과 같은 언급을 하고 있다.

> 소설의 내용을 채우고 있는 과정의 시작과 끝에 의해 규정되는 소설의 시작과 끝은, 정확하게 구획지어진 길의 중요한 이정표가 된다. 비록 소설이 그 자체로서는 삶의 자연스러운 시작과 끝, 즉 탄생과 죽음과는 아무런 관계를 맺고 있지 않지만, 그러나 소설이 시작하고 끝나는 바로 그 지점을 통해서는 중심 문제를 규명하는 삶의 본질적인 노정을 보여 주게 된다.[28]

---

26) Kermode는 탐정소설을 '서사의 다른 요소를 희생한 댓가로 얻은 한 요소의 과도한 발전'으로 규정하고 있다. F.Kermode, "Novel and Narrative", *The Thoery of the Novel*(ed. J.Halperin), Oxford Univ. Press, 1975, p.159.

27) G.Lukács, 『소설의 이론』(반성완 역), 심설당, 1985, p.98.

28) 같은 책, p.104.

여기에서 지각되는 구성의 문제는 단순히 외부적으로 부과되는 사건만이 아니라, 그 사건을 가능케 하는 현실성과 그 현실성과 일정한 관련을 맺으면서 행위하고 사고하는 인물의 운명이 함께 얽혀 있다. 그리고 이러한 인물의 운명은 인식의 발전과 관련을 맺는 가운데 '길'이란 특정한 내적 형식을 현실적으로 가능케 만들어 준다. 그러나 '길'이 내적 형식이 될 수 있다는 것 역시 엄밀히 살펴 보면, 구성을 이루는 하나의 축일 따름이다. 마치 사건이 하나의 선인 것과 마찬가지로 '길'은 인물의 운명과 사건을 불러들이는 매개의 역할을 충분히 수행하고 있으나, 공간과 시간의 결합이라는 애초의 규정성으로부터 벗어나지 못하는 것이다. 그러나 위의 인용에서 정작 중요한 것은 내적 형식이 시작과 끝을 통어하는 원리로서 규정되고 있다는 점이다. 그리고 그 시작과 끝이 '삶의 본질적인 노정'이라고 인식하는 것은 '종결과 완결을 의식적으로 구분하고, '완결이야말로 다른 이데올로기적 분야와 달리 예술만이 갖는 특성'[29]이라고 규정하는 바흐친[30]과도 결부되어 있다.

> 이데올로기적 창조의 모든 분야에서 구성적인 측면에서의 발화의 완결만이 가능하고 주제면에서의 참된 완결은 불가능하다. 인식의 분야에서 부당하게 이러한 주제 면에서의 완결을 주장하는 것은 어떤 철학체계에서만 엿보인다.(예를 들면 헤겔) 나머지 이데올로기 분야에서 이러한 주장이 가능한 것은 종교의 경우에로만 국한된다.
> 그런데 문학에서는 사정이 다르다. 대상의 측면, 주제의 측면에서

---

29) M.M.Bakhtin, 『문예학의 형식적 방법』(이득재 역), 문예출판사, 1992, p.217.
30) 이 인용은 예술을 제외한 다른 이데올로기적 체계의 완결성을 이론적으로 거부하고 있다는 것으로 인해 스딸린 치하 바흐쩐의 험악한 행로를 초래한 구체적인 단서로 보인다.

의 이 본질적인 완결이 문제가 되는 것이다. 담론 안에서의 발화의
표면적인 완결이 문제가 되는 것은 아니다. 문학에서는 언어의 외면
의 구성적 완결을 배제할 수도 있다. 말을 더 이상 하지 않고 남겨두
는 기법이 가능하다. 그러나 이 외면적인 미완성은 저 깊은 곳에 있
는 주제면에서의 완결성을 훨씬 더 눈에 두드러지게 나타나 보이게끔
하는 것이다.[31]

결국 구성의 문제는 단순히 사건의 연속이거나, 시간과 공간의 결합
으로 이루어지는 운명의 현실성이라는 일면적인 규정으로 획득되는 것
이 아니라, 서사의 전반을 내적으로부터 조정하는 주제와의 관련성 아
래 완결된다는 것이다. 이는 곧 지금까지 살펴보았던 의미동위소의 이
데올로기적 함축과 다르지 않다. 주제란 곧 이들 동위소를 어떻게 인식
할 것인가라는 문제에 대해 텍스트가 탐구한 이데올로기적 함축인 것이
다. 따라서 주제의 전개를 탐구하는 것은 의미동위소의 구성 과정을 살
펴봄으로써 대체 가능하다.

텍스트의 동위소를 찾아내기 위해서는 무엇보다도 사건의 전체적인
흐름을 확인하지 않으면 안된다. 사건의 흐름이야말로 각각의 문장들을
적절한 구조 속에 설정하는 것을 가능케 하기 때문이다. 부분의 의미는
반드시 전체 속에서야 확정되며, 전체로부터 독립된 부분은 마치 상황
맥락과 분리된 발화와 마찬가지로 이해하기가 어렵다. 서사텍스트에서
사건들의 흐름을 가능케 하는 핵심적인 계기는 시간이다. 시간이야말로
변화의 다른 이름이며, 시간을 염두에 두지 않는 상태의 변화란 어디에
도 존재하지 않는다. 그러나 이 시간의 축은 반드시 인물이 처해 있는
상황과 인물의 행위가 결합되는 가운데 구체적으로 작동한다. 하지만

---

31) M.M.Bakhtin, 앞의 책, pp.216~7.

정작 문제는 시간의 축선 위에 어떠한 사건이 일어나고 있는가이며, 이것이 구성의 한 요소로서 사건의 연쇄가 갖는 의미이다.

사건의 흐름은 소설 전체에 걸쳐 나타난다. 하지만 분석을 위해 그 전체를 몇몇 단계로 분절하는 것이 필요하다. 물론 분절된 각각의 단계는 그 자체의 통일성을 지녀야 하며, 나아가 결합됨으로써 더 큰 담론으로서의 전체 텍스트를 형성한다. 담론의 부분적인 통일성을 규정하는 외적 표지로서는 먼저 시간의 지속과 공간의 동일성을 들 수 있다. 시간이 지속적으로 이어지면 상황은 계속 동일한 형태로 현존하며, 공간이 동일할 때에도 이는 마찬가지이다. 이와 함께 시간과 공간 속에 등장하는 주체가 동일하다면, 이는 단일한 상황맥락으로 볼 수 있다.

이에 준하여 「고향」의 변이과정은 인물의 흐름과 시공간을 결합하여 추출하면 다음과 같다.

> 1) 현재 ― 차안 ― 그와 일본인, 중국인
> 2) 현재 ― 차안 ― 나와 그
> 3) 과거 ― 고향 ― 그와 그의 가족
> 4) 과거 ― 서간도 ― 그
> 4) 현재 ― 차안 ― 나와 그
> 5) 과거 ― 일본 ― 그
> 6) 과거 ― 고향 ― 그와 귈녀
> 7) 현재 ― 차안 ― 나와 그

이러한 상황의 기초적인 재구성과 함께 요구되는 것은 그 상황 속에서 어떠한 내용이 핵심적인 사건의 단위로 존재하는가를 찾는 것이다.

이 사건의 단위야말로, 서사의 대상이며, 부분적인 맥락에 따라 실현된 국지적인 의미동위소일 것이다. 그리고 이 국지적인 의미동위소는 다음과 같은 분석 모형을 통해 선명하게 드러날 수 있다.

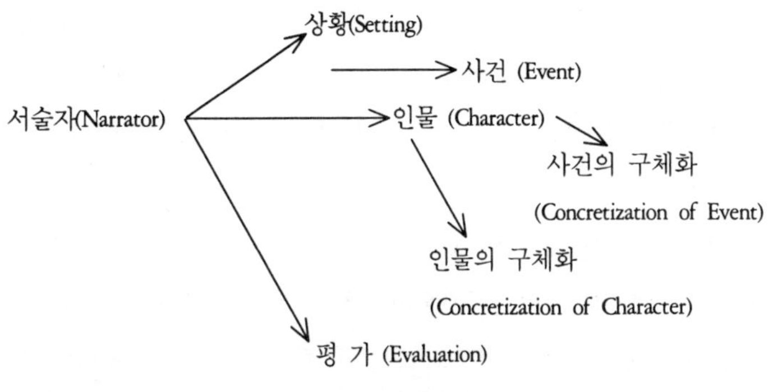

〈담론 구성의 분석 모형〉

이 모형에서 왼쪽의 N은 서술자(Narrator)에 해당한다. 서술자는 배경 상황을 설정하며, 인물과 인물의 행위나 상태를 담론 속으로 끌어들이는 역할을 수행하며, 잠재적인 독자를 향해 이야기를 들려준다. 뿐만 아니라 서술의 대상과 상태, 행위 등을 선택하고 배열함으로써 특정한 이데올로기적 정향을 드러내며, 직접적으로 서술의 대상에 대해 자신의 평가 내용을 제시함으로써 자신의 이데올로기적 정향을 공공연하게 표현하기도 한다. 물론 이러한 서술자는 1인칭 시점에서와 마찬가지로 직접 자신의 존재를 텍스트 내부에 설정할 수도 있으며, 3인칭 시점에서와 같이 텍스트 외부의 서술 초점을 지닐 수 있다. 그리고 이 N이 서술자가 아닌 인물의 초점화를 통해 제시되기도 한다. 즉 서술자가 자신의 서사적 시야가 아닌, 인물의 시야를 통해 텍스트 내적 세계를 전유하기도 하는 것이다.

서술자는 이러한 제반 이데올로기적 평가를 일정한 상황 S(Settings) 속에서 수행한다. 그리고 그 상황은 담론 내용의 변이과정의 분석에서 검토하였듯이, 시간과 공간의 지속, 주체의 개입과 침묵을 통해 설정될 수 있다. 이렇게 구성된 텍스트 내적 상황은 텍스트 외적 상황과 일정하게 조응함으로써 텍스트의 현실 효과를 구체적으로 드러내 준다. 또한 인물의 행위를 가능케하는 준거를 제시하는 역할도 수행한다. 이 상황 맥락과 관계를 맺는 특정한 인물 C (Character) 또한 담론의 구성적 요소이다. 인물은 자신의 특정한 상황과 존재의 조건으로 말미암아 텍스트 내적 상황과 결합되며, 그 결합과 마주침을 통해 일정한 사건 E(Event)을 추동해 낸다. 그리고 이들 인물과 인물의 행위는 더욱 구체적인 형태로 서술되며, 이는 인물에 대한 구체화 CC(Concretization of Character)와 사건의 구체화 CE(Concretization of Event)로 나누어 볼 수 있다.

그리고 이 모든 담론의 구성 요소들에 대한 서술자의 평가 E (Evaluation) 또한 담론에 내재된 요소로 연결되어 있다. 물론 여기에서의 평가는 명시적인 언어의 형태로 이루어지는 평가를 의미하며, 대상 그 자체에 대한 내재화된 평가는 담론의 표층을 통해 포착하기는 어렵다.

담론내용의 변이 과정에서 최초로 제시되는 부분인 1)을 예로 들어 구체적으로 살펴 보기로 한다. 1)에서 서술자는 텍스트 내적 인물인 '나'(N)이다. '나'는 '대구에서 서울로 올라오는 차중'(S)에서, 인물인 그 (C)를 만난다. 그리고 그는 그 상황에 대한 일정한 반응으로써 사람들에게 말을 건다(E). 여기에서 그의 인물에 대한 구체적인 묘사가 덧붙여 제시(CE)되며, 그가 어떻게 말을 걸며, 또 어떻게 상대방들은 대응해 나가는가(CC)를 보여주고 있다. 그리고 이 모든 담론 형성의 과정에서 서술자는 '기묘한', '흥미있게', '쌀쌀하게', '밉살스러워슴니다' 등으로 적극적으로 평가된다. 이를 모형으로 나타내면 다음과 같다.

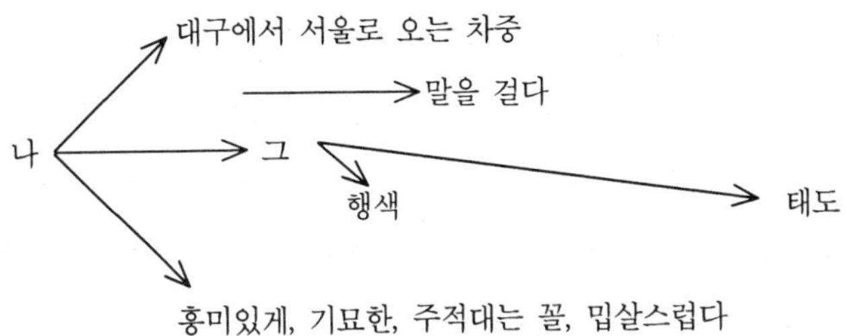

〈변이과정 1의 담론 구성〉

그리고 이 모형에서 서사의 기본적인 대상은 인물인 '그'와 인물의 반응인 '말을 걸다'가 대상으로 존재한다. 앞선 담론내용의 변이과정에 따라 서사의 대상을 나열하면, 먼저 '나와 마조안즌 그', '나에게 말을 부치는 그', '신세타령', '고향', '서간도로 이사', '위로', '일본행', '둘러본 고향', '만난 고향사람', '놀애' 등의 내용의 변이를 겪는다. 이는 '주어+목적어+서술어'로 이루어진 기본적인 행위 모형으로 제시할 수 있다.

1) 그를 관찰한다.
2) 그와 대화를 나눈다.
3) 그의 과거 행적을 듣는다.
   3-1) 그는 가족과 함께 고향을 떠난다.
   3-2) 그는 서간도에서 부모를 잃는다.
4) 술을 마시며, 나는 이야기를 듣는다.
   4-1) 그는 일본을 떠돌아다닌다.
   4-2) 고향에서 여자를 만난다.
5) 이야기를 마치며, 노래를 부른다.

그리고 이 서사의 진행 전체는 다시금 담론 구성의 모형 속에서 설정될 수 있다. 하지만 「고향」의 사건들 각각이 일정한 담론 내용의 변이과정을 제시함에도 불구하고, 텍스트 전체는 '그와의 만남'이라는 더욱 큰 위계를 갖는 사건 속에 포함될 수 있다. 이는 사건들의 결합을 견고하게 이끌어내는 바탕이 된다. 그리고 '그와의 만남'이라는 중심적인 사건 속에 또 다른 '그가 들려주는 이야기'가 액자로써 존재하며, 따라서 사건의 연속체인 서사는 두가지 방향으로 중첩되어 나타난다. 곧 서술자의 이야기와 인물의 이야기가 그것이다.

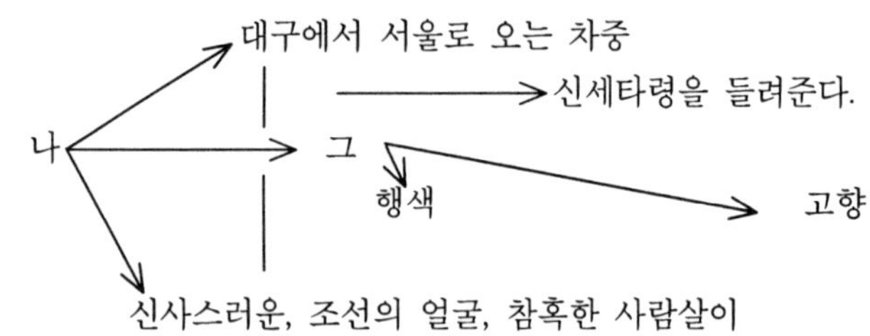

〈「고향」 전체 서사의 담론 구성〉

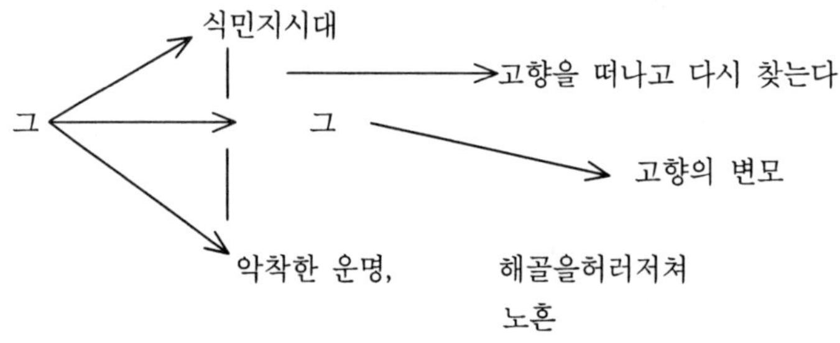

〈「고향」 액자의 담론 구성〉

이 두가지 중첩된 서사 구조 가운데 궁극적인 서사는 인물의 이야기이며, 인물의 이야기 속에 제시되는 사건들은 명확한 인과적 연쇄 속에서 존재한다. (3-1), (3-2), (4-1), (4-2)는 서로 긴밀한 연관 속에서 축조되어 있으며, 그 변화의 양상도 극심하다. 다만 (4-3)은 그의 전기적 삶과 의미상으로 동일한 행정을 걸어온 '여자'를 제시함으로써 지금까지의 사건을 더욱 강화하는 부연의 기능을 담당한다. 그러나 그 논리적 결합도는 떨어진다. 그리고 이들 내용의 변이과정을 통해 볼 때, 모든 과정을 통합할 수 있는 의미동위소는 '고향'임을 알 수 있다.

물론 소설텍스트의 의미동위소를 즉각적으로 지각할 수도 있을 것이다. 그러나 이러한 과정을 통해 의미동위소를 찾아낼 뿐만 아니라, 의미동위소가 어떻게 서로 연결되고 있는지를 재구성할 수 있다는 점에서 텍스트의 전체적인 분석에 유효한 과정일 수 있다. 더욱이 즉각적으로 동위소를 구성할 수 있다는 것조차 일정한 문학적 훈련의 결과라고 한다면, 그 과정의 필요성은 더욱 증폭된다.

2. 이데올로기적 효과의 극대화

서술의 층위는 구체적으로 텍스트 속에 제시되어 있는 연속되는 통사와 그 통사의 요소로써 존재하는 어휘, 구, 절 문장 단위를 분석의 대상으로 삼는다. 서술의 특성이란 표현된 내용이며, 개별적 텍스트에 존재하는 언어 사용 상에 나타난 특성이다. 그리고 텍스트의 언어 사용은 다루고자 하는 경험의 내용, 경험의 내용을 제시하는 담론의 유형, 담론에 관여하는 주체의 관점에 따라 그 언어사용역이 결정된다. 따라서 서술 층위를 조망하는 관점 역시 이 세가지 축을 중심으로 교직되어야 한다. 그 가운데 어느 하나라도 결여된 채 논의가 이루어진다면, 담론의 현실적 상황을 고려하지 못한 파편적인 인식에 머물게 된다.

한 편의 서사텍스트가 담론의 자기완결성에 상응하는 단일하게 통합된 서술 특성을 지니리라는 것은 쉽게 상정할 수 있다. 그러나 텍스트 전체를 두고 서술 특성을 분석하는 것은 명료한 방법론적 원리는 아니다. 이는 시텍스트에서처럼 단일한 담론 내적 상황 속에 존재하는 텍스트의 경우에는 적절할 수 있으나, 서사텍스트에서처럼 담론의 내적 상황이 서사의 진행에 따라 지속적으로 변화되어가는 텍스트에서의 문체 자질을 분석하기란 거의 불가능하다. 다만 상황 맥락의 변이과정에 따라 분절적으로 서술 특성을 분석하고, 그러한 과정을 통해 추출한 서술 특성을 전체 텍스트 속에서 다시 통합적으로 고려하는 것이 필요하다. 이를 위해서 한정된 상황 맥락을 분절화하고, 그 분절된 상황 속에서 특정한 담론의 초점을 찾아야 하는 것이다. 다음은 이를 잘 보여준다.

① 대구에서 서울로 올라오는 차중에서 생긴일이다.
② 나는 나와 마조안진 그를 매우 흥미잇게 바라보고 또 바라보앗다.
③ 두루막격으로 「기모노」를 둘럿고 그 안에선 옥양목 저고리가 내어 보이며 알애돌이엔 중국식 바지를 입엇다.
④ 그것은 그네들이 흔히 입는 유지모양으로 번질번질한 암갈색 필육으로 지은 것이어다.
⑤ 그리고 발은 감발을 하였는데 집신을 신엇고, 「고부가리」로 깍근 머리엔 모자도 쓰지 안핫다.

이 인용문의 경우 상황을 통해 서술자의 의도를 놓치지 않은 채 담론의 초점을 분석하였을 경우, 제시된 부분의 의미는 ②의 '매우 흥미잇게'에 놓여 있으며, ①을 제외한 나머지는 배제된다. 결국 '그는 흥미롭게 생겼다'가 명제인 것이다. 그리고 그 명제가 제시되는 중심적인 담론의 유형은 묘사에 해당한다. '흥미롭게'란 양상을 논증하기 위해 실질적인 면모들이 상세하게 묘사되고 있기 때문이다.

> ⑥ 우연히 잇다금 긔묘한 모임을 꾸미는 것이다
> ⑦ 우리가 자리를 잡은 차ㅅ간에는 공교스럽게 세나라 사람이 다 모이엇스니 내 엽헤는 중국사람이 기대엇다.
> ⑧ 그의 엽헤는 일본 사람이 안저 잇섯다.
> ⑨ 그는 동양 삼국옷을 한 몸에 감은 보람이 잇서 일본말로 곳잘 철철대어거니와 중국말에도 그리 서툴지 안흔 모양이엇다.

⑥은 전체적인 행위를 일반화한 설명에 해당하며, ⑦과 ⑧은 상황에 대한 설명이다. ⑨ 역시 설명적 제시에 해당한다. 그리고 이들 각각의 설명을 통어하는 중심적인 명제는 '그는 일본말을 곧잘 하고, 중국말에도 서툴지 않다'는 것이다. 이 명제는 묘사나 서사와는 명확하게 다른 설명적 제시인 것이다.

그러나 이들 중심적인 담론 유형의 확정은 상황맥락의 단위를 어떻게 구분하는가에 따라 달라진다. 예컨대 앞의 ①-⑨에 이어 다음의 부분을 잇달아 제시할 경우, 앞의 묘사와 설명이란 담론의 유형은 다시 재고되어야 한다.

> ⑩ 「도고마테 오디데 데수가」하고 첫마듸를 걸드니만 동경이 어쩌니 대판이 어쩌니 조선사람은 고추를 끔직이 만히 먹는다는 등 일본 음식은 넘우 싱거워서 처음에는 속이 뉘엇거린다는 등 횡설수설 짓거리다가 일본사람이 엄지와 곤지손가락으로 짤르게 끈흔 숏숏

한 웃수염을 비비면서 마지 못해 쌌댔갓댁하는 고개와 함께 「소데
수가」란 한마듸로 코대답을 할 싸름이오 잘 바다주지 안흐매 그는
또 중국인을 붓들고 실랭이를 한다.
⑪ 「네쌩나을취―」 「을씽섬마」하고 덤벼 보앗스나 중국인 또한 그 기
릚기인 쑤우한 얼굴에 수수격기 가튼 우슴을 씌울 쑌이도 별로 대
꾸를 하지 안핫건만 그래도 무에라고 련해 웅얼거리면서 나를 보
고 우서 보이엇다.
⑫ 그것은 마침 짐승을 놀리는 요술장이가 구경군을 바라볼 째처럼
훌륭한 제 재조를 갈채해 달라는 우슴이엇다.
⑬ 나는 쌀쌀하게 그의 시선을 피해버렷다.
⑭ 그 주적대는 꼴이 엇줍지 안코 밉살스러윗습니다.

 ⑩과 ⑪은 묘사로 볼 수 있다. 그의 행위의 움직임이 제시되고 있으
나, 그것은 사건을 기술하는 서사 고유의 방식으로서가 아니라, 고정된
대상의 다양한 면모를 묘사하듯이 기술하고 있다. 반면 ⑫는 설명에 해
당하며, 서술자가 직접 의미를 해석하는 부분이다. ⑬과 ⑭는 행위와 그
이유가 함께 결합되어 제시되고 있으며, ⑬은 서사, ⑭는 그 서사에 대
한 설명으로 이루어져 있다. 그러나 ①과 ⑭에 이르는 전부분을 함께 하
나의 시퀀스로 간주했을 때, 그것은 그의 외모와 행태에 대한 묘사로 파
악할 수 있다. 그 분절의 단위는 시간을 축으로 하는 장면과 상황의 변
화하는 의미행정의 추이에 따라 나누는 것이 담론의 초점을 인식한다는
고유의 목적에 상응한다. 담론 내적 상황의 변화는 곧 화제의 변화를 초
래하기 때문이다.

 요컨대 설명, 서사, 묘사 등의 담론의 유형을 확정하고자 하는 것은
결국 담론의 유형에 내재하는 담론의 내용이 무엇인가를 찾아내기 위한
경로에 해당한다. 그리고 이러한 분석은 개별적인 정보단위의 분편들이

지닌 의미 기능을 명료하게 조명할 수 있다는 점에서 효율적일 뿐만 아니라, 문체의 자질을 텍스트 전체란 광범위한 영역에 걸쳐 찾아내기보다 특정한 담론의 상황 속에서 특정한 담론의 대상에 따른 담론 생산의 주체가 갖는 문체적 변이를 효과적으로 조명해 볼 수 있는 전제를 구축하였다는 점에서 의미를 갖는다. 결국 담론의 대상으로서의 '그의 행태'는 서술자에 의해 경멸을 동반하는 '주적대는 꼴'로 포착되고 있으며, 그것이 곧 구축된 명제의 내용인 것이다. 그리고 이러한 명제의 제시를 통해 작가가 의도하고자 하는 것은 '인물의 희화화'로 요약될 수 있다. 이 지점에서야 대상에 대한 특정한 관점을 고유의 양식 속에서 어떻게 표현하고 있는가를 문제 삼는 문체의 문제로 회귀할 수 있다.

특히 동기화를 문체 분석의 결과[32]가 아닌 전제로서 다루어야 한다는 점은 중요하다. 이러한 방법론의 차이는 단순히 순서의 차이가 아니라, 담론 유형과 담론의 대상을 통해 동기화를 규명함으로써, 문체의 자질을 기능적 관점에서 유추할 수 있게 되며, 나아가 전경화의 근거를 객관적으로 마련할 수 있다는 점이다. 뿐만 아니라 전경화를 변형의 전경화뿐만 아니라, 정형의 전경화 역시 포괄[33]함으로써, 문체의 자질들을 더욱 풍부하게 규명할 수 있을 것이다. 이는 변형이나 정형의 대립구도가 아니라, 반복을 통한 유형화로 가능하다. 이러한 방법론적 근거 속에서 「고향」의 처음 장면은 '대상 인물의 희화화'란 목적 아래 편재될 수

---

32) Leech는 문체 분석을 '결속구조'와 '동기화'란 두가지 관점에서 전경화된 문체소를 추출하고, 여기에 동기화를 부여하고자 한다. G.Leech, "This Bread I Break - Language and Interpretation", *Linguistics and Literary Style*(ed. D.Freeman), pp.120~124.

33) Todorov는 기존의 문체론이 규범의 기준을 언어학에 두고 있다고 비판한 후 일상어에 기준을 둔다면 정형과 변형의 구분이 무의미하다고 지적하였다. "Theory of Style", *Literary Style*(ed. S.Chatman), Oxford Univ.Press, 1971, p.31.

있다.

맥락의 변이과정 (1)의 어휘적 측면에서 가장 두드러진 문체자질은 명확히 서술자의 주관이 개입된, 평가적인 어휘가 구사되고 있다는 점이다. '흥미잇게', '긔묘한', '횡설수설 짓거리다가', '쌀쌀하게', '주적대는 꼴', '엇줍지 안코 밉살스러웟슴' 등은 쉽게 인지될 수 있다. 특히 이들 평가적 어휘들이 '흥미잇게'와 '긔묘한'이란 상대적으로 기술적인 어휘에서, '횡설수설', '주적대는' 등으로 적극적인 비평적 어휘로 전이됨으로써 서술자의 태도가 구축되는 과정을 선명하게 제시해 준다. 그리고 이러한 문체자질이 의도하는 효과는 서술주체의 직접적인 '감정의 언어'[34]를 통해 독자들에게 서술자와 동일한 초점으로 대상을 보도록 만든다는 점이다. 독자 역시 이 부분의 전체적인 묘사 대상인 '그'에 대해 경멸적인 태도를 형성하고자 의도된다. 물론 이러한 태도는 묘사된 내용으로서의 그의 부박한 행위들과 외모를 통해 충분히 추론 가능한 것이며, 서술자는 명확한 명명을 통해, 독자들이 묘사되는 희화적 인물과는 거리두기를, 묘사하는 감정적 서술자와는 동일시를 심리적으로 견지할 수 있도록 유도하고 있는 것이다. 이와 같은 서술자의 직접적인 태도 표명은 언어의 대인적 기능(interpersonal function)을 극대화한다. 물론 서사텍스트의 대인적 기능은 청자에 대한 대인적 관계를 형성하는 것이 아니라, 서술 주체가 서술 대상에 대해 갖는 대인적 관계를 의미한다.

(1)의 통사적 측면에서 드러나는 두드러진 문체 자질은 의미상의 주어에 따라 문장의 형태가 서로 상이하다는 것이다. 즉 서술자 자신이 주어가 되는 문장은 짧고 간략한 형태(②, ⑬, ⑭)를, 묘사 대상으로서의 무정형(inaniamte)의 주어는 중문을 통한 대등절의 연결(①, ⑤, ⑦)을, 묘

---

34) R.Fowler, 『언어학과 소설』(김정신 역), 문학과지성사, 1989, p.119.

사 대상으로서의 정형의 주어인 '그'가 주어로 기능하는 문장은 상대적으로 몹시 길고 복잡한 문장 형태를 취하고 있다(⑩, ⑪)는 사실이다. 이는 묘사 대상이 무정형의 주어는 상태이며, 정형의 주어는 동작상이라 점에서 빚어지는 차이겠지만, 대인적 기능 자체를 활성화하기 위함이 크다. 곧 시간적으로 전개되는 동작상을 하나의 문장 안에 표현함으로써 동작상 자체가 어떠한 지향도 없는 행위 자체를 위한 행위임을 드러내고 있는 것이다. 이는 언어적 표현을 통해 경험의 내용 혹은 논리적 내용을 전달하고자 하는 관념적(ideational) 기능보다, 대상에 대한 대인적 기능을 중심으로 통사를 구성하고자 기획 속에서 이루어진 것임을 알게 해 준다.

(2) 역시 '기차 안에서의 수인사'라는 규정된 틀(frame) 속에서 묘사를 중심으로 구성되어 있다. 그러나 1-a)가 인물인 '그'에 대한 묘사에 집중되었던 것과 달리, 여기에서는 '그'에 대한 외면 묘사와 함께 서술자와의 대화가 묘사되며, 동시에 서술자의 내면 심리에 대한 묘사 또한 제시되고 있음이 특징적이다. 먼저 그에 대한 외면 묘사는 핍진한 묘사에 이어 '신사스러운 표정'으로 요약적으로 제시된다. 그리고 이 표정을 근거로 서술자의 내면 심리는 '그에게 대한 반감'에서 '감동'으로 전이된다. 그 태도의 전이가 동위소인 '고향'으로 화제를 집중시킬 수 있는 여지를 마련해 주고 있는 것이다. 결국 1-b)의 담론의 목표는 묘사의 핍진성 속에서 연민으로의 심리적 변화를 야기하기 위한 대상의 제시에 있다. 따라서 1-a)에서 현저하게 사용된 감정의 언어는 서술자의 태도 변화를 반영하는 가운데 여전히 빈번하게 제시된다. 그러나 인물의 희화화를 목적으로 하던 앞서와는 달리 묘사에 직접적인 서술 주체의 주관성이 투영되는 것을 최대한 절제하고자 한다.

이 장면에서 특히 주목되는 것은 묘사되고 있는 대화이다. 대화는 서로 알지못하는 두 사람이 특정한 소통의 목적이 없이 말을 건네는 친교적인 상황이다. '그'는 일본인과 중국인에게 불편한 침묵을 깨뜨리기 위해, 또한 더욱 진전된 상호작용의 기초를 마련하기 위해 대화를 시도한다. 이 경우 두 사람의 사회적 지위나 담론의 권력 양상에 따라 대화의 시작은 달라진다. 즉 동등한 경우와 동등하지 않은 경우가 있을 수 있다. 라버(Laver)의 연구35)에 따르면, 동등한 경우에는 주로 상황맥락에 관한 화제로 대화가 시작되며, 담론의 권력이 우위에 있는 사람이 대화를 시작할 때는 타인지향적인 화제로, 그 반대의 경우에는 자기지향적인 화제로 대화를 여는 것이 일반적이라고 한다. 예컨대 타인지향적인 화제는 '아주 힘들어 보이는군요'라는 형식이며, 자기지향적인 화제는 '아주 힘들어요, 이 일은.'과 같은 식으로 대화가 시작된다는 것이다. 「고향」의 이 부분은 전형적인 친교적 대화의 시작에 해당하며, '그'는 대화의 시작에서 누구에게나 '어대쩌정 가는기요', '서울에 오래 살앗는기요' 등의 방식으로 타자지향적인 화제로 대화를 시작한다. 이는 대조분석을 통해 더욱 구체화되어야 하나, 대체로 영어권과 달리 담론의 권력이 아닌, 적극성의 여부에 따라 달라지고 있음이 확인된다.

이러한 타인지향적인 대화의 내용은 대화의 주도권이 인물인 '그'에게 놓여 있음을 분명하게 보여준다. 그는 대화를 시작하며, 이어갈 뿐만 아니라, 대화 속에 끊임없이 자신의 감정을 드러냄으로써, 대화가 지닌 풍부한 기능을 마음껏 구사하면서 자신이 듣고자 하는 정보를 상대방으로부터 이끌어 내고 있다. 반면에 서술자의 대화는 최소한의 정보만을

---

35) P.Simpson, "Phatic Comunion and Fictional Dialogue", *Language, Discourse and Literature*(eds., R.Carter & P.Simpson), Unwin Hyman, 1989, pp.46~47 재인용.

전달하고자 하는 소극적인 틀 속에서 이루어진다. 그러나 심리의 변화 이후 자신이 설정한 견고한 대화의 양상을 허물어뜨리면서 중립적인 지점으로 이행해 간다. 이는 '글쎄요'라는 태도 표명을 유보하는 어사를 사용함으로써, 이전의 최소한의 정보를 전달할 따름이라는 태도에서 벗어나, 불명확한 정보, 굳이 전달하지 않아도 되는 정보까지 나름대로 제시하기 위해 부심하기에 이른다. 그리고 결국에는 중립적인 지점에서 한 걸음 더 나아가 적극적으로 서술자 자신이 담론을 이끌어가는 역할을 수행한다. 이처럼 대화의 흐름이 변모하는 양상의 저변에는 서술자의 태도 변화가 가로놓여 있는 것이다.

(3−1)과 (3−2)[36]는 앞서의 1인칭 관찰자 시점에서 3인칭 전지적 시점으로 서술 시점이 변화되어 있다. 소설의 구성으로는 액자 형태에 속하며, 담론의 유형은 서사를 중심으로 사건을 요약적으로 제시해 준다. 나아가 담론의 영역은 '그의 인생 역정'이다. 담론의 기능은 '관념적 기능'으로 채워져 있으며, 관념적 기능 고유의 경험 내용의 서사적 기술이 전체를 일관하고 있다. 경험 내용과 달리 특징적으로 드러나는 담론의 양상은 서술자 자신의 논평이 던져짐으로써 '관념적 내용'의 전달에 그치지 않고, 특정한 효과를 의도하고 있다는 점이다. 그 효과는 식민지 민중의 고단한 삶을 선명하게 형상화하고 있는 경험 내용에 명확한 방향성을 부여하는 역할을 담당한다. 예컨대 '가난과 고생이 얼마나 사람을 늙히는가', 혹은 '쫓겨가는 이의 운명이어든 어대를 간들 신신하랴'라는 서술자의 직접적인 논평은 감염성이 높은 의문의 형식 속에서 독자의 동의를 직접적으로 요구함으로써 서사적 사건의 의미를 명료하게 정식화하고 있다. 이는 자칫 서사 자체의 전개에 몰두하기 쉬운 요약적

---

36) 맥락의 변이과정 분류는 앞의 구성층위의 분석을 참조.

제시를 전체의 담론이 추구하는 효과와 견고하게 밀착시키는 기능을 수행한다.

(4)에서는 다시 원래의 시점을 회복하고 있으며, 대화의 묘사를 중심적인 담론의 유형으로 드러내며, 담론의 영역은 '고향의 피폐한 현재적 상태'에 집중되어 있다. 그리고 담론의 영역은 서술자의 서사 진행이나 설명이 아닌, 인물의 대화 속에서 직접적으로 묘사되고 있다. 이는 '고향의 피폐함'을 극명하고 사실적으로 전달하는 기능을 수행하며, 정보를 전달하는 인물의 대화는 거의 정서의 표출에 가까울 정도로 고조된 탄식으로 이루어져 있다. 짤막한 문장 길이, 영탄과 설의를 통한 정서의 직접적인 전달 등은 모두 지극히 고양된 분위기를 창출하고 있는 것이다. 그러나 인물의 대화 속에 제시되어 있는 감정의 직접적인 분출과 달리 서술의 방식은 앞과는 명확히 상이한 객관성을 견지하고자 한다. 앞부분에서 직접적으로 서술자의 판단이 대상 자체에 개입해 들어간 것과 달리 이 부분에서는 서술자는 판단을 끊임없이 유보하면서, 엄밀한 1인칭 관찰자 고유의 객관성을 유지하고자 한다. 이는 (3)의 '그의 눈이 번들번들함은 눈물이 쏘다젓슴이리라'와 '악착한 운명이 던저준 기픈 슬픔을 술로 녹이랴는 듯이' 등에서 이미 드러나기 시작한 것으로, '그째의 광경을 눈압헤 그리는 듯이', '짜는 듯한 목' 등 직접적인 진술이 아닌 서술자 자신의 추측에 불과함이 명시적으로 표현되어 있다. 이는 서술자의 주관적 개입을 최대한 자제하고자 하는 기술적 장치이며, 이를 통해 그 비극성이 정서로서가 아닌 엄연한 현실로 존재하고 있음을 입증해 보이고자 하는 것이다. 나아가 그 현실성은 '눈물'과 '음산하고 비참한 조선의 얼골'을 비약적으로 연결함으로써, 개별적 삶을 보편적인 민족사 전체와 관련시키기에 이른다.

  (4-3)에서는 대화의 묘사와 서사의 요약적 제시가 거의 비슷한 비중
으로 제시되고 있으나, 화제의 중심은 의당 현재의 상태에 놓여 있으므
로 대화의 묘사에 있다. 그리고 대화의 중심적인 대상은 이제 '그 녀자'
로 전환되며 담론의 영역은 '그 녀자의 참혹한 인생'이 된다. 하지만 '그
녀자'의 출현은 분명 자의적이다. 서사의 진행 자체가 필연적으로 '녀
자'를 소설의 공간으로 끌어들인 것이라기보다, 개연적으로 개입해 들
어 온 혐의가 짙다. 물론 이러한 혐의는 타자의 발화[37]를 소설 내부에
설정하게 만들며, 서술자는 이 타자의 발화에 적극적으로 대처하지 않
으면 안된다. 이러한 견지에서 이 인물을 소설의 공간 속에 적절히 배치
하기 위해 서술자와 '그'는 긴밀하게 호응을 이루며, 인물의 출현이 갖
는 필연성을 부여하기 위해 협조한다. 이는 지칭소의 변화 속에 명확히
드러난다. 여자는 먼저 서술자인 나의 대화 속에 '고향사람'이란 일반성
속에서 포착되며, 이후 대화의 진행 속에서 점차 '친척되시는 분', '한
이웃에 살든 사람', '나와 *까닭*도 좀 잇든 사람', '혼인말이 잇든 녀자'로
압축되며, 점층적으로 서사적 흥미를 유발하고 있다. 그러나 정작 이러
한 과정을 통해 초점화된 인물 역시 과거와 현재의 의미 대립 속에서
언어의 관념적 기능을 수행하고 있으며, 식민지 시대의 참혹한 삶을 또
다시 견고하게 확증해 주는 의미 기능을 담당하는 것으로 처리되고 만
다. 그리고 이 관념적 기능은 '넘우도 참혹한 사람살이'라는 서술자의
직접적인 언표 속에서 대인적 기능을 효과적으로 발휘하며 명료한 의미
화를 달성한다.
  (5)는 서사체의 종결에 해당하는 부분으로 '우리'라는 지칭소의 변화

---

37) M.Bakhtin/V.N.Volosinov, 『마르크스주의와 언어철학』(송기한 역), 흔겨레, 1988,
   p.158.

가 특징적이다. 텍스트의 초반에서 명확한 서술자인 '나'와 서술 대상인 '그'의 분리는 연민을 바탕으로, 혹은 정보의 획득을 위해 직접적인 교호관계 속으로 돌입하였고, '그'의 이야기 속에서 서로 긴밀한 정서적 유대를 형성하게 되며, 마침내는 '우리'라는 공동의 인칭 대명사로 진전되어 종결되는 구도를 보이고 있는 것이다.

결국 이 서사텍스트의 가장 두드러진 문체자질은 서사의 진행 속에서 서술 주체의 태도가 변전하는 과정에 따라 서술 대상을 언술화함에 있어서 명확한 대인적 기능을 수행하는 언어적 장치가 전경화하고 있다는 점이다. 구체적으로는 어휘의 측면에서는 서술자의 감정을 여과없이 드러냄으로써 독자를 서술자와 동일한 가치판단 속에 동화시키고자 하며, 서술 대상에 대해서는 명확한 거리두기를 의도하였으나, 서사가 진행됨에 따라 점차 객관적이고 논리적인 현실성을 확보하기 위해 사건의 객관적 전달자로 남고자 함을 알 수 있다. 이러한 대상에 대한 거리두기가 동화로 진전함에 따라 지칭소를 적절하게 변화시키고 있다. 통사의 층위에서는 주로 묘사에 즉해서는 동일한 구조를 지닌 중문이 반복됨으로써 묘사의 치밀성을 더하고 있으며, 서술에서는 사건의 객관성을 드러내기 위해 상대적으로 짧은 단문들을 통해 제시한다. 특히 주목되는 것은 적절한 인물의 명명을 통해 서사의 공간 속으로 자연스럽게 인물이 등장할 수 있도록 배려하고 있음을 알 수 있었다. 그리고 이러한 언어적 장치의 전경화에 힙입어 '고향'이란 중심적인 동위소에 결합된 전이된 의미는 서술주체와 서술대상의 거리가 좁혀지는 그 정도에 따라 더욱 능동적인 이데올로기적 효과를 유도하고 있는 것이다.

V. 결론

　이 연구는 한국의 근대 리얼리즘 소설을 분석하기 위한 방법론을 다루고 있다. 그러나 고구(考究)된 방법론이 특정한 일군의 소설을 분석하고 해석하는 데에만 유용한 것은 아니다. 리얼리즘 소설은 단지 하나의 매개항일 따름이다. 매개항으로서의 한국 근대의 리얼리즘 소설을 통해 소설텍스트로 상승할 수 있으며, 나아가 문학텍스트를 비롯한 인간의 담론적 실천에 내재된 원리에까지 근접해 갈 수 있을 것이다. 그리고 이러한 상승은 담론 실천을 통해 비로소 주체의 이데올로기가 구성되며, 역으로 그 이데올로기를 효과적으로 전달하기 위해 자신의 담론를 구성해 나간다는 원리의 일반성 때문에 가능해진다.

　특히 문학텍스트는 언어의 창조적 지평과 긴밀하게 결부되어 있다. '창조적인 언어 사용'이 언어의 기발한 사용이 아니라 주체의 인식 자체가 갖는 창조성이라고 할 때, 인식의 새로움은 그에 상응하는 언어적 형식의 새로움을 요구하게 된다. 그 결과 문학작품은 개별적인 한 편 한 편의 텍스트가 곧 창조적인 담론 실천에 해당한다. 그것은 어떠한 언어로 환원될 수 없는 독자적인 하나의 언어적 세계이며, 그 세계는 더욱 풍부하고 구체적이며, 더욱 독창적인 인식이 전제되고 있기 때문이다. 특히 소설텍스트의 경우 이는 두드러지게 나타난다.

　소설텍스트에서 담론의 주체는 전적으로 구성되는 주체이다. 그 주체가 담론의 외부에 놓이는 작가이든 담론 내적인 맥락 안에서의 서술자이든 인물이든 그 구성적 자질은 변화하지 않는다. 작가나 서술자, 등장인물은 하나의 텍스트를 통해 자신의 세계를 구성하며, 그 속에서 자신을 주체로 정립해 나간다. 텍스트 내부의 모든 언어적 형식들은 주체의 형성이란 목적을 효과적으로 수행하기 위해 선택되고 조정된다. 상황 맥락도 이와 다르지 않다. 상황은 주어진 상황이 아니라 긴밀하게 텍스트를 통해 직조되는 상황이다. 더욱이 그 상황 맥락은 담론의 생산과 수용 안에서 고려해야 하는 몇몇 항목으로 존재하는 것이 아니라, 현실적인 담론에서의 언어 외적 상황과 마찬가지로 즉각적으로 존재를 둘러싸게 되는 상황이다. 현실적 담론의 육체를 서사텍스트는 삶을 삶 그 자체의 형식으로 제시함으로써 획득하고 있는 것이다. 담론의 수용자인 독자 또한 이 맥락에서 다르지 않다. 독자는 일상적 담론의 상황에서와 마찬가지로, 텍스트 내적 상황을 담론의 외적 상황으로 끊임없이 재구성하면서 인물의 발화, 서술자의 담론이 갖는 언어적 창조성을 검증해 나간다. 그리고 스스로 주체로 구성되는 가운데 텍스트 내부에서 구성된 주체와 조응하면서 혹은 길항하면서 새로운 인식에 도달하는 것이다.

담론에 내재된 이러한 기초적인 관점을 전제로 이 연구는 소설 담론의 이데올로기를 어떠한 경로를 통해 발견할 수 있는가를 고구하고자 하였다. 그 결과 소설텍스트가, 탐구하고자 하는 중심적인 대상으로서의 의미동위소에 어떠한 함축을 부여하고 있는가를 텍스트 전반에 걸쳐 구성함으로써 확인할 수 있었다. 그리고 이러한 의미동위소의 이데올로기적 함축을 사회적으로 널리 공준되고 있는 지배적인 이데올로기적 함축과 대비시켜 봄으로써 각각 지속, 확장, 전이 등의 유형을 이끌어 낼 수 있었다. 특히 리얼리즘 소설의 경우 이러한 유형은 단순한 분류적 관심이 아니라, 명확하게 평가적인 용어로 설정될 수 있음은 시사하는 바가 크다. 예컨대 현진건의 「타락자」가 왜 자연주의로 전락하고 말았는가, 혹은 「고향」이 왜 뛰어난 작품인가를 이들 개념이 설명해 줄 수 있다는 점이다. 「타락자」가 탐구하고자 하는 대상이 '성적 욕망'이며, 그 이데올로기 함축이 공준된 의미와 조금도 다르지 않은 지속에 해당한다는 분석은 곧 작품의 이데올로기적 기획이 실패하고 말았음을 평가하는 것이기도 하다. 반면 「고향」에서 '고향'이란 의미동위소에 대한 이데올로기적 전이가 이루어지고 있다는 것은 리얼리즘 고유의 비판적 기능이 풍부하게 제시되고 있음을 의미하는 것이다.

그러나 소설텍스트에 존재하는 이데올로기를 확인하는 것이 곧 소설텍스트를 읽는 것의 전부일 수 없음은 물론이다. 그것은 소설텍스트를 검토하는 논의의 출발점일 뿐 종국적인 귀착점일 수는 없다. 작품은 이념 도식으로 환원할 수 없는 풍부함을 자체 내에 포괄하고 있기 때문이다. 이를 넘어서기 위해 이 연구는 담론의 형식과 담론의 내용 사이에 존재하는 기능적인 내적 연관을 통해 이데올로기가 축조되어 가는 과정을 동시에 고구하고자 하였다. 이를 통해 구성의 층위와 서술의 층위가 텍스트의 이데올로기 형성에 어떻게 관여하는가를 중점적으로 규명하고자 한 것이다. 물론 연구는 이것으로 완결된 것이 아니다. 한층 더 정치하고 조밀한 분석의 방법들이 거듭 제시되고 진전됨으로써 한국 현대소설의 특징이 포착되기를 바란다.

3. 1930년대 후반 소설론의 구도와 쟁점

I. 서론

근대문학비평사에 있어 1930년대는 일반적으로 전형기[1]로 논의되어
왔다. 기존의 프로문학론과 민족주의문학론 모두, 급격하게 변모된 정
세로 말미암아 자신의 입론들을 더 이상 견고하게 진척시켜 나가지 못
하고, 새로운 모색을 시도함으로써 변전된 상황에 조응하고자 부심한
기간이었다. 그러나 민족주의문학이 이념을 포기한 채 형식주의로 경사
한 것에 비해, 프로문학의 경우 가혹한 탄압으로 인한 조직의 와해와 그
에 잇따른 전향의 속출이라는 외형적인 퇴조에도 불구하고, 그 담당 주
체들에게는 역설적으로 20년대의 사회학주의[2]를 극복할 단초를 보이면

---

1) 김윤식, 『한국근대문예비평사연구』, 일지사, 1972, pp.202~213.
2) 사회학주의는 프롤레트쿨트(Proletkult)로 대표되는 계급환원론자들의 속류 유물론
   적 미학을 지칭한다. 그들 방법의 일반적인 특징은 예술적 창조의 법칙이 일방적
   으로 생산의 법칙에 의해 규정된다는 경제결정론, 예술작품의 발생·양식의 발생
   이 사회구성체 및 계급의 발생과 변모를 반영한다는 기능적 발생론, 예술은 어떠
   한 인식적 기능도 갖지 않으며 단지 일정한 계급의 이념을 영속화하기 위한 계급

서 문학의 현실 연관에 대한 문제의식을 보다 증폭시키는 계기가 되었다. 여기에는 무엇보다 20년대와는 질적으로 다른 30년대의 현실적 조건이 내적 동인으로 가로놓여 있다.

일본은 한국을 강점함과 동시에 자국 내의 자본을 강제로 이식하였고, 그 결과 한국은 본원적 축적의 단계를 어느 정도 경과한 30년대에 이르면 자본과 임노동의 모순이 민족모순을 내부에서 통어하는 기본모순으로 정립3)되며, 이때부터 프로문학운동의 수원지라고 할 수 있는 노동자 계급이 변혁의 주체로 역사의 전면에 등장하게 된다. 이는 곧 관념적인 선언이나 태도 표명만으로 현실 운동과 결부될 수 있었던 기존의 프로문학운동의 지형이 현저하게 변화되었음을 의미하며, 프로문학비평의 논자들에게 문학의 특수성에 관한 보다 진전된 인식을 요구하기에 이르렀음을 의미한다. 이와 함께 20년대에 형성된 프로문학이 좌우의 다양한 편향에 맞서 이론적 논쟁을 거듭하는 가운데 문학의 본질에 대한 인식을 더욱 구체화할 수 있었다는 사실과, 예술적 대상을 전유하는 작가들의 기량 역시 일정한 수준에 도달하였다는 것도 30년대의 비평적 논의의 폭과 깊이를 강화시킨 요인이다. 30년대 중반 현실주의를 중심으로 이루어진 다양한 논쟁과 「과도기」에서 『고향』에 이르는 작품의 성과가 그 단적인 실례일 것이다. 특히 예술적 반영의 특수성, 세계관과 창작방법의 관계, 미적 원리로서의 당파성 등을 문제삼았던, 사회주의 현실주의론을 둘러싼 논쟁은 그 정점에 놓이는 비평적 성과로 평가된

투쟁의 수단으로만 간주하는 이데올로기주의, 예술의 가치는 작가가 속한 계급의 진보적 혹은 반동적인 정향과 동일하며 따라서 과거 예술작품의 내용은 진보적인 계급의 관점에서는 무가치하다는 상대주의 등으로 현상하였다. E.M.Swiderski, *The Philosophical Foundations of Soviet Aesthetics*, D.Reidel Pub, 1979, pp.23~7.
3) 서울사회과학연구소, 『한국에 있어서 자본주의의 발전』, 새길, 1991, p.99.

다.

그러나 30년대 후반에 이르면 일본의 급격한 군국주의화로 말미암아 사회주의 현실주의 논쟁이 도달한 합리적 핵심인 '주체의 능동성'[4]과 '객관적 당파성'[5]을 거론한다는 것이 도무지 불가능한 상황이 되었으며, 그 결과 프로문학의 평단은 우회로를 찾지 않을 수 없게 되었다. 그 귀착점이 곧 30년대 후반의 소설론이다.

30년대 후반의 소설론은 김동인, 염상섭 등 기법을 중심으로 한 초기의 자연주의적 소설론과는 달리 내용형식논쟁과 대중화논쟁을 통해 소설의 사회적·역사적 의미에 관심을 기울인 김기진 한설야 등의 소설론을 이어받아, 현실주의론과 밀접한 연관 속에서 진행되었다. 그리고 현실주의론의 핵심적 규준이 대상의 객관적인 재현과 함께 대상에 대한 가치평가에 있음을 고려할 때, '대상의 총체성'[6]을 통한 문학의 인식능력을 중핵으로 하는 장편소설은 '진리충실성'[7]을 문제삼는 현실주의론과 깊은 친화력을 지닐 수밖에 없다. 따라서 현실주의론의 기본개념을 소설이란 특정한 장르 속에서 구체화하는 방향으로 논의를 개진한 30년대 후반의 소설론은, 소설의 미적 본질에 육박해 간 보기드문 이론적 성취에 해당한다.

30년대 소설론에 관한 연구는 그 외형상, 비평가론[8]이나 30년대 비평

---

4) 신두원, 「임화의 현실주의론 연구」, 서울대 석사, 1991, p.41.
5) G.Lukacs, 『미와 변증법 - 미적 범주로서의 특수성』(여균동 역), 이론과 실천, 1987, p.222.
6) G.Lukacs, 『소설의 이론』(반성완 역, 심설당, 1985), pp.89~106.
7) D.Markov, *Der Genesis zur Sozialistischen Realismus*, Dietz Verlag, 1967, pp.496~7.
8) 신두원, 「임화의 현실주의론 연구」, 서울대 석사, 1991.
   김재용, 「안함광론」, 『1930년대 민족문학의 인식』(이선영 편), 한길사, 1991.
   채호석, 「김남천 창작방법론 연구」, 서울대 석사, 1989.

을 일정한 주제 아래 다루는 가운데 소설론을 언급한 연구[9]와 소설론을 독자적인 대상으로 논의를 개진한 것[10]이 있다. 덧붙혀 각 논자들의 소설론만을 심도있게 규명하는 연구[11]로 방향이 진전되고 있다.

먼저 작가론의 일부 혹은 30년대 비평론의 일부로 논의된 소설론은 채호석, 유보선, 김재용, 신두원, 최유찬, 하정일 등의 연구를 들 수 있다. 이중 비평가론은 개인의 비평적 활동에 가로놓인 연속성의 해명에 중점이 주어져 있기 때문에, 당대 소설론 전반이 도달한 성과 속에서 객관적인 한계와 가능성을 검증하는 일에는 상대적으로 소홀해 왔다.

이와는 다른 맥락에서 소설론을 독자적으로 검토한 연구는 김윤식과 강영주 등이 있다. 이중 비평사 연구의 초석을 마련한 김윤식은 소설론의 문학사적 의미를 역사철학적으로 검토하였을 뿐 아니라, 현실주의론과의 관련 속에서 해명하고자 하였다는 점에서 선구적이다. 더욱이 헤겔과 루카치의 소설론에 대한 정당한 이해와 그것을 한국의 근대비평사에 투영한 것은 30년대 소설론의 본질에 맞닿은 것이다. 그리고 이 연장선 위에서 강영주는 소설론의 쟁점을 이룬 전형의 문제, 묘사의 문제를 독일문예학에 힘입어, 정치하게 착근하고 있다.

그러나 이들 연구는 30년대 후반의 문예운동이라는 실천적인 역사적 맥락에 즉하여, 대상을 검토하지 못하고 있다. 예컨대 강영주는 임화와

---

9) 권영민, 「한국근대소설론 연구」, 서울대 대학원 박사, 1984.
   이주형, 「1930년대 장편소설 연구」, 서울대 대학원 박사, 1983.
   최유찬, 「1930년대 한국 리얼리즘론 연구」, 연세대 대학원 박사, 1984.
   하정일, 「1930년대 사회주의 현실주의론의 발전과 반파시즘 인민전선」, 『창작과 비평』 1991년 봄호.
10) 김윤식, 『한국근대문학사상사』, 한길사, 1984.
   강영주, 「1930년대 소설론고」, 서울대 대학원 석사, 1976.
11) 민경희, 「임화의 소설론 연구」, 서울대 대학원 석사, 1990.

안함광의 소설론을 단순히 사회주의 현실주의론의 반복으로 폄하하고 있으며, 소설론의 전개양상을 주로 김남천에 기대어 검토한 결과 '논자들이 한 사람 한 사람 그 모색을 포기한 과정'[12]으로 규정함으로써 소설론의 문예이론사적 의미를 충분히 걸러내지 못하고 있다. 나아가 임화의 소설론에는 서구소설사를 단계적으로 이식하고자 하는 '이식문화론'이 근저에 깔려있다고 주장한다. 그러나 소설은 자본주의 사회 고유의 문학장르이며, 소설을 보는 이론적 시야에 해당하는 소설론 역시 토대에서 자립적으로 분리될 수 없다. 따라서 서구의 소설사를 무비판적으로 재현해 보고자 하는 시도로 임화의 소설론을 평가하는 것은 발전의 특수성에 대한 과도한 강조로 말미암아 발전에 가로놓인 보편성을 간과하는 편향을 노정하는 것이다. 이는 현실주의론과 소설론이 맺는 관련 양상의 핵심적인 고리가 대상에 대한 단순한 재현을 넘어 사회적 힘의 본질을 형상화함으로써 미래의 전망을 선취한다는 것을 전제할 때, 오히려 30년대 후반의 소설론이 이 선언적 명제를 구체적인 한국의 현실 속에서 모색하고자 하는 지난한 과정이었으며, 그 과정에서 자연주의적·심리주의적 편향들을 정당하게 평가해 내는 능동적인 역할을 수행하였다는 사실을 놓치고 있다. 더욱이 임화, 안함광, 김남천 등이 제시한 논의는 비록 충분히 개화하지 못하였음에도 불구하고 소설론이 제기할 수 있는 문제인식을 고유의 방식으로 심도있게 천착함으로써 이후 70년대에 비로소 재개되는, 현실주의에 토대한 소설론에 커다란 시사를 주고 있다.

이에 본 논의는 임화, 안함광, 김남천 등을 중심에 두고 30년대 후반에 집중적으로 의견이 개진된 소설론을 현실주의의 기본 범주에 입각해

---

12) 강영주, 앞의 논문, p.37.

검토하고자 한다. 이는 단순히 서구소설론의 입각점 아래 한국의 소설
론을 재단하고자 함이 아니라, 현실주의라는 보편미학적 크기를 지닌
방법을 한국의 소설론을 통해 구체화하고자 함이다.

Ⅱ. 30년대 후반 소설론 형성의 동인

  30년대 후반 소설론은 먼저 1937년 10월 김남천의 「조선적 장편소설
의 일고찰」을 통해 제기된다. 이는 임화가 창작방법 논쟁의 합리적 핵심
으로 '반영의 특수성'과 '객관성의 당파성'13)을 선언적이나마 걸러낸 「사
실의 재인식」이 발표된 것에 연이어 제기된 것으로 주목을 요한다. 이는
향후 소설론의 전개양상이 창작방법 논쟁의 성과 위에서 출발하고 있음
을 예측케 한다. 그리고 소설론에 앞서 제기된 김남천의 비평 활동 역시
창작방법 논쟁을 통해 본격적인 궤도에 올라선다는 점에서 다시금 확인
되는 바이다.

  김남천은 창작방법 논쟁 당시 사회주의 현실주의론의 수용 여부에서
한 걸음 더 나아가 독자적인 창작방법론의 수립에 천착하였으며, 그 결
과 고발문학론에서 관찰문학론으로 이어지는 고유의 방법론을 수립하
기에 이른다. 뿐만 아니라 이론에 상응하는 작품을 창작함으로써, 작가
이자 비평가인 자신의 역량을 최대한 개진하였다. 따라서 그가 처음으
로 소설론을 문제삼았다는 점 역시 단순한 돌출적인 논의의 개진이 아
니라 의당 이러한 창작방법 논의의 연장선 위에 놓이며, 그것의 구체화

____

13) 유문선, 「1930년대 창작방법 논쟁 연구」, 서울대 대학원 석사, 1988, p.86.

가 아닐 수 없다.

지난 1년(1938-인용자)간 장편소설에 대한 논의가 가장 큰 토픽의 하나였다. 그 연유와 상태는 1)단편형식의 제약성에 대한 불만(인간 사회 자연을 전체성에서 개괄 창조하려는 욕망의 표시)… 4)통속문학의 유혹과 대두 앞에 순수문학의 문제가 해결을 절규 5)전작 장편의 신경향이 발생… 7)장편소설논의가 리얼리즘 연구와 서로 보조를 같이 하였다.14)

요컨대 김남천은 자신이 소설론을 제기하는 근거로 총체성의 부재로 말미암은 단편형식의 한계에 대한 인식과 통속화로 치닫는 장편소설 자체의 왜곡된 양상을 들고 있다.15) 그리고 장편소설 논의가 현실주의론과 밀접한 연관 속에서 제출되었음을 확인시켜 주고 있다. 이 중 앞의 두 가지 문제인식은 전형기에 맞닥뜨린 소설론의 자기모색으로 이해될 수 있다. 그러나 소설론의 대두는 이처럼 현상을 타개하고자 하는 전형기에 모든 것을 미루는 것으로 그치지 않는다.

무엇보다 소설론을 배태케 한 근본적인 동인은 프로문학의 발생에서부터 지속적으로 심화되어온 예술적 반영의 특수성이라는 미학의 중심축이 가로놓여 있으며, 그 배면에 30년대 후반의 사회적 상황의 변모에 따른 프로문학론자들의 인식의 전환이 개재되어 있다. 곧 임화의 지적처럼 식민지시대 프로문학 역사의 전과정이 '사실적 예술로서의 자기완성의 과정'이자 '당파적 문학으로서의 성장과정'16)인 것이다. 따라서 30년대 소설론 역시 현실주의론의 발전사 속에서 위상을 설정해야 함은

---

14) 김남천, 「장편소설계」, 『조선문예연감』, 1939.3.
15) 김남천, 「장편소설계」, 『조선문예연감』, 1939.3.
16) 임화, 「사실주의의 재인식」, 『문학의 논리』, 학예사, 1940, p.70.

예외일 수 없다. 요컨대 30년대 초반에서 중반에 걸쳐 일관되게 비평적 논의의 근저를 형성한 예술방법의 범주가 그 후반에 들어 특정한 장르인 소설론 속에서 구체화된 것이다. 이는 무엇보다도 30년대 후반의 식민지적 상황의 급격한 변전에 기인하는 바 크며, 동시에 예술방법론 속에서 획득한 주요 개념을 구체화할 수 있는 비평적 시야를 그간의 논의를 통해 확보할 수 있었기 때문이다. 따라서 이 시기의 소설론은 객관적 정세와 그 주체적 대응이라는 끊임없이 상호 관련된 관계망 속에서 검토하여야 하며, 그 중 어느 한 부분에 대한 일방적인 강조 혹은 자립적인 논의는 역사상(歷史像)의 재구성을 왜곡할 수밖에 없다.

30년대 후반 정확히는 1937년 7월의 중일전쟁과 함께 식민지적 상황은 현저하게 변모한다. 일본의 대외침략전쟁의 확대가 필연적으로 식민지 조선에 대한 억압체제의 강화와 대륙침략의 병참기지로서의 재편을 수반하였기 때문이다. 그 결과 일본 제국주의는 분식된 유화적인 몸짓을 거두어 들이고, 민족해방운동 세력은 물론이거니와 식민지 전민중을 대상으로 전면적이며 가혹한 탄압을 가하기 시작하였다.

이처럼 변모된 정세 속에서 국내의 사회운동 세력은 새로운 전술을 운동의 근거로 확정한 것으로 보인다. 그 구체적인 지침은 반일민족통일전선전술의 적용, 반전 투쟁의 전개, 결정적 시기의 무장봉기 전술[17]로 요약될 수 있다. 이 가운데 합법적인 문화운동을 지향하는 프로문학운동에 적용될 수 있었던 전술적 지침은 광범위한 반파시즘 인민전선의 형성에 문학이 어떻게 기여할 것인가 하는 문제의식으로 모아지며, 그 문학론적 투영이 곧 소설론으로 개진된다. 여기에는 문예이념으로서의

---

17) 한국역사연구회 1930년대 연구반, 『일제하 사회주의 운동사』, 한길사, 1991. p.227.

프롤레타리아 당파성과 그 구체적 실현으로서의 예술방법인 사회주의 현실주의론이 더 이상 공공연하게 논의되는 것이 불가능하였으며, 또한 사회운동 전반의 전술적 지침에 걸맞지 않았기 때문이다. 이에 프로문학의 각 논자들은 이념을 암묵적으로 전제한 다음, 그 구체화로서의 장르론으로 하강할 수 있었던 것이다. 특히 소설론에 초점이 맞추어 진 것은 소설이 시대의 하중에 대해 총체적으로 대응할 수 있는 양식이며, 궁극적으로 주체와 대상 세계의 관련 속에서 삶의 존재방식을 묻는 양식18)이기 때문이다.

이를 전제할 때 30년대 후반 현실주의 소설론의 전개양상은 김남천의 「조선적 장편소설의 일고찰」에서 비롯되었다. 그리고 39년 당시 성격론을 통해 가장 광범위한 논의가 전개되며, 41년 생산소설론이나 농민소설론 등의 소재론으로 문제의식이 협애화되면서 마감하는 양상을 보인다. 이를 그 쟁점에 비추어 보면 세부 묘사를 둘러싼 형상화방법으로서의 묘사의 위상에 관한 문제와 비록 관념적이나 전망의 형상화를 모색하는 허구성에 대한 이해, 그리고 성격론 속에서 당대의 상황을 타개해 나갈 전형적 인물의 모색 등으로 요약된다.

Ⅲ. 묘사와 그 객관주의적 편향

일반적으로 묘사는 서사양식의 하위양식으로 규정된다. 그것은 다양한 양식적 장치 가운데 하나의 계기19)일 따름이다. 그럼에도 묘사가 문

---

18) Karl Minger, *Theorie des Modern Romans*, Alfred Kroner Verlag, 1970, p.74.
19) G.Lukacs, Erzahlen oder Beschreiben, *Problem der Realismus* 1, Luchthand, 1971, p.204.

제시되는 것은 그것이 단순한 기법의 층위로 국한되지 않고, 행위의 우연성과 필연성의 상호연관을 축조해 나가기 때문이다. 수많은 우연의 파편으로 가득 찬 삶을 본질적인 계기 속에서 포착하여 필연으로 고양시켜 나가기 위해서는 필요한 우연성과 불필요한 우연성의 구별뿐만 아니라, 필요한 우연성 내부의 연관 관계를 드러내는 것이 필요하며, 그것은 많은 부분 세계관을 통해 정향지워진 묘사로 획득되기 때문이다. 더욱이 서구 근대소설의 경우 묘사는 행위에 대한 서술만으로 충분히 가능했던 고대 서사시적 양식의 개성화를 대신하여 '잃어버린 서사시의 의미를 대치한 작가의 고안물'[20]로까지 그 의미가 확장되어 존재한다. 특히 삶의 편폭을 드러내고, 그것의 내적인 연관을 규명하는 장편소설의 경우 묘사의 문제는 두드러진 의미를 가지는 것이다.

이러한 묘사의 문제는 한국 프로문학의 경우 20년대 후반의 내용 형식논쟁을 통해 제기된 이래, 소설양식론을 거치며 대체적인 핵심을 그려질 수 있었다. 그러나 30년대 후반에 들어 다시 묘사의 문제는 전면에 제기된다. 이는 김남천의 지적대로 한국의 근대문학이 '문학적 유산의 태무'[21]로 말미암아 '인생의 광범위한 기념비적 정경을 묘사'[22]하거나, 주요모순을 포착하여 그것을 광범위하게 개괄한다는 것이 실제의 창작 속에서 부재했었기 때문이다. 문제의 소재가 이론적으로 정당하게 설정되었을지라도 그것의 현실화는 장편소설 작품을 통해서만이 가능한 것이 사실이다. 나아가 장편소설이란 양식의 확립이 근대 부르주아의 성립에 따른 새로운 삶의 양식과 새로운 세계관이란 작품의 토대와 병존

---

20) G.Lukacs, 같은 글, p.213.
21) 김남천, 「조선적 장편소설의 일고찰」, 『동아일보』, 1937.10.20.
22) 같은 글, 10.21.

한다[23]는 사실을 상기할 때, 근대문학에서 장편소설의 전통은 미약할 수밖에 없었으며, 따라서 묘사의 의미가 실천적으로 걸러지는 것이 순조롭지 못하였던 것이다. 그러한 이유로 장편소설의 발전은 자연 그것에 허용된 유일하다고 할 유통매체인 저널리즘의 발전과 동일한 궤적을 밟을 수밖에 없었으며, 그 결과 자본의 상업적 속성으로부터 장편소설 또한 자유로울 수 없었던 것이다. 애초 상업적 속성, 곧 통속성이란 묘사보다는 긴박한 사건의 전개를 중심으로 하는 서술에 몸을 기대고 있기 때문이다. 김기진의 대중화론이 일말의 현실성을 지닌 것도 이 때문일 것이다. 장편소설론에서 묘사에 대한 이러한 문제의식이 명료하게 제기된 것은 임화로부터 비롯된다.

임화는 자신의 시대를 '말할랴는 것과 그릴랴는 것이 분열'[24]된 시대로 사상성이 두드러지게 감퇴한 시대로 규정한다. 주객의 혼연한 유합이 더 이상 불가능해진 시대라는 의미이다. 그 결과 소설은 내성의 소설과 세태 묘사의 소설로 양분된다. 하지만 이들 두 양식은 모두 창작 심리의 분열이자, 예술적 조화의 상실이 빚어낸 동일한 원인을 갖는다. 여기에서 특히 세태소설은 묘사와 직접적인 관련을 맺고 있으며, 임화는 이미 전대에서 도달한 이론적 성과를 토대로 논의를 전개하고 있다. 요컨대 중요한 것은 '묘사하는 배후에 흐르는 작자의 정신이고 묘사에는 반드시 묘사 이상의 묘사하는 의식이 잠재'[25]해 있다는 것이다. 그러나 세태소설에 있어 묘사는 그 기본적인 중요성이 간과된 채, 충실한 세부 묘사 그 자체만을 위해 경주한다고 임화는 지적한다. 그 결과 묘사는 더

---

23) J.M.Bernstein, *The Philosophy of the Novel*, Minnesota Univ., 1984, p.15
24) 임화, 『문학의 논리』, p.346.
25) 같은 책, p.352.

이상 전형적 성격과 결부되지 못한 채 자립적인 모자이크로 전락한다는 것이 임화의 소론이다. 이는 곧 자연주의의 한계를 임화가 정당하게 인식하고 있음을 보여준다 하겠다. 하지만 임화의 논리는 소설 속에서 축조되는 주체와 세계의 관계를 모순의 현상형태와 그것의 지양과정으로 보지 않고, 일정한 이념형을 선험적으로 전제한 연후에 그것에 따라 재단하고 있다. 그리고 이러한 추상적 이념형의 설정은 곧 역사적 전망의 문제를 계급관계의 대립 속에서 행해지는, 주어진 사회의 합법칙적인 발전으로서가 아니라, '작자가 인생에 대하여 품고 있는 희망'이란 식으로 주관적 원망으로 치환하게 만드는 것이다. 이처럼 장편소설에 대한 역사적 구체태를 결여한 추상적 인식이 '성격과 환경의 조화', '말할랴는 것과 그릴랴는 것'의 일치를 상정케 하고 있는 것이다. 그 결과 이 양자를 매개할 수 있는 것이 모순을 인물의 행위를 통해 역동적으로 드러내는 것임을 간과한 채, '묘사에 살든가 내성에 살든가' 둘 중 어느 하나를 선택하는 방향을 취할 수밖에 없는 것이다. 이러한 양자택일의 이분법에서 임화는 내성보다 묘사에 더욱 후한 점수를 준다. 임화가 선택한 대안은 세태소설적 묘사가 규정하는 한계를 의식하는 가운데 묘사의 기법을 배울 것을 권유한다. 물론 이것이 완전한 대안이 될 수 없음을 임화도 익히 알고 있다. 그러나 그의 사고는 더 이상 전진하지 못한 채 여기에서 멈추고 만다. 묘사가 묘사하는 의식을 배제한 채 기법으로 전락할 수밖에 없는 시대적 상황, 그럼에도 묘사를 소설의 재건을 위해 선택할 수밖에 없는 이중의 모순이 임화가 직면한 어려움이었으며, 임화는 이를 뛰어넘을 수 없었던 것이다. 그러나 이 어려움은 김남천에게 더욱 단순화되고 일면적인 것으로 파악된다.

김남천은 동일한 진단에도 불구하고 임화와 대척되는 문제의식에서 출발한다. 그는 내성이라고 지칭되는 자신의 작품을 묘사와 내성을 융합하는 가운데 '다른 성격으로 추진'[26]하고자 한다. 그것이 곧 김남천이 상정하고 있는 로만개조론이다. 김남천은 장편소설 개조론의 두 축을 이론적 모랄과 풍속으로 상정하며, 소설 개조의 방향을 이 양 축의 완전한 융합으로 설정하고 있다. 그러나 김남천의 소설론은 이 완전한 융합에 도달하지 못한 채, 소설론의 초기에는 모랄에, 후기에는 풍속론에서 관찰문학론으로 협소하게 중심이 이동하는 형국을 보일 따름이다. 이는 김남천의 초기 비평에서부터 이미 예견된 것이기도 하다.

원래 비평가이자 작가로서 몸을 세운 김남천이 자신의 문학론을 본격적으로 드러내기 시작한 것은 임화와의 「물논쟁」[27]을 겪으면서였다. 작품 「물」을 둘러싼 임화의 월평에 대해 김남천의 반론으로 시작된 논쟁은 이후 예술실천과 생활실천의 문제로 확대되었다. 여기에서 김남천은 예술실천의 특수성을 포착하지 못한 채 생활실천으로 그것을 해소하고자 하였다. 그는 주체의 세계관을 근저로 하여 생활실천과 예술적 실천이 맺고 있는 복잡다기한 관련양상을 단순화함으로써, 창작방법의 특수한 작용을 간과하였던 것이다. 이는 임화가 예술작품에 투영되는 실천을 사회계급의 객관적 실천이자 '계급투쟁의 실천'[28]으로 인식하고 있음과 비교할 때 현저히 미치지 못하는 이론적 결함이었다.

이처럼 김남천이 「물논쟁」에서 보여주었던 실천에 대한 그릇된 인식, 곧 실천에 대한 경험주의적 편향은 이후의 고발문학론에서 다시금 재생산되고 있다. 김남천은 고발문학론에 이르러서도 여전히 주제의 사상성

---

26) 김남천, 「모랄의 확립」, 『동아일보』, 1938.6.1.
27) 김윤식, 「자기고발과 주체성 재건에 대하여」, 『한국현대문학사론』, 한샘, 1988 참조.
28) 임화, 「비평에 잇어 작가와 그 실천의 문제」, 『동아일보』, 1933.12.20.

과 전형성을 포착하기 위한 절대적인 요건으로 '지극히 풍부한 작가의 체험'이 시대와 긴밀하게 조우하는 것으로 규정함으로써 일본제국주의의 파시즘이 한층 강화되는 시점에 무기력함을 드러내고 만다. 여기에는 세계관과 정당하게 관계맺지 못하는 현실묘사에 대한 일방적인 편향이 개재되어 있으며, 다시금 그러한 편향이 정세의 침체와 악화를 돌파하지 못하는 가운데 실현 가능한 현실묘사란 고작해야 주체가 자신의 생활세계에서 드러내는 을씨년스러운 내면풍경일 따름인 것이다.

30년대 후반에 이르면 김남천은 고발문학론의 내면적 표백과는 다른 지향으로 현실에의 사실적 인식을 포착하고자 한다. 그는 임화의 사실이 고차적이고 일반적인 추상과 일상생활의 쇄말사를 혼동하고 있다고 지적한 후 전자를 양기할 것을 주장한다. 곧 소설 속에서 형상화되는 사실이란 추상이 아니라 생활현실인 것이다. 물론 그 생활 현실은 그 자체로 소설 속에 편입되는 것이 아니라 일반화를 요청하는 것은 당연하다. 문제는 임화가 두 가지 사실 개념을 끊임없는 상호작용 속에서 설정하고자 하며, 그 결과 새태묘사를 긍정하기는 하나 그것만으로 소설의 본질이 포착될 수 없다는 절망론을 내비침에 반해, 김남천은 '세태를 풍속'29)에까지 높일 것을 주장한다. 이를 통해 그는 '풍속개념의 재인식과 가족사와 연대기에의 길'30)을 이끌어 낼 수 있었다.

김남천은 자신의 풍속 개념을 먼저 고현학에서 방법론으로 삼고 있는 풍속과 대립시키고 있다. 고현학의 풍속이 통속적 의미의 풍속, 곧 눈에 보이는 다양한 현상을 통해 일정한 징후를 포착하고 그것을 본질로 왜곡하는 것임에 반해 김남천의 그것은 '사회제도에 있어서 물질적

---

29) 김남천, 「세태와 풍속」, 『동아일보』, 1938.10.14.
30) 김남천, 「현대조선소설의 이념」, 『조선일보』, 1938.9.10.

구조상의 질서를 제일의적인 분석의 기준'31)으로 삼는다는 유물론적 기초에서 출발한다. 더욱이 그것은 단순한 제도에 그치지 않고 주체와 연관되는 가운데 '제도의 습득감'으로 개성적으로 포착되며, 나아가 도덕과 사상의 본질까지 포괄하는 광범위한 개념으로 인식하고 있다. 요컨대 김남천은 장편소설 개조의 방향을 상정된 이념형에서가 아니라, 그 반대의 방향인 개별성에 대한 천착으로부터 시작하고자 하는 것이다. 개별성에서 시작하여, 김남천이 풍속을 통해 포착하고자 하는 것은 바로 전형적 정황의 형상화인 것이다.

　요컨대 세태와 풍속의 차이점은 묘사가 전형적 상황으로 고양되었는가의 여부에 달려있다는 것이다. 그러나 풍속 개념은 그것이 지닌 실천적인 의미의 다대함에도 불구하고 실질적으로는 세태묘사와 그다지 두드러진 차이점을 확보하지 못한 채 답보하고 말았다. 곧 현실의 재현을 의미하는 것에 그칠 뿐, 재현된 현실에 관여하는 주체의 문제가 전면적으로 윤리적인 개인의 문제로 협소한 지형 아래 구축되어 있는 것이다. 이러한 김남천의 주체에 대한 협소한 이해와 그와 상응하는 현실 역시 경험적 현실을 뛰어넘지 못함으로써, 현상은 본질로 고양되지 못한 채 세부적 사실로 고착되고 마는 것이다. 그러나 김남천의 논의가 이처럼 폭과 깊이를 제약당한 것은 무엇보다 현실의 곤혹함에 기인하는 바가 클 것이다. '일상성과 역사적 동향'32)이란 두가지 대립되는, 그러나 상호 필연적인 연관으로 묶여진 축을 유기적으로 결부시키기에 30년대 후반의 시대적 상황은 힘겨웠던 것이다. 그 결과 김남천은 서구의 18세기 고전적 소설에서 보여왔던 현실주의의 성과를 '리얼리즘의 승리'33)란

---

31) 김남천, 같은 글, 같은 곳.
32) 김남천, 「작금의 신문소설」, 『카프자료 7』, p.770.

명제로 이해하고, 손쉽게 현실의 재현으로 옮아갈 수밖에 없었던 것이다. 특히 그의 소설론 후반을 메우고 있는 일련의 「발자크 연구노트」는 그 경사를 두드러지게 보여주고 있다.

「관찰문학론」에서 김남천은 발자크의 긍정적인 면모를 '주관적 이상화의 방법'[34]을 반대하고 현실과 생활을 최대한 진솔하게 그려내는 것에 있다고 주장한다. 그리고 그것을 '쉴러적 방법과 셰익스피어적 방법'이란 지킹엔 논쟁의 구도를 빌려 논증하고 있다. 하지만 정작 김남천이 수용하고 있는 것은 왜소하기 그지없다. 셰익스피어적 방법이 내함하고 있는 '역사적인 계급투쟁들 속에서 작용하는 현실적인 추동력, 현실적인 객관적 갈등을 뚜렷하게 형상화'[35]해야 한다는 맑스와 엥겔스의 요청을 그저 단순한 자연주의적 묘사의 객관적 방법론으로 왜곡한 것일 따름이다. 요컨대 묘사의 대상이 지닌 성격적 특징들은 간과된 채, 그저 묘사의 치열한 방법만이 전일적으로 김남천의 의식을 지배하고 있는 것이다. 그 결과 김남천의 관찰문학론은 주관에 대한 철저한 배제, 현실에 대한 있는 그대로의 반영, 객관성의 관철 등 실천적 주체의 문제를 의식적 주관의 문제로 바꾸어 놓고 있는 것이다. 그것은 결코 '외부세계와의 길항에서 패배한 산문정신'이 궁극적으로 도달해야 할 지점이 될 수 없는 것이다. 묘사란 사회적 역사적 구체화 그 이상도 이하도 아니기 때문

---

33) '리얼리즘의 승리'란 발자크와 톨스토이를 거론하며, 작가가 자신의 세계관적 한계에도 불구하고, 현실주의적 방법에 의해 세계관을 뛰어 넘어 정당하게 현실의 삶을 반영할 수 있다는 '세계관에 대한 방법의 승리'를 수용하였다. 그러나 쏘비에트에서의 세계관과 창작방법논쟁을 경과하면서, 세계관과 방법의 모순이란 틀에서 벗어나 세계관 자체의 모순으로 문제의 중심이 전이되었다. 홀러 지이젤, 『쏘비에트 문학이론』(정재경 역), 연구사, 1988, pp.186~208.
34) 김남천, 「관찰문학론」, 『인문평론』14호, p.17.
35) G.Lukacs, 「지킹엔 논쟁과 유물론 미학의 성립」, 『맑스주의 문학예술 논쟁』(조만영 편), 돌베개, 1989, p.129.

이다.

이러한 김남천의 전략에는 무엇보다도 이념의 부재, 전망의 부재가 주요한 요인으로 거론될 수 있을 것이다. 이념이란 묘사를 비롯한 모든 형상화방법을 근저에서 방향 조정하는 것으로써 단순히 경험을 추상적으로 종합하는 것에 그치지 않고, '풍부하고 잘 정련된 연관 속에서 삶의 모순들을 꿰뚫어 볼 수 있는 가능성'[36]이자 선택의 원리로 작용하기 때문이다. 김남천에게 부과된, 그러나 간과할 수밖에 없었던 또 하나의 축인 역사적 동향은 방법논쟁에서부터 줄기차게 '의식의 능동성'을 논의하던 안함광에 의해 허구성에 대한 이해로 전이되기에 이른다.

Ⅳ. 허구성과 초월적 현실 인식

30년대 후반 김남천의 비평적 행로가 '세태—사실—생활'[37]의 도식에 따라, 주체와 그 대상세계인 객체의 관계를 주관의 윤리성과 객관의 현실성으로 치환함으로써 점차 대상세계에 몰입하는 과정이라면, 그와는 대극에 안함광의 소설론이 놓인다. 안함광은 사회주의 현실주의 논쟁 당시부터 지속적으로 조선적 특수성에 대한 인식과 의식의 능동성을 놓치지 않았으며, 그 연장선 속에서 자신의 소설론을 피력하였다. 특히 그의 소설론은 허구성을 중심으로 전망의 문제를 검토하고 있다는 점에서 주목을 요한다.

안함광의 소설론은 적어도 출발선에 있어서는 김남천과 동일한 문제

---

36) G.Lukacs, 앞의 책, p.329.
37) 김윤식, 『임화연구』, 문학사상사, 1990, p.341.

의식에 기대고 있다. 그는 당대 문단의 상황을 부패로 규정하고 그 부패의 실질적인 원인으로 외부의 제약과 함께 주체의 붕괴를 들고 있다. 또한 그것의 내용을 시민적 상식의 범주에서 조금도 비껴서 있지 않음[38]을 지적한다. 곧 자유주의적이고, 형식주의적인 일탈을 당대 문단의 정세로 인식하고 있는 것이다. 그는 김남천의 고발문학론에서 제기하는 주체의 재건이란 문학 이전의 생활과 더욱 밀접한 것일 따름이라고 비판[39]하고 있다. 더욱이 그는 주체의 재건을 주체의 건립으로 바꾸어 놓고 있다. 당대의 위기란 외적 상황의 악화로 인한 상실이 아니라, 문학과 생활의 합리적 통일을 애초부터 작가들은 가지고 있지 않았으며, 가혹한 외적 억압으로 인해 무력감을 보다 심하는 느끼는 것일 따름이라는 것이다. 따라서 그는 세계관과의 관련 아래 주체를 명확하게 규정할 것을 주장한다.

안함광은 세계관을 '인생 및 세계 전반에 대한 확호한 식견과 보편적 진리'[40]라고 규정하고, 우수한 세계관의 획득이 예술가에게 반드시 필요하다고 선언하고 있다. 더욱이 세계관을 이념 도식으로 수용하는 것에 멈추지 않고 그것의 주체화를 도모해야 한다고 주장한다. 하지만 그 주체화의 경로는 선명하게 나타나 있지 않다. 그뿐 아니라 오히려 현실에 대한 압도적 규정성을 수용하는 상반된 태도로 인식될 소지를 내포하고 있음은 주목할 만한 사실이다.

> 시대사상의 현실적 지층과 주체적인 작가의 생활적 근거와의 합리
> 적인 통일없이 세계관의 주체화를 초래할 수는 없는 일이며 이와 같

---

38) 안함광, 「조선문학의 현대적 상모」, 『동아일보』, 1938.3.19.
39) 안함광, 「문학의 진실성과 허구성의 논리」, 『인문평론』, 1939년 12월호, p.96.
40) 안함광, 「조선문학정신 검찰」, 『조선일보』, 1938.8.23.

이 세계관이 주체화되어지는 것이 못될 때 결코 예술적 창조에 잇어
서의 중요한 지위를 점령할 수도 또는 하나의 현실적 능력으로서 자
기의 존재를 선양할 수도 없는 것이다. 이리하여 세계관의 근저로서
의 주체의 저장적 인식 그 자체부터가 벌써 이와 같이 합리적 통일의
성격을 갖고 잇지 못하고, 따라서 그 세계관이 주체화된 것이 못될
때 그곳에는 도식주의의 생경한 통로가 등장되어질 따름이라는 것도
용이히 이해할 수 잇는 사리(事理)다.[41]

　신뢰할 주체의 확립을 주장하나 기실 이 문맥 속에서 검토해 볼 때,
그의 비판의 대상으로 설정되는 경향은 형식주의나 자유주의적 경사가
아니라 앞서와 마찬가지로 세계관을 이념도식으로 잘못 인식하는 도식
주의적 경향들이다. 역으로 살펴 보면, 도식주의에 함몰되지 않기 위해
서는 세계관을 주체화하여야 하며, 그 전제는 시대사상과 작가의 생활
적 근거의 합리적 통일이라는 것이다. 그렇지 못할 경우 작가는 자신의
존재를 충분히 현실 속에서 개진하지 못한다는 주장이다. 그가 세계인
식에 대한 주체화의 과정을 생활적 현실에서 굳게 발을 붙이고, 그 생활
적 현실과 '합리적인 포옹의 태도'를 취하는 것이라고 간주하고 있는
것이다. 이처럼 주체화의 과정을 생활과의 유착이라고 규정하는 그릇된
인식은 이후 소설론이 현실과의 결합도를 점차 상실해 가는 가운데 전
체성에 대한 일방적 경사[42]로 귀결되고 만다. 안함광에게 있어 그 단초
는 전망의 형상화를 목표로 하는 허구성에 대한 이해에서부터 시작된
다.

41) 안함광, 「조선문학정신 검찰」, 『조선일보』, 1938.8.28.
42) 안함광, 「문학과 생활」, 『동아일보』, 1939.11.30~12.6. 이 글에서 안함광은 적극적
　　으로 신체제론을 옹호하며, 문학 역시 새로운 대동아공영권의 질서에 호응하는
　　창작과 비평에 몰두해야 한다고 주장한다.

원래 허구성에 대한 인식은 임화로부터 비롯되었다. 임화는 「통속소설론」에서 애초 소설은 허구를 통해 인물과 환경의 관계를 드러내는 양식이라고 규정[43]한다. 여기에서 허구는 작자와 현실을 간접적으로 투영하는 역할을 하며, 현실과 작자의 날카로운 마찰을 은폐하는 기능을 수행하기도 한다. 그러나 이러한 은폐와 간접화의 가능성이 절망적인 조건 아래에서 성격과 환경의 의식적인 분리나 자연적인 분열을 초래한다는 것이다. 그 결과 '다른 의미로 성격과 환경의 분열을 두드려 맞출 가능성'[44]을 모색하며, 그것이 곧 통속소설로 드러난다는 주장이다. 여기에서 '다른 의미'란 현실주의의 기본적인 인식에서 일탈한 방향으로의 왜곡을 함의하고 있다. 더욱이 임화 자신이 30년대 중반에 혁명적 낭만주의에 경사하였으며, 그것의 자기비판에 뒤이은 소설문학의 현상에 대한 진단이기에 성격과 환경의 자의적인 조화는 결코 용납될 수 없는 것이었으리라고 보인다. 덧붙여 임화는 통속소설이 현상에 대한 긍정의식에 근거한 서술을 형상화 수법으로 즐겨 사용하며, 사실에 대한 주관적인 재구성에 대해 어떠한 책임을 느끼지도 않는 양식이라고 결론을 내리고 있다. 이처럼 임화는 기본적으로 허구에 신뢰를 보내지 않는다. 그는 끊임없이 현실을 객관적으로 인식하고자 하며, 현실의 수용이나 주관주의적인 이상화를 엄정하게 부정하는 입장에 서 있는 것이다.

반면 안함광은 소설의 허구적 속성을 유일하게 현실에 대응할 수 있는 방안이라고 생각한다. 안함광의 허구성론은 「성격구조와 허구성의 요구」[45]에서 제시되고 있다. 그는 기존의 문학을 작가의 의식에서 드러

---

43) 임화, 『문학의 논리』, 학예사, 1939, p.390.
44) 임화, 같은 글, p.398.
45) 『조선일보』, 1938.12.17~12.23.

나는 '조화와 초극'이란 대립쌍으로 분석하고, 우수한 성격창조는 '초극의 의식의 문학'에서만 생생하게 형상화될 수 있다고 주장한다. 그리고 그것을 가능케 한 것이 바로 허구성이라는 것이다. 물론 안함광의 허구성은 19세기적 소설에서 흔히 드러나듯 현실의 낭만적 초월이 아니라, '허구의 현실성이 필연적 법칙 위에서 도출되는 세계의 창조'[46]를 의미한다. 요컨대 전망과 그것의 형상화를 안함광의 소설론은 의도하고 있는 것이다. 하지만 다른 한편으로 전망의 문제를 '필연적인 법칙'으로 인식하는 경직된 기계적 편향을 드러낸다. 전망의 형상화란 현재의 상태를 지양하고자 하는 현실적 운동이며, 운동의 과정일 뿐, 법칙과는 별개의 문제이기 때문이다. 나아가 전망이란 구성의 내적 완결성으로부터 필연적으로 도출되는 것이며, 그것은 결코 일반화된 법칙을 구성의 내부에 강제하는 것일 수는 없기 때문이다.

그는 다른 글[47]에서 현실주의의 허구성이란 미래를 현재화할 수 있다는 역사적 갱신의 세계를 창조하는 것이라고 다시금 규정한다. 곧 주관적 원망이 아니라 역사적 논리의 체현이라는 것이다. 이처럼 안함광이 전망의 문제를 본격적으로 거론할 수 있었던 것은 혁명적 낭만주의를 현실주의의 한 계기로 설정한 것과 무관하지 않다. 그가 파악하는 현실주의에서의 모사론에는 능동적인 면과 수동적인 면을 동시에 아우르고 있으며, 안함광은 그 능동적인 측면을 낭만적 계기로 인식하고 있는 것이다. 하지만 안함광에게 있어서 그 낭만적 계기는 현실주의의 내부에 존재하는 것이 아니라, 여전히 현실주의의 외부에, 현실과 동떨어진 초월적인 요소로 존재한다. 그의 허구성론에는 현실에서의 어떠한 발전

---

46) 안함광, 같은 글, 1938.12.17.
47) 안함광, 「문학의 진실성과 허구성의 논리」, 『인문평론』 1939.12월호. p.95.

적인 계기에 대한 언급은 드러나지 않으며, 존재하는 현실의 역동성에 대한 인식도 찾아볼 수 없다.

> 진리란 그것이 진실이 아니고 진리인 한에 있어서 보편자와의 연관에서만 포촉되어 진다. 따라서 주체적 진실이 보편자와 교섭함에 의하야, 그 객관적 진리를, 문학적으로 진리화할 것이 요청되어진다.… 그러나 보편자와의 관련이란 것을 사회적 관련만에서 생각할 필요는 조곰도 없다.… 정히 픽순의 논리야말로 가시적 현실과 의욕적 현실과의 연관에서 새로운 세계를 창조케 하는 하나의 유조한 연장임이 불외하다. 말하자면 고도한 의미의 문학적 진실과 불가분의 관계를 맺고 있는 것이 허구성의 논리다.[48]

앞서 필연적 법칙으로 전망을 인식한 것과 함게 이 인용에서는 '보편자와 관련을 맺는 진리'를 주장한다. 그것은 여전히 특수한 구체성, 곧 존재하는 현실성과 일정한 거리를 유지하고 있다. 더욱이 그 보편적 진리는 사회적 관계와 무관한 것으로까지 인식되고 있다. 따라서 '가시적 현실과 의욕적 현실과의 연관'은 다만 당위의 차원에서 수사적으로 존재할 뿐이며, 실질적으로 허구성은 의욕적 현실의 형상화를 의미할 따름이다. 이는 형상화기법으로 묘사보다 설화를 중시하는 것에서도 동일하게 드러난다. 안함광은 장편소설 개조의 방향을 '현실의 논리를 능히 지배할 수 있는 문학의 논리'[49]를 드러낼 만한 작가적 정신에서 찾고 있으며, 허구적인 형상을 창조할 것을 요구한다. 그리고 그것을 위해서는 테마의 지향과 밀접하게 관계를 맺는 설화가 주요한 기법으로 수용

---

48) 안함광, 「문학의 진실성과 허구성의 논리」, 『인문평론』 38년 12월호, p.96.
49) 안함광, 「로만 논의의 제과제와 『고향』의 현대적 의의」, 『인문평론』 13호, 1940년 11월호. p.57.

되어야 한다고 주장한다. 설화야말로 주관의 자기표현을 손쉽게 획득할 수 있는 기법이기 때문이다.

이처럼 안함광의 구도 속에 존재하는 의식의 능동성에서 제기된 허구성, 보편에 대한 지나친 경사, 주관의 자기표현으로서의 설화 등에서 일관되게 표현되고 있는 주관주의적 편향은 비록 주체의 문제를 전면에 내세우고 있으나, 현실과의 결합도는 긴밀하지 못한 채 유리되어 있다. 이러한 추상성이야말로 그가 임화나 김남천에 비해 상대적으로 빨리 전향하게 되는 요인일 것이다. 그의 소설론에는 이미 현실이 탈각되어 있으며, 전향으로 옮겨가는 매개의 역할을 충실히 수행하고 있는 것이다.

V. 성격과 전형 창조의 논리

1939년에 이르면 각 논자들은 공통적으로 성격론에 자신의 소설론을 집중시키게 된다. 이는 무엇보다도 변전하는 상황에 조응해 나갈 새로운 인간형의 형성이 소설에 요구되었기 때문이다. 급속한 파시즘화에 직면한 존재의 위기 속에서 그것을 극복할 성격적 지향을 형상화할 것이 요구되었던 것이다. 소설이란 결국 인물의 문제이며, 인물이 상황 속에서 행위를 필연적으로 규정하는 성격의 문제이기 때문이다. 행위의 문제는 소설의 형식에 있어 핵심적인 문제이며, 사회적 상황에 대한 모든 인식은 행위의 주요한 계기가 된다. 더욱이 당시의 장편소설들에 만연해 있던 통속적 경향과 자연주의적 경향을 극복해야 한다는 문제의식은 곧 상황과 인물의 긴밀한 결합 속에서 형성되는 성격의 결여를 극복하는 것으로 모아졌다. 요컨대 한 시대의 전형을 창출하는 것이 모두에게 부과된 과제였던 것이다.

그러나 30년대 후반의 소설론이 도달한 성격론은 그다지 풍부한 구체성을 확보하지 못하고 있다. 임화가 「조선신문학사론서설」에서 획득할 수 있었던 전형적 환경과 전형적 인물의 연관성, 세계관의 인식적 한계가 빚어낸 전형의 한계라는 명제들에서 조금도 전진하지 못한 채, 추상화된 개념을 반복하는 수준에 그치고 만다. 김남천의 경우 환경에 과도한 의미부여를 한 나머지 객관적인 현실 재현에 그쳐 버렸고, 안함광은 오히려 주체의 능동성에 고착된 결과 현실에서 탈각해 갔다. 임화 또한 다르지 않은 것으로 보인다. 그 역시 인물과 환경, 묘사와 서술을 총체적으로 인식하고자 부심하였으나, 문제제기에 그친 채 구체화하지 못한 채 소설론을 끝맺고 있다. 이러한 각 논자들이 보여 왔던 편향은 전형론에서도 그대로 재현되고 있다.

먼저 김남천의 전형 인식을 살펴보자. 그는 현재의 소설문학이 소설성을 상실하고 있다고 진단하며, 그것의 실내용으로 '과학적 합리적 정신에 의한 개(個)와 사회의 모순의 문학적 표상'[50]의 결여를 들고 있다. 이 짧은 문장 속에는 장편소설 발생이 근대 이후의 과학적 합리적 정신과 결부되어 있다는 김남천의 인식이 확인되고 있다. 또한 개인과 사회의 모순을 문학적으로 드러내는 것이 소설의 본질이라는 그의 이해가 개재되어 있다. 그것은 자본주의 성립 이후 겪게 되는 개인 그 자체의 모순이기도 하다. 모든 사회적 관계가 계급관계를 통해 선차적으로 규정됨으로써 개인의 내면 역시 인격적 개인과 계급적 개인의 모순을 경험하며, 그 모순의 형상화가 소설의 본질이라는 것이다. 그러나 여기에는 모순의 진행과정이 드러나 있지 않다. 모순의 소설적 형상화에 멈추

---

50) 김남천, 「현대조선소설의 이념」, 『조선일보』, 1938.9.10.

고 있는 것이다. 여기에는 또 다시 모순을 재현해내기만 하면, 소설의 역할은 끝난다는 김남천의 객관주의적 경사를 확인할 수 있다. 따라서 그의 전형은 주체의 세계관을 통해 모색하는 미래의 전망이 닫혀 있다. 그 결과 '생기발랄한 작중 인물의 행동'[51], 곧 생동하는 개별성을 소설의 궁극적인 도달점이라고 간주하고 있는 것이다.

이와 달리 안함광은 개성과 전형성은 명확히 다른 범주임을 분명하게 규정한다. 그는 인물의 성격을 개성과 유형, 그리고 전형을 들고 있다. 그리고 특수성이 없는 보편성을 유형으로, 보편성이 없는 특수성을 개성으로 인식한다. 그리고 이와 달리 전형을 '어떤 그룹 전체를 우수하게 대표하는 것'[52]으로 정의하고 있다. 나아가 전형 창조의 길로 개성 가운데 유형을 살리고 유형을 그리면서 개성적 실재성을 살리는 것임을 제시한다. 안함광이 포착하고 있는 성격의 문제는 개성을 통한 보편성, 곧 보편성에 대한 개성적 창조로 귀결되고 있는 것이다. 그러나 이러한 개념적 진술에도 불구하고 그의 전형론에는 보편에 대한 경사가 은밀히 내포되어 있다.

그는 성격을 이미 완결된 보편성으로 인식하고 있다. '자기 고유의 우월한 성질'[53]이 현실과의 교섭에서 영향력을 확보해 가는 과정이 곧 전형 형성의 길이라고 인식하고 있는 것이다. 정황과 묘사를 통해 확보되는 소설의 역동적 현실성 속에서 인물이 활동하는 것이 아니라, 이미 존재하는 이상화된 인물이 그 가치를 작품의 현실 속에 관철시켜 나가는 과정으로 파악하는 것이다. 그 결과 안함광은 『고향』에 등장하는 '방

---

51) 김남천, 같은 곳.
52) 안함광, 「문단과 성격」, 『조선일보』, 1938.12.21.
53) 안함광, 「로만 논의의 제과제와 『고향』의 현대적 의의」, 『인문평론』 13호, 1940. 11. p.59.

개'나 '안승학'을 전형으로 인식하지 못한다. 그것은 다만 편집광이나 속물과 같은 열등한 인물일 따름이지, 이념을 갖춘 보편성으로 고양되어 있지 못하기 때문이다. 하지만 안함광이 파악하고 있는 전형이란 다만 긍정적 인물일 따름이다. 물론 긍정적 인물 또한 전형적 인물에 포괄되는 것은 사실이다. 그러나 자칫 긍정적 주인공의 문제는 현실주의의 방법 내부에서 존재하는 것이 아니라, 정책이나 실천적 요구에 따라 필요한 인물을 만들어내는 왜곡을 빚어낼 수가 있다. 50년대에 광범위한 비판에 오른 스탈린주의의 '무갈등이론'에서 긍정적 주인공과 당 관료들이 유형화된 모습으로, 완벽하게 형상화된 것은 현실을 왜곡하고 미화하며, 갈등을 도외시한 단적인 실례일 것이다. 루카치가 혁명적 낭만주의를 '경제적 주관주의'의 이데올로기적 표현이라고 주장한 것도 이러한 맥락에서이다. 현실을 떠난 현실주의란 결코 존재할 수 없기 때문이다. 긍정적 주인공이란 안함광이 이해하듯 주관적 이상화에 의해, 작가가 직조한 인물이 아니라, 언제나 작품의 전체적 구조 속에서, 곧 한 인간이 사회 속에서 그 사회를 위해 어떻게 영웅적 행위를 하게 되는지를 설득력 있게 표현하는 방식과 결부될 때에 한해서 존재할 수 있는 것이다.

김남천과 안함광이 정반대의 길로 전형을 모색한 것에 비해, 임화는 그 어느쪽도 손쉽게 선택하지 않는다. 그 선택에 이미 오류가 개재되어 있음을 익히 인식하고 있었기 때문이다. 그 오류를 임화는 두가지 유형으로 파악54)한다. 그 하나는 낭만주의적 이상화이며, 또 다른 하나는 자연주의적 객관화이다. 하지만 이 양자의 편향을 극복하는 대안을 임화는 보여주지 않는다. 그는 다만 고전적 소설의 모범을 반추해 볼 따름이

---

54) 임화, 『문학의 논리』, p.367.

다. 그것이 곧 「본격소설론」이다.

여기에서 임화는 고전적 의미의 소설이 지닌 구조적인 본질을 '성격과 환경과 그 사이에 얽어지는 생활과 생활의 부단한 연속이 만들어내는 성격의 운명'[55]이라고 파악한다. 그리고 한국의 근대소설이 지닌 전통은 비록 불충분한 형태로나마 모두 이러한 고전적 의미의 소설형을 유지하고 있었으며, 일정한 형태상의 공통성을 지녔다고 진단한다. 그 공통성의 근저에 흐르는 보편적 저류는 '문학을 사상으로 이해'[56]하는 것이라고 규정하고 있다. 하지만 그러한 문학관은 풍부하게 개화되지 못했다는 것이 임화의 관점이다. '사회성에서 분열된 형해로서의 개성의 환영'만이 남게 되었거나, '산개성의 풍요성에 떠러진 둔중한 사회성의 실체'[57]만이 드러났다는 것이다. 그 원인을 임화는 다음과 같이 설명하고 있다.

> 소설은 개인으로써의 성격과 환경과 그 운명을 그리는 예술이란 서구적 의미의 완미한 개성으로써의 인간 또는 그 기초가 되는 사회생활이 확립되지 않는 한 소설양식의 완성은 기대할 수 없는 것이다. 이런 의미에서 진정으로 개성이기엔 다분히 봉건적인 신문학, 또한 개성적이기보다는 지나치게 집단적인 경향문학은, 결국 조선에 소설양식을 완성할 수 없었다.[58]

여기에서 임화는 소설양식의 완성이 사회생활, 곧 객관적 삶의 사회적 구조와 발전의 궤적을 함께 한다는 인식을 보여주고 있다. 곧 자본주

---

55) 임화, 같은 책, p.367.
56) 임화, 같은 책, p.373.
57) 임화, 같은 글, pp.376~7.
58) 임화, 같은 글, p.375.

의적 경제구조와 그 사회적 전제 조건 하에서만이 소설의 융성은 가능하다는 것이다. 따라서 임화가 상정하는 소설 발전의 궤적은 개성의 확립과 확립된 개성을 사회성으로 고양해 가는 것이라는 인식을 엿볼 수 있다. 그 연장선에서 자연주의가 묘사를 소설의 성격적 방법에까지 끌어올린 것이라는 평가가 가능해진 것이다. 이처럼 임화는 개성을 전형성을 위한 필수적인 조건임을 분명히 하고 있으나, 그것의 구체적인 복원을 위해 어떠한 처방도 내리지 못한다. 다만 그 맹아만을 이광수의 소설에서 확인할 따름이다.

> 개인과 전체와의 통일에서 인간을 형성할 수 있는 요소는 맹아로서 있다. 이 점이 춘원을 스케일이 큰 작가로 만든 점이며 또한 조선 소설 중의 누구보다도 정말 성격을 그리는 작가임의 한 점이다. 성격이란 전체를 일신상에 발현하고 있는 개인이기 때문이다.[59]

하지만 이러한 진술 역시 성격을 '전체를 일신상에 발현하고 있는 개인'이라는 인식을 통해, 보편을 담지한 개별성이라고 일반적인 수준에서 규정하는 그 이상을 넘어서지 못한다. 오히려 30년대 중반에 도달한 전형론에도 미치지 못하고 있는 것이다. 임화는 이후 자신의 이론이 지닌 허약성을 상황의 일방적인 규정성에 돌리고 있다.[60]

---

59) 임화, 「소설문학의 20년」, 『카프자료 8』, p.387.
60) 임화, 「조선소설에 관한 일반보고」, 『건설기의 조선문학』(조선문학가 동맹 편), 1945, p.85. "당시의 용어에 의하면 소설에 그려지는 환경과 주인공의 승리(乘離), 혹은 묘사와 표현의 분리는 작가들로 하여금 이 두가지의 새로운 통일에 대한 열렬한 원망을 자아내지 아니할 수 없었다. 무엇이 이 통일을 실현하느냐? 그것은 물론 문학 자체로서는 불가능하다는 사실은 체험한 일이요 동시에 명약관화의 일이었다. 결국 새로운 현실의 전개만이 그것의 가능성을 창조해 낼 것이다. 우리는 전쟁 중에 늘 이것을 생각했고 기다렸다."

Ⅵ. 결론

1930년대 현실주의 소설론은 소설론 자체의 역사적 발전뿐만 아니라, 예술방법에 대한 이해의 심화, 확대에 끊임없이 조응하는 가운데 풍부하게 정초되었다. 더욱이 이식된 자본주의가 30년대에 급속하게 진전됨에 따라 프로문학운동 역시 단순한 선언적 의미를 넘어 구체적인 현실 속에서 의미를 갖기 시작하였고, 그 결과 이전 시대의 조야한 기계적 유물론에 근거한 사회학주의는 더 이상 현실적인 힘으로 존재할 수가 없었다. 그 극복의 과정은 먼저 내용 형식 논쟁 속에서 단초를 찾을 수 있으며, 30년대 중반에까지 진척된 방법논쟁을 거치며 예술 일반이 존립할 수 있는 유일한 근거로써, 예술적 형상의 특수성을 비로소 명확하게 인식하게 되었다.

그러나 30년대 중반에 도달한 예술방법론의 합리적 핵심은 소설론으로 구체화되는 과정에서 더 이상 풍부하게 정초되지 못한 채, 주관적 객관적 일탈을 노정한 것으로 볼 수 있다. 구체적으로는 김남천에게서 드러나는 주체를 사상한 객관주의적 편향과 현실의 객관성을 의식의 능동성으로 대치하고자 하는 안함광의 주관주의적 편향으로 드러나고 만다. 반면 임화는 '묘사와 서술', '환경과 인물'의 조화를 희구하나, 그 실질적인 내용은 임화 문제의식의 깊이에 비할 때, 추상적인 수준에 머물러 있었다고 평가된다. 물론 이러한 일탈과 추상성은 논자들 개개인의 이론적 오류와 함께 식민지 시대 말기라는 압도적인 역사적 규정성에 근거하는 것이다.

하지만 30년대 현실주의 소설론의 전개과정과 쟁점을 통해 볼 때 그 이론적 성과는 근대문학의 성립 이후 보기 드문 성취에 해당하며, 여전히 유의미한 함의를 담고 있다. 특히 심도있게 논의된 현실주의적 묘사의 본질, 전형적 환경과 전형적 인물, 허구성과 현실성의 내적 연관의 문제 등은 '소설이론의 본질'[61)]에 근접한 것으로 평가되어 왔으며, 오늘날에도 여전히 현재적인 과제로 남겨져 있기까지 하다.

---

61) 강영주, 「1930년대 소설론고」, 서울대 석사, 1976, p.4.

식민지시대 소설의 담론 분석

1. 3·1 운동의 소설적 평가 ― 「萬歲前」론

Ⅰ. 서론

염상섭의 「만세전」은 1922년에서 1924년 걸쳐 「신생활」지와 『시대일보』에 이어서 「묘지」라는 제목으로 발표된 작품으로 연재가 완결되자 「만세전」[1]으로 제목을 바꾸어 단행본으로 출판한 작품이다. 이 작품은 유학생인 서술자 '나'가 아내가 위독하다는 전보를 받고 동경에서 서울에 이르기까지, 그리고 다시 동경으로 돌아오기 위해 차에 오르는 과정이 어느 하나 건너뜀 없이 텍스트화되어 있다. 작품은 다시 처음의 위치로 되돌아오기까지 그 여로의 일직선 상에서 일어난 온갖 다채로운, 서술자의 내면의식과 서술자를 둘러싼 세계 사이에 이루어지는 교섭을 다루고 있다. 단편이라기보다 중편에 가깝고, 포괄하는 세계 역시

---

1) 제목의 변경은 잘 알려진 대로 검열에 기인하며, 다른 한편으로 「만세전」 자체가 식민지 문화정책의 산물이기도 하다는 지적은 타당한 관점으로 보인다. 김종균, 『염상섭 연구』, 고대출판부, 1974, pp.97~98.

단편과 같이 단일한 하나의 인상을 유발하기보다 총체성을 지향한다. 때로는 서술자 자신이 도달한 사유가 정연한 논증으로 언급되고 있으며, 때로는 갈등하는 심리의 부침이 낭만적으로 포착되기도 하며, 때로는 외적 세계가 어떠한 분식없이 객관적으로 드러나기도 한다.

그러나 기존의 연구는 이러한 복합적인 양상을 충분히 포괄하지 못하고 있는 듯이 보인다. 작품 자체에 내재된 특정한 측면에 집중함으로써, 작품의 전체성을 파악하는 데 일정한 한계를 드러내고 있는 것이다. 예컨대 작품의 현실 인식이 갖는 날카로움[2], 내적 형식으로서의 길[3] 혹은 귀향 모티프[4]라는 구성방식의 특질, 주관 관념적인 추상적 문제 해결의 방식[5]으로 지칭되는 이데올로기적 결함 등에 관한 지적은 그 대표적 경우일 것이다. 이에 본고는 「만세전」이 안고 있는 다양한 측면을 야기한 동인이 무엇인가라는 질문을 통해, 「만세전」의 중심적인 원리를 추출하고 이를 통해 작품을 해석하고자 한다.

현상적으로 보아 이 소설의 중심은 등장하는 인물인 '나' 이인화이다. 이 소설은 오직 서술자인 '나'만이 생각하고, 느끼며, 사건을 감당해 가고 있다. 나머지 모든 다른 등장인물들은 생각과 느낌을 촉발하는 매개로서의 기능만을 할 따름이다. 그들은 결코 초점화자로 등장하지 않는다. 그들은 관찰의 대상이자 사유의 대상으로 존재한다. 텍스트의 공간으로 소환되는 모든 인물들과 인물이 빚어내는 사건들은 주체의 시야를 통해서만 존재의 의미를 되찾고, 서술의 주체이자 유일한 텍스트 내부의 주체[6]는 이들 대상의 의미를 명료하게 규정하고 평가하면서 서사를

---

2) 이선영, 「시각상의 진보성과 회고성」, 『염상섭 전집 1』, 민음사, 1987, p.392.
3) 김윤식, 『염상섭 연구』, 서울대학교 출판부, 1987, p.194.
4) 李大揆, 「韓國 近代 歸鄕小說 硏究」, 전북대 대학원, 1994, p.31.
5) 박상준, 「1920년대 초기소설 연구」, 서울대 대학원, 1993, p.66.

진행시켜 나간다.7) 염상섭의 소설이 근대적 주체의 자각과 결부되어 있
다는 평가는 이로부터 기인한다. 그렇다면 과연 이 소설에 내재된 주체
의 중심성은 염상섭의 어떠한 글쓰기 전략을 통해 구축된 것인가 묻지
않을 수 없다. 그리고 분석의 과정은 이 질문을 구체적으로 해결해 가는
과정이기도 하다.

Ⅱ. 구성적 원리로서의 3·1 운동 평가

'만세전'이란 1919년 3·1운동 이전을 의미하며, 그것은 결코 개인적
상황으로 환원될 수 없는 역사적 사건이다. 비록 제목이 피치 못해 수정
되었다고는 하나 적어도 새롭게 명명된 이상 그 제목은 제목으로서의
기능을 다하지 않으면 안된다. 그것이 텍스트의 내적 자질, 곧 통일적
전체를 이루는 부분들의 견고한 결합이라는 내적 규정성에 상응하기 때
문이다.

이 제목은 흔치 않게 회고적이다. 뿐만 아니라 "朝鮮에 萬歲가 니러
나든前해ㅅ겨울이엇다."는 서술 자체도 회고적임을 명시하는 것으로 시
작된다. 따라서 이 텍스트에서 현실적인 배경으로 등장하는 '1918년의
겨울'은 여느 서사텍스트와 마찬가지로 미래를 갖지 않는 사건의 시점

---

6) 여기서 '주체'라는 개념은 의식화된 개인을 지칭한다. 곧 자신의 이데올로기적인
   위치를 명확하게 자각하고, 그것을 통해 현실을 조망하는 존재인 것이다. 이는 알
   튀세가 '개인을 주체로 호명한다'고 정식화하는 경우와 동일하다. 알뛰세,『아미엥
   에서의 주장』(김동수 역), 솔, 1990, p.110.
7) 이 텍스트의 구심을 형성하는 주체의 유일한 존재론적 지위는 이미 많은 연구자
   들에 의해 '고백체'가 갖는 당당함으로 지적된 바 있다. 김윤식,『염상섭 연구』, 서
   울대 출판부, 1986, p.78.

이 아니다. '1918년의 겨울'은 1919년의 3·1운동을 경유한 시점으로 투사해 보는 겨울이며, 심지어는 1923년이라는 서술자가 이야기를 들려주는 시점까지 투영되어 있는 겨울이다.

물론 모든 소설은 과거를 다루며, 그 과거는 창작되고 있는 현재적 관점에서 구성된 과거임은 분명하다. 그러나 이러한 작품에 제시되는 사건에의 현재적 관점이란 일반적으로 텍스트 내적 자질이 아니라 작가가 대상을 전유하는 소통의 맥락에 불과하며, 그것을 텍스트 분석에 들이댐은 소박한 반영론일 따름이다. 문제는 「만세전」이 명시적으로 텍스트 외적 상황을 텍스트 내적 상황으로 끌어들이고 있다는 것에 있다. 이러한 서사적 장치는 무엇보다도 인물의 행동과 사유의 반경이 그 역사적 사건을 준비하고 있으며, 서술자는 더 나아가 그 역사적 사건을 1923년이라는 시점, 곧 3·1운동의 실패로 인한 빈자리를 급속히 마르크스주의자들이 채워나가던 그 시점에서 평가하고 있음을 의미한다. 따라서 이 한 편의 서사텍스트는 단순한 고백체 형식의 소설이 아니라, 고백체 형식을 빈 정치적 개입이다. 지나친 단순화가 용훼된다면, 3·1운동이 왜 일어났으며, 또한 왜 실패할 수밖에 없었는가, 나아가 그 실패를 딛고 무엇을 기획해야 할 것인가라는 질문에 대한 정치적 개입의 소설적 변형인 것이다.

그 결과 텍스트의 구성을 이루는 중심축은 철저하게 연역적이다. 사건을 통해 인물의 의식이 진전되는 것이 아니라, 이미 완결된 인식이 사건을 통해 그 논거들을 확보해 나갈 따름인 것이다. 인물의 인식은 하나의 목표를 향해 나아가는 발전적인 수직선을 그려나가기보다, 다양한 사건들의 의미를 명료하게 자신의 인식 속에 배치하는 형태를 취하고 있다. 이 텍스트의 내적 형식이 '길'에 있음은 전적으로 이에 기인한다.

'길'만이 하나의 텍스트 속에 긴밀하게 결부된 각기 상이한 문제의식에 저마다 적절한 논거를 제시할 수 있는 장치인 까닭이다. '길'만이 수많은 사건을 가능케 하고, 그 사건을 단일한 담론으로 굳이 묶어두지 않아도 되는 장치이기 때문이다. 따라서 이 소설은 '환멸의 낭만주의에 기초한 여러 상념의 나열'[8]이 아니라, 세가지 층위에 걸친 질문에 대한 대답을 '길'의 구조 속에 배열해 두고 있는 것이다. 물론 그 세가지 층위는 3·1운동 발생의 원인, 실패의 원인, 대안의 제시 등으로 이루어진 긴밀한 구조물의 층위이다.

전보를 받음
A.동경 -> 부산
    (1) 靜子
    (2) 乙羅
    (3) 沐浴湯의 일본인
    (4) 刑事들
    (5) 三等室에 모인 인종
B.부산 -> 서울
    (6) 派出所의 형사
    (7) 釜山의 거리풍경
    (8) 日本 국수ㅅ집
    (9) 형님
    (10) 최참봉의 딸과 아내 (산소)
    (11) 역 사무원
    (12) 김의관
    (13) 갓장사
    (14) 대전
    (15) 기생

---

8) 박상준, 「1920년대 초기 소설 연구」, 서울대 대학원 석사, 1993, p.63.

C.서울 -> 동경
    (16) 처
    (17) 부친(김의관, 차지)
    (18) 병화
    (19) 처의 죽음
    (20) 무당
    (21) 병화와 을녀
    (22) 답장
기차에 오름

〈「만세전」의 서사 진행〉

이 도표는 서사의 대상으로 제시되는 맥락의 변이과정에 따라 서술의 대상이 되고 있는 주요 인물들을 서사 진행의 순서대로 나열한 것이다. 이를 3·1운동과 관련된 세 층위에 따라 분류하면 각각 다음과 같다.

A. 3·1운동의 원인 : (3), (4), (6), (7), (10), (12), (13)
B. 실패의 원인 : (8), (11), (17), (18), (20), (21)
C. 대안의 제시 : (1), (2), (5), (9), (14), (15), (16), (19), (22), (23)

이러한 분류는 자칫 한 편의 서사텍스트를 이념 도식으로 격하하는 듯이 보인다. 그러나 제시하고자 하는 것은 구성적 원리를 해석하고자 함이지, 결코 소설을 명제로 환원하고자 함에 있지 않다. 또한 이들 각각이 어떠한 측면에서 이러한 구성적 원리들에 포괄될 수 있는지는 분석을 통해 논증되어야 할 것이다.

서사 진행의 (3)은 연락선을 타고 난 다음, 짐을 두고 몸을 씻기 위해 목욕탕을 들어 가서 보고 들은 광경이다. 그곳에서 서술자인 '나'는 '시골서 갓잡아올녀오는 農軍인듯한者', '商人인듯한同行者', '勞動者募集員' 이렇게 세사람이 나누는 대화를 듣게 된다. 특히 '募集員'은 조선인을 '臺灣의 生蕃'에 비교하면서 서술자의 자각을 이끌어낸다.

> 敵愾心이나 反抗心이란것은 壓迫과虐待에正比例하는것이요, 또한 活路를 얻는唯一한手段이다. 그러나 七年이나갓가히 東京에잇는도안에 警察官以外에는, 나에게그다지 民族的觀念을 굿게意識케하지안엇슬뿐아니라, 元來 政治問題에對하야, 無趣味한나는, 이째것 別로히 그런問題로, 머리를 썩이어본일이, 全然히업섯다하야도 可할만하얏섯다. 그러나 一年 二年 歲月이갈스록, 나의神經은 漸漸興奮하야가지안을수가 업섯다. 이것을보면 敵愾心이라든지 反抗心이라는것은, 普通境遇에 自動的 理智的이라는것보다는, 被動的 感情的으로 誘發되는것이다. 다시말하면 日本사람은, 小小한言辭와 行動으로말미암아, 朝鮮사람으로하야금 民族的墮落에서 스스로救하여야하겟다는 自覺을주는 가상緊要한 動因이될뿐이다.9)

이는 조선인이 민족적 타락에서부터 벗어나야겠다는 자각에 이르는 원인이 다름아닌 일본인의 소소한 언사와 행동을 비롯한 압박과 학대에 있음을 제시한다. 뿐만 아니라 자신의 무지한 현실인식 속에서 미처 깨닫지 못했던 '소작인의 참담한 현실'을 듣게 된다. 이러한 식민지 민중의 현실적 고통스러움과 학대는 시퀀스 (4)에서 자신의 문제로 구체화된다. 그는 뚜렷한 이유도 없이 선실에서 끌려나오고 짐뒤짐을 당하며, 다시 팽개쳐진다. 조선의 소작인이 맞닥뜨린 현실의 압박은 오래지 않아 자신에게도 고스란히 가해지며, 그 횡포를 겪으며, 어느 누구도 자유로울 수 없는 현실을 자각하는 것이다. 그 자각의 결과는 다음의, 이 텍

---

9) 자료의 인용은 민음사 판 전집(『염상섭 전집 1』, 1987)을 사용하였으며, 본문의 면수는 이 책에 준한다.

스트 전편에서 가장 감상적인 장면으로 형상화된다.

> 나는 船室로 드러갈생각도업시 으스름한甲板우에, 찬바람을쐬어가
> 며 웅승그리고섯섯다. 激甚한勞役과 치위에 疲困하야 깁흔잠에드러가
> 는 港口는, 소리업시 暗黑속에누엇슬뿐이요, 全市의安息을 직히는夜
> 光珠는, 벌서부터 졸린듯이 漸漸 불빗이적어가고 數爻가주러가면서,
> 쌈작쌈작졸고잇다. 나는 人間界를쩌나서 放浪의몸이된者와갓치, 그불
> 빗의낫낫이 엇더한平和롭은家庭의大門을 직히고잇스려니하는생각을
> 할제, 선득선득한 별(星)보다도 漸漸 멀리흐려가는 불빗이쌋듯이보이
> 엇다. 나의머리속은 단지 渾沌하얏슬뿐이오, 눈은 확근확근할뿐이다.
> 　外套폭케트에다가 두손을쩌르고, 어느째까지 우둑헌이섯는 나의눈
> 에는, 어느덧 쓱근쓱근한눈물이비저나와서, 上氣가된左右쌤으로 흘너
> 나렷다. 찬바람에 산득산득 슴여드러가는것을, 나는 씨스랴고도 아니
> 하고 如前히섯섯다.(46면)

이 눈물은 '되지안케 感傷的으로 생긴' 자신의 문제로 서술됨에도 불구하고, 그 면면에는 '집단적 배경에 바탕을 둔 적개심'이 내재되어 있다. 이러한 구체적인 학대에 직면하는 것은 이것으로 그치지 않는다. '나'는 부산에 도착(6)해서도 역시 그 정도는 다르나 동일한 경험을 거치며, 일본인들이 잠식해 들어온 부산의 거리(7)를 보며, 피폐해져가는 식민지 현실을 가장 날카롭게 통찰하기에 이른다. 한 가구, 두 가구, '故鄕을 등지고, 門밧그로나가고 山으로 기어드'는 과정이 지속되고, 마침내 '千家口의 最後의 한家口까지 쓸려나가고야' 말 것이며, '溫突이 다다미(疊)가되고 石油불이 電燈'이 되는 식으로 식민지화는 치열하게 진전되는 것이다.

형님에게서 떠나 다시 서울로 올라오기 직전 일본인 역 사무원의 행태(10)는 다시 한 번 구체적인 감각으로 존재하는 억압의 실체를 확인하

고 있으며, 나름의 세상을 살아가는 지혜 속에서 순박하게 살아가는 한 장사꾼(13)조차 언제 어느 때라도 식민지적 억압의 대상으로 전화될 수 있음을 제시한다. 이러한 현실은 대전에서의 '結縛을지은犯人'을 보고, 또한 그 중에서 '쌧뎅이가된치마저고리의매무시까지 흘러나리운 절문녀편네' 역시 결박되어 있음을 발견하고, 서술자는 다시금 '눈물이 슴여나올것' 같은 느낌을 갖는다. 그리고는 부르짖는다.

> 「이것이 生活이라는것인가? 모다 되어젓버려라!」
> 車間안으로 드러오며,
> 「무덤이다. 구덱이가 끌는무덤이다!」라고 나는, 지긋지긋한듯이 입살을악물어보앗다. 帽子를벗어서 안젓든자리우에 던지고 煖爐압흐로 가서 몸을녹이며섯섯다. 煖爐는 쫴달엇다. 배암의혀가튼 빨간불길이 난로ㅅ문틈으로 날름날름내어다보인다. 車間안의 空氣는 담배ㅅ煙氣와 石炭재의먼지로 흐릿하면서도 쌀쌀하다. 우중충한램프ㅅ불은 웅크리고자는사람들의머리위를 직히는것가트나, 묵직하고도고요한壓力으로 삽붓히 내리누르는것갓다. 나는 한번 휙돌려다본뒤에, 「共同墓地다! 구덱이가 욱을욱을하는共同墓地다!」라고 속으로 생각하얏다. (83면)

이 맥락은 3·1만세사건의 원인을 탐색하고 있는 마지막 부분으로, 서술자의 감정이 가장 고양된 형태로 제시되어 있다. 식민지에서의 '생활'이 '구덱이가 끌는' 공동묘지라는 외침이 '흐릿하고 쌀쌀한 공기', '우중충한 램프ㅅ불', '사람들의머리위를 직히는것가트나, 묵직하고도고요한 압력'으로 내리누르는 상징적 공간 속에서 선명하게 형상화되고 있다. 음울하고 참담한 식민지적 현실 속에서 살아가는 조선인을 일본이 겉으로는 지켜주는 듯하나, 거부할 수 없는 압박으로 내리누르는 상황이 도저한 상징성으로 견고하게 구축되고 있는 것이다. 이러한 현실이야말로 서술자는 3·1운동의 궁극적인 원인이라고 서술하고 있는 것이다.

Ⅲ. 3·1 운동 실패 원인으로서의 내적 분열

3·1운동은 그 필연성에도 불구하고, 다만 하나의 역사적 사건이 되어버리고 말았다. 수많은 희생을 초래하였고, 무단정치가 문화정치로 탈바꿈했을 뿐, 식민지에서의 생활은 어느 것 하나 달라지지 않은 것이다. 그 실패의 원인은 규명되어야 하며, 이는 두번째 층위에 걸쳐져 있다. 서술자는 그 원인을 허위의식에 사로잡힌 구세대에게로 돌리고 있다. 부친, 김의관(11), 차지 등(16)이 이들이다. 이들은 한결같이 낡은 허명에 사로잡혀 있으며, 참의 자리 하나라도 따기 위해 혈안이 되어 움직인다. 그들에게는 공통적으로 삶이 결여되어 있으며, 일본을 등에 업고 권력을, 재물을 획득하고자 하나 여의치 못한 인물로 제시되고 있다.

어머니 역시 다르지 않다. 며느리의 죽음에 무당의 굿(20)으로 응답하는 속신으로 침윤되어 있다. 그러나 이들보다 더욱 비중을 두고 서술자가 대적하고 있는 비판의 대상은 몰락해가는 이들이 아니라, 식민지 치하에도 불구하고 자신의 삶의 영역을 넓혀가고 있는 병화(q)나 김천 형님(i)이다.

이兄님이라는사람은 漢學으로 다저만든村生員님이나 新學問에도
그리어둡지는안흘뿐안이라, 우리집에는 업스면안이될사람이다. 父親
이, 合邦前後에, 거진政治狂 名譽狂에 달쩌서京鄕으로東奔西走하며

넉넉지안은財産을 흐지부지축을내어노혼분수로 보아서는 只今쯤 내
가 留學을하기는고사하고 밥을굶은지가 벌서오랜일이엇겟지만, 얼마
안이남은것을, 이兄님이 붓들고안저서 바자위게 쑤려나가기째문에 이
만치라도 托持를하게된것이다. 다른것은 고만두고라도 普通學敎訓導
쯤으로 二千餘圓돈이나 모흔것을보면 規模가 얼마나째인사람인가를
想像하기에어렵지안을것이다.(62면)

이들은 한결같이 식민지치하임에도 불구하고 '주임대우'를 받고, '이
천여원'이나 축재를 할 수 있는 인물로 그려지고 있다. 하지만 이들은
'최참봉의 딸'을 후실로 받아들이고, 을라(乙羅)에게 남몰래 학비를 대어
주는 등 도덕적으로 완전하지 못하다. 표리가 부동한 것이다. 더욱이 그
들은 공통적으로 그들을 '구하고자 하였다'며 교묘한 자기합리화를 마
다하지 않는다. 서술자는 이를 놓치지 않고 통박한다.

「그건, 兄님, 잘못생각이시겟지요. 設或 結婚을하야서 한사람이救
하야젓다하드라도, 兄님은 그것을自己의功으로아실것도못되거니와,
처음부터 救한다는생각을가지고, 結婚을하셧다는것은, 兄님이 自己를
過重히생각하시는것이요, 쏘, 事實上그러한것은 둘째세쩨로 나오는
問題이겟지요. 누구든지, 저사람을幸福스럽게할사람은 이넓은世上에
나밧게업다고생각하는것은한便으로보면, 조흔일갓지만, 다른便으로
보면 不完全한 '사람'으로서는 넘어지나치는自矜이겟지요」

결국 이러한 통박은 '민족을 구한다', '나라를 구한다'라는 언술에 대
한 비판이며, 그 언술의 이면에 자신의 욕망을 충족하고자 하는 모순된
태도가 개재되어 있음을 논박하는 것과 다름아닌 것이다.
부친의 세대와 형의 세대가 갖는 허위의식을 통렬하게 비판한 다음
서술자의 인식은 여지없이 일반적인 조선인들 내부에 도사리고 있는 지

향에로 향하고 있다. 이들 세대에 대한 비판이 주로 서술자의 직접적인 담화를 통해 이루어지고 있는 것과 달리, 일본인 아버지와 조선인 어머니 사이에 태어난 한 여급을 통해 드러내는 비판(h)은 소설의 육체에 더욱 근접해 있고, 그만큼 섬세하다.

<blockquote>

朝鮮사람어머니에게 길리어자라면서도 朝鮮말보다는 日本말을하고, 朝鮮옷보다는 日本옷을입고, 딸子息으로태어낫스면서도 朝鮮사람인어머니보다는 日本사람인 아버지를 차저가겟다는것은 父母에對한 子息의情理를超越한 어쩌한利害關係나 一種의追勢라는 打算이압흘스기째문에 離別한지가 벌서 七八年이나된다는 애비를 定處도업시 차자나스랴는것이라고생각할제, 이계집애의 八字가 가엽슨것보다도 그 에미가 한층더 가엽다고 생각지안을수업섯다.(……)
「그래두 어머니가 朝鮮사람이니까 실쿠, 朝鮮이니까 써나겟다구하는게지, 朝鮮이 日本만큼 조앗드면 朝鮮사람 배ㅅ속에서 나왓다기루서니 不名譽될것도업고 아버지를, 차자가랸생각도 안이낫슬테지?」
나는 무러보지안허도 조흘것까지 짓구지 무럿다.(58~59면)

</blockquote>

이 인용에서 서술자의 감정은 '그 에미'를 향하고 있다. '그 에미'는 말할 것도 없이 조선민족을 배태한 조선이다. 그러나 대다수의 조선인들은 이 여급과 마찬가지로 현실의 타산과 이해관계 속에서 어머니인 조선을 버리고, 자신을 기억하지도 못하는 일본을 선택하고 있는 것이다. 이것이야말로 앞서의 비판의 대상인 부친의 세대, 형의 세대가 갖는 허위의식보다 더욱 깊이 만세사건을 실패로 몰아넣은 장본인인 것이다.

결국 3·1운동이 실패한 근저에는 기성세대의 허위의식과 낡은 인습, 여기에 덧붙여 일본에 대한 민중 자신의 심리적 경사 등이 긴밀하게 결부되어 있음을 염상섭은 적시하고 있는 것이다. 그리고 이들 경향 모두는 공통적으로 현실에 대한 그릇된 관념적 인식에 기인하고 있으며, 이에 대한 통렬한 비판이야말로 정작 「만세전」이 획득한 현실 인식의 새로움인 것이다.

Ⅳ. 3·1 운동의 평가 준거로서의 개성

텍스트 구성의 이 두 층위, 곧 만세사건의 발생 원인과 실패의 원인에 대한 탐구는 '대상과 대상에의 평가'라는 짜임을 견지한 채 지속되고 있다. 이들 대상들은 엄정한 객관성 속에서 사실주의 본연의 냉혹한 비판정신으로 묘파되며, 대상에로 향하는 주체의 정신은 지극히 분석적이다. 시종일관 하나의 관점을 놓치지 않은 채 적절하게 배치되고 평가되는 것이다. 반면에 세번째 층위에 이르러면 서사는 중심을 잃고 정지하고, 우회하고, 비약하며, 묘사의 태도 역시 객관적이고 분석적이라기보다 주관적이며 심정적이다. 물론 이러한 곡절에도 불구하고 해답은 명확하다. 그것은 곧 '신생(新生)'으로, 구체적으로는 "너를 스스로救하여라! 너의길을 스스로開拓하여라!"로 정식화되며, 그것이 '책임'과 '의무'를 동반하는 것임을 명징하게 제시하고 있는 것이다.

> 그러나 나는 스스로를救하지안으면 안이될責任이잇는것을 깨다랏습니다. 스스로의길을 차자내이고 開拓하야나가지안으면안이될 自己自身에게 스스로 賦課한義務가잇는것을 깨다랏습니다. 나의妻는 期於코모진목숨을끈엇습니다. 그러나 그는 決코 죽엇다고는생각할수업습니다. 웨그러냐하면 그男便되는나에게 「너를 스스로救하여라! 너의길을 스스로開拓하여라!」는 貴엽고重한敎訓을 주고가기때문이올시다.

> (……) 그는 나의 單한씨(種子)를남겨주고 잣습니다. 唯一이안이라 單
> 一이외다. 나는 그씨를 북돗아서남보다 낫게길을義務와責任을 늣깁니
> 다. (……) 그의幸福에對한全責任을질責務가毅然히 나에게잇다고 나
> 는 굿게銘心합니다. (……) 實로밥븝니다. 아시다십히 試驗을 中途에
> 던지고나왓고게다가 卒業論文이 그대로잇습니다. (105~106면)

하지만 이 인용에서 '스스로를 구'하는 일은 전적으로 관념에서 생활에로의 복귀로 향한다. '可憐한 一個女性을 弄絡하'는 것으로 시종하였던 정자와의 일(1), 을라를 우롱하고 난 다음에 느끼는 '心事사납은 愉快'(2), 귀경길에서조차 기생을 넘겨다보는 치졸함(14), 죽어가는 처에 대한 무연한 태도(15) 등의 모든 맥락들은 '정신적 창부, 정신적 타락'의 세계를 표상하며, 이러한 타락의 세계에서 건실한 일상성의 세계로 복귀해 가는 것으로 텍스트는 종결되고 있는 것이다. 이 일상성의 세계는 이미 심리적 불편함에도 불구하고 삼등실 식당에서 밥을 먹는 자신과 군상들(5)을 포착한 곳에서 드러난 바 있으며, 어줍잖은 소영웅주의를 타매하는 과정(9)에서도 책임과 결부되어 제기된 바 있다.

그러나 중요한 것은 정작 그에게 있어서 지향점으로 존재하는 일상성으로의 복귀가 아내의 죽음을 통해서야 가능해진다는 사실이다. 여기에 서술자인 '이인화'의 비극이 존재한다. 아내의 존재야말로 자신을 둘러싸고 있었던 과거의 구체적 표상이다. 그러나 그에게 과거는 극복해야 할 과거이며, 단절된 과거이다. 이는 유독 아내에게서뿐만이 아니다. 아버지의 세대를 부정하고, 형의 세대를 부정하고, 아내를, 애인을, 추억을 전적으로 부정함으로써 획득되는 일상성인 것이다. 더욱이 과거를 부정하는 일상성이란 미래를 부정하는 일상성이기도도 하다. 끊임없는 현재의 책임과 의무로 채워야 할 일상성이기 때문이다. 따라서 이인화가

도달한 인식은 지극히 반역사주의적인 일상성이며, 기실 그가 획득한 근대적 주체의 자각이 갖는 방향성이 무엇인지를 드러낸다. 그가 획득한 근대는 과거의 연장선 위에 놓인 근대가 아니라 과거와 단절된 근대이며, 미래를 통해 투사되지 못하는 근대이다. 이는 철저하게 통속화된 자본주의적인 근대이며, 사실을 수리(受理)한다는 점에서 일본화된 근대이기도 한 것이다. 염상섭의 이데올로기가 중도적 보수주의[10]인 연유와 그 한계도 여기에 뿌리를 두고 있는 것이다.

염상섭의 「만세전」이 생활과 관념, 일상성과 이념성의 대립을 기축으로 구성되어 있으며, 그 이데올로기적 정향은 관념과 생활이 착종하는 것에서 시작되어 서사가 점차 진행함에 따라 생활로 경사되어 간다고 결론을 내릴 수 있다. 하지만 이러한 결론적인 지향은 마지막의 편지를 통해 일거에 획득되는 것이 아니라, 서사의 전과정에서 점진적으로 그 형태를 구체화하면서 이루어진다. 그리고 그 최초의 형태는 '죽어가는 아내'를 두고 벌어지는 갈등을 통해 드러난다.

소설의 도입에서 주인공인 이인화는 먼저 집으로부터 전보가 왔다는 소식을 듣고 양극화된 심리적 반응을 보인다. '근심과 기대', '가슴이 뜻금하면서도 잘잘못간에 일이 탁방이 난것가타서, 실업시 안심'이 되는 이중적인 심리가 공존한다. 이러한 이중적 태도는 하숙집 주인에게서도 마찬가지로 나타난다. 그녀 역시 '얼마나 걱정이되시고 그립겟습니까'와 '속으론 벌서 장가가실 豫算부터치시면서'라는 반응을 보이는 것이다. '아내의 죽음'을 두고 드러나는 이러한 양가성(兩價性)은 인물의 직접화법 속에서 근심과 걱정이라는 함축 대신에 '情', '體面', '責任' 등의 의소들과 결합되면서 내적으로는 명료한 부정적 가치로 견인되고 있다.

---

10) 김윤식, 「한국소설의 미학적 기반(上)」, 『한국학보』 76년 봄, p.103.

그리고 '죽어가는 아내' 대신에 '자신의 허위의식'이 의미의 중핵으로
부상한다.

> 사랑치안는것도 自由다. 絶對自由다. 사람에게는 사랑할權利도잇
> 거니와 사랑을 밧지안을權利도잇다. 夫婦間이라도 반듯이 사랑하여야
> 한다는法이 어데잇슬까. …… 문제는 선도안이요 악도안인 그 어름
> 에다가 발을 걸치고잇는것이다. 죽거나 살거나 눈한아 깜작어리지도
> 안으면서 하는工夫를 내던지고 보라간다는것이 僞善이다. …… 사람
> 은 그릇된 觀念의 奴隷다. 그릇된道德的觀念으로부터 解放되는거기에
> 眞正한生活이잇는것이다.(20면)

이 인용에서처럼 도덕적 관념은 위선으로 치부된다. 그리고 그 대립
항에 진정한 생활이 있다. 더욱이 진정한 생활은 자유로운 선택의 결과
획득되는 것이므로 절대적인 목표로 설정된다. 하지만 이러한 관념에
대한 부정적인 가치함축과 진정한 생활에 대한 긍정적인 가치 함축의
대립은 논리적이다. 더욱이 이 논리는 등장인물의 사유를 통해서가 아
니라 객관적인 대화를 통해 제시된다는 점에서 한층 견고한 형태로 제
시된다. 그리고 그 이데올로기의 중심항은 자유이며, 그것은 절대자유
로 표상되고 있다. 자유야말로 모든 관념과 허위의식으로부터 해방되고
진정한 생활을 획득할 수 있는 추동력인 것이다. 하지만 그의 자유는 전
적으로 개인의 관념 속에 존재하는 자유이다. 진정한 자유가 방종이거
나 방기가 아니라 삶의 궁극적인 가치를 지향하기 위해 실천할 수 있는
자유라는 자유의 사회적 측면을 몰각하고 있기 때문이다. 따라서 그의
자유는 개인주의적인 자유주의에 고착되어 있다.

하지만 그는 이러한 관념적이고 개인적인 수준의 자유조차 분명하게
강행하지 못한다. 잔존하고 있는 자신의 허위의식이 끊임없이 자유의지

를 억압하기 때문이다. 그 속에서 인물은 허위의식을 뛰어넘지 못하는 자신의 내부에 잠재하는 인습을 고통스럽게 탄식하거나, 도리어 위악적인 행위를 통해 기만적인 극복을 일삼는다. "지향할수업시 애처럽은생각이물밀듯하야, 참을수업는 空虛와 孤獨을감하면서 눈물이나 마음것 흘려보앗스면"하는 정서적인 탄식으로 귀결되거나, 'P子와 정자를 노코 우롱하면서 유쾌함을 느끼는' 행위로, 乙羅를 만나 '엇에까지든지 嘲弄을하야주겟다는생각이, 反省할 餘裕도업시 머리를 壓倒'하는 행위로 서로 상반된 대응을 펼쳐보이고 있는 것이다. 그에게 주어진 자유란 고작해야 술집 여급을 희롱하고, 그나마 부도덕한 형태로 자유를 만끽하는 을라를 희롱할 자유만이 주어져 있을 따름인 것이다.

그럼에도 불구하고 서술자인 '나'는 자유에 대한 탐색을 포기하지 않는다. 자유가 허위의식의 반대항에 놓인 것이라면, 그 반대항의 구체적인 내용은 다음과 같은 대화에서 선명하게 드러난다.

「진정한 사랑은 그 사람의 행복을 비는 마음에서 나오는 것이요, 그 사람의 생활을 지배하고 운명의 진로까지를 간섭하는 것은 안이겟지요, 그러니까 사람이 사람을 구한다는 것은 초월한 말이요, 외형으로는 아름다우나 사실상으로 무의미하고 공허한 말이겟지요」
형님은 나의 말을 음미하듯이 정신을 차리고 가만히 듯고 안젓다가,
「구한다는 사실이 이세상에 업다하면, 너부터 굴머죽을라! 그는 고사하고 여긔 아해가 우물로 기어드러가면 너두 쏘차가서 붓들겟구나?」 하며 형님은 웃으며 나를 치어다보았다.
「그건 구제가 안이라, 의무지요」 나는 구하지 안으면 너부터 굴머죽으리라는말에 붉근해서, 약간 목청을 돗아서 한만듸 한 뒤에 다시 뒤를 니엇다.
(……)

　　형님은 어듸짜지든지 불평이잇는 모양이나 먼데서온아오를 불쾌케
안이하랴는듯이, 웃으면서,

　　「너가티 극단으로나가면 이세상에 사라갈수잇겟니? 설사 사라간다
하드래도 인생의 이상이니 목적이라는 것은 업지 안을거나」하고 온
화한 낫빗으로, 입을 담으럿다. 아까 문학은 배운대야, 써먹을데가업
다고, 눈쌀을 쩝흐리든 수작과는, 짠판이다.

　　「인생의이상이란것은　나는생각해본일도업습니다. 구테어말하자면
자기를위하야 산다할싸요. 하지만 결코 천박한의미로하는말은안입니
다」

　　내가 이러케대답을하니싸, 형님은 나를 잠간치어다보고나서, 무엇
을 생각하듯이, 고개를 숙이고마랏다. 나도 잠잣고마랏다. (68~69면)

　　다소 긴 이 인용에서 논의의 중심항은 '구제와 자선'이다. 구제와 자
선을 통해 서로 다른 이데올로기의 담지자인 인물들이 대화를 나누는
것이다. 서술자인 이인화는 '구제와 자선'에 '무의미하고 공허한'이란
함축을 부여하고 있다. 이는 형이 지니고 있는 '도덕, 인간적인'이라는
의미 함축과는 전적으로 이질적인 의미의 실현이다. '나'는 여기에 덧붙
여 구제와 의무를 구분한다. 그리고 이들 행위의 근저에 '자기를 중심으
로 하는' 이기적인 발상이 깔려있음을 지적한다. 덧붙여 '오만과 위선'
이란 새로운 의미 함축을 덧붙임으로써 부정적인 가치판단을 강화하고,
그 대안으로써 '자기를 구제하고, 자기에게 자선'을 베풀 것을 요청한
다. 이러한 이데올로기적 기획에 대해 형은 '인생의 이상과 목적'이란
새로운 의미함축으로 대응한다. 하지만 그것은 전적으로 부정되며, 다
시금 '자기를 위하여 살아간다'고 하는 '자아에의 각성'이 도덕적 당위
와 허위의식을 대신하는 이데올로기적 축으로 설정된다.

　　상이한 이데올로기적 쟁투에서 서술의 무게중심은 명확하게 서술자

인 나에게 두어져 있다. 독자에게 미치는 이데올로기적 효과 역시 서술자의 이데올로기로 견인해 가고 있음은 물론이다. 그것은 담론의 치밀한 정도에서뿐만 아니라, 담론의 전개 양상이 인물인 '나'의 초점화를 통해 제시되고 있기 때문이다. 나아가 '나'는 직접적인 대화만이 묘사되고 있는 반면, 형에 대한 묘사는 행위가 곁들여져 있으며, 그 묘사는 '말을 음미하듯이 정신을 차리고', '웃으며', '불평이잇는 모양이나', '짠판이다', '고개를 숙이고마랏다' 등으로 진행되는 것에서 알 수 있듯이 '나'의 말을 승인하기도 하고, 부분적으로 부정하기도 하며, 마침내는 숙고하려는 행위로 종결된다. 이러한 표정의 변화는 곧 부정과 부분적인 부정, 숙고 등의 변화를 의미하는 가운데 '나'의 이데올로기적 함축을 점차 수용하는 방향으로 담론이 진행되고 있음을 확연하게 제시해준다. 이러한 변화는 곧 형의 태도변화일뿐만 아니라, 다른 한편으로는 독자들이 새로운 이데올로기와 마주치는 가운데 그 이데올로기에 견인되어가는 변모의 양상이기도 하다. 그리고 그 변화의 중심축에는 진정한 자아에의 각성이야말로 허위의식과 위선적인 삶으로부터 진정한 삶으로 이행해가는 계기임을 드러내고 있는 것이다.

하지만 자신의 진정한 자유, 자아에의 각성을 방해하는 것은 자신의 내면에 도사린 허위의식이거나 인습 때문만은 아니다. 오히려 더욱 가혹하게 자신의 자유를 왜곡하고 억압하는 실체는 자신이 몸담고 있는 현실이다. 더욱이 관념적인 허위가 의식의 차원에서 추상적인 형태로 자신을 옥죄는 것과 달리, 현실은 구체적인 생활의 모습을 띠고 자신의 자유와 함께 전민중의 자유를 억압한다. 이는 수탈과 수탈로 인한 궁핍, 자신의 신체에 가해지는 불유쾌한 취체(取締) 등으로 제시된다. 그가 마침내 갑판에 서서 눈물을 흘리는 것은 그 참담한 현실이 최소한의 자유조차 용납하지 않는다는 자각에 기인한다.

결국 이 텍스트의 중심적인 대립은 인습과 허위의식, 그리고 참담한 식민지 현실을 한 축으로, 여기에 새롭게 상승하는 주체의 자각, 곧 개성을 다른 한축으로 하는 대립적 구도로 이루어져 있다. 그리고 이러한 대립적 구도를 통해 3·1운동에 대한 자신의 평가를 능동적으로 수행하고 있는 것이다. 그 평가의 핵심은 개성에의 자각이야말로, 모든 구태의연한 삶의 방식을 척결하는 수단이며, 여기에 도달하지 않을 때 그 어떤 형태의 윤리의식과 관념으로 수행되는 변혁에의 의지는 위선이며 가식에 불과하다는 자각이다.

V. 결론

염상섭의 「만세전」에 내재된 중심항으로서의 '개성에의 자각'은 다른 한편으로 염상섭의 소설관11)과 면밀히 조응한다. 염상섭은 이 작품의 최초 창작년도인 1922년에 즈음하여 본격적인 평론과 수상에 해당하는 글들12)을 활기차게 펼쳐보이고 있으며, 이들은 한결같이 염상섭 소설의 중핵이 어디에 놓여 있는지를 입증하고 있다.

---

11) 송현호는 염상섭의 문학론을 작가와 작품을 통일적으로 인식하는 '역사주의 비평'이라고 지적하고 있다.(「한국근대소설론 연구」, 서울대 대학원, 1988) '역사주의 비평'이란 명명에 관해서는 논의의 여지가 있으나 적어도 작가와 작품을 분리시킬 수 없다는 염상섭의 문학관은 곧 염상섭 자신의 문학에도 그대로 적용될 수 있을 것이다.
12) 그 대표적인 것으로는 「자기학대에서 자기해방에」(『동아일보』, 19220.4.6), 「樗樹下에서」(『廢墟』 2호, 1921.1), 「개성과 예술」(『개벽』 22호, 1922.4), 「지상선을 위하여」(『신생활』 창간호, 1922.7) 등이다.

특히 그의 「개성과 예술」은 '모든 권위를 부정하고, 우상을 타파하여 초자연적 일체를 물리치고 나서, 현실세계를 그대로 보랴고 노력'하는 것이라는 주장을 통해 개성에의 자각의 전단계가 곧 일체의 인습적인 사유에 대한 거부임을 확인케 한다. 더욱이 이러한 거부는 비록 '허언(虛言)'일지라도 자신이 스스로 도달한 생각의 귀결이라면, 경청할만하다고 함[13]으로써 현실과 직접적으로 대면하여 이끌어낸 주체의 사유야말로 시대적 요청임을 제시하고 있다. 그리고 문학은 이러한 개성적 자각의 한 양상으로 '작자의 獨異的 생명을 통하여 투시한 창조적 직관의 세계'[14]를 지향한다고 밝힌 바 있다.

하지만 정작 개성의 구체적인 내용은 예상외로 빈약하며, '현실과의 대면을 통한 사유의 도출'이란 근대적 의미의 주체 정립으로 요약될 수 있다. 이것이 곧 「만세전」에서 이인화가 도달한 결론인 것이다. 그리고 그에게 존재하는 개성에의 자각이란 자유로운 인식과 행위를 통해서야 가능하며, 적어도 그 자유를 일상적 차원에서 획득하기 위해 노력하는 것이야말로 유일한 돌파구로 설정되고 있다.

하지만 「만세전」에서 제시되는 개성에의 자각과 자유란 현실 속에서 끊임없이 차단당함에도 불구하고 현실 안에서 획득해야할 자유로 자각되지는 않는다. 현실은 다만 자유를 송두리째 압살하고 있는 '무덤'일 뿐이며, 그 결과 동경에로의 귀로는 필연적인 것이다. 동경이야말로 관념적 수준에서의 자유를 가능케 하는 유일한 곳이기 때문이다. 적어도 작품의 새로움이 대상에 대한 시야의 새로움에 기인한다면, 염상섭의 개성에의 자각과 그를 통한 3·1운동의 소설적 평가는 그 전체가 긴밀한

---

13) 「저수하에서」, 『폐허』2호, 1921.1, p.54.
14) 「개성과 예술」, 『개벽』22호, 1922.4., p.8.

구조물의 층위를 이루며, 근대 소설의 형성의 가능성과 한계를 선연하
게 드러내 보여주는 증좌일 것이다.

2. 계몽의 수사학 ― 현진건의 『적도』 연구

Ⅰ. 서론

현진건의 『적도』[1]는 1933년과 1934년에 걸쳐 6개월 남짓 동아일보에 연재된 작품이다. 이 시점을 전후로 한 시기는 근대 문학의 한 결절점을 이룬다. 구체적으로는 '사회주의 리얼리즘의 도입'[2]으로 이념의 예술적 가공을 문제삼기에 이르며, 임화와 김남천 사이에 진행된 '「물」 논쟁'[3]을 통해 생활 실천과 창작 실천이 맺고 있는 변증법적 연관이 정면으로 제기된 시점인 것이다.

이들 두 논의는 근본적으로 기존의 문학적 관행에 쐐기를 박는 역할

---

[1] 텍스트는 문학비평사의 『현진건 전집』 1(1989)이다.

[2] 유물변증법적 창작방법론의 뒤를 이어 1933년부터 프로문학의 핵심적인 과제로 부상한 논쟁이다. 임화, 안함광, 한효, 김남천 등이 주요 논객으로 참여하였으며, 형상의 문제를 집중적으로 검토하였다. 유문선, 「1930년대 창작방법논쟁 연구」, 서울대 석사, 1988. 참조.

[3] 김외곤, 『한국근대 리얼리즘문학 비판』, 태학사, 1995, pp.51~68.

을 수행한 것으로 평가할 수 있다. 그것은 곧 문학에 내재된 고유의 예술성을 문학작품들이 획득해야만 한다는 요구이다. 그러나 문학 자체의 예술성이 문제되는 상황일지라도 그 예술성이 문학주의에 함몰된 작가가 아닌 다음에야, 예술성의 함의는 상이할 수밖에 없다. 민족사가 직면한 고통을 혁파하고자 하는 계몽적 기획으로 글쓰기를 감행한 작가, 비평가들에게 예술성의 함의란 예술의 반사회적 자율성이 아니라, 생경한 구호의 차원을 넘어 대중의 의식과 생활에 문학이 한층 가깝게 다가서고자 하는 예술의 대중화로 요약될 것이다. 예술 대중화의 핵심적인 관건인 대중성이야말로 계몽적 기획의 출발점을 이루며, 대중이야말로 현실과 예술의 주체이자 객체이기 때문이다. 대중이란 수원지를 떠난 사회운동이나 예술실천은 그 기획의 웅장함에도 불구하고, 몇몇 전위적인 문인들의 자족적인 위안에 그치기 십상인 것이다. 그리고 이 비판은 근대문학이 직면한 맹아기로서의 한계를 충분히 고려하더라도 여전히 유효한 것이다. 따라서 예술의 대중화를 둘러싼 다양한 논의는 한국 근대문학의 성장을 단적으로 입증하는 진일보한 논의인 것이다.

이 즈음 예술의 대중화에 관한 본격적인 논의는 팔봉 김기진4)에게서 찾을 수 있다. 그러나 정작 팔봉의 기획은 대중의 의식을 포착하고 이를 당대의 사회적 요구에 부응하는 형태로 견인하고자 하는 진정한 대중성과는 거리가 멀다. 범박하게 보아 그의 대중화론은 대중화된 양식을 최대한 활용함으로써 진보적인 이념의 효과적인 전달을 꾀하고 있다는 점에서 진정한 의미의 대중화론이라고 평가하기 어렵다. 기존의 익숙한 양식에 힘입어 내용을 변전시켜 나가고자 하는 시도는 내용과 형식의 이분법으로 시종했던 '내용형식논쟁' 당시의 팔봉이 지녔던 문제 의식

---

4) 김기진, 「변증적 사실주의」, 『카프비평자료총서3』, 태학사, 1990.

을 진전시키지 못한 채 고스란히 답습한 것에 불과하다. 오히려 예술 대중화의 모범적인 사례로 평가된 임화의 '서술시'에서 확인되듯, 새로운 이념에는 새로운 형태의 양식적 실험이 필요한 것이다. 그렇다면 시와 달리 양식의 변모가 쉽지 않은 소설은 이처럼 변모된 인식에 상응하는 진전을 획득하고 있는가. 이 질문에 대한 대답을 현진건의 『적도』를 통해 검증해 보고자 하는 것이 이 글의 의도이다.

물론 이 시기의 대중화론에 현진건이 직접적으로 개입한 흔적은 어디에도 나타나지 않는다. 그러나 가족사적 정황5)이나 당시의 활동6)으로 미루어 보아 현진건 역시 이들 평단의 논의에 촉각을 세우고 있었음은 쉽게 추정할 수 있는 사실이다. 더욱이 자신의 득의의 영역이었으며 미적 정교함이 두드러진 단편 대신, 현진건이 장편소설을 통해 자신의 이념을 형식화7)하고자 한 것은 주목을 요한다. 장편이란 단편과는 달리 생의 외연적 총체성8)을 지향하며, 현실과의 접촉면이 넓은 그만큼 대중적인 양식이기 때문이다. 그리고 신문이란 매체의 차이는 필연적으로 독자의 차이를 의식적으로 강제하며, 대중성에 한결 착근하기를 강제한다. 이러한 정황을 고려할 때, 신문의 독자를 향한 적극적인 의식화, 곧 계몽적인 기획을 현진건이 염두에 둔 것은 자연스럽게 여겨진다. 그리

---

5) 같은 해인 1933년 형 현정건이 감옥에서 옥사한다. 『적도』는 그의 삶에 대한 소설적 형상화라고 볼 여지를 많이 남겨두고 있다. 현진건의 전기는 최원식의 논문 참고. 최원식, 「현진건 연구」, 서울대 석사학위논문, 1975.
6) 현진건은 베를린 올림픽에서 우승한 손기정의 동아일보 일장기 사건의 책임자로 구금된다.
7) 전영태는 이를 생활고에 기인한 상업적 관심으로 폄하하고 있다. 이러한 관점은 현진건 창작의 전체적 궤적에 미루어 볼 때 적절하지 못하며, 창작실천이 상업적인 기획이 철저하지 못하는 점에서도 그러하다. 전영태, 「멜로드라마적 상상력의 한계」, 『한국현대장편소설연구』(구인환 외), 삼지원, 1990, pp.43.
8) G.Lukács, 『소설의 이론』(반성완역), 심설당, 1985, p.55.

고 이러한 전제, 곧 문학 대중화론과 민중의 계몽이라는 두 축의 일정한 내재적 연관 하에서 『적도』가 기획되고 창작되었다는 전제는 『적도』를 둘러싼 분분한 논의에 대한 개입이기도 하다.

『적도』는 현진건의 소설 중 평가가 정리되지 않은 거의 유일한 작품이다. 때로는 '통속적인 연애소설인 것처럼 보이는 작품 구조로 일제의 지배체제를 거부하고 해방을 지향하는 민족의 사명감을 갖게 하는 사회의식을 깊이 있게 제시한 작품'[9]으로 평가되기도 하며, 때로는 '비극을 표현하려고 했지만 주인공의 품성과 개성이 비극과 거리가 멀기 때문에 비참한 상황을 나열하는 것에 그쳐' 버린 '멜로드라마적 소설'[10]에 불과하다고 평가되기도 한다. 이러한 양극단에 놓여 있는 평가와 달리 다소 온건한 논의들도 없지 않아 있다. 예컨대 상징이나 인물의 대립구조, 서술방법 등을 살펴보는 가운데 표층과 심층을 구분[11]하여 논의하고 있거나, '민족적 각성'이 '민중의 생활상의 요구에서 제출되는 절실성'[12]을 결하고 있다고 지적함으로써 현진건 소설에 나타나는 민족주의의 한계를 제시하고 있는 논의들이 그러하다.

그러나 이들 논의는 작품에 대한 결론적 평가에 치우친 나머지 정작 작품의 내적 동력에 대한 해명은 부족한 것으로 여겨진다. 다만 조동일의 구조 분석만이 전체성을 풍부하게 포괄하고 있을 따름이다. 특히 최원식의 '민중의 생활상의 요구'로부터 압출되는 민족적 자각을 언급한 논의는 다분히 이념적 귀결을 텍스트에 요구하는 것으로, 하나의 작품

---

9) 조동일, 「우리 문학과의 만남」, 홍성사, 1978, pp.307~308.
10) 전영태, 「멜로드라마적 상상력의 한계」, 『한국현대장편소설연구』(구인환 외), 삼지원, 1990, pp.43~45.
11) 이선영, 속악한 삶과 승화된 삶, 『적도』(현진건전집1), 문학과비평사, 1988, p.289.
12) 최원식, 「현진건 문학의 사회적 가치」, 『현진건 연구』, 새문사, 1981, p.88.

이 전체의 흐름을 포괄해야 한다는 외연적 총체성에 고착되어 있는 관점이 아닐 수 없다. 평가의 준거는 어떠한 현실을 그려내지 못했다는 것이 아니라, 그려낸 현실이 무엇이며 그 현실 자체 내의 결함을 온당하게 지적하는 것이어야만 하기 때문이다. '멜로드라마적 소설'이란 평가 역시 다르지 않다. 문제는 멜로드라마적이기 때문이 아니라, 그 멜로드라마가 소설의 진정성을 어떻게 훼손시키고 있는가가 적절한 논거를 통해 더욱 상세하게 규명되어야 하는 것이다.

이에 본고는 현진건의 『적도』가 직접적인 대중과의 접촉을 통해 문학의 계몽적 역할을 수행하고자 기획된 작품이라는 관점에서 텍스트에 내재된 질서를 재구해 보고자 한다. 텍스트에 대한 면밀한 읽기야말로 평가의 적절성을 보장하는 가장 유력한 준거이기 때문이다.

Ⅱ. 관념적 낭만성의 극복과 애정의 삼각 관계

『적도』의 중심적인 담론13)은 사랑이다. 사랑이야말로 평범한 일상인들조차 비껴날 수 없는 경험의 세계이며, 따라서 텍스트 속에서 실현되는 사랑의 구체적인 함의와 무관하게 앞질러 풍부한 대중적 관심 앞에 놓일 수 있는 소재가 아닐 수 없다.

그리고 이 사랑은 당연히 남녀간의 관계로부터 빚어진다. 그러나 이 남녀간의 관계가 작품 안에서 그리 간명하지만은 않다. 복잡한 삼각 관계가 거미줄처럼 얽혀있는 것이다. 이러한 삼각관계 역시 가장 보편적

---

13) 중심적인 담론이란 의미동위소를 지칭한다. 김상욱, 소설담론의 이데올로기 분석 방법 연구, 1995, 서울대 박사학위논문, pp.44~45.

인 갈등의 형식이다. 인간에 내재된 욕망과 당위의 대립이라는 상이한 가치 항목들을 두고 쟁투를 벌여나가는 과정은 『사씨남정기』와 같은 고 대소설은 물론, 근대 이후에도 『무정』14)을 비롯하여 당대에 지가를 올 렸던 『장한몽』15)에 이르기까지 지속적으로 전개되어 오던 구도이다. 하 나의 대상을 중심에 두고 서로 다른 욕망이 길항하고 상충하며, 마침내 어느 한 편으로 경사되고 마는 삼각관계는 보편적이며 또 그만큼 대중 적인, 구도의 설정인 것이다.

그러나 『적도』에서 보이는 애정의 삼각관계가 통속적인 외양에도 불 구하고 그 심부에 있어서는 범속한 멜로드라마와 동일하지 않다는 점은 주목을 요한다. 특히 주인공 김여해가 맺고 있는 그 모든 애정의 삼각관 계는 관계의 성격 자체를 끊임없이 변전시켜 나감으로써, 단순한 수평 적인 이동이 아닌 인식의 발전을 거듭 경험하게 만들고 있다는 사실이 다. 그리고 이 인식의 발전은 삼각관계의 확장 속에서 중첩된 채 일어난 다.

먼저 홍영애와의 관계에서 여해는 '연애의 신성함'으로 표상되는 낭 만적이고 관념적인 담론을 구사한다.

---

14) 구인환, 『이광수소설연구』, 서울대 박사학위 논문, 1981, pp.50~54.
15) 『적도』와 『장한몽』의 유사성에 관해서는 이미 최원식에 의해 지적된 바 있다. 최 원식, 『민족문학의 논리』, 창작과비평사, 1982, p.92.

그때 나는 소설의 주인공이 되려고 애를 썼소. 소설에 나타나는 연
애는 모두 달이나 별과 같이 허공에 달린 것이고, 결코 손아귀에 쥐
어지는 건 아니었소. 그리고 처음엔 마음이 조마조마하게 얼려 들어
가다가는, 끝판에 언제든지 슬프게 되는구려. … 곧 불행이 뒷덜미를
짚을 듯한 예감에, 나는 까닭도 없이 마음을 조리었소. 흉한에게 잡혀
가는 그를 구해내다가, 온몸이 피투성이가 되어 죽어넘어지는 꿈을
여러번 꾸었소. 그를 위해 불길 속에 뛰어드는 광경도 눈앞에 여러
번 그려보았오. 그를 멀리멀리 그리면서 눈물을 흘리는 내 자신을 환
상하고 여러 번 울어도 보았소. (126면)

연애에 대한 김여해의 인식은 곧 내면의 진정성에도 불구하고 현실
의 장애에 부딪혀 좌절하고마는 것이다. 연애가 궁극적인 행복을 안겨
준다면 이는 다시금 범속한 생활로 전락하는 것이며, 그 진부함과 여해
의 인식은 결코 조응할 수 없는 것이다. 이에 그가 선택할 수 있는 것은
스스로 연애의 행로를 복잡다단하게 만드는 것이다. 그는 박병일의 접
근을 허용한 채, 봉천으로 떠나며 '애인을 위해서 애인을 버리고 나는
간다'(128면)고 함으로써 자신의 관념을 구체화한다. 이 관념은 사건이
진척되는 가운데, 예컨대 조금이라도 홍영애와 가까운데 있고자 하는
바램으로 귀국하거나, 그럼에도 불구하고 찾지 않는다거나, 그들의 첫
날밤에 칼을 들고 들어가거나, 경찰에서의 취조시 결코 영애와의 관계
를 밝히지 않고 '거룩한 비밀'로 덮어두고자 하는 것까지 수미일관하게
현실 속에서 구체화된다. 그러나 정작 그에게 닥쳐온 것은 관념 속에서
겪는 '청춘의 감격'이 아니라, 군자금 모집의 혐의를 쓴 채 언도된 5년
의 징역형이었다. 그 속에서 그는 자신의 관념이 얼마나 허구적이며 현
실과 절연된 낭만적 인식이었는지를 통렬하게 깨닫는다. 물론 그 계기
는 '여러 죄수들과의 접촉'이며, 그 접촉을 통해 '악착스럽고 참혹한 인

생의 현실'을 발견하며, 그는 자신의 행위가 그저 허무맹랑한 '치정'에, '어린애 장난'에 불과하였음을 깨닫는다. 더욱이 이러한 인식은 봉천에서 영애에게 보낸 편지를 박병일이 교묘하게 군자금 모집을 강요하는 편지로 악용했음을 알면서 더욱 증폭된다.

훼손된 세계에 순결한 영혼으로 맞서는 인물은 더 이상 존재하지 않으며 출옥과 함께 사라지고 없다. 그 빈 자리를 동물적인 욕망으로 충일한 한 사내가 대신 채우게 되는 것이다. 그 사내에게 옛애인이었던 영애는 더 이상 청춘의 환희도 아니며, 고통의 연원도 아니다. 다만 '물씬한 살내'로 표상되는 욕망의 직접적인 대상으로 존재할 따름이다. 물론 이러한 선회는 지나치게 극단적이다. 하지만 한 낭만적인 인간이 현실에서 받은 상처로 인해 정반대되는 행위 양상으로 선회하는 것이 비현실적인 것만은 아니다. 이 이야기를 듣고 명화가 '생각을 해 봐도 잘 모르겠군요. 그럴성도 싶고 안 그럴 성도 싶고!'(133면)라며 촌평을 하는 것에서 확인되듯 비현실성의 일단을 작가 역시 미진한 채 남겨두고는 있다. 그러나 전적으로 사건 전개의 비현실성으로 매도할 수 있는 것도 역시 아니다. 그럴 성 싶은 여지도 여전히 남겨두고 있기 때문이다.

더욱이 문제는 이러한 여해의 변모를 작가의 불철저한 인간 이해에 기인한다고 폄하하는 관점이다. 여해가 변모를 감행하는 방향은 열려진 풍부한 가능성들 가운데 선택해 낸 작가의 행로임과 동시에 당대를 함께 호흡하던 독서 대중의 현실적인 선택항이기도 한 것이다. 더욱이 당대의 정황이란 세계 내적 경험을 통해 정신이 자연스럽게 완성을 향해 성장해 가던 이성적인 사회가 결코 아니었다. 훼손된 현실 속에서 유일하게 가능한 선택은 기껏해야 그 훼손된 현실을 승인하거나 송두리째 거부하거나, 이도저도 아니라면 또 다른 훼손된 욕망으로, 곧 훼손된 방식으로 훼손된 가치를 추구하는 것만이 가능한 극단적인 궁핍의 시대였던 것이다. 따라서 작가의 선택은 대중의 감각적 정서에 영합한 것이라기보다 대중의 욕망을 최대한 반영한 것으로 계몽의 기획에 상응하는 선택항으로 보는 것이 더욱 적절하다. 현진건의 선택항이 대중의 욕망에 영합하는 것에 그치지 않고, 궁극적인 가치 지향을 위한 전단계로 설정한 것에서 이는 더욱 확연해 진다.

낭만적인 순애보에서 헐벗은 욕망으로의 전환은 기존의 삼각관계에서 이루어지지 않는다. 욕망의 대상은 몇가지 소도구에 힘입어 점점이 홍영애에서 박은주로 옮겨가며, 마침내 출소 후 사회에서 보내는 첫날 여해는 박은주를 겁탈하고 만다. 그 과정은 먼저 영애가 여해를 은주의 방으로 안내하는 데서 시작된다. 방에 들어서자 '그리던 여성의 향기가 물씬하고 그의 코를 엄습'하고, '메스꺼울 만큼 강렬한 향기'로 '보들보들한 살덩이가 그윽한 숨길을 내쉬는 듯'한 느낌을 여해는 받는다. 그리고 은주를 대면하며, '야릇한 갈증과 식욕'을 느끼고, 사형수의 이야기 속에 '여자의 흰 손목을 아싹아싹 깨물어 먹고' 싶은 자신의 욕망을 이입한 채 점차 강렬하게 표출된다. 하여 마침내 일을 저지르게 된다.

그러나 이 역시 변모해 간다. 마치 영애에 대한 애정이 순수한 낭만적 사랑에서 감옥 체험을 통해 증오를 동반한 욕망으로 변전되었듯이, 병실에서의 오랜 침잠을 통해 변화된다. 그 단초는 '무서운 경련이 온몸을 뒤흔들며 지나간 것이다'(109면)로 드러나듯 먼저 두려움이다. 그것은 감당할 수 없는 사태에 대한 즉자적인 반응이다. 그러나 그 두려움은 '짐승과 같은 제 정열', '악마와 같은 제 성욕'에 대한 책임을 지고자, 투신하는 은주를 구하기 위해 몸을 던지기에 이른다. 그리고 '은주에게 죽음으로써 용서를 빈다'(238면)는 참회로 대체된다. 이어 병원에서 정신을 수습한 다음 은주의 용태를 살피는 장면에 이르러서는 그는 지극히 이성적인 사유에 충실한 인물로 변모되어 있다. 자신을 마주치게 될 은주의 심리적 변화까지 염려하기에 이른 것이다. 이제 자신의 관념 안에 갇혀 있지도 않으며, 욕망 속에서 소용돌이치고 있지도 않은 것이다. 자신의 행위에 대해 온전히 책임지는 투신을 통해 획득한 결과인 것이다. 그리고 그 결과는 '신생의 길'을 열어달라는 당부를 상열에게 함으로써 완성된다.

이 변모의 과정은 홍영애와의 관계 속에서 획득된 변모와 정반대의 진행을 보이는 것이 흥미롭다. 여해는 다시금 자신의 희생 속에서 상대편의 새로운 출발을 희구하기에 이른 것이다. 그러나 이 과정은 단순한 회귀가 아니다. 이미 고통의 심부를 겪은 이후의 회귀이기 때문이다. 소설이 상태의 변화를 중점적으로 그려내고[16], 그 변화가 원래의 상태에로 현상적으로는 귀결될지라도 그 상태는 이미 서사가 시작되는 초기의 상태와 동일하지 않다. 사건을 경험하며, 그 사건 안에서 겪은 경험의 폭과 깊이로 인해 이미 동일한 존재로 돌아갈 수 있는 가능성을 상실해 버린 것이다. 더 한층 성숙된 주체로 인물은 자신의 삶을 대면하고 있는 것이다.

작품 안에서 이 원환적인 회귀는 명화와의 관계와 나란히 진행됨으로써 그 적실성을 더 한층 구체적으로 획득하고 있다. 여해를 중심으로 개진되는 세번째 삼각관계의 한 축인 명화는 공교롭게도 '여해<−>은주'의 관계와 구조적인 상동성 안에서 자신의 의미 기능을 담당한다. 명화는 애초 여해를 욕망의 매개로 활용한다. 명시되어 있지는 않지만 박병일로부터 더 많은 경제적인 대가를 끌어내기 위한 소도구로 활용하고

---

16) M.Toolan, *Narrative*, Routldege, 1991, p.9.

자 한다. 그러나 점차 관계가 진전됨에 따라 연민의 대상으로, 공감의 대상으로 여해를 새롭게 인식하기에 이른다. 여해 역시 병실에서 오랜 시간을 함께 하는 동안 '오아시스의 샘물처럼' 명화로부터 존재의 의미를 느낀다. 더욱이 명화는 '위대한 어학교사'이기도 하다. 이는 곧 언어를 통한 사회화를 경험한다는 의미이기도 하다. 이 사회화는 은주를 향한 책임감으로 발현되며, 명화와의 사랑을 더 높은 이념으로 전환시키는 동력이 된다.

이처럼 삼각관계 속에서 진전되는 여해의 인식은 전개되는 외적 상황의 변화에 따른 수동적인 반응만은 아니다. 그 역시 소설의 인물이 갖는 문제적 개인으로서의 성격 특성을 담지하고 있으며, 이는 상열의 마지막 독백을 통해 집약된다.

> "열정에 지글지글 타는 인물, 한 시라도 열정의 대상이 없고는 견디지 못하는 인물, 그런 종류의 사람은 태양에 비기면, 인생의 적도선이라 할까……." (288면)

이 인용에서 소설의 표제로 설정한 '적도'의 의미가 선명하게 제시되고 있으며, 소설 전체를 일관되게 꿰뚫던 김여해의 삶이 평가되고 있다. 사랑을 위해 기꺼이 감옥에 갇히고, 출옥한 후 원한과 욕망을 이기지 못하고 박병일의 동생 은주를 겁탈하며, 그 죄책감으로 투신하는 은주를 구하기 위해 자신 역시 물 속으로 뛰어들고, 마침내는 김상열의 임무를 대신하며 자폭하고 마는 김여해의 삶이야말로 식민지 현실에서의 바람직한 삶이란 무엇인가라는 질문에 대한 현진건의 대답인 것이다.

Ⅲ. 이념으로서의 생에 대한 열정

　김여해의 성격적 특성은 '열정'으로 간명하게 요약되며, 서사가 진행되는 동안 왜곡과 우회를 거쳐왔던 열정의 방향 또한 명료하게 포착된다.

> 　"형의 충정은 잘 알았소. 무쇠라도 녹일 그 열정 잠깐 그 방향을 그르쳤을 뿐이지, 나는 그 열정을 취하오. 그 열정을 개인의 감정에만 쓰지 말기를 바랄 뿐이오." (284면)

　결국 열정이야말로 작가 현진건이 서사의 진행 속에서 은폐해 왔던 계몽적 자각의 결론인 것이다. 이 열정의 의미는 객관적인 시야에 비추어 볼 때, 낭만적 계기를 내함하고 있다. 충동적인 선택과 그 선택으로 인한 고통이 김여해의 여정이었으며, 그 여정이 순조롭지 못하였던 것은 이를 단적으로 보여준다. 현실에 착근하지 못한 감상이 여전히 순조로운 인격의 발전을 가로막고 있는 것이다. 하지만 다른 한편으로 그 순조롭게 성장한 인격이란 과연 무엇인가 되묻지 않을 수 없다. 이는 특히 1930년대라는 창작 당시의 식민지 현실을 떠올려 볼 때 확연하게 의미가 걸러진다. 동일한 반열에 놓여 있었던 염상섭과 채만식의 작품 세계는 시사하는 바가 크다. 중도적 보수주의에 바탕을 두고 안정적으로 자신의 작품세계를 구축한 염상섭은 이 즈음『삼대』를 발표하였다. 그 이념이란「만세전」이래 지속되어온 삶에 대한 냉연한 시선과 그 시선으로부터 획득한 비판적인 현실 인식이었을 뿐, 그 어떤 구체적인 전망조차 그의 소설에서는 배제되고 있다. 채만식 또한 다르지 않다. '동반자 작가'로서 그의 작가적 이력을 시작한 채만식은 이 즈음에 「레디메이드 인생」을 통해 현실의 환멸을 돌파하지 못한 채 자조섞인 탄식으로 소설의 세계를 채워나가고 있는 것이다.

현진건의 관점으로는 이 모든 '성숙한 남성의 관점'[17)]에서 들여다 보는 세계, 순조롭게 성장한 인격이 투영해 낸 세계가 기실 무기력하게 비춰졌음에 분명하다. 이러한 관점에 섰을 때, 훼손된 현실 속에서도 충분히 활력을 발휘하며 살아남는 박병일, 원석호로 표상되는 명약관화한 부정적인 인물유형은 말할 것도 없을 것이다. 그러나 예전의 순결함을 지속시켜 왔으나 정황의 변화로 어쩔 수 없이 변모를 겪고 있는 홍영애의 삶과 그 인식은 결코 예사롭지 않다. 작가는 그 어떤 부정적인 인물보다 가장 혹독한 파멸을 그녀에게 안겨주고 있는 것으로 이는 선명하게 부각된다.

홍영애는 여해를 사랑함에도 불구하고 박병일을 선택한다. 하지만 이 선택은 지극히 자연스러운 선택으로 유도된다. 여해가 지닌 관념성으로 인해 그녀는 홀로 남게 되고, 상황은 더욱 척박해지며, 그 결과 박병일과 혼인하기에 이른다. 그러나 여해에 대한 정념은 소진되지 않은 채, 여해의 출옥과 함께 새로운 삶의 자리를 찾아주기 위해 노심초사한다. 얼핏 보기에 삶의 진정성을 여전히 견지한 듯이 보이나, 정작 그녀의 삶은 애초의 순수성을 상실한 채 내적으로는 소부르주아적 삶의 방식에 안착해 있다. 그녀는 남편의 사랑에 기꺼워하며, 은주의 일로 '평화로운 밥상'이 뒤집히는 것이 그저 두렵기만 한 것이다. 현존하는 삶의 평화를 어떤 일이 있어도 빼앗기고 싶지 않다는 욕망에 충실한 것이다. 이러한 소부르주아적 욕망이 얼마나 허무맹랑한 자기 기만에 토대를 두고 있는

---

17) G.Lukács, 앞의 책, p.91.

지는 다음의 인용에서 잘 드러난다.

> "저는 여해씨를 위해 무슨 노릇이라도 하려 했습니다. 제 집안 사
> 정 탓으로 사랑의 맹서를 어긴 것이 죄밑이 되어서 무슨 수로든지 그
> 죄의 만분지 일이라도 삭쳐보려 했답니다. 출옥하실 무렵에는 정말
> 밤잠도 달게 자지 안 했답니다. 어떻게 하면 장래를 보장해드릴까, 어
> 떻게 하면 그 몹쓸 고역을 치르신 대신으로 즐겁게 기쁘게 해드릴까
> 하고."
> "거룩하시군. 바로 전지전능의 신이구려. 병도 주고 약도 주고, 황
> 금이 이 세상을 지배한다니까, 재산가의 아내가 되면 모든 것이 뜻대
> 로 될 줄 알았구려, 응."(177~178면)

홍영애의 담론에서 드러나는 기본적인 짜임은 '맹서 → 죄 → 보상'
으로 연결된다. 그러나 이 구조는 단순히 소설의 중심적인 담론인 사랑
을 두고 전개되는 구조일 수만은 없다. 이는 삶의 도처에 존재하는 현실
성있는 소부르주아적 자기 위안의 방식이다. 뿐만 아니라『적도』전체
가 김상열로 상징되는 해외에서의 독립운동이 투사하는 빛살 속에 놓여
있음을 고려할 때, 이 담론의 전개는 김상열과 대척에 놓이는 소부르주
아들의 삶의 일반적인 논리이기도 하다. 비록 독립을 위해 운동을 하지
는 않으나 언젠가는 자신의 직분에 맞는 역할들을 해낼 것이라는 발상
이 그것이다. 하지만 이는 여해의 빈정거림 속에서 여실히 통박 당한다.
여해는 세상에는 세상 안에서의 질서가 있으며, 이 질서를 뛰어넘고서
는 어떠한 보상조차 할 수 없음을 분명하게 제시하고 있다. 이미 훼손된
가치는 그 어떤 전능한 것으로도 회복될 수 없다는 것이다. 홍영애의 허
구적인 자기 기만은 다음의 인용에서 더욱 증폭되어 노출된다.

"저는 우리의 사랑이야말로 불에 넣어도 타지 않을 줄 믿었습니다. 아무리 서로 갈리고 경우가 변하더라도 우리 사랑의 구슬은 깨어지지 않을 줄 믿었습니다."

영애는 흑흑 느낀다.

"그것은 꿈이오, 우리 어릴 적 꿈이오. 입으로는 그런 소리를 하지 마는 정말 지금도 그런 생각을 하고 있소. 가슴에 손을 대고 물어보오. 그것은 새빨간 거짓말이요."

"꿈이야 꿈이지요. 이렇게 되고보니 꿈이라도 어림없는 꿈이지요. 그래도 저는 그렇게 생각을 하지 않았답니다. 본래부터 정신적인 우리 사랑이 아니애요. 그러니 여해씨 그때 말씀마따나 하필 부부가 되잖아도 좋지 않아요. 남매의 의를 다시 맺고, 정말 친동기같이 지나면 그만 아내요. 그런데…."

"애인도 되었다가, 남매도 되었다가, 인생이 어디 떡가루 반죽 같은 줄 아시유." (178면)

홍영애는 자신의 변모는 아랑곳하지 않고, 상대방의 변화를 인정하려 들지 않는다. 그리고 자신의 내면적인 순결함을 전면에 내세우며, 정신주의를 통해 현실을 관념적으로 호도하고자 한다. 하지만 이것 역시 그 어떤 상처조차 입지 않고 자신이 지닌 현실적인 삶도, 내면의 이념적인 삶도 지속시켜 나가고자 하는 어줍잖은 욕망에 불과하다. 이러한 홍영애의 주관적인 관념은 '인생이 어디 떡가루 반죽 같은 줄 아시유.'라는 조소 앞에 무너져 내린다. 그리고 정작 이러한 홍영애의 논리를 가능케 하는 것이 '재산가의 아내'라는 사회적 위상 때문이었으며, 그 관계야말로 또 다른 삶의 자리에서는 어떠한 위력도 발휘하지 못한 채 짓밟히고 만다는 사실이 명화의 결정적인 통박을 통해 거듭 입증되고 만다.

결국 현진건의 『적도』에서 작가가 제시하고자 하는 삶의 양상은 번연히 알 수 있는, 즉 텍스트의 현실성으로 구체화되지 않고서도 확인되는 긍정성과 부정성이 아니라, 그 양극단의 지점들 속에서 부유하는 인물들의 삶이며, 그 삶에 대한 작가의 능동적인 가치 평가임을 알 수 있다. 현진건이 부조시켜 내고 있는 소설의 중심적인 갈등의 축은 박병일, 김상열로 대변되는 극단적인 삶의 선택항들이라기보다 김여해와 홍영애를 축으로 하는 부정적인 듯이 보이는 무모한 열정과 긍정적인 듯이 보이는 섬세한 배려에 놓여 있는 것이다. 현진건은 이 현상적인 질서, 대중적인 관점으로는 미혹되기 쉬운 가치의 질서를 전도시킴으로써 소부르주아적 삶의 논리를 일거에 뒤엎고 삶의 충동에 내재된 역동성을, 그 사회사적 의미를 복원시켜 내고자 하는 것이다.

더욱이 열정으로 대변되는 삶에의 충동이 작품의 말미에 이르러 '사회적인 방향성'과 연결됨으로써 식민지라는 당대의 정황에서는 감히 형상화하기 어려운 지점들이 명료하게 제시되고 있다는 점도 이 작품의 계몽적 기획이 의도에 상응하는 결실을 맺고 있는 것으로 평가할 수 있게 한다. 동시대의 비견되는 작가인 염상섭과 채만식이 각각 『삼대』와 『태평천하』에서 사회운동 세력을 드러내는 방식과 비교해 보면 이는 더욱 확연해진다. 염상섭은 다소 '마르크스보이'로 명명되는 것에서 알 수 있듯 희화화된 방식으로, 또한 선명한 긍정성을 찾기 어려울 정도로 '병화'를 형상화하며, 그보다 진전된 채만식 역시 '종학'을 텍스트 내부로 끌어들이지 못한 채 간접적으로 그 존재를 부각시켜 나갈 따름이다. 이는 가장 진전된 이데올로기적 방향성을 제시한 이기영에게서도 다르지 않다. 『고향』은 농촌을 무대로 설정함으로써 노농동맹의 가능성을 보여줌에도 불구하고, 협소한 경제투쟁의 범주 안에서 자족적으로 웅결되고 마는 것이다. 이는 식민지 상황에서의 글쓰기가 갖는 제한을 여실히 입증해 준다.

  그러나 현진건의 텍스트는 다르다. 『적도』에서 김상열은 원경에 존재하면서 텍스트 내부를 조율하는 상징적 존재일뿐만 아니라 텍스트 내부에 명확한 자신의 담론을 각인하며, 삶의 방식 전체를 어떠한 분식이나 왜곡없이 제시하고 있는, 현존하는 실체로 등장한다.

  내 몸은 해외 풍상을 겪기에 너무 지치고 약해진 것이오. 마지막으로 남은 것은 그리운 고토로 돌아갈 길뿐이오. 그리운 애인의 품속으로 뛰어들 길뿐이오. 그 부드러운 살이 나를 받아주게 못된다면, 그 맑은 공기 가운데서나 사라진들 어떠하겠소. (250면)

  명화에게 보낸 편지의 한 구절이다. 풍찬노숙으로 점철되었던 해외에서의 활동을 마감하고 '애인의 품속'에서 최후를 맞고 싶다는 바램을 담고 있다. 하지만 이는 단박에 부정된다. 서술자는 "그 사연의 '애인'이란 말이 단순히 자기를 가리킨 것이 아니요, '사라진다'는 것이 오직 병 때문만이 아닌 것을 명화는 몰랐다."(251면)라고 함으로써, '애인'이란 '조국의 독립'의 은유이며, '사라진다'는 것은 병이 원인이 아니라 죽음을 불사하는 투쟁의 결과임을 우회적으로 드러내고 있는 것이다. 더욱이 '저도 저를 위해서 좀 살아볼 작정'이라고 생각하는 명화를 향해 그는 준열히 꾸짖고 있다.

  "명화의 말이 일면의 진리가 없는 것도 아니네. 그러나 사람이란 어느 때는 남을 위해 살고, 어느 때는 내 몸을 위해 살겠다고 작정을 할 수가 없는 것이거든. 그렇지 않아. 사람의 한 평생에 선을 그어놓고 이짝저짝에서 남 위하는 것과 구별을 지을 수야 없는 게 아니야 응. 더구나 명화는 남이니 나이니 또렷이 구별을 하지마는, 크게 생각하면 내 남이 없는 것이어든. 남을 위하는 것이 곧 나를 위하는 거란

말야."(256면)

개인적인 욕망과 대의를 향한 헌신을 대립적인 항으로 설정하고, 사회적인 의무를 충실히 하는 것이야말로 진정한 삶의 방식임을 거침없이 털어놓고 있다. 그리고 그 대의가 식민지 현실에 대한 치열한 투쟁에 놓여 있음은 전후의 맥락으로부터 쉽게 추정할 수 있다. 결국 현실적 억압이 가중되어 가던 1930년대의 시점에서 현진건은 식민지시대 민족해방투쟁의 존재를 애정의 삼각관계라는 통속적인 구조에 실어 명료하게 제시함으로써, 소부르주아적 삶에 견인되어가는 당대 대중의 의식에 쐐기를 박고자 하는 계몽적 기획을 효과적으로 성취해 보이고 있는 것이다.

Ⅳ. 계몽의 수사적 장치

주인공 김여해의 인식이 애정의 삼각관계를 매개로 진전되어 가는 과정을 앞서 살펴본 바 있다. 이러한 인식의 발전과정은 리얼리즘 소설에서 가장 쉽게 발견되는 형식이다. 예컨대 사회주의 리얼리즘 소설의 대표작인 막심 고리끼의 『어머니』를 들 수 있다. 어머니는 애초 서사의 출발점에서 자연인에 가까운 평범한 인간 군상으로 제시된다. 그러나 서사가 진행되는 동안에 아들 파벨의 활동과 관련되면서 마침내 노동해방을 위해 투쟁하는 인간의 상징적인 어머니로 변신을 이루어내게 된다.

인식의 발전을 구성의 근간으로 하는 소설과 달리 통속소설이나 자연주의소설은 성격의 변모가 그다지 확연하지 않다. 자연주의 소설의 경우 충격적으로 전개되는 세계의 폭력성 앞에 인물은 압도된다. 따라서 어떠한 자기 인식의 과정을 겪지 못한 채 좌절하고 파멸하는 것이다. 그 대표적인 작품은 김동인의 「감자」이다. 복녀는 황폐한 세계에 직면하여 그 어떤 인식의 자기전개를 펼쳐보이지 못하고 있다. 반면 통속소설의 경우 인물은 이미 세계의 폭력을 넘어선 초월적인 형상으로 존재함으로써 세계와의 의미있는 접촉면을 갖지 못한다. 허준의 일대기를 그린 『동의보감』이 갖는 통속성의 일단은 주인공인 허준의 인물 형상이 지나치게 낭만적인 나머지 로맨스의 수준으로 전락해 버린 것에도 있다. 그렇지 않을 경우 통속소설은 세계와 적절한 수준에서 타협을 감행한다. 자신을 변모시키지도, 세계와 맞서지도 않은 채 세계가 요구하는 이데올로기에 조심스럽게 자신의 삶을 중첩시키는 것이다.

소설에서 드러나는 인식의 발전은 발전의 계기를 얼마나 적실하게 제시하는가에 따라 그 미적 성취가 드러난다. 인식의 발전을 추동하는 동력이 획득한 현실성의 정도에 따라 핍진성이 보장되는 것이다. 『적도』의 경우, 이 추동력에 비해 인물의 인식이 극단적으로 선회함으로써 서사 전개의 현실성이 떨어지는 것도 사실이다. 하지만 이 소설의 전반에 내재된, 현실성을 희생하고 획득한 낭만적인 단순성이 갖는 현실적 의미까지 일방적으로 폄하한다는 것은 적절한 역사적 원근법에 입각한 관점일 수 없다. 이 낭만적 단순성이 미학적 실패의 결과가 아니라 계몽적 기획을 위한 효과적인 장치이기도 하기 때문이다.

현진건의 계몽적 기획이 가장 두드러지게 드러나는 것은 유독 이러한 인물 형상에만 국한되지 않는다. 현진건은 서술의 방식이나 서사 구조의 측면에서도 가능한 한 독자의 미적 감수성과 조응하고자 하는 노력이 곳곳에서 드러난다.

먼저 서사구조의 측면에서『적도』는 인식의 발전과 함께 연속적인 사건을 통해 서사의 흐름을 이끌어 가고 있다.[18] 물론 이들 사건은 각기 면밀한 연결고리를 지니고 있지는 않다. 때로는 돌발적인 진행을 보임으로써 독자의 홍미를 최대한 유발하고자 하는 흔적이 곳곳에서 드러난다. 홍영애의 첫날밤 신방에 칼을 들고 찾아들고, 은주를 겁탈하고, 병에 걸리고, 은주를 구하기 위해 강에 뛰어 들고, 상열을 대신하여 활동 중 붙잡혀 자폭하는 등, 사건의 급속한 연쇄는 어떤 내적인 인과관계 없이 무차별적으로 제시되고 있다. 더욱이 사건 자체를 먼저 제시하고, 그 논리적인 사고과정은 추후의 대화를 통해 드러냄으로써 독자의 호기심을 유발하고, 그 호기심의 충족을 미루어두는 구조를 택하고 있다. 그러나 이들 사건의 연쇄, 지연과 충족의 구조가 단순히 사건의 진행 자체가 부과하는 홍미를 위한 것만이 아님은 명백하다. 사건을 통해 인물은 새로운 인간 관계를 형성하고, 서사구조 또한 이 관계에 힘입어 인물의 인식이 점차 최종적인 목표지점에 근접해 가는 짜임을 보이고 있기 때문이다.

서술의 양상은 서사구조에 비해 더 한층 대중적인 지향이 두드러지게 나타난다. 신문소설의 특성으로 보아 서사구조가 전체적인 기획에서 가동할 뿐 매회의 연재에서는 은폐되어 있음에 반해, 서술의 양상은 그때그때 독자의 관심을 끌어들이는 구체적인 단서가 되기 때문이다.

그 양상은 먼저 서술자의 개입이 두드러진다는 점이다. 특히 개입할 뿐만 아니라, 서술자는 자신의 직접적인 감정을 영탄적인 어법 속에 제시함으로써 독자의 공감을 끌어내고자 한다.

---

18) 이선영은 이를 '사건소설'로 명명하고 있다. 이선영, 앞의 논문, p.248.

자는 객관성을 유지하고 있다. 사태에 직면하여 인물의 감정적인 상태를 그려내기보다 객관적인 분석을 통해 사태의 전개를 예측하고 있다. '여해는 견딜 수 없었다'라는 초점을 이끌어 내기 위해 그 원인을 규명하고 있을 뿐, '견딜 수 없'는 구체적인 양상들을 풀어헤치지 않고 있는 것이다. 이 두 양상의 두드러진 차이는 곧 『적도』의 서술 양상이 통속성을 획득하기 위한 장치로만 볼 수 없게 만든다. 감정의 과잉 역시 어느 한 방향의 효과를 위한 것이라기보다 수사적으로 고안된 장치인 것이다.

전반부에 두드러진 묘사의 잉여 또한 이러한 관점에서 평가할 수 있다. '백년낭군기생'이란 명화와 상열의 에피소드에서 극명하게 드러나듯, 사건의 전개와 직접적인 관련이 없는 삽화를 서술자는 장황하게, 또한 세밀하게 제시함으로써 서사의 진행을 차단하고 있다. 그리고 감각적인 묘사를 통해 독자의 감성에 영합하는 측면 또한 무시할 수 없다. 그러나 이와 함께 묘사의 핍진성이 두드러진 부분 역시 존재하며, 도입부와 후반부의 상징적인 묘사, 예컨대 김상열이 조국의 흙에 지니고 있는 간절한 그리움들은 돋보이는 측면이 아닐 수 없다. 장황한 서술, 감각적인 묘사와 나란히 상징적 묘사, 핍진한 묘사가 공존하고 있는 것이다.

이들 서술방식의 다양한 혼성은 작가의 불철저한 장르 인식에 기인한다기보다 기획된 담론 자체가 갖는 이원성에 기인한다고 봄이 적절할 것이다. 통속적 담론과 계몽적 담론, 개인적 욕망과 사회적 당위라는 상충하는 담론의 이데올로기가 혼재되고, 궁극적으로는 그 혼재의 양상이 서서히 정돈됨으로써 텍스트의 이데올로기가 구체화되고 있는 것이다.

이들 서술방식의 지향이 무엇인지는 신문기사의 몽타쥬식 도입이라는 특징적인 서술방식을 통해 여실히 입증한다. 사건의 긴박감을 추동하고, 현실성을 최대한 획득하기 위해 서술자는 어떠한 개입도 없이 신문기사를 기사 자체로 제시함으로써 일정한 효과를 얻고 있다. 물론 그 신문기사가 허구적인 고안물임은 분명하다. 그러나 텍스트의 이면에 존재하는 식민지 현실과 함께 풍문으로 전해오던 식민지 민족해방투쟁을 역동적으로 제시함으로써 사건 자체의 선정성을 쉽게 극복하고 있는 것이다.

> 피고 일찌기 시국에 불만을 품고 만세 소요가 일어나자 당시 ××고보 사학년에서 수업하다가 책을 집어던지고 그 운동에 참가하여 인산날 물끓듯하는 군중의 행열을 따라 만세를 고창하였고 그후 ××신문의 배달에 전력하였으며 경계가 엄중한 탓으로 만사가 뜻같이 되지 않으매, 재작년 구월경에 표현히 국경을 넘어 만주로 건너가서 표랑생활을 하다가, 김좌진(金佐鎭)의 부하가 되어 군자금 모집에 종사하던 중 작년 칠월경에 또 다시 국경의 경계망을 돌파하고 경성까지 잠입하여 무교정 칠십 번지 하숙집 김화옥의 집에 잠복하였었다. (88면)

이 신문기사의 인용은 『적도』의 이념적 지향을 선명하게 보여준다. '만세 소요', '물끓듯하는 군중의 행열', '만세를 고창', '국경을 넘어 만주로', '김좌진의 부하', '군자금 모집에 종사' 등등의 어구는 단순히 사건의 객관적 보도를 넘어 민족해방운동의 존재와 당위성에 관한 선명한 구호로 작용하고 있다. 합법적인 운동이 일체 금지된 시점에서 유일하게 가능한 민족운동이 해외에서의 무장투쟁이며, 이 무장투쟁의 존재를 판결문이란 게릴라적인 형식을 통해 대중에게 명확하게 알리고 있는 것이다. 이러한 이념적인 선전은 텍스트 자체의 내적 완결성을 일정 부분 훼손하는 측면을 상쇄하고도 남는다. 그 훼손이 의도적으로 선택된 것이기에 더욱 그러하다.

V. 결론

텍스트의 분석과 평가는 엄밀한 미학적 기준에 의해 검토되어야 한다. 내용에 대한 일방적인 강조나 형식에 대한 편향된 이해는 텍스트의 내용과 형식이 완미하게 결합함으로써 환기하는 미적 효과를 적절히 평가할 수 없게 만든다. 그럼에도 동시대의 텍스트가 아닌 경우, 미학적 기준과 함께 역사적 기준 역시 적극적으로 텍스트의 분석과 평가에 고려되어야 함은 물론이다. 역사적 원근법을 배제한 객관주의적 평가란 창작을 비롯한 모든 글쓰기가 당대의 현실적 요구에 대한 대응이며, 시대 조류에 대한 이데올로기적 개입임을 홀대한 것이 아닐 수 없다.

현진건의 『적도』 또한 공시적인 준거를 통해 미적 질이 평가되어야 할 뿐만 아니라, 1930년대라는 식민지 현실 속에서의 글쓰기임이 고려되어야 한다. 잔혹한 억압이 도처에서 자행되고, 민족 해방에 대한 전망은 점차 불투명해지던 시점이 1930년대인 것이다. 그나마 유일한 거점으로 작용하였던 것은 해외에서의 독립운동이었으며, 이 멀리 떨어진 빛을 당대의 문학은 소극적으로 수용할 수 있을 따름이었다. 그러나 『적도』는 단순히 풍문으로, 모호한 복자(伏字)로 이 민족운동을 처리하지 않고, 구체적인 인물을 통해 그 행위와 이념을 여실히 제시할 수 있었으며, 방향을 잃은 열정의 무모함을 견인하여 사회적 대의에 복무하는 열정으로 이끄는 구체적인 동력으로 제 기능을 담당하기도 하였다.

하지만 민족운동의 빛살을 텍스트에 끌어들였다는 것만으로 모든 형식적 결함이 덮어지는 것은 물론 아니다. 서술자의 과도한 정서적 개입을 통한 감정의 잉여, 묘사 그 자체의 동력에 떠밀려 서사의 흐름을 놓쳐버리는 묘사의 과잉, 인과성의 격률에서 멀리 떨어진 연속적인 사건의 전개, 고식적인 삼각관계의 인물 구도 등이 그러하다. 그러나 이들 텍스트의 결함들은 현진건의 창작 실천에서 작가정신의 불철저함으로 초래된 문제점이라기보다 그 자체가 갖는 긍정적인 계기를 최대한 활용함으로써 계몽적인 기획에 상응하는 형식적 장치로 선택한 것이라고 인식함이 적절하다. 문제는 이들 대중적인 양식적 특성에 안주하는 것이지, 이들 양식적 특성으로부터 출발하는 것이 아니기 때문이다. 현진건은 『적도』를 통해 대중적인 양식에 기대어 자신의 이념을 개진함으로써, 양식의 기능 전화를 효율적으로 성취하고 있는 것이다.

더욱이 삶에 대한 열정이란 이 텍스트 전반에 걸친 김여해의 삶의 방식은, 삶 자체에 대한 환멸과 무력감에 빠져 있던 시대에 소중한 이념일 수 있다. 물론 그 열정은 개인적인 욕망을 충족시키는 방향이 아니라, 사회적 소명을 자신의 것으로 받아들이며 그에 헌신하는 열정이어야 할 것이다. 이 열정과 함께 현진건은 홍영애로 대변되는 소부르주아적 삶의 안위를 정면에서 부정함으로써 열정의 상대적 우위를 명료하게 형상화하고 있기도 하다.

결국 현진건의 『적도』는 단순한 멜로드라마적 상상력으로 가득 찬 낙척한 소설가의 작품이 아니라, 문학의 대중화를 저변에 두고, 적극적으로 민족 의식을 대중에게 구체적으로 전이시키고자 한 계몽적 기획의 결과인 것이다. 『적도』는 문학사의 흐름에서 대중적 양식을 적극적으로 자신의 이념을 위한 수단으로 활용한 모범이며, 그 모범이 갖는 한계와 가능성을 통해 문학의 대중화를 위한 한 방향을 시사하고 있다는 점에서 높이 평가할 수 있을 것이다.

3. 아이러니의 수사학 — 이상의 『날개』 연구

Ⅰ. 서론

「날개」는 텍스트 자체가 지닌 난해함으로 말미암아 읽기가 쉽지 않다. 하지만 근대문학의 가장 두드러진 돌출 중의 하나임은 분명[1]하다. 더욱이 그 돌출은 신기(新奇)함에만 그치는 것이 아니라, 새로운 근대적 세계상에 직면한 인간이 자각한 삶의 본질을 깊이있게 탐색하고 있다는 점에서 탁월함에까지 미치고 있다. 물론 근대의 의미와 주체의 위치 설정이 그저 판에 박힌 평가로 안이하게 제시될 수 있는 수사는 아닐 것이다. 그럼에도 이상의 기투(企投)는 치열하며, 치열한 만큼 의미의 진폭은 함부로 젖혀 두기 어렵다.

이상 소설의 연구는 한국의 근대문학 연구[2]와 거의 역사를 함께 해

---

1) 김현·김윤식, 『한국문학사』, 민음사, 1973, p.189.
2) 이에 대한 총괄적인 연구사 정리는 장창영의 수고 위에서 『현대문학이론연구』에 제시되어 있다. 장창영, 「이상연구논저」, 『현대문학이론연구』 2집, 한국현대문학이

왔으며, 특히 이상 소설의 주요 텍스트인 「날개」에 대한 분석은 텍스트의 깊이만큼 풍부하게, 그리고 다양한 방향에서 이루어져 왔다. 그 결과 이상 소설의 연구는 더 이상의 논의가 불필요할 지경으로 탕진된 감이 없지 않다. 그러나 해석 주체가 직면한 문제틀의 변모는 수용 양상의 변모를 어쩔 수 없이 초래하며, 새로운 논의의 여지를 끊임없이 분비해 나갈 것이다. 인문학의 역사는 텍스트를 대상으로 한 해석의 역사이며, 이 해석은 주체가 직면한 시대 상황에 값지게 부응하고자 하는 또 다른 기투의 소산이기 때문이다.

「날개」를 둘러싼 논의는 최재서[3]를 필두로 한 임화[4], 김문집[5], 박태원[6] 등의 당대적 평가를 비롯하여, 초기 연구의 주제론적 접근[7], 후기에 이르러 이상의 독특한 서술 방식[8]으로 초점이 변모되어 왔다. 그리고 최근에 이르러서는 이상 소설의 전체상을 규명하고자 하는 노력이 새롭게 경주되고 있으며, 그 분석의 방법론 역시 연구의 역사적 축적에 힘입어 더욱 정치하게 진전되고 있는 실정이다. 그러나 전체적인 경향성에 비추어 보아 「날개」의 해석 과정은 텍스트의 내적 구조와 소설 특유의 서술적 자질, 나아가 이 모든 것을 관류(貫流)하는 이념과 맺고 있는 상호 연관성에 관해 여전히 많은 빈터를 남겨두고 있음을 확인할 수

론연구회, 1993.

3) 최재서, 「리아리즘의 확대와 심화」, 『조선일보』 1936.10.31~11.7.

4) 임화, 『문학의 논리』, 학예사, 1939.

5) 김문집, 「날개의 시학적 재비판」, 『비평문학』, 청색지사, 1938.

6) 박태원, 「이상 哀詞」, 『조선일보』 1937.4.22.

7) 송욱, 「잉여존재와 사회의식구조」, 『문학평전』, 일조각, 1969.
　　김윤식, 「이상의 현실에 대한 태도」, 『현대문학』 193호, 1971.2.

8) 구인환, 「기법의 부정과 혁신」, 『국어교육』 18 - 20합병호, 1972.
　　김정자, 「날개의 문체론적 연구」, 부산대대학원 석사학위논문, 1978.
　　최병우, 「이상소설고 - 서술구조를 중심으로」, 서울대 대학원 석사학위논문, 1982.

있다. 기법을 기법으로만 인식함으로써 세계를 보는 시야와 결합시키지 못하였으며, 내적 구조 또한 기호론적 분석에 그침으로써 그 구조의 필연성을 해명하는 것에까지는 미치지 못하고 있는 것이다.

　이러한 연구의 한계를 극복하고자 하는 기획에서 이 글은 시작된다. 논의를 진전시키기 위해 먼저 제시되는 전제는 이상 소설의 근대성을 단절과 불연속성9)을 지표로 하는 모더니즘적인 세계인식과 일직선으로 연결함으로써, 해독이 어려운 이상의 시와 동일한 반열에 두고 논의를 전개해 나가서는 안된다는 것이다. 상징10)을 매개로 살펴보면 다소 명료해 질 것이다. 시적 장르에서 이루어지는 상징은 애초에 손쉬운 접근을 허락하지 않는다. 그 상징은 언제나 새로운 2차 모형화 체계, 그 안에서 의미가 획득되기 때문이다. 예컨대 이상의 '꽃나무'는 아름다움이라는 기존의 통념과는 전적으로 상이할 수 있다. 이 상이함의 최대치를 기획하는 것이 이상의 시적 글쓰기인 것이다. 그러나 소설은 그렇지 않다. 소설에서 구사되는 상징은 어김없이 일상적인 함의를 고스란히 공유하면서 비롯된다. 소설에서의 '날개'는 제 아무리 새로운 함축을 실현해 보일지라도 결코 비상의 이미지를 떨어버릴 수가 없다. 가장 곤혹스러운 「지주회시」의 거미, 「종생기」의 산호채찍조차 상투적 관념 혹은 패러디의 대상이 되는 원텍스트로부터 그 상징적 의미를 에둘러 추론할 수 있다. 어렵다는 것과 불가능하다는 것은 서로 다르다. 모더니즘의 불가해함이 적어도 소설에 적용될 경우는 재고되어야 한다는 것이다. 소

---

9) 김윤식·정호웅, 『한국소설사』, 예하, 1993, p.214.
10) 이상의 소설은 시와 명확히 구분된다. 시가 완결된 폐쇄적 세계임에 반해, 소설은 소설 장르 자체가 갖는 의미작용에 비추어 볼 때 우회와 굴절은 드러내기 위한 우회와 굴절이지, 보여주지 않기 위한 은폐가 아니다. 이러한 관점에서 최재서의 '리얼리즘의 심화'라는 기본적인 입론은 적절하다. 최재서, 「리얼리즘의 확대와 심화」, 『조선일보』 1936.10.31.～11.7.

설을 쓴다는 행위는 하이데거가 언급하였듯이 산문적인 글쓰기의 중핵을 이루는 '세계에 대한 개진'에 입각해 있으며, 따라서 구축되는 모든 상징은 이미 해결의 실마리를 자신의 내부에 간직하고 있는 수수께끼인 것이다. 마치 수수께끼가 답을 구비하고 난 다음에야 질문이 주어질 수 있듯.

이 해명의 가능성, 해석의 무차별적인 다의성이 가능하지 않다는 모더니즘 소설의 전제를 받아들인다면, 이어서 제기될 수 있는 또 다른 가정은 그 텍스트가 어쩔 수 없이 전일적인 하나의 의미 속에 긴밀하게 서로 직조되어 있으리라는 것이다. 따라서 텍스트의 이념과 구성, 서술의 특성11)이 어쩔 수 없는 통일성으로 결합됨으로써 완결을 지향하고자 하리라는 점이다. 이후 전개되는 논의는 이 두 가정에 근거한 입론이자, 이 두 가정을 검증하고자 하는 노력이다.

Ⅱ. 이념으로서의 '아이러니'

이 텍스트는 종잡을 수 없는 에피그램으로 시작된다. 그러나 이 역시 텍스트에 내재된 이상, 텍스트 전체를 구성하는 일부분이다. 그러나 이 에피그램들은 하나의 틀 속에 묶여 있으므로, 텍스트 내의 또 다른 독립된 텍스트로 존재한다. 그리고 원텍스트와의 관계는 원텍스트의 일부를 이루는 것이라기보다 원텍스트 전체와 에피그램 전체가 상응12)하고 있

---

11) M.M.Bakhtin, *Speech Genres and Other Essays*(trans. V.W.McGee), Univ. of Texas Press, 1986, p.60.
12) 최혜실은 「날개」의 에피그램을 '작품 전체의 의도를 집약적으로 제시해 놓은, 이상 소설의 보편적 형태'라고 논의함으로써 김윤식의 연장선 위에서 의미를 명료

다. 따라서 분석 또한 전체에 상응하는 형태로 이루어져야 할 것이다. 그리고 분석은 상징의 의미화를 읽어내는 것으로 가능하다. 특히 텍스트에서의 상징, 담론에서의 상징이란 의미 전달을 목표로 하는 한 해석의 단서를 자신의 내부에 포함하고 있다. 따라서 엄밀한 분석을 통해 텍스트는 난삽한 기호의 배열이 아닌 일정한 체계로 새롭게 재구성될 수 있을 것이다.

에피그램은 '「剝製가 되어버린 天才」를 아시오?'라는 물음으로 시작된다. 이는 서술자의 자기인식에 해당한다. 현실 속에서 무력해진 자아와 자아의 내면에 존재하는 자긍을, 이인칭을 청자로 상정하는 '하오'체에 빌어 비약을 통해 곧장 연결하고 있다. 일반적으로 '박제'란 현실 속에서 적응하지 못한 채 딱딱하게 굳어버린 존재를 상징한다. '천재'는 자신이 스스로 간주하는 본원적인 존재의 자화상이다. 현재적 자아와 본원적 자아의 심각한 분열이 여기에는 존재한다. 하지만 이 분열을 응시하는 서술자는 분열 자체를 또 달리 구성된 자아를 통해 대상화하고, 유쾌함을 느낀다. 결국 세 겹의 자아가 이 짤막한 에피그램 속에는 제시되어 있다. 현실에서 무기력해진 자아인 현재적 자아와 내면에 침잠한 채 현실과의 접촉면을 차단하고 있는 본원적 자아, 그리고 그 분열을 응시하는, 현재적 자아와 본원적 자아라는 분열된 두 자아를 동시에 거느리면서 생활과 대면해야만 하는 체험적 자아[13]가 그것이다.

하게 드러내고 있다. 그럼에도 텍스트의 단일한 내적 관련을 넘어 이상 소설 전체를 포괄하는 '보편적 형태'라는 주장은 논리적으로 입증되어야 하는 일반화일 것이다. 최혜실, 「이상문학에 나타나는 이항대립 해체로서의 근대성」, 『한국현대소설의 이론』, 국학자료원, 1995, p.311.

13) 나병철은 슈탄젤의 이론에 힘입어 「날개」를 '서술적 자아와 체험적 자아의 긴장'이란 기본 구도로 분석하고 있다. 이는 서술 주체와 서술 대상의 분리를 통해 획득한 개념으로, 서술 주체 자체의 존재 양상으로 개념을 일구어 낸 이 글의 논의

체험적 자아의 내부에는 서로 길항하는 육체와 정신이라는, 각기 다른 방향으로 분열하려는 존재가 쟁투를 벌이고 있다. 그리고 이 이항대립은 새로운 변증법을 허용하지 않는다. 육체와 정신은 자신의 대립물을 지양하기는 커녕 각기 정신은 육체를 윗트로, 육체는 정신을 패러독스로 희화화한다. 다른 한편으로 그것은 희화화의 주체인 각각의 육체와 정신 그 자체를 스스로 희화화하는 것이기도 하다. 육체와 정신의 결합으로 존재해야 하는 생활마저도 의도적인 장치로 '設計'되고 있음을 통해 이는 단적으로 드러난다.

여기에서도 다시 세 겹의 자아는 존재한다. '생활 속에' 들여 놓은 한 발과 '생활 속에' 들여놓지 않은 한 발로 표상되는 분열에 직면한 체험적 자아가 먼저 존재한다. 이 체험적 자아는 생활과 유리된 채 골똘한 사유에 전념하는 본원적인 자아와 역시 생활과 유리되었다는 공통점을 갖는 무의미한 유희에 몰두하는 현재적 자아를 어느 한 편에 중심항을 두지 않고 냉연한 시선으로 관찰하며, 이 양자를 산술적인 합으로만 포괄하고 있다. 현재적 자아와 본원적 자아, 그 양쪽의 여기에서 현재적 자아와 본원적 자아는 윗트와 패러독스로 서로를 '마조처다보면서 낄낄'거린다. 그리고 이 모든 분열은 체험적 자아, 곧 서술자로 작품 속에 등장하는 인물이 삶에 대해 갖는, '인생의제행이 싱거워서 견댈수가없게쯤'된 허무로부터 비롯된다.

그 허무는 '그대 자신을 위조하는' 글쓰기를 통해 반추된다. 마치 '제일실여하는 음식을 탐식하'는 것처럼, 글쓰기는 삶에 대한 탐식이며 삶에 대한 혐오라는 이항대립을 실천하는 것이며, 그것이야말로 삶을 전

와 일정한 거리를 두고 있다. 나병철, 「1930년대 후반기 도시소설 연구」, 연세대 박사 논문, 1989, p.75.

유하는 가장 '경편'한 방식이며, 나아가 삶 자체가 갖는 '경편'함으로 말미암아 가장 '고매'한 방식라는 것이다. 그리고 자신의 글쓰기는 19세기의 글쓰기, 도스토예프스키의 글쓰기와 달리 다만 '빵한조각'에 불과하기에 허물을, 나아가 그 글쓰기를 통해 무엇인가를 보려들어서는 안된다고 독자에게 경고하고 있다.

그리고 정말 보아야 하는 '빵한조각'은 자신이 '세상을 보는 안목', '포ㅡ스가 부동자세에까지 고도화'되어 '감정은 딱 공급을 정지'시킨 다음의 '안목' 그 자체이며, 그것은 곧 존재의 본질에 대한 탐구로 잇닿아 있다. 곧 숭배의 대상인 '여왕봉'은 비애의 대상인 '미망인'이기도 하다는 자각이다. 모든 여자는 '본질적으로' '일상에 있어서' 미망인일 따름이라는 자각이다. 여인으로 표상되는 삶의 아름다움은 다만 현상일뿐 그 본질은 의연히 불완전한 것이며, 뒤틀린 것이며, 그 뒤틀림이야말로 존재의 본질이라는 자각이다.

결국 에피그램은 자아의 분열 속에서 왜곡되고 뒤틀린 존재의 절망감, 곧 현재적 자아와 본원적 자아의 뒤틀림이 초래하는 절망감을 절망적으로 드러내는 것, 곧 체험적 자아의 내부에서 여실히 제시하는 것이 자신의 글쓰기이며, 독자 역시 그렇게 읽어야 한다는 요청인 것이다. 그리고 그 대상의 중심항으로 생활이 자리잡고 있음을 알 수 있다. 생활은 에피그램 전체를 꿰뚫는 의미동위소[14]이며, 이 생활을 보는 서술자 자신의 관점을 드러내고 있는 것이다. 생활이란 피로하고, 무의미한 것이며, 그것이 그렇지 않다는 것은 모두 기만적인 속임수에 불과하다는 것

---

14) 의미동위소(Isotopy)는 그레마스의 용어로 텍스트 전체에 펼쳐져 잇는 의미소들을 관계와 위계 속에서 일관되게 설정하는 기능적 단위이자 의미단위를 지칭한다. 곧 이야기를 통일적인 것으로 읽을 수 있게 해 주는 일련의 의미론적 범주이다. T.E.Sebeok ed., *Encyclopedic Dictionary of Semiotics*, mouton de gruyter, 1986, p.400.

이다. 나아가 그 생활에 대면하는 방식은 반쯤 다리를 걸친 채, 포우즈를 일삼는 것이며, 이것이야말로 생활해야 하는 존재의 비극이라는 것이다. 물론 이 근저에 내재된 비극적 인식은 역설적으로 생활의 의미를 탐구하고자 하는 노력의 결실이며, 진정한 주체의 삶이 생활 속에서 가능한 상태에 대한 희망이기도 하다.

이러한 에피그램의 분석은 이상의 「날개」에 내재된 이념이 곧 삶에 대한 아이러니적 인식의 드러냄임을 입증해 준다. 애초 아이러니는 표현하고자 하는 의도와 표현된 의미의 불일치라는 소극적인 수사적 장치에 그치지 않는다. 아이러니는 주체가 세계를 바라보는 한 방식이며, 세계에 대해 개진하고 있는 이념15)이기도 하다. 표현은 이념의 표현이지 그 이상도 이하도 아닐뿐더러, 담론의 이면에는 필연적으로 담론 주체의 이념이 직조될 수밖에 없기 때문이다.

소설에서 제시되는 아이러니는 결코 표현의 층위에 머물지 않는다. 화해가 불가능한 세계 속에서 주체는 단절을 감행하나 마침내 화해할 수밖에 없음을 자각하거나, 그 반대로 화해를 감행하나 마침내 근원적인 단절을 승인함으로써 원래의 자리로 되돌아 오는 것이 아이러니가 갖는 본질적인 특성이다. 물론 루카치는 이를 소설 형식 자체의 본질적인 동력학으로, 곧 '소설의 객관성'16)으로 규정하고 있으나, 이는 기실 소설 일반의 특성이라기보다 신칸트 학파의 이원론적 세계인식의 관점에서 투영해 본 소설의 특성일 따름이다. 달리 말하면 아이러니에는 필연적으로 주체가 세계를 명료하게 인식하고 전유할 수 있다는 가능성이 현존하는 세계 내에서는 불가능하다는 자각이 전제되고 있으며, 이 전

---

15) L.R.Furst, *Fictions of Romantic Irony*, Harvard Univ.Press, 1984, p.6.
16) G.Lukács, 『소설의 이론』(반성완 역), 심설당, 1985, p.117.

제를 바탕으로 아이러니만이 '진정한 총체성'[17]을 객관적으로 실현할 수 있다는 것이다. 그러나 이 전제는 곧 루카치의 소설 유형화에서 드러나는 환멸의 낭만주의가 내함하고 있는 세계 인식이 아닐 수 없다. 아이러니는 곧 '영혼이 삶의 운명보다 더 넓고 더 크기 때문에 생겨나게' 되는 소설의 내적 형식이며, '내면성과 외부세계 사이의 불일치'가 최고도로 확장된 소설의 내적 형식인 것이다. 물론 이러한 환멸에는 의당 환멸이 소거된 현실에 대한 강렬한 갈망이 엄밀히 내재되어 있다. 그 갈망이 소설을 쓰게 만드는 궁극적인 동력인 것이다.

이 입론에 따르면, 이상 소설 역시 파편화된 주체의 분열을 드러내는 그 자체가 글쓰기의 목적이 아니라, 주체의 분열을 여실히 제시함으로써 역설적으로 총체적인 주체의 회복을 희구하는 것이라는 해석이 가능해 진다.[18] 이상의 절망은 절망 그 자체의 드러냄이 아니라, 절망을 배태하는 삶의 운명에 대한 강렬한 탄핵이자, 절망을 넘어 생의 충만 속에서 살고자 하는 욕망의 표현이다. '20세기를 생활하는 데 19세기의 도덕성밖에는 없으니 나는 영원한 절름발이로다.'라고 울부짖는 「실화(失花」

---

17) G.Lukács, 같은 책, p.122.
18) 이와 같은 역설적인 결합을 로브그리예는 '비극'의 특성을 설명하면서 이끌어 낸 바 있다. 로브그리예의 누보로망 자체의 타당성은 차치하고서라도 적어도 이 진술은 비극에 내재된 화해, 절망에 내재된 역설적인 희망을 읽고 있다는 점에서 진실의 한 자락을 붙잡고 있다고 여겨진다. "비극적인 사고는 그 거리들(사물들과 우리 사이에 존재하는 거리)을 제거하는 것을 결코 목표로 삼지 않는다. 비극적 사고는 반대로 일부러 그 거리들을 증가시킨다. 인간과 다른 인간들 사이의 거리, 인간과 자기 자신과의 거리, 인간과 세계 사이의 거리, 세계와 자기 자신과의 거리, 아무 것도 그대로 있는 것이 없다. 모두가 찢기고, 금가고, 분열되고, 간격이 생긴다. 가장 덜 애매한 상황들처럼 가장 동질의 대상들 안에서도 일종의 보이지 않는 거리가 나타난다. 그러나 사실상 바로 어떤 내적 거리, 어떤 가짜 거리가 열린 길, 즉 이미 하나의 화해에 해당한다." 로브그리예, 『누보 로망을 위하여』(김치수 역), 문학과지성사, 1981, p.73.

이자 실화(實話) 속에서 서술자의 육성에 가까운 고백은 곧 삶의 총체성을 회복하고자 하는 염원의 표현인 것이다. 이 '절름발이'는 「날개」의 '숙명적으로 발이 맞지 않는 절름발이' 부부이며, 이는 곧 나란히 발을 맞추고 싶다는 희망의 역설적인 드러냄이기도 한 것이다.

이를 전제로 「날개」의 도처에 흩뿌려진 아이러니적인 인식과 그 드러냄을 살펴 보자. 먼저 중심적인 배경이 되고 있는 '유곽'은 지극히 아이러니적인 공간이다. 유곽은 '아내'에게는 생활에 치열하게 착근하는 공간임과 동시에 '내객들'에게는 철저하게 생활에 등을 돌린 유희가 닻을 내린 공간이다. 생활이자 동시에 일탈이 역설적으로 공존하는 공간, 이 이중의 공간이 유곽인 것이다. 그렇다면 유곽은 삶이 가장 황폐화된 곳이며, 동시에 삶의 진정성이 여실히 확인되는 지점이기도 하다. 일상에서 일탈해 나온 욕망이 탕진되는 곳이기에 황폐하며, 생활 속에 잔존하고자 하는 열망이 비로소 생활로 구체화될 수 있는 가능성의 공간이기에 진정성을 획득한 공간이다. 이 모순과 배리가 동시에 존재하는 탁월한 미적 장치로서의 유곽이란 배경 설정이야말로 「날개」 전체를 짓누르는 아이러니인 것이다. 더욱이 이 아이러니적인 배경을 서술자는 '흡사 유곽이라는 느낌이 없지 않다'라고 아이러니 자체가 갖는 모호성을 증폭시키고 있다. 유곽이라는 느낌이 들면 유곽일 수 있으나, '흡사'라는 수식은 다만 그렇게 보일 따름이지 그 본질은 의연히 그렇지 않음을 드러내고 있으며, 그러나 기실 서술자에 대한 객관적 신뢰 자체가 기묘하게 부인될 수도 있다는 점에서 유곽이기도 한 것이다. 이 모든 경계의 불투명함과 애매함이 소설 전체의 중심이 되는 배경에 담겨 있는 것이다.

배경과 함께 끊임없이 소설의 내부에 스스로를 드러내는 서술자의

자기 인식 역시 아이러니적이기는 마찬가지이다. 이는 배경이 갖는 상
징성에 비할 때, 그 편폭은 훨씬 넓고 효과 또한 전면적이다. 다음은 이
를 단적으로 보여 준다.

> 내 몸과 마음에 옷처럼 잘 맞는 방 속에서 뒹굴면서 축 처져 있는
> 것은 행복이니 불행이니 하는 그런 세속적인 계산을 떠난 가장 편리
> 하고 안일한 말하자면 절대적인 상태인 것이다. 나는 이런 상태가 좋
> 았다.[19]

이 인용에서 확인할 수 있는 서술자 '나'의 전언은 '좋았다'는 것으로
요약된다. 그러나 말 그대로 좋지만은 않다. 그것은 '세속적인 계산'을
떠났기 때문에 좋을 따름이다. '세속적인 계산'이 생활인의 관점으로 본
가치 평가라면, 서술자는 그것을 배제함으로써만 좋을 수 있는 것이다.
그러나 이미 그 관점이 담론의 내부로 틈입해 들어와 있으며, 그 관점으
로는 '이런 상태가 좋'을 리 없음도 물론이다. 서술자는 이처럼 두 시선
으로 동시에 자신을 들추어 보는 일에 익숙하다. 아내의 아름다움을 제
시하며 '그런 한 떨기 꽃을 지키고 — 아니 그 꽃에 매어달려 사는
나'(321면)라는 부분에서도 명확히 이중의 관점, 곧 서술자 자신의 관점
과 통념이 강제하는 관점이 끊임없이 습합되면서 아이러니를 증폭시켜
나가고 있는 것이다. 물론 이러한 이중의 관점만이 항용 존재하는 것은
아니다. 때로는 단단하게 하나의 관점으로 명료한 표상을 획득하고 있
기도 한다. 그러나 이 명료하게 인식된 지점에서, 어김없이 서술자는 생
활로 압출되어 나갈 수밖에 없다. 가장 고양된 상태는 곧 다른 상태로의

---

19) 자료의 인용은 김윤식이 엮은 전집(『이상문학전집2』, 문학사상사, 1991.)을 저본
    으로 하였으며, 이하 면수의 표기는 이 자료에 의한다.

변화를 강제하기 때문이다.

> 될 수만 있으면 이 무의미한 인간의 탈을 벗어버리고도 싶었다.
> 나에게는 인간사회가 스스로왔다. 생활이스스로왔다. 모두가 서먹
> 서먹할 뿐이었다. (324면)

단락을 바꾸어 거듭 드러나는 이 부분에서 서술자의 자기 인식은 극도로 정제된 형태로 제시되어 있다. 생활로부터 도피하여, 인간이란 존재 자체를 거부하고자 하는 관점이 고스란히 개진되고 있다. 그러나 인물은 이 자족적인 세계 속에서 머무를 수 없다. 스스로움에도 불구하고 생활의 한가운데에로 발을 내딛을 수밖에 없다. 물론 그 결론은 자명하다. 결코 생활에 안정적으로 발을 붙이지 못한 채 더 큰 절망으로 되돌아 오게 될 것이다. 그렇다면 절망에 봉착하게 되리라는 결과가 아니라, 어떠한 과정을 거쳐 '나'는 생활에로 진입해 들어가고, 다시 원래의 자리로 되돌아 오려고 하기에 이르는가?

그 첫번째 매개는 아내의 직업, 외출, 내객으로 점점이 구체화되는 아내에 대한 관심이다. 이는 곧 타자를 자족적인 세계 속에서 주관화하는 것이 아니라, 객관적인 위상과 의미를 탐구하고자 하는 시도가 아닐 수 없다. 그 탐구는 다시 '은화'를 매개로 생활 전체로 확장되어 나타난다. 돈이야말로 자족적인 의식의 세계에서는 전혀 불필요한 것이며, 교환가치가 지배하는 사회적 관계 속에서야 비로소 제 기능을 보전하기 때문이다. 그러나 아내의 능동적인 교환 가치의 활용(아내의 머리 쪽에 보지 못하던 누깔잠이 하나 여드름처럼 돋았던 것—325면)에도 불구하고 여전히 서술자는 '게으름'으로 인해 그 교환 가치에 걸맞는 사용은 엄두도 내지 못한다. 다소 진전되었다고 해 본들, 고작해야 '하잘 것 없는 짧

은 촉각'에 잠깐 동안 매료될 뿐이다. 가장 무력한 사용으로서의 '변소에 갖다 집어넣어 버리'게 되는 행위와 그 행위의 이면에 '이렇게 부지런한 지구 위에서는 현기증도 날 것 같고 해서 한시 바삐 내려 버리고 싶었다'고 다시금 앞서의 명료한 자기 인식이 함께 드러나고 있는 것은 인상적이다. 첫번째 매개 전체는 그다지 설득력있는 생활에의 욕구로 전화되지 못하고 있는 것이다.

두번째 매개는 돈을 놓고 가는 행위가 야기하는 쾌감이다. 하지만 그 쾌감을 느끼거나 느끼지 못한다는 차원이 아니라 여전히 '그 쾌감이라는 것의 유무'라고 함으로써 성큼 생활의 세계로 진입하지 않는다. 그 결과 그의 교환 가치를 활용하는 사회적 행위는 완전하게 이루어지지 못한다. 고작해야 '은화를 지폐로 바'꾸는 식의 어떠한 실질적인 교환도 없는 의사(疑似) 교환에 그치고, 거꾸로 '돈을 쓰는 기능을 완전히 상실'하였음을 깨닫는 것으로 끝나고 만다. 그러나 뒤이어 '그 돈 오원을 꺼내 아내 손에 쥐어 줌'으로써 교환가치의 일단을 만끽한다. 그러나 이 역시 어디까지나 '아내의 방'이라는 지극히 비사회적인 공간 안에서야 가능했던 일이다. 이는 그 다음날도 거듭 반복되고, 그는 아내의 방에 자는 것으로, 세상의 무엇과도 바꾸고 싶지 않은 기쁨을 느끼는 것으로 부족하나마 생활을 감행해 나간다. 세번째 외출에서야 비로소 서술자는 '티룸'에 들러 돈의 기능에 걸맞는 행위를 처음으로 행하고, 생활의 세계로 전폭적으로 뛰어들지만, 그 생활의 세계는 자신의 불구성을 도리어 깊이 자각하게 하는 계기를 만든다. 그가 명료한 타자의 시선으로, 생활 세계 속에 편입된 관점으로 아내를 보는 순간 '다소곳이 그렇게 안겨 들어가는 것이 내 눈에 여간 미운 것이 아니다. 밉다.'라고 함으로써 감정의 호오를 명료하게 표출하기에 이른다. 비로소 생활의 세계로 한 발 진입해 들어온 순간 기존의 자신을 형성하던 그 모든 것을 거부할 수밖에 없는 아이러니적 세계에 부딪혀 버린 것이다. 결국 그는 원래의 '아내의 방'을 거쳐야만 들어갈 수 있는 '내 방'으로도 가지 못하고, 자신의 전존재를 부인해야만 하는 생활의 세계 속으로도 되돌아가지 못한 채 '그럼 어디로 가나?'라는 음울한 독백으로 망연히 서 있게 되는 것이다.

결국 「날개」의 전반적인 진행 과정 자체가 아이러니적인 것이다. 생활에로의 편입을 기획하나, 오히려 그 편입이 가능해지는 지점은 더 큰 절망을 야기한 채, 최소한의 생존 방식이었던 현재적 자아나 본원적 자아, 그 어떤 자아의 면모조차 되찾지 못한 채 망실되어 버리고 마는 것이다. 이 극단적인 두 삶의 방식을 동시에 지양하고자 하나, 마침내 최소한의 내면 공간조차 상실해 버린 체험적 자아의 피할 수 없는 절망 속에서, 열려진 가능성이라고는 초월의 가능성밖에 없게 되어 버린 것이다. 따라서 그의 아이러니에 내재되어 있는 이념은 도저한 비관주의가 아닐 수 없다. 물론 그 비관주의에는 '진정한 총체성'의 회복이 불가능한 토대로서의 식민지적 상황의 절망이, 한 근대적 지식인의 내면의 충일을 관념적 수준에서조차 허락하지 않았던 현실이 견고하게 장악하고 있었기 때문임은 명확하다.

Ⅲ. 세 겹의 자아와 세 겹의 구성적 공간

「날개」의 등장 인물은 서술자인 '나'와 나의 '안해'이다. '나와 아내'는 '흡사 유곽이라는 느낌이없지않'은 33번지의 18가구 가운데 일곱째

칸에 살고 있다. '나'는 스물여섯 해를 산 남자이며, 18가구 가운데 '제일 적ㅅ고 제일아름다운' 아내에게 '매어달려사는 존재'이다. 그러나 서사의 종결에서 '나'는 집을 뛰쳐나와 '아내에게로 돌아가지 말아야 한다'[20]고 생각함으로써 완벽하게 혼자가 된다. 이와 달리 아내는 직업이 있으며, '내객(來客)'이 많고, 화려한 방을 가지고 있으며, 역시 남편이 있으나, 그 남편이 나가버리게 된다. 이 두 인물들 가운데 서사의 중심은 당연히 서술자이며, 시종일관 초점화자로서의 역할을 멈추지 않는 '나'이다. 아내는 다만 그 초점 속에서 끌어들여지는 대상으로 존재한다.

　서사는 먼저 자신을 둘러싼 공간을 제시함으로써 시작된다. 그 공간은 '33번지 18가구'에서 아내로 대표되는 방, 아내의 방이 차례로 설명된다. 그리고 아내의 방에서 하는 자신의 놀이와 사색을 제시한다. 이어서 아내와 자신의 관계가 개괄적으로 설명되며, '쾌감이라는 것의 유무를 체험'하기 위해 처음으로 외출한다. 그러나 외출에서 너무 일찍 돌아와 아내를 노엽게 만들었고, 아내의 오해를 풀어야 한다는 강박관념 속에서 고민하다 아내 손에 돈 5원을 쥐어주고는 쓰러진다. 깨고나서야 자신이 아내의 방에 잠들었음을 안다. 다음날 다시 외출을 하고, 아내에게 2원을 쥐어주고 함께 자는 기쁨을 누린다. 그 다음날도 다시 외출을 하고, 비를 맞고 견디지 못해 집으로 돌아와 의식을 잃고 쓰러진다. 지난 밤의 외출로 인한 감기로 아내에게서 아스피린을 받아 먹는다. 그러나 아내의 화장대 밑에서 아달린 갑을 발견하고, 놀라움 속에서 다시 집

---

20) 구체적으로 작품에서는 '돌아가지 말아야겠다'는 언급이 없다. 다만 "나는 이발길이 안해에게로 도라가야 옳은가 이것만은 분간하기가 좀 어려웠다. 가야하나? 그럼어디로가나?"(p.214)에서처럼 '가야하나?'란 질문에 대한 대답은 서술되지는 않았으나, '그럼 어디로 가나?'라는 이어지는 질문 속에서 갈 수 없음이 확인된다.

을 나선다. 그러나 생각을 정리하지 못한 채 아내에게 사죄하기 위해 집으로 다시 돌아왔으나, '절대로 보아서는 안될 것을 보게 되고' 아내의 패악을 치르고는 집을 나와 버린다. 끝없는 쏘다님 속에서 시간을 보내고 아내에게로 돌아갈 수 없다고 생각하는 순간 정오 사이렌이 울리고 '한 번만 더 날아보자꾸나'라고 외치고 싶다는 생각과 함께 서사는 끝난다. 서사를 이루는 사건은 몇번의 외출과 그에 따른 아내의 반응이 전부이며, 마침내 아주 집을 나와 버리는 것으로 끝난다.

이 텍스트에서 인물의 존재를 감싸고 있는 공간은 유곽이다. 이 유곽은 결코 정상적인 생활의 공간은 아니다. 비정상적인 공간이다. 하지만 이 비정상적인 공간이야말로 에피그램에 기댈 때, '본질적'인 공간이며, 미망인들의 공간인 것이다. 따라서 이 공간은 '세상의 하고많은 여인들' 모두의 공간이기도 하다. 이 공간은 현실과 유리된 비정상적인 공간이 아니라, 그 자체가 곧 현실의 공간인 것이다. 따라서 이 공간, 곧 유곽의 안과 밖, 대문의 안과 대문의 밖을 구분하는 것은 무의미하다. "한번도 닫힌일이없는 행길이나마창가지대문인것이다. 왼갖장사아치들은 하로가운데 어느시간에라도 이대문을통하야 드나들수가있는것이다."(p.198)

정작 구분은 방의 안과 밖에 존재한다. 방으로 표상되는 공간이야말로 서술자의 존재가 몸담고 있는 공간이자 내면공간인 것이다. 그러나 이마저 명확하게 아랫방과 윗방으로 다시 구분되어 있다. 아랫방은 아내의 공간이며, 윗방이야말로 자신의 공간이다. 결국 이 텍스트 내부에는 명확하게 구획된 세 공간이 존재한다. 그리고 인물인 서술자는 이 공간에 몸을 부리고 있으며, 이 공간을 옮겨다니며 사건을 직조하고 있는 것이다.

먼저 첫번째 공간인 윗방은 서술자인 '나'에게 있어서는 사유의 공간이다. 그 사유의 공간은 볕이 들지 않는다. '나'는 그곳에서 밥을 먹고 잠을 자고 연구를 한다. '무의미한 인간의 탈'을 벗어버릴 수 있는 공간이다. 그러나 그 공간조차 완벽하게 밀폐된 공간일 수는 없다. 빈대가 있고, 밥이 들어오는 것이다. '나'는 빈대를 잡는 것이 아니라, 가려운 자리를 피가 나도록 긁는 것으로 자신을 지켜낸다. 빈대를 잡는 것이 생활의 논리라면, 수동적으로 그저 긁기만 하는 것은 생활을 거부하는, 고작 자신만을 지켜 내기에 급급한 행위인 것이다. 밥을 먹는 것 또한 다르지 않다. 그것은 생활을 위한 영양소의 섭취가 아니라, 최소한의 생존을 위해 피할 수 없는 노역으로 인식된다. 따라서 '나'에게로 밀려드는 밥은 '반찬이 너무 엉성하고, 너무 맛이 없다.' '나'는 자신의 내부 공간 안으로 밀려들어오는 생활을 제대로 받아들이지 못한다. '나'는 여지없이 말라들어가기에 이른다.

두번째 공간인 아랫방은 서술자에게 유희의 공간이다. 낮 동안에 그곳에는 '책보만한', '손수건만'한 햇볕이 든다. 그 유희의 공간 속에서 인물은 '불장난'을 하고, '화장품 내음새'를 맡는다. 모든 생활의 소도구들이 놀이의 소도구로 치환되어 있다. 더욱이 이 공간은 서술자에게만이 아니라, 또 다른 인물군인 '내객(來客)'들에게도 유희의 공간이다. 돈을 놓고 가는 공간인 것이다. 하지만 유독 아내에게 만큼은 이 공간은 생활의 공간21)이다. 돈을 획득하는 공간이기 때문이다. '나'는 실용품으로 가득찬 아내의 생활의 공간을 유희의 공간으로 변전시켜 나간다. 오히려 아내에게는 첫번째 공간인 윗방이야말로 유희의 공간이다. '슬그

---

21) 서술자는 아내가 갖는 이 생활의 공간을 애써 부정한다. 그것은 아내의 직업에 대해 갖는 판단의 유보와 관련을 맺고 있다. 서술자는 다만 내객들이 유희의 공간으로 활용하는 것을 인정할 따름이다.

머니 돈을 놓고 가는 공간'이며, '조소도 고소도 공소도 아닌 웃음을' 던지는 공간이다.

세번째 공간은 방 밖의 공간으로 등장하는 인물들 모두에게 현실의 공간이자 생활의 공간이다. 애초에 '나'는 그 현실의 공간 속에 당연히 존재하기 마련인 모든 인간적인 소통을 거부한다. '나'는 '아무와도 얼굴이 마주치는 일이 거의 없다.' '내 아내 외의 다른 사람과 인사를 하거나 놀거나 하는 것은 내 아내 낯을 보아 좋지 않은 일인 것만 같이 생각이 들었기 때문이다. 나는 이만큼까지 내 아내를 소중히 생각한 것이다.' '나'가 소통을 거부하는 것은 아내를, 아내가 표상하는 유희의 공간을 소중히 생각하기 때문이다.

서사의 진행 속에서 '나'는 '윗방'과 '아랫방'을 왕래하다가, 마침내 아랫방을 거쳐 밖으로 나간다. 유희의 공간을 거쳐 생활의 공간으로 옮겨가는 것이다. 무엇이 인물로 하여금 공간을 옮겨가도록, 운명을 옮겨가도록 강제하고 있는가? 그것은 '돈을 놓고 가는 것'의 쾌감을, '쾌감이라는 것의 유무를 체험'하기 위함이다. 돈은 근대적 인간 관계를 상징하는 물화된 존재이다. 이 존재로부터 야기되는 쾌감은 다시 말하면, 물화된 존재를 매개로 관계를 맺을 수밖에 없게 되어 있는 생활의 의미에 대한 발견이 안겨주는 쾌감이다.

하지만 '나'는 결국 한 푼의 돈도 쓰지 못함은 이미 밝힌 대로이다. 생활의 논리를 상실하였기 때문이다. 그러나 '나'는 돌아온 방에서, 바로 유희의 공간인 아내의 방에서, 생활의 논리를 유희의 논리로 대체함으로써 비로소 쾌감을 느낀다. 그것만이 그에게 가능한 생활인 것이다.

정신이 한결 난다. 나는 지난밤 일을 생각해보았다. 그 돈 五원을

안해 손에 쥐어주고 너머졌을 때에 느낄 수 있었든 쾌감을 나는 무엇
이라고 설명할 수가 없었다. 그렇나 내객들이 내 안해에게 돈 놓고
가는심리며 내 안해가 내게 돈 놓고 가는 심리의 비밀을 나는 알아내
인 것 같아서 여간 즐거운 것이아니다. 나는 속으로 빙그레 웃어보았
다. 이런 것을모르고 오늘까지 지내온 내 자신이 어떻게 우수꽝스러
워 보이는지 몰랐다. 나는 억개춤이 났다. (333면)

그 허구적 상황 속에서 '나'는 '비밀을 알아내인 것'같다는 인식에 도
달한다. 하지만 이것은 기만적인 인식이며, 정작 비밀 그 자체를 알아낸
것은 아니다. 이튿날도 '나'는 외출을 하고, 돌아와 아내에게 돈을 주고,
아내와 함께 잠을 잘 수 있게 된다. 그 다음 날도 '나'는 외출을 하고,
'티-룸'22)에 들러 한 번 돈을 쓰고, 비를 맞고 추위를 이기지 못해 돌
아와, 엉겹결에 '아내가 좀 덜 좋아할' 생활의 공간에 불쑥 몸을 디밀고
만다. 생활의 논리를 고스란히 안고 돌아온 서술자가 아내의 생활을 비
로소 타자의 시선으로, 불투명하게나마 인식하고 마는 것이다. 그것이
아내에게는 견딜 수 없는 것이다. 아내에게 서술자는 다만 유희의 논리
일 따름인데 동일한 질감의 생활의 논리로 대응하기에 이른 것이다. 아
내는 자신의 유희의 대상이 생활의 공간으로 밀어닥치는 것을 참을 수
없다. 적어도 그 경계는 아내에게 명확한 것이어야 했다. 첫번째 외출에
서 돌아온 다음 아내가 보여주었던 '내객과의 소곤거림', '노기' 등은 이
미 생활의 공간을 침해당하지 않겠다는 아내 나름의 자구책이었던 것이
다. 그 자구책조차 무용하게 느껴지자 아내는 '나'를 다시 유희의 공간
에 묶어두기 위해, 다시는 자신의 생활 속으로 개입해 들어오지 않도록

---

22) '티-룸'의 의미는 생활 속에 유일하게 섬으로 존재하는 사유의 공간이다. 이는
'아무도 아는 사람이 안'오며, '설사 왔다가도 곧들 가'버리는 공간이기 때문이
다.

하기 위해, 외출을, 생활 세계로의 편입을 가로막고, 약을, 유희의 논리를 강제한다. 하지만 '나'는 결코 이전의 '나'가 아니다. 비록 허구적이나마 생활만이 주는 쾌감을 알았기 때문이다. 겨우 몸을 추스린 '나'는 비로소 '화장대'를 자신의 산란한 모습을 비추어봄으로써 유희의 대상이 아닌 실용품인 '화장대' 그 자체의 기능으로 사용해 본다. 그리고 '리발'을 하리라 생각하고, 마침내 「연심이!」라고 아내의 이름을 부른다. 아내의 이름이야말로 관계가 아닌 하나의 객체로 호명하는 방식이며, 이는 자신 역사 하나의 주체로 상정하는 한에서야만 가능하다. 하지만 이러한 호명은 생활에로 전진하는 한 경로임은 분명하나, 여전히 그 호명조차 유희의 공간 안에서 이루어지고 있음도 분명하다. '나'는 '연심'이를 앞에 두고 부르는 것이 아니라, 없는 상태에서, 독백의 형식으로, 그것도 '속으로만', 부를 수 있을 뿐인 것이다. 그는 여전히 '세상의아모 것과도 교섭을 갖이지' 않는 그 한계 안에서 성장하고 있는 것이다. 따라서 그 성장이 '아달린'이 부과하는 아내의 생활의 논리를 수용할 수 없음은 물론이다.

그는 결국 유희의 공간을 뛰쳐나오고 만다. 하지만 뛰쳐나와 그가 도달한 곳은 생활의 공간이 아니라, '인간세상'이 아니라, '산'이다. 그것은 윗방과 마찬가지로 또 다른 내면의 공간이며 사유의 공간이다. 이 공간 안에서 그는 다시금 옛날처럼 '아스피린과아달린에관하야 연구'하며, '깊이 잠이 들'고 만다. 잠이 깬 후 그는 아내를 오해한 것이 아닌가 하는 생각에 이르며, 아내에게 사죄하기 위해, 유희의 공간을 다시 확보하기 위해 아내에게로 돌아가고자 한다. 그리고는 '내눈으로는절대로 보아서않될것을 그만 딱 보아버리고만'다. 그것은 아내 생활의 본질적인 심부였으며, '나'에게 심한 현기증을 불러일으킨다. 이제 더 이상 아내의 방은 유희의 공간이 아니며, 결코 다시 돌이킬 수 없는, 견고한 생활의 각질로 뒤덮인 공간이 되고 만 것이다. 그 생활의 본질을 침해당한 아내는 혹독한 생활의 논리로 '나'를 밀어부친다.

> 일초 여유도 없이 홱 미다지가 다시 열니드니 매무새를 풀어헤친 안해가 불숙 내밀면서 내 멱살을 잡는 것이다. 나는 그만 어지러워서 게가 그냥 나둥그러졌다. 그랬드니 안해는 너머진 내 우에 덥치면서 내 살을 함부로 물어뜯는 것이다. 앞아죽겠다. (……) 안해는 너 밤 새어가면서 도적질을 하러 단이느냐, 게집질하러 단이느냐고 발악이다. (341~2면)

여기에 대해 '나'는 기실은 유희의 논리인, 자신이 그나마 알고 있는 생활의 논리로 응대한다. "나는 이것은 또 무슨생각으로 그랬는지모르지만 툭툭털고이러나서내 바지포켙속에 남은 돈 몇원몇십전을 가만히 끄내서는 몰래미다지를열고 살몃이문ㅅ지방밑에다놓고 나서는 나는 그냥 줄다름박질을처서나와버렸다." 그리고는 진정한 생활의 공간 안으로 들어와서는 '자동차에 치일번'하고, '어디선가 그저 맥없이 머뭇머뭇하면서', '얼빠진사람처럼' '회탁의 거리'를 쏘다닐 따름이다. '피곤한 생활'이 그 공간을 가득 채우고 있는 것이다. '나'는 다시금 아내에게로 돌아가고 싶다.

> 우리 부부는 숙명적으로 발이 맞지않는 절늠바리인 것이다. 내나 안해나 제 거동에 로 직을 부칠 필요는 없다. 변해할 필요도 없다.사실은 사실대로 오해는 오해대로 그저 끝없이 발을 절뚝거리면서 세상을 거러가면 되는 것이다. 그렇지않을까? (343면)

이는 서술자가 마침내 도달한 '연구'의 정점이자 가장 정제된 세계인 식이기도 하다. '우리부부'는, '나'와 아내로 표상되는 현실은, 서로 달리 설정한 공간 안에서 삐걱거리며, '끝없이 발을 절뚝거리면서' 살아가야 하는 것이다. 그 불가해한 모순을 고스란히 승인하면서 살아가면 되는 것이다. 자신에게 주어졌던 사유와 유희의 내밀한 공간 안에서 왜곡되고 뒤틀린 존재의 절망감을 끌어안는 것이야말로 삶이 아니겠느냐고 묻고 있는 것이다.

하지만 '나'는 다시 돌아가지 못한다. 이미 아내는 유희의 논리를 거부하고, 자신의 공간을 생활의 논리로 무장해 버린 것이다. 돌아갈 곳이 없는 자에게 남은 유일한 방안은 초월하는 것이다. 그리고 이미 '나'는 초월한 체험을 지니고 있다. '날개'는 처음 돋아나는 것이 아니라, 이미 '돋았든 자족'을 가지고 있으며, '한번만 더', '한번만 더'로 제시되고 있기 때문이다. 그 초월이 현실을 향한 초월이 아님은 명확하다. 그것은 '이 무의미한 인간의 탈'을 다시 뒤집어 쓰는 것이며, '회탁의 거리'에 몸을 담그는 것이란 자각 때문이다. 그렇다면 초월의 방향은 절망적인 자신의 내면 공간으로 칩거하는 것인지도 모른다. 하지만 그것조차 생활의 논리 속에 폐쇄되어 버렸음은 물론이다. 거듭 질문을 제기하는 것만으로 충분했던 본원적 자아와 자신의 새로운 논리 속에서 역시 자족적이었던 현재적 자아로 회귀하고자 하나, 이미 그 경로가 사라져버린 것이다.

텍스트의 공간은 곧 앞서 살펴본 본원적 자아, 현재적 자아, 체험적 자아가 각기 기거하는 공간이다. 유희의 공간은 현재적 자아, 사유의 공간은 본원적 자아, 생활의 공간은 체험적 자아에 각기 대응한다. 이 세 겹의 자아가 세 겹의 공간을 이동하면서 서사의 전체적인 구조가 형성되어 있는 것이다. 하지만 이 역시 단일한 시야로 구조화된 공간이 아니라, 지극히 혼잡스러운 아이러니적인 공간임은 이미 지적한 대로이다. 이들 각각의 공간은 타자와의 관계 속에서는 명료하게 구분되지 않은 채, 사유의 공간이 아내에게는 유희의 공간이듯이 기묘하게 착종, 교차되어 있는 것이다.

Ⅳ. 서술의 세 주체와 아이러니적 문체 양상

이상 소설의 문체 양상에 대한 가장 정제된 인식은 황도경의 연구에서 찾을 수 있다. 그는 이상의 문체를 내면문체란 큰 범주틀 안에서 몸의 언어와 관념의 언어로 대별하고, 이 이항대립의 구체적인 양상을 문법적 표지를 통해 규명한 바 있다. 그러나 이 이항대립의 체계는 대립에 터하고 있는 엄밀한 기호론적 체계이며, 목표로 설정한 이념의 해명에까지는 충분히 미치지 못한다. 이는 이항대립의 체계 그 자체가 부과한 제약[23]이기도 하다. 이항대립이야말로 상이한 주체들이 맺고 있는 정교한 변증법적 관련을 소거한 끝에 얻어지는 결실이기 때문이다.

이보다 김윤식은 이념과 문체의 결합 양상을 더욱 면밀하게 고구하고 있다. 이상 문체의 세가지 양상을 한글전용, 국한혼용, 일문전용으로 구분[24]하고, 그 각각을 서술주체의 세계상과 결부시켜 논의하고 있다. 그러나 이처럼 거대한 범주틀로 구분된 문체 양상은 기실 지나치게 포

---

23) 이로부터 미루어볼 때 최혜실이 '이항대립의 해체'로 이상의 작품을 해석하고자 한 것은 방법론적 시야의 견고함으로 평가될 수도 있다. 최혜실, 「이항대립 해체로서의 근대성」, 『한국현대소설의 이론』, 국학자료원, 1994.
24) 김윤식, 『이상연구』, 문학사상사, 1987, p.190.

괄적인 나머지 문체 양상과 문체 효과에 내재된 긴절한 결합을 풍부하게 검토하기 어렵다. 이는 기호 그 자체와 주체의 세계 인식을 매개없는 직접성으로 다룰 수 있을 뿐, 기호에 이미 내재되어 있는 기표와 기의 사이에 맺고 있는 의미작용을 해독하기에는 제한이 따른다.

이를 넘어서기 위해서는 문체 양상이 문체 효과를 유발한다는 관점에 앞서 문체 효과가 문체 양상을 선택하는 관점[25]을 끌어들일 필요가 있다. 이미 이념태로서의 아이러니를 극대화하고자 하는 문체 효과가 존재하며, 그 효과를 기능적으로 재편하는 방식으로 서술이 구조화되는 것이다. 이를 전제할 때, 아이러니를 빚어내는 세 겹의 주체 각각이 고유한 문체 자질들을 구축해 보이리라는 예단은 적절한 것이기도 하다. 이를 근저에 두고 「날개」의 문체를 서술주체와 서술대상의 관계망을 중심으로 유형화하면 다음과 같다.

첫번째 유형은 유희적 공간 안에 존재하는 나를 서술하는 경우로, 주체의 행위가 어떠한 서술주체의 자의식이 없이 스스로를 드러내는 서술 방식을 택하고 있다. 물론 이 주체는 현재적 자아이다. '박제가 된' 주체의 서술방식인 것이다. 다음은 이를 전형적으로[26] 여실히 보여준다.

---

25) 졸고, 「소설담론의 이데올로기 분석 방법 연구」, 서울대 박사학위 논문, 1995, p.145.
26) '전형적'이란 곧 다른 부분에서는 충분하게 이 특성이 드러나지 않는다는 변해(辯解)이다. 다만 지배적일 따름이다. 예컨대, '고것들은 세상의 무엇보다도 매력적이다. 나는 그중의 하나만을 골라서 가만히 마개를 빼고 병 구녕을 내 코에 가져다 대이고 숨 죽이듯이 가벼운 호흡을 하여 본다. 이국적인 쎈슈알한 향기가 폐로 스며들면 나는 저절로 스르르 감기는 내 눈을 느낀다. 확실히 아내의 체취의 파편이다.'(p.322)와 같은 부분이 그러하다. '이국적인 쎈슈알한 향기', '체취의 파편' 등이 전일적인 유형화를 가로막고 있다. 그럼에도 경향적으로 독특한 문체 특성이 적용되고 있음은 물론이다.

> 　아내가 외출만 하면 나는 얼른 아랫방으로 와서 그 동쪽으로 난 들
> 창을 열어 놓고 열어 놓으면 들여비치는 볕살이 아내의 화장대를 비
> 쳐 가지각색 병들이 아롱이 지면서 찬란하게 빛나고 이렇게 빛나는
> 것을 보는 것은 다시 없는 내 오락이다. 나는 쪼꼬만 「돋보기」를 꺼
> 내 가지고 아내만이 사용하는 지리가미를 끄실려 가면서 불장난을 하
> 고 논다. 평행 광선을 굴절시켜서 한 초점에 모아 가지고 고 초점이
> 따끈따끈해지다가 마지막에는 종이를 끄실르기 시작하고 가느다란
> 연기를 내이면서 드디어 구녕을 뚫어놓는데까지에 이르는 고 얼마 안
> 되는 동안의 초조한 맛이 죽고 싶을 만치 내게는 재미있었다. (322면)

　이는 전적으로 유희의 공간 안에서 이루어지는 서술이다. 유희의 논리로 충만한 서술의 주체는 지극히 자연스러운 모어 화자의 명실상부한 언어를 통해 간명하게 하나의 세계를 드러내고 있다. 그 세계는 찬란하기까지 할 정도로 자족적인 세계이다. 물론 이 세계에는 주체가 전면적으로 대두되어 있다. 그러나 그 주체는 어떠한 자의식도 갖지 못하는 주체로 사유의 주체인 본원적 자아의 관점으로는 지극히 뒤틀린 주체이며, 그 주체의 언어 사용일 따름이다.

　이 유형의 두드러진 문체 자질은 어휘의 층위에서는 고유어의 풍부한 사용이 돋보인다. 이는 서술의 대상이 되는 세계가 감각적인 행위로 충만한 세계이기에 어떠한 관념어의 구사도 필요로 하지 않기 때문일 것이다. 이와 함께 통사의 층위에서는 비록 '내 오락이다'와 같은 설명적 종결어미가 있기는 하나, 전체적으로 서사를 중심축으로 구성되고 있다. 행위에서 행위로 쉴 새없이 이동해 가면서, 그 어떤 비판적인 자의식도 개입하기 어려운 속도감 있는 행위와 감정이 서술되고 있는 것이다. 다음의 인용 역시 이와 같은 유형에 속하는 부분이다.

　　조곰 있다가 아내가 눕는 기척을 엿듣자마자 나는 또 장지를 열고
아내 방으로 가서 그 돈 2원을 아내 손에 덤석 쥐어주고 그리고 ―
하여간 그 이원을 오늘 밤에도 쓰지 않고 도로 가져온 것이 참 이상
하다는 듯이 아내는 내 얼굴을 몇 번이고 엿보고 ― 아내는 드디어
아무 말도 없이 나를 자기 방에 재워 주었다. 나는 이 기쁨을 세상의
무엇과도 바꾸고 싶지는 않았다. 나는 편히 잘 잤다. (334면)

　여기에서 묘사에 기댄 사유는 풀이표(―)라는 독특한 기호 속에 묶
인 채 제한적인 기능을 담당하고, 나머지는 모두 앞서와 동일한 설명이
가능하도록 구성되어 있다. 그러나 이와 비교할 때 다음과 같은 서술은
명확히 이질적이다.

　　이 十八가구를 대표하는 대문이라는 것이 일각이 져서 외따로 떨
어지기는 했으나 있다. 그러나 그것은 한 번도 닫힌 일이 없는 한길
이나 마찬가지 대문인 것이다. 온갖 장사아치들은 하루 가운데 어느
시간에라도 이 대문을 통하여 드나들 수가 있는 것이다. 이네들은 문
깐에서 두부를 사는 것이 아니라 미닫이만 열고 방에서 두부를 사는
것이다. (320면)

　이렇게 서술하는 주체는 앞서 자의식이 없는 서술 주체와 다르다. 묘
사를 중심적인 담론의 유형으로 채워나가고 있으며, 묘사 자체가 지닌
서술의 특성에 걸맞게 지극히 분석적이다. ‘대문’을 묘사의 초점으로 설
정하고, 그 외양과 기능, 의미화 등이 날카로운 분석적 서술을 통해 누
적되는 가운데 재현의 특성을 풍부하게 구체화하고 있는 것이다. 이는
체험적 자아가 생활의 공간 안에서 이루어지는 대상을 서술하는 경우에
드러나는 문체적 양상이다. 다음의 인용은 이 두번째 서술의 유형을 전
형적으로 보여 준다.

　　허리를 굽혀서 나는 그저 금붕어나 들여다보고 있었다. 금붕어는
참 잘들 생겼다. 작은 놈은 작은 놈대로 큰 놈은 큰 놈대로 다 ― 싱
싱하니 보기 좋았다. 내려 비치는 五月 햇살에 금붕어들은 그릇 바탕
에 그림자를 내려뜨렸다. 지느러미는 하늘하늘 손수건을 흔드는 흉내
를 내인다. 나는 이 지느러미 수효를 헤어 보기도 하면서 굽힌 허리
를 좀처럼 펴지 않았다. 등어리가 따뜻하다. (343면)

　　여기에서도 역시 묘사가 중심을 이루고 있다. 금붕어를 초점의 대상
으로 두고, 대상 자체뿐만 아니라, 주체 역시 금붕어와 마찬가지로 엄정
한 객관적 기술을 통해 서술되고 있다. 그리고 '여러 번 자동차에 치일
뻔하면서 나는 그래도 경성역을 찾아갔다. 빈자리와 마주 앉아서 이 쓰
디쓴 입맛을 거두기 위하여 무엇으로나 입가심을 하고 싶었다.' (342면)
는 묘사 역시 주체를 대상화[27]하였다는 점에서 다르지 않다. 서술자 자
신이 주체이자 자신의 행위나 내면이 묘사의 대상으로 전화되고 있는
서술에서도 주체는 배제된 대상 세계의 재현이라는 점에서 다르지 않은
것이다. 여기에서는 그 어떤 일탈적인 어법도, 독특한 문체적 자질도 내
비치지 않은 채 담담하게 대상 세계와 주체의 행위, 내면 심리가 담백하
게 일상적인 문체로 제시되고 있는 것이다. 역시 분석적이란 점에서 동
일한 객관적 기능을 작동시키고 있음도 물론이다. 이러한 문체 자질은
체험적 자아의 절망을 드러내는 소설의 마지막 부분에서 전일적으로 드
러난다. 절망이란 체험적 자아의 고유한 내면 심리이기 때문이다.
　　서사를 주도적인 담론의 유형으로 이루어지는, 자의식이 탈각된 주체

---

27) 다음의 인용도 이를 잘 입증해 준다. "대단히 선선해서 견딜 수가 없다. 콜텐 옷
　　이 젖기 시작하더니 나중에는 속속들이 스며들면서 처근거린다. 비를 맞아가면
　　서라도 견딜 수 있는 데까지 거리를 돌아다녀서 시간을 보내려 하였으나 인제는
　　선선해서 이 이상은 더 견딜 수가 없다. 오한이 자꾸 일어나면서 이가 딱딱 맞부
　　딪는다." (p.337) 이 부분에서도 심리묘사와 외부묘사가 결합되어 있다.

의 드러냄과 묘사를 담론의 주도적 유형으로 제시하고 있는, 주체가 제한적으로 관여하는 대상 세계의 드러냄이 서술의 두 유형이라면, 문제적인 것은 세번째 유형이다. 서로 엄밀하게 단절된 두 유형이 욕망이 배태한 현재적 자아와 당위에 떠밀려가고 있는 체험적 자아의 면모를 보여주면서 대립적으로 존재하는 데 반해, 세번째 유형은 본원적 자아와 긴절하게 결합된 주체의 서술 방식으로 이 두 극단을 중재하고, 뒤섞고, 대립 자체를 무화시키는 기능을 담당한다. 아이러니적인 서술을 가능케 하는 긴장으로 두 극단의 경계를 가득 채워 나간다. 이 주체야말로 체험적 자아와 현재적 자아의 명료한 분리를 매개하고 서술의 아이러니적 양상을 구체화하는 주체인 것이다.

> 내가 잠을 깨인 것은 전등이 켜진 뒤다. 그러나 아내는 아직도 돌아오지 않았나보다. 아니! 들어왔다 또 나갔는지도 알 수 없다. 그러나 그런 것을 삼고하여 무엇 하나? (333면)

이 주체는 기실 능동적인 주체가 아니다. 나는 잠에서 깨어나는 대신 잠을 깨일 따름이다. 의식의 자기 동력에 실려 무자각적으로 주체는 사유할, 아니 사유를 드러낼 따름이다. 따라서 결코 단정적으로 기술하지 못한다. 모든 것이 추측으로 가득 차 있다. 심지어 그 추측조차 심정을 굳히는 추측으로 확정되는 것이 아니라, 금새 전복되고 만다. 심지어는 그 전복조차 무의미한 것으로 기술된다. 더욱이 자각적인 의식조차 '그들은 밤에는 잠을 자지 않나? 알 수 없다. 나는 밤이나 낮이나 잠만 자느라고 그런 것은 알 길이 없다'라는 서술에서 드러나듯, 어김없이 원환적인 폐쇄회로에 갇히고 만다. 자기동일성도 없고, 뚜렷한 정향도 갖추지 못하고 있는 이 주체야말로 「날개」의 주도적인 주체이다. 그러나 이 주체는 앞서 2장에서 살펴보았듯이 타자의 시선을 끊임없이 '내적 대화'[28] 속에 끌어 들이고 있는 주체이며, 정작은 자의식으로 충일한 주체이다.

> 그러나 이것은 행복이라든가 불행이라든가 하는 것을 계산하는 것은 아니었다. 말하자면 나는 내가 행복되다고도 생각할 필요가 없었고 그렇다고 불행하다고도 생각할 필요가 없었다. 그냥 그날그날을 그저 까닭없이 편둥편둥 게을르고만 있으면 만사는 그만이었던 것이다. (321면)

묘사나 서술이 아니라, 표면적으로는 '게을르고만 있으면 만사는 그만이었'다라고 주장되고 있으나, 정작 '편둥편둥'이란 수식어는 이 게을러터진 주체의 수식어가 아니다. '행복과 불행', '계산'이란 담론을 구사하는 주체의 관점 아래 선택된 수식어인 것이다. 이러한 서술의 혼효된 양상 이면에는 여지없이 이데올로기의 길항과 대립이 내재되어 있다. 두 이데올로기, 곧 널리 공유되고 있는 공준된 이데올로기와 그 이데올로기에 정면으로 반기를 들고자 하는 전이된 이데올로기[29]가 그 어떤 중심도 상대방에게 허락하지 않은 채 팽팽하게 긴장을 유지하고 있는 것이다. 이러한 중심이 없는 길항은 이른바 바흐친이 도스또예프스끼 소설로부터 이끌어 낸 '다성적인 소설'[30] 개념의 진면목을 여실히 보여준다. 이데올로기적 다성성이야말로 「날개」를 아이러니로 충만한 텍스

---

28) M.M.Bakhtin/M.P.Volosinov, 『마르크스주의와 언어철학』(송기한 역), 흔겨레, 1987, p.64.

29) 졸 고, 「소설 담론의 이데올로기 분석 방법 연구」, 서울대 박사 학위 논문, 1995, pp.43~46.

30) M.M.Bakhtin, *Problems of Dostoevsky's Poetics*(ed. and trans. Caryl Emmerson), Univ. of Minnesota, 1984, pp.1~45, 참조.

트로 만들어 내는 동력이다. 이 목소리, 곧 현재적 자아나 체험적 자아
의 목소리와는 이질적인, 본원적 자아의 다성적인 목소리는 사유의 공
간 안에서만, 내면의 의식을 기술하는 것에만 머무르지 않는다. 슬금슬
금 기어나와 다른 공간 안으로 틈입해 들어가기도 한다. '이 장난이 싫
증이 나면 나는 또 아내의 손잡이 거울을 가지고 여러가지로 논다. 거울
이란 제 얼굴을 비칠 때만 실용품이다. 그 외의 경우에는 도무지 장난감
인 것이다.'라고 서술하면서 '장난감 — 실용품'을 마주세우기도 하고,
'아무 소리 없이 잘 놀았다'에서처럼 '투덜거림 — 잘 놂'이 의미론적으
로 병치되기도 하는 것이다.
　　그러나 이상 소설의 다성성은 도스또예프스끼의 다성성과 동일하지
않다. 도스또예프스끼의 다성성이 주도적인 이데올로기를 모색하기 위
한 다성성인데 반해 이상 소설의 다성성은 19세기와 20세기의 그 어떤
이데올로기를 구축할 가능성조차 차단되어 버린 주체의 다성성이기 때
문이다.

V. 결론

　　소설이 미적 대상인 것은 이념 그 자체의 새로움로부터 기인하는 것
이 아니라, 이념을 개진해 나가는 방식의 새로움에 있다. 이러저러한 이
념으로 소설 전체를 명명하는 것은 논의의 편리함일 뿐, 논의의 전체상
을 보여주는 것일 수 없다. 문제는 그 형상화 방식을 미적으로 평가하는
것이어야 하며, 과정의 적실성을 정당하게 평가할 수 있어야 하는 것이
다. 이에 이 소론은 이념으로까지 고양된 아이러니적인 세계 인식을 기

저로 하여, 어떻게 주체의 분열이 노정되며, 그 주체의 분열은 또 어떠한 구성적 형식 속에 몸을 부리고 있는지, 나아가 분열을 효과적으로 각인하기 위하여 어떠한 서술의 전략을 구사하고 있는지를 살펴보았다.

그 결과 의미 축조의 과정에서 중핵을 형성하는 핵심적인 대상, 곧 동위소를 설정할 수 있었다. 물론 이 텍스트가 갖는 의미의 깊이가 쉽사리 단일한 동위소로의 통합을 허용하지 않는다. 그러나 에피그램에서 제시된 '생활', '인생' 등은 충분히 단일한 동위소로 작동할 수 있으며, 구성적 층위에서의 분석 또한 그와 조응하는 것이다. 그리고 이 텍스트에서 '생활' 혹은 '인생'에 대한 함축은 전적으로 아이러니적이다. 그 생활은 '피로'와 '무의미'를 함축하며, 그럼에도 불구하고 그 피로를 쾌감으로 변전시켜 나감으로써 생활에로의 복귀를 서술자는 감행하며, 그 감행은 역설적으로 기존의 일탈적 논리조차 회복할 수 없게 만드는 것이다. 그리고 이 생활에 부과하는 함축으로 드러나는 궁극적인 이데올로기는 비관주의이다. 존재의 무의미와 혐오스러움에 대한 자각과 그 자각을 넘어서고자 하는 열망이 더 큰 절망을 야기한다는 것이야말로 이 텍스트가 건네는 전언이며, 생활의 공간, 유희의 공간, 사유의 공간을 넘나들면서 그 절망감은 점차 증폭되어 가는 것이다. 서술의 층위 또한 그 절망감의 효과적인 전달을 위해 선택됨은 물론이다. 각각의 분열된 세 주체들이 서로 상이한 담론을 구사하면서 세계 자체를 뒤섞어놓고 마는 것이다.

물론 이 아이러니적인 주체와 세계의 드러냄은 승인이 아니라 절망을 야기한다는 점에서 지극히 근대적이다. 근대의 표지가 개별적 주체가 주체로서 자신에 대한 동일성을 자각하고 추구하는 것임을 전제하는 한에서 그 입론은 가능하다. 결국 이 텍스트는 이른바 모더니즘에 침윤된 주체의 분열 자체를 자인하는 것이 아니라, 주체의 분열을 통해 단일한 주체의 구성에 역설적으로 진력해 나가는 텍스트이기도 한 것이다. 이상이 여전히 문제적인 것은 분열된 주체를 제시하는 것조차 주체를 구성하는 한 방식이라는 역설적인 인식이 그에게서 가능하기 때문이다. 그것은 텅빈 내실, 충만한 구호로 윤색된 탈현대라는 또 다른 거대 담론을 버팅겨 나가는 지렛대로 이상이 뚜렷이 부각될 수 있기 때문이기도 하다.

4. 허무의 수사학 — 이태준의 「석양」론

I. 서 론

이태준은 1904년 강원도 철원군 무장면 진명리에서 태어났다. 휘문고보를 다녔으나 동맹휴학을 주도한 연유로 퇴학 당하였고, 동경의 상지대학 문과에 적을 두었으나 역시 중퇴하고 만다. 귀국한 이래로는 『개벽』, 『중외일보』, 『조선중앙일보』 등에서 기자로 활동하였다. 1925년 「오몽녀(五夢女)」로 작품활동을 시작하였으며, 「꽃나무는 심어놓고」, 「농군」, 「해방전후」 등 수 많은 단편을 남겼다.

그의 작품은 주로 활동하던 30년대와 40년대에 이미 당대의 비평가들로부터 '스타일리스트'[1]로, 혹은 '인간상을 묘출하는 데… 명확한 수완을 갖인 작가'[2], '애수의 미학'[3] 등으로 평가받아 왔다. 그리고 이어

---

1) 김기림, 「스타일리스트 이태준씨를 논함」, 『조선일보』 1933.6.25~27.
2) 최재서, 「단편작가로서의 이태준」, 『문학과 지성』, 인문사, 1938, p.176.
3) 임화, 『문학의 논리』, 학예사, 1940, p.322.

지는 이태준의 작가론 혹은 작품론 역시 이 연장선 상에서 단편 소설의 미학적 완성도라는 관점에서 분석[4]되었고, 「해방전후」를 중심으로 이데올로기와 민족의식이 표나게 논의[5]되고 있을 따름이다. 물론 이러한 연구의 경향과 달리 초기 소설들에서 민족의식을 간취한 연구[6]와 일상성과의 관계망을 통해 위상을 규정하고자 하는 시도[7]가 이루어짐으로써 다각적인 연구의 방향들이 비로소 시작되는 듯이 여겨진다. 그러나 이들 연구는 공통적으로 이태준 작품을 전체적인 군들로 분류하여, 일정한 관점에 부응하는 부분을 선택적으로 다루고 있을 뿐, 텍스트 자체에 깊이 있게 천착함으로써 이태준 소설작법이 갖는 미학적 깊이를 드러내는 데에는 풍부히 그 결실을 보지 못한 듯이 여겨진다. 이는 그의 월북으로 인해 작품이 오랫동안 문학연구의 대상으로 편입되지 못한 채, 풍문으로 떠돌다가 최근에 들어서야 연구가 이루어지기 시작하였고, 따라서 그 전체상을 조망하는 것이 급선무였기 때문일 터이다. 그러나 이를 감안하더라도 작품의 경향을 이렇게 저렇게 분류하는 것은 어디까지나 실증적인 차원에 머물 우려가 있으며, 적극적인 해석과 가치평가로까지 고양되기에는 부족한 것도 사실이다.

이에 이 글은 「석양」을 통해 이태준 단편소설의 미학적 깊이를 수사학적 관점에서 가늠해 보고자 한다. 굳이 「석양」이 문제되는 것은 이태준 소설의 특장들이 탁월하게 형상화되고 있다는 개인적인 평가 때문이기도 하려니와 무엇보다도 그가 즐겨 선택한 3인칭 서술 시점과 1

---

4) 이익성, 「상허단편소설연구」, 서울대 석사논문, 1987.
5) 강진호, 「이상과 현실의 거리」, 『문학과 논리』 2, 태학사, 1992.
6) 신동욱, 「이태준의 소설에 나타난 민족의식」, 『1930년대 한국소설연구』, 한샘, 1994.
7) 최혜실, 「근대 산업사회와 소설:일상성」, 『한국현대소설의 이론』, 국학자료원, 1994.

인칭 서술 시점의 중간형8)을 보여줌으로써 문제적이기 때문이다. 이
태준은 「산월이」, 「꽃나무는 심어놓고」 등에서처럼 3인칭 서술 시점
을 통해서는 가난한 변두리 인생의 고통스러운 현실을 적극적으로 소
설의 공간 안으로 끌어들이고 있으며, 1인칭 주인공 시점에서는 「장마」,
「패강냉」에서처럼 현실에 대한 혐오와 비탄을 드러낸다. 또한 「달밤」,
「불우선생」, 「영월영감」 등 1인칭 관찰자 시점에서는 현실 속에서 적
응하지 못한 채 머뭇거리거나 낙척하고 좌절된 인간 군상을 그려내고
있다. 이들 각기 상이한, 그러나 유사한 정향으로 유형화되고 있는, 인
물 형상화의 방식, 서술자의 세계 인식, 그리고 서술 시야의 긴절한 결
합이 「석양」에 이르러 가장 선명하게 드러나고 있다고 보여진다. 따라
서 그의 소설 작법이 갖는 모범적인 틀을 이 작품에서 확인할 수 있으
리라는 생각에서이다. 또한 수사학이란 낯선 방법론을 구사하는 것 역
시 이들 세계인식과 형상화 방식, 서술 시야 등을 수사학적 범주틀인 창
안, 배열, 문채 등의 세 층위9)와 다름이 없다는 인식 때문이다.

---

8) 이익성은 이태준 소설의 유형을 서정적 유형과 현실주의적 유형, 상업주의적 유형
　 으로 분류(이익성, 1930년대 서정적 단편소설 연구, 서울대 박사 논문, 1994, pp.8
　 1~82)하고 있다. 그러나 이러한 분류는 텍스트의 미적 장치를 고려하지 못하고
　 있으며, 정작 획득하고 있는 의미의 유형화에도 미치지 못하고 있다. 이에 본고는
　 서술시점을 통해 내면 의식을 중심으로 하는 1인칭 주인공 시점의 유형, 인물에
　 대한 관찰자적 소묘를 중심으로 하는 1인칭 관찰자 시점의 유형, 현실을 폭넓게
　 조명하고 있는 3인칭 시점 등으로 분류할 것을 제안한다. 「석양」은 얼핏 보아 3인
　 칭 시점인 듯이 여겨진다. 그러나 주인공인 '매헌'을 1인칭 서술 시점인 '나'로 바
　 꾸어도 그 효과는 그다지 달라지지 않는다는 점에서 그가 즐겨 소재를 선택한 개
　 인적 경험과 그 경험의 서사화란 큰 틀 안에 놓여 있다.
9) R.Barthes, 「옛날의 수사학」, 『수사학』(김현 편), 문학과지성사, 1985, pp.64~65.

II. '석양'을 향한 허무주의적 미의식

「석양」은 1942년 2월 『국민문학』에 게재된 작품으로, 1943년 박문서
관에서 『돌다리』란 단편집에 다시 상재되었다. 게재 당시의 『국민문학』
은 대동아전쟁 특집호로 기획되었으며, 첫장을 열면 '싱가폴 잇따라 함
락 ― 과학을 제어하는 정신력'이란 권두사가 일본어로 장식되어 있다.
특이한 점은 정지용이 노골적인 친일시를 발표하고 있다는 점이다. 「이
토(異土)」란 제목으로, 자란 곳이 서로 다를지라도 묻힌 곳이 같은 바에
야 고향에 대한 생각은 한낱 미신에 불과함을 말하고, 씨를 뿌리면 씨를
거두어야 하듯 싸움은 이겨야만 법이라고 주장하며, 마침내는 '기러기
한 형제 높이 줄을 마추고/ 햇살에 일곱식구 호미날을 세우쟈'10)라고
함으로써 대동아공영권 안에 편입한 일곱 국가가 일체임을 유연한 메타
포로 강변하고 있다. 그러나 정지용을 통해 시가 상징을 포기한 자리에
나란히 선 채, 상허 이태준은 오히려 상징을 통해 소설을 구성해 보이고
있다. 그 첫번째 장치는 인물의 명명 방식에 있다. 작가 자신을 쉽게 연
상케 하는 주인공임에도 불구하고 기존에 써 왔던 '현(玄)'11)이란 작가서
술자 대신 '매헌(梅軒)'이라는 명명을 끌어들이고 있다. 이는 이태준의
부친 이창하의 호이며, 그는 민족주의자로 경술국치에 앞서 블라디보스
톡으로 망명길에 오른 인물이다. '타옥(陀玉)'이라는 매헌의 상대역 또한
다르지 않다. 아주 낯선 '陀'란 한자는 '비탈진' 혹은 '가파르다'는 의미
를 담고 있다. '가파르게 빚어진 옥'으로 누구의 범접도 허용하지 않는

---

10) 정지용, 「異土」, 『국민문학』 1942년 2월, p.65.
11) '현'이란 작가의 분신에 해당하는 서술자는 이태준의 작품 곳곳에서 이름을 내밀
　　고 있다. 「패강냉」의 주인공이 그러하며, 「해방전후」 역시 다르지 않다.

날카로움을 담고 있다. 매헌 역시 그 가파름에 망연해하는 것이다. 더욱이 이 타(陀)는 부처를 뜻하는 붓다의 음차이기도 하며, 따라서 고도 경주를 배경으로 한 불교적 깨달음의 세계와도 관련되어 있다.

두번째 구성되는 상징은 경주라는 배경이 부과하는 상징이다. 이 배경이 이태준의 상고적 취미에 부합할 뿐 아니라, 대동아 공영권이란 거대한 시대적 조류에 대한 이태준의 내밀한 대응이기도 하다. 이와 연관하여 타옥의 이상화된 인물 형상을 이태준의 친일적 경사의 일단으로 해석한 관점12)은 이채롭다. 극도의 파시즘이 횡행하던 시대에 이러한 인물 형상이 가능할 수 있었다는 가정이 곧 시대에 대한 예찬이란 주장이다. 하지만 타옥의 형상이 '자연스러움'과 긴밀하게 결합되어 있다는 점에서 오히려 전적으로 반파시즘적인 속성이 그로 하여금 약동하는 청신함을 지닐 수 있게 하였다고 봄이 더욱 적절하다. 그럼에도 이처럼 부정적인 평가가 가능했던 것은 「석양」을 부정적인 양상을 띠는 허무주의로 인식했기 때문이며, 매체인 『국민문학』이 갖는 친일적 성향에 대한 환원주의적 분석 때문일 터이다. 그러나 텍스트 전체가 갖는, 낡고 스러져가는 것에 대한 내밀한 애정으로 볼 때, 굳이 1942년이란 역사적 시점과 연관시켜 본다면 잘 절제된 저항의 양태로 뒤집어 볼 수도 있다. 인물 형상에 드러나는 자연과의 조응, 경주를 중심으로 이루어지는 복고적인 것에 보내는 찬미는 반파시즘의 내재된 표현13)인 것이다.

이러한 양향에 걸친 상징성의 해명은 작품의 분석에 앞서 작품이 내함하고 있는 주제를 착근하는 기조를 마련해 준다. 이 소설이 단순히 허무를 음울하게 반추하는 범속한 작품14)이 아니라, 식민지 시대에 획득

---

12) 유철상, 「이태준 단편소설 연구」, 서울대 석사, 1993, p.64.
13) 김윤식, 『한국근대문학사상비판』, 일지사, 1987, p.186.

할 수 있었던 적극적 계기로서의 미적 성취와 삶의 방식에까지 그 의미
를 확장해 나갈 수 있게 하는 작품이라는 것이다.

이 소설은 주인공 매헌이 여행지에서 타옥이란 한 처녀아이를 만나
고 마침내는 헤어지기에 이르는 과정을 서사화한 작품이다. 하지만 기
연(奇緣)을 중심으로 한 단순한 연애담만은 아니다. 이의산(李義山)의 석양
시 한 편이야말로 이 연애담 이면에 존재하는 탐구의 대상이다. '석양무
한호(夕陽無限好)/ 지시근황혼(只是近黃昏)'으로 요약되는 '석양은 무한 좋
으나 다만 황혼이 가까워 온다'는 탄식이 이 작품의 이면에 들어 차 있
다. 그리고 이 석양을 통해 상징적으로 제시되는 피할 수 없는 늙음이야
말로 종횡으로 작품의 그물을 이어나가는 의미의 중심항이다.

작가는 거의 편집광적인 집착이라고 느껴질 정도로 자신의 늙음에
대한 자각과 탄식을 섬세하게 드러내고 있다. 물론 그 늙음은 상대적으
로 청춘과 발랄함을 표상하는 또 다른 인물인 타옥과 나란히 마주 섬으
로써 더욱 확연히 드러나기에 이른다. 타자를 통해 자신을 되돌아보는
일이란 무릇 가장 손쉽게 자기정체성을 찾아가는 방식이기 때문이다.
물론 이 타자에는 지금의 자신과는 확연히 다른, 젊은 시절 자신의 모
습, 이미 현재의 자신에게서는 더 이상 찾을 수 없는 열정를 담고 있는
그 모습도 포함되어 있다. 이를 먼저 제시함으로써 세월의 흐름에 무력
한 자신의 참담함이 일반적인 수준에서 기술되어 있다.

얼마 전 일이다. 어느 책갈피에서 자기의 동경 유학시절 사진이 나
왔었다. 자기인 줄 얼른 몰랐다. 내가 이렇게 젊었었나! 내가 이렇게
남에게 정열적 인상을 줄 수 있었나! 감탄하였고, 지금의 얼굴을 거울

---

14) 최혜실, 「근대 산업사회와 소설:일상성」, 『한국현대소설의 이론』, 국학자료원,
1994, p.211.

속에 비춰 보고는 그만 사진을 찢고 싶던 충동이었던 것이 매헌은 문
득 여기서 생각이 났다.
　물은 미뭉—히 소리 없이 흘러 오릉 앞을 감돌아 내려간다. 바닥에
서는 모래들도 흘러 발을 간지른다. 매헌은 서글펐다. 자기의 얼굴에
서, 글에서보다 몇 배 더 발랄하였을 낭만의 피를 뽑아 간 것은, 이
물처럼 흘러가고 거슬러 올 줄 모르는 세월이었다. (241면)15)

인용된 부분은 다소 과장된 형태로 서술되고 있다. 텍스트 전체에서
가장 감정이 직설적으로 노출되고 있으며, 그 현실성도 현저히 뒤떨어
진다. 예컨대 '얼른'이라는 단서가 붙어 있음에도 '자기인 줄 몰랐다'는
것은 납득하기 어려우며, 거듭 사용되는 느낌표는 물론이거니와, 마침
내는 '그만 사진을 찢고 싶던 충동'에 사로잡히는 것도 지나친 자의식
이 아닌가 여겨진다. 그러나 이태준의 글쓰기에서 '매헌은 서글펐다'는
식의 격정적인 토로는 보기 드문 것이고, 그만큼 허구의 윤색을 벗어던
진 육성에 가깝다. 이는 마치 「패강냉」에서 보이는 근대적 일본문화와
의식에 침윤된 친구 K에게 보여준 바 있는, 서술자의 날카로운 적의가
이태준 소설의 비껴날 수 없는 한 축임을 생각할 때, 동일한 정서적 깊
이로 격정적인 감정을 토로하는 이 부분 역시 그의 절실한 내면 의식임
은 분명하다.

그렇다면 무엇이 이 내면 의식의 절실함을 추동하고 있는가? 그것은
매헌이 지닌 갈망의 깊이와 나아가 그 갈망이 결코 채워질 수 없다는
자각 때문일 터이다. 그것은 곧 육체적인 쇠락에 기인하며, '왜 점점 게
을러 가슈?'라는 아내의 질문에 대한 대답이 게으름이 아니라, '무엇인

---

15) 텍스트는 이태준의 작품 선집(「석양」, 『한국소설문학대계』, 동아출판사, 1995.)에
　　기대어 있다. 이하 인용된 면수는 모두 이 책의 면수이다.

지 자기의 마디마디 뼈를 해마다 무게를 가해 누르는 그 무형한 힘'
(243면)이며, 고작 그가 취할 수 있는 방안은 인종(忍從)하는 것밖에 없기
때문이다. 기실 '편안히'라고 하지만 서사가 진행되면서 그는 결코 편안
치 못하다. 끊임없는 갈망이 그를 흔들고, 그 갈망의 진폭이 깊어갈수록
미처 명료하게 인식하지 못했던 육체의 쇠락이 더욱 선명하게 부조되고
있는 것이다.

> 얼마를 잤는지 아랫도리에 해가 뜨거워 매헌이 먼저 깨었다. 땀이
> 전신에 흥건해 있었다. 처녀도 이마에 땀이 방울방울 돋았다. 매헌은
> 손수건을 내어 가장 정한 데로 처녀의 이마에부터, 땀을 씻는다기보
> 다 날쌔게 묻혀내 주었다. 모르고 콜—콜 잔다. 양편으로 봉긋한 가슴
> 이 숨소리와 함께 솟았다 낮았다 한다. 부채를 들어 고요히 그에게
> 바람을 일으켜 보내며 매헌은 처녀의 숨소리를 따라 하여 보았다. 자
> 기보다 훨씬 빠름에 놀란다. 자기가 다섯 번을 쉴 새 그는 여섯번을
> 쉬어야 된다. 매헌은 길동무에게서 떨어져 버리는 고독을 맛보며 다
> 시금 올려 솟는 처녀의 이마에 땀을 씻어 준다. (246면)

육체적 쇠락이 처녀와의 관계 속에서 구체적으로 확인되고 있는 대
목이다. 숨소리를 서로 맞댐으로써 아주 구체적으로 청춘과 노쇠를 대
비시켜 내는 가운데, '길동무에게서 떨어져 버리는 고독'이 지각되기에
이르는 과정은 지극히 섬세하면서도 본질적인 드러냄이 아닐 수 없다.
덮어버릴 수 없는 명료한 증좌를 통해 겪는 매헌의 단절감은 단절감이
두드러진 그 만큼 인종으로 덮어둘 수 없는 혼란에로 치닫는다. 비록 예
의 이의산의 시를, 내미는 부채에 써 줌으로써 가다듬고자 하나, 스스로
의 조소를 야기할 만큼 욕망은 더욱 강잉하게 지펴오른다.
　여기에 이르면 욕망은 스스로의 자기 증식을 동반한다. 처녀아이와

헤어져 홀로 관념 속에서 떠올리는 타옥의 모습은 자신의 일상적 삶 전체를 뒤흔들고, 오히려 완강하게 일상을 밀쳐두고 다시금 타옥을 만나러 가기에 이른다. 그러나 그곳에서 매헌이 확인하는 것은 '경이라고 할까 환멸이라고 할까'라는 모호한 감정이다. 물론 경이는 타옥에 대한 경이이며, 환멸은 자신의 욕망에 대한 환멸이다. 타옥이 지닌 청신함, '물처럼 담담함'을 대면하자, 그가 홀로 지녀왔던 욕망이란 타옥이 아닌 다른 대상에의 욕망인 듯이 치부되며, 사념(邪念)이 사라지고 만다. 하지만 사라지는 것은 다만 만남을 합리화하기 위한 방편일 뿐, 매헌의 내면에는 결합을 강렬하게 희구하는 것으로 욕망이 증폭되어 나타난다. 다보탑과 석가탑을 보며, "'오, 두 스핑크스여! 언제까지나 저렇게 서 있을 건가!' 매헌은 적이 처량해졌다."(249면)라는 탄식은 단순히 즉물적인 대상을 향한 탄식이 아니라, 자신의 내면에 도사린 욕망의 표현인 것이다. 그러나 욕망이 증대되면 될수록 노쇠에 대한 자각 역시 첨예하게 드러난다.

> 이날 저녁이다. 해변에서 웅송그리고 들어온 매헌은 훈훈한 저녁 식탁에서 반주까지 서너 홉 하고 나니 전신이 혼곤해졌다. 식탁에서 물러나 타옥과 몇 마디 지껄이지 않아 깜박 잠이 들곤 했다. 놀라 눈을 떠 보면 그 동안이 얼마나 짧은 것이었던지, 얼마나 긴 것이었던지, 타옥은 쓸쓸히 혼자 천장을 바라보고 있었다. 당황하여 아닌 것처럼 뻑뻑한 눈알을 굴려 보는 매헌 역시 무한히 속으로 쓸쓸하였다. (253면)

피곤함과 술 기운을 이기지 못해 깜박깜박 잠들어 버리는 자신에 대한 구체적인 심리의 묘사가 적확하게 이루어지고 있다. 거역할 수 없는 노쇠를 감추고자 하는 인물의 몸짓을 '뻑뻑한 눈알'로 서술자는 냉혹하

게 제시함으로써 그 욕망이 얼마나 부질없는지를 선명하게 각인시키고
있는 것이다. 매헌은 그 경험이 안겨주는 '쓰릿한 고독'을 채 가셔내기
도 전에 타옥으로부터 결별의 편지를 받는다. 타옥이 들었던 방의 장지
문을 열어보나 항용 그녀가 내뿜어왔던 온기는 사라져버리고 '음습한
찬기운'이 그의 갈망에 끼얹어질 뿐이다. 그는 철저하게 자신의 쇠락을
확인함으로써 소설을 끝맺고 있다. '석양은 해변에서도 아름다웠다. 그
러나 각각으로 변하였다. 너무나 속히 황혼이 되어 버리는 것이었다.'로
서사 전체를 견인해 왔던 메타포를 다시금 반복함으로써 완결을 성취하
고 있다. 결국 눈 부신 청춘과 대면한 '지천명'을 앞둔 장년의 사내가
겪는 심리적 격동과 참담함이 이 소설을 형성하는 중심적인 미의식이
며, 그것은 곧 허무로 귀결된다. 그것은 '가버리었구나!'라는 탄식에 집
약되어 나타나며, 그 탄식은 유구한 그러나 그 무엇에도 애정을 둘 수
없는 일체의 허무로 이어지고 있는 것이다.

그러나 정작 이 작품의 미덕은 허무를 극단에까지 몰아간 것에 있다
기보다 허무를 바라보는 관점에 있다. 그에게 생의 허무는 단순히 비감
한 심리적 정조가 아니라, 일정한 아름다움으로까지 고양되고 있다. 생
에의 허무와 허무에 깃들인 아름다움을 탐색하고자 하는 것이 정작 이
소설의 이념인 것이다.

그 아름다움은 무엇보다도 두 인물, 곧 매헌의 갈망과 타옥의 동경을
범속한 경지로 전락시키지 않음으로써 획득한 긴장으로부터 유발된다.
그들은 함께 길을 걷고, 산을 오르고, 바다를 거닐며, 호텔에 투숙하고
서도 일반적인 범인들의 당연한 상상을 허용하지 않는다. 다만 손을 잡
거나, 타옥이 자신의 온기가 스민 자리를 내밀고, 또 그 자리에 몸을 누
이는 것으로, 육체적 갈망과 정신적 동경을 구체화할 따름이다. 그러나

정작 그 긴장이 획득하는 아름다움은 지나친 이상화를 통해 이루어진 것이며, 따라서 그 자체로 완벽한 미의식에까지 미치지는 못하고 있다. 독자들에게 주저와 망설임, 혹은 허위나 위선이 아닌가 하는 우려를 떨쳐버리지 못하기 때문이다. 예컨대 처음 동행길에 나선 타옥이 솔숲이 드리운 강변에서 옷을 기탄없이 떨어 버리고 물 속으로 뛰어드는 장면은 석연치 않다. 비록 매헌은 이러한 행태를 '옆에 사람이 있되 혼자이고 싶은 때는 곧, 기탄없이 혼자가 될 수 있는 그의 자연 그대로의 태도'로 서둘러 변호하고자 하나, 그 우려를 불식하기에는 턱없이 부족하다. 또한 매헌이 팽배해 가는 욕망에도 불구하고 지속적으로 건사하는 정신적 긴장 역시 자연스럽지 못하기는 매일반이다.

실질적으로 이 소설이 담고 있는 허무주의적 미의식은 어쩔 수 없는 육체적 쇠락을 인종하는 인물에 전적으로 기대고 있다기보다, 그 인물의 허무와 엄밀한 조응을 이루고 있는 배경으로서의 경주를 통해 더욱 견고하게 견인되고 있다.

> 오릉의 아름다움은 …… 볼수록 그윽함에 사무치게 한다. 능이라기엔 너무나 소박한 그냥 흙의 모음이다. 무덤이라기엔 선에 너무나 애착이 간다. 무지개가 솟듯 땅에서 일어 땅으로 가 잠긴 선들이면서 무궁한 공간으로 흘러간 맛이다. 매미 소리가 오되 고요하다. 고요히 바라보면 울어야 할지 탄식해야 할지 그냥 나중엔 멍―해지고 만다. 처녀의 말대로 니힐을 형용사로 쓰는 수밖에 없을 것이다. (236면)

그의 상고취미가 단순히 과거에 대한 연민에 찬 어루만짐이 아니라, 일정한 미적 격조를 갖추고 있음을 이 인용문을 잘 보여 준다. 고만고만한 높낮이로 다섯릉이 모여 있는 경주의 오릉을 보며, 그 능이 그려내는 선의 아름다움과 정밀한 매미 소리를 통한 여름 하오의 풍정에 대한 묘사는 간결하며, 또 그만큼 결곡하다. 박물관에서의 봉덕사 신종과 고완품점에서의 백자, 불국사의 석가탑과 다보탑, 마침내 석굴암에서의 관음상에 이르는 낡고 스산한 것에로 기우는 미의식의 이면에는 여지없이 쇠락한 육신에 정신을 기르고 있는 매헌 자신의 허무를 어루만지는 미의식이 내재되어 있는 것이다. 이러한 미의식이야말로 통속적인 생의 허무를 탄식하는 것으로 「석양」을 규정하도록 방치할 수 없게 만든다. 그의 허무주의는 감상적인 허무주의가 아니라, 생의 허무 자체를 고통스럽게 받아들이고 그 자각 안에서 역설적으로 허무를 아름다움으로 고양시키고자 하는 지난한 노력인 것이다.

Ⅲ. 낯선 곳에서의 조우(遭遇)와 결별(訣別)

이태준의 「석양」을 관류하는 모티프는 만남이다. 더 정확히 말하면 조우와 해후, 그리고 결별이 모티프인 것이다. 이 모티프, 잠정적으로 단서를 이루는 '조우의 모티프'라고 명명할 수 있다면, 이는 전형적인 연애소설의 그것이며, 소설의 내적 형식으로까지 의미를 확장해 볼 수도 있다. 전기적 형식과 달리 소설의 내적 형식이 '문제적 개인이 자신을 찾아나가는 여행'16)이라고 할 때, 이 여행의 주요한 의미 행정이 곧 조우와 해후, 그리고 결별로 이루어진 조우의 모티프에 내재되어 있다는 것이다.

---

16) G.Lukács, 『소설의 이론』(반성환 역), 심설당, 1985, p.98.

　이 조우의 모티프는 이태준 소설의 구성적 형식을 대변하는 모티프
이다. 그는 「달밤」, 「불우노인」, 「영월영감」, 「가마귀」, 「해방전후」 등
도처의 작품에서 이 모티프를 차용하고 있다. 대체로 이태준은 이 조우
의 모티프를 통해 서술자인 '나'를 엄밀한 관찰자로 그 역할을 제한하
고, 관찰의 대상이 되는 인물을 전면에 부각시킨다. 「달밤」의 경우 성북
동으로 이사온지 며칠되지 않아 신문배달원으로 자신을 찾은 황수건이
란 어리숙한 '못난이'를 다루고 있다. 그는 이치에 닿지 않는 이야기를
군시렁군시렁 늘어 놓기를 좋아하나, 지극히 순박하며, 고마움에 대해
반드시 답례하고픈 바람을 지닌 인물이다. 그는 결국 그 어떤 일도 제대
로 성사되지 못한 채 실의 속에 잠겨 달을 올려다 보며 밤길을 걸을 따
름이다. 작품을 통해 작가는 생래적 결함을 지닌 한 인간의 비애를 여실
하게 드러내고 있으며, 그 소졸한 인간을 애틋하게 어루만지고 있는 것
이다.

　그러나 「석양」에서 조우하는 두 주체인 '매헌'과 '타옥'은 관찰자와
관찰대상의 자리에서 내려와 둘다 적극적으로 사건에 개입하고 능동적
인 주체로 등장한다. 그럼에도 '매헌'은 여전히 1인칭 서술자인 '나'와
그렇게 명료하게 구분되지 못한 채, 거의 동일시되어 있으며, 이는 이태
준의 여타의 3인칭 소설과 비교할 때에 그 차이가 명확하게 드러난다.
3인칭 서술의 경우 여지없이 새로운 경험 세계와의 조우라는 폭넓은 서
사적 사건이 소설의 구성을 이루는 중심축인데 반해, 「석양」은 조우의
모티프가 고스란히 내재되어 있는 것이다. 이러한 이태준 소설의 구성
방식의 변모, 곧 관찰 주체와 대상이란 소묘적인 서사적 지평이 아니라,
두 인물이 모두 주체로 존재하는 확장된 서사적 공간의 단초를 구성하
는 방식은 「해방전후」에 이르러 서로 분리된 두 주체가 함께 모여들었

다가 서로 다른 행로로 길항하는 구도를 보여줌으로써 점진적으로 확산되어 가는 방식을 보여준다. 이로 미루어 볼 때, 「석양」은 이태준 소설의 구성적 형식이 여하히 진전되고 다채로와지는지를 선명하게 보여주는 한 결절점을 이룬다고 할 것이다.

조우, 해후, 결별로 이어지는 「석양」의 구성은 만남의 관계가 진전될수록 정서의 긴장이 고양되는 방식으로 서사적 흐름을 형성한다. 단순한 호감에서 경이로, 마침내는 연정으로까지 비약하며, 그 정서적 격동의 절정에서 예기치 않은 결별에 마주침으로써 충격을 겪고, 그 충격을 상투적인 주제의식으로 처리하지 않은 채, 그저 망연히 열어둠으로써 소설을 끝맺고 있는 것이다. 그러나 이 진행이 통속적인 연애소설로 전락하지 않는 것은 절정에 이르는 과정에까지 군더더기 없이 감정의 곡절을 섬세하게 보여주고 있으며, 청춘과 쇠락의 대립항 속에, 그 대립항이 나란히 진전되면서, 적절한 감정의 발전이 형상화되고 있다는 점이다. 뿐만 아니라 어설픈 후일담을 말끔히 배제함으로서, 나아가 김의산의 시를 근간으로 한 섬세한 환유적 메타포를 통해 서술을 종결함으로써 견고한 구성적 응집성을 획득하고 있다.

이러한 작품의 구성적 동력은 공간의 이동과 그 상징성에서도 확연히 드러난다. 서울에서 출발하여 경주로, 다시 서울로 돌아와 경주로, 다시 서울에서 부산으로 이어지는 행정은 단순한 공간의 이동을 넘어 사건을 추동하는 힘이 되고 있다.

첫번째 경주행은 잘 짜여진 여로로 제시된다. '돈 한 가지만 과히 부족되지 않게 넣'고 떠나는 것이나, 가을도 밀치고, 친구도 밀치며, 복더위에 '최소한도의 단순을 생활해 본다'는 정취에 잠겨 여로에 올랐음을 드러내보이고 있다. 기차를 내려 먼저 박물관을 찾고, 거리로 나와 고완품점에 들러 신라의 토기를 기웃거린다. 그곳에서 '꽤 세련된 도회가 풍기는' 처녀를 처음으로 만난다. 매헌이 드러내 보이는 최초의 감정은 반가움이다. '도회적'인 것을 매개로 일상성에서 벗어난 낯선 여행지에서 두고 온 도회를 다시금 발견한 반가움이다. 그러나 반가움은 이내 경이에서 애착으로 진전된다. 처녀는 기이한 토기를 찾는 매헌에게 '평범허더라두 오래 둬두 애착이 변허지 않을 걸 고르'라고 권고한 것이다. 더욱이 처녀가 고른 제기와도 같은 토기에 과실이라도 담아 두면 좋겠다는 자신의 생각을 일축하고 비어 있는 대로 두고 보는 것이 더 좋다고 말할 줄 아는 처녀의 교양에 심취한다. 오후의 나들이에서 그는 다시 처녀를 만난다. 오릉을 환히 들여다 볼 수 있는 나무 위에 선 처녀를 만나고, 그는 앞서의 세련된 안목에 대한 감탄을 '이상한 매력'으로 비틀면서 괴이감으로 대체한다. 그러나 자신 역시 나무에 올라가 보고는 그곳이 '니힐'한 오릉의 형상을 볼 수 있는 가장 적합한 곳임을 깨닫기에 이른다. 그리고는 처녀가 자신의 수필집을 읽고 있었음을 알게 되고 완벽하게 사로잡힌다. 이튿날 다시 만나 둘은 함께 불국사를 들르고 헤어지기에 이른다. 그리고는 매헌은 서울로 다시 돌아온다.

이 첫번째 행로는 내포가 깊고 넓다. 적어도 한 여자와의 만남이 모티브의 주조를 이룬다면, 그 배경은 굳이 경주일 것도 없다. 그러나 경주임으로 하여 많은 것들이 가능해 진다. 먼저 작가 자신의 상고취미와 여자의 고완품에 대한 안목을 조응시킴으로써 예사롭지 않은 호감을 갖기에 이르는 계기를 만들어 낸다. 그러나 정작 중요한 것은 역사적 공간으로서의 경주가 갖는 상징성임은 확연하다. 그것은 조선이 지나치게 식민지시대와 근접해 있으므로 상징화가 가능하지 않았을 터이고, 고려나 부여, 고구려에 비할 때 더욱 흥성한 신라의 불교문화가 일본의 불교

문화와 우열을 견줄 수 있는 문화적 보고[17]라는 점도 작용하였을 터이다.

다음 두번째 경주행은 갈망을 참지 못하고, 경주가 아니라 타옥을 찾아가는 충동적인 일탈로 설정된다. 그곳에서 둘은 이전의 행로를 반복하고, 마침내 남겨두었던 석굴암을 오른다. 그곳에서 십일면관음을 타옥과 동일시함으로써 그녀가 종교 혹은 철학이란 정신적 깊이를 체현하고 있는 숭고한 영원의 여성임을 승인함으로써 그녀에 대한 갈망이 종교로까지 고양되기에 이른다.

다음 세번째의 해후는 해운대로 배경이 변전되고 있다. 왜 그는 공간을 확장할 필요가 생겼을까? 이 공간에서 타옥은 가장 만발한 자태를 드러내 보이며, 청준의 절정에 도달한 것으로 형상화된다. 그녀를 맞으며 매헌은 간곡함과 그윽함을 느끼며, 이는 앞서의 종교적 승화가 아닌 지극히 즉물적인 감각으로 뒤바뀐다. 그러나 이 즉물적 감각은 미처 관계로까지 구체화되지 못한 채 타옥의 떠남으로 단절된다. 왜 가장 고조된 감정의 곡절이 해운대에서 가능해지는가?

이에 대한 대답은 앞서의 행로 전체 속에서야 가능하다. 서사의 축을 이루는 타옥을 향한 매헌의 정서적 경사, 매헌 자신의 육체적 노쇠에 대한 더욱 점증하는 자각, 더욱 만발하게 청춘의 절정으로 고양되어 가는 타옥의 아름다움 등이 흔연히 결합된 채 고조되어 가는 것이 서사의 중심축이라면, 그 중심축에 상응하면서 배경은 고완품점이 있는 시가에서, 세속의 훤소를 떨친 오능의 들판으로, 다시 고적한 산사인 불국사로, 마침내는 산 속 깊이 은폐된 채 자리잡은 석굴암으로 배경이 진전되

---

¹⁷⁾ 이를 김윤식은 일본으로 상징되는 근대성과 맞설 수 있는 동력이라고 지적한 바 있다. 김윤식, 『한국근대문학사상비판』, 일지사, 1987, p.186.

면서 열린 공간에서 폐쇄적인 공간으로 응집해 들어가는 구조를 보이고 있는 것이다. 그것은 더욱 내밀한 신라 정신의 본질로 근접해 들어가는 경로이기도 하고, 둘만의 은밀한 정서적 유대가 더욱 견고하게 비끄러매어지는 경로이기도 한 것이다. 그러나 이 응축의 행로는 마침내 결말에 즈음하여 확 트여버린 바다로 옮겨 오는 것이다. 축조된 응축에 이어 한꺼번에 노출되어 버리는 바다의 개방성이야말로 서사의 종결을 가능케 하는 공간이며, 이 공간에서 타옥은 자연스럽게 자신을 등지고 다른 세상으로 달아나 버리는 것이다. 물론 갑작스러운 개방적 공간의 도입은 무엇보다도 점차 폐쇄적으로 응집되어 가는 공간 속에서 탐욕스럽게 키워왔던 갈망을 일거에 무너뜨림으로써 허무를 더욱 깊이 각인시키는 기능을 담당하기도 한다. 이러한 구조적인 견고함이야말로 이태준이 탁월한 단편작가임을 여실히 입증해 주는 증좌가 아닐 수 없다. 덧붙여 계절의 변화 또한 예사롭지 않게 그 구조의 견고함에 보탬이 되고 있다. 여름에서 조우하여, 한 해를 넘기고 새 봄에 다시 해후하며, 두 해를 넘기고 늦은 가을에 결별하는 장치가 그것이다.

하지만 구성적 장치로서의 조우와 해후, 결별로 이어지는 견고함은 그 이면에 수많은 제한들을 감수하면서 이루어낸 견고함이기도 하다. 무엇보다도 우연성은 피할 수 없는 구성적인 결함이 된다. 물론 이 우연성의 작희를 작가 또한 부담을 가진 채 들여다 보고 있음은 확연하다. 두번째 타옥을 만나면서 매헌은 타옥의 목소리를 들으며, '머리가 쭈뼛' 할 지경으로 놀라며, '무슨 착각이나 아닌가 싶어 얼른 움직이지 못'하기도 한다. 뿐만 아니라 처녀가 매헌에 대한 호감을 갖는 구체적인 계기가 되는 매헌 자신의 수필집도 작위적이므로, 인물 자신도 놀라는 것이다. 더욱이 처녀가 지닌 가장 뚜렷한 매력인 거칠 것 없는 자연스러움

드러내는 멱을 감는 에피소드는 '이게 정말 현실인가? 자기 눈씨의 의혹이 생기었다'라고 서술할 지경이다. 끝으로 타옥과의 결별 역시 전날 밤 깜박 잠이 들었다 깼을 때, 타옥이 '쓸쓸히 혼자 천장을 바라보고 있었다'는 복선이 존재함에도 불구하고, '말씀도 드리려고 했으나 그만 기회가 없었습니다'라는 갑작스러운 통고를 통해 이루어지고 있는 것이다.

이와 함께 서사의 구성을 시종일관 추동하는 동력이 되는, 타옥의 낯선 아름다움 역시 지나치게 이상화되어 있다. 그리고 그 아름다움에 대한 지나치게 주관적인 평가 역시 서사의 진행을 방해한다.

> 매헌은 사흘 동안, 타옥은 이조백자와 같은 여자라 생각하였다. 화려한 그릇들은 앉을 자리를 다투는 것이요, 주인이 눈을 다른 데로 줄까 시새우는 것이요 보면 볼수록 소란스럽고 피로해지는 것이나 이조백자는 모두가 그와 딴쪽이다. 바쁜 때는 없는 듯 보이지 않으나 고요한 때는 바로 옆에서 기다리고 있었다. 고요히 위로와 안식을 주며 싫어지는 날이 없는 영원의 그릇이다. (250~251면)

비유적 담론의 틀안에서 이루어지는 타옥에 대한 평가적 기술은 지나치게 수사로 가득 차 있으며, 그만큼 거슬린다. 군더더기 없는 간결한 묘사를 통해 인생의 단면을 소묘하던 이태준으로서는 그 모든 성취를 뒤로 한 채, 이 작품을 수작의 반열에 올려 놓지 못하게 만드는 것이라는 평가도 일견 가능하게 한다.

Ⅳ. 모국어의 의미와 주체의 내면 묘사

모든 소설 작품은 그 시대와의 대결 속에서 창작된다. 특히 「석양」을 전후하여, 「농군」, 「밤길」, 「돌다리」 등을 통해 민중적 삶의 암팡진 고난과 내재된 동력을 형상화하고자 부심한 이태준에게 시대의 고통은 각별했을 것이다. 그 시대는 정확히 1942년 2월이며, 이는 우리말 신문이 폐간된 1940년 8월, 『문장』·『인문평론』이 폐간된 1941년 3월로부터도 1년이나 경과한 시점이다. 더욱이 1941년에 일본은 미국을 침공함으로써 대동아전쟁을 시작하였고, 정세는 막바지에 이르며, 이듬해 1943년에 그는 견디지 못하고 강원도 향리로 낙향한다.

이태준의 「석양」이 지닌 두드러진 한계가 사건의 우연성, 인물의 이상화, 서술의 주관성에 있다고 할 때, 정작 이들 한계는 1942년의 역사적 시점 안에서 검토할 경우 일정한 평가의 유보를 강제하지 않을 수 없다. 사건의 우연성이란 모티프 자체에 이미 내재된 한계이며, 그 한계를 비껴나기에는 구성 자체가 와해될 우려가 있기 때문에 받아들일 수밖에 없는 한계였을 것이다. 조우의 모티프가 아닌 다른 모티프라면 어쩔 수 없이 생활의 일상적 흐름 안에서 획득되는 발전이어야 할 것이고, 생활 체험의 형상화는 필연적으로 현실의 모순적이고 부정적인 면모와 직접 대결할 것을 요구하기 때문이다. 그 대결이 1942년에 들어서 불가능하였음은 물론이다. 서술의 주관성 역시 의사(疑似) 1인칭시점으로 대상에 접근할 경우 용훼되는 측면이 있다. 그리고 그 주관성이 구성의 중핵적 흐름을 이루는 정서의 변모와 결합될 때 자연스러운 것이기도 하다. 더욱이 당대가 객관성의 탐구를 가로막았음은 자명하다. 이 시기의 객관적인 현실 탐구는 어쩔 수 없이 「돌다리」의 경우에서처럼 '땅이란 생명의 근원'이라는 추상적 무시간성에 기댄 진술의 형식으로 이루어질 수밖에 없는 것이다. 내면의 주관성을 그나마 핍진하게 드러내는 것이야말로 유일한 예술적 대응이기도 할 터이다. 끝으로 인물의 이상화도 그러한 맥락에서 검토할 수 있다. 현실성의 탐구가 불가능한 시점에서는 현실 그 자체를 승인하거나, 현실을 성큼 뛰어넘어 낭만적인 이상화를 감행하는 방법만이 가능하다. 특히 이 낭만적인 지향이 존재하는 실재의 현실성과 날카롭게 대비된다면 현실을 승인하는 작가적 태도에 비추어 볼 때 현저히 높은 성취임도 확연하다. 그리고 이 낭만적 인물이 담당하는 의미 기능은 비껴갈 수 없는 허무를 강렬하게 각인시키는 것이다. 낭만적으로 이상화된 인물과 지극히 혐오스러운 현실의 긴장이 작품의 이념인 허무주의와 결부되어 있는 것이다.

그러나 정작 이들 소극적인 변호보다 「석양」이 지닌 적극적인 계기는 모국어에 어기차게 매달린 이태준의 노력에 있다. 조선어로 된 신문이, 잡지가 폐간되고, 일상에서 조선어의 사용이 금지되고, 창씨개명과 신사참배가 일상적으로 이루어지던 광포한 파시즘의 전일적 통제에 맞서, 이태준이 모국어로 사유하고, 모국어로 글을 쓰며, 모국어를 독자에게 건네고 있다는 사실이다. 1941년에 윤동주가 「쉽게 씌어진 시」를, 이육사가 「교목」을 쓴 것을 거의 마지막으로 모국어를 개진할 수 있는 사유는 탕진되고 말았으며, 그로부터 1년 남짓 지난 시점에 이태준이 모국어를 부리고 있다는 사실이다. 더욱이 앞서 살펴본 정지용의 「이토(異土)」가 갖는 노골적인 천박함과 비교할 때, 이태준의 작업은 더욱 돋보이는 것이다.

표식이 선 좁은 길은 어둡도록 소나무에 덮여 있었다. 천천히 걸어

땀이 들 만해서다. 소나무들이 좌우로 물러서며 아늑한 공지가 트이
는데 봉분이라기보다 기름기름한 잔디의 산이 부드러운 모필로 그은
듯한 곡선으로 허공을 향해 붕긋붕긋 올려 솟는 것이다. (235면)

이 인용은 지극히 단정한 모국어로 이루어져 있다. 시야에 들어온 배
경을 묘사하면서, 그 어떤 이방인의 언어로도 환치할 수 없는 '아늑한',
'기름기름한', '붕긋붕긋' 등의 수식어를 통해 눈에 보일 듯 그려내고 있
는 것이다.

이모저모 부서지고 갈라지고 한 탑은 돌이 아니라 몇만 년 전 지층
(地層)에서 나온 무슨 동물의 사등이뼈같이 누르퉁퉁하다. 산이 삥삥
돌리었는데 자차분하게 깔리다 만 시가는 경주가 아니라 경주의 부스
러기란 느낌이었다. (232면)

이 인용 또한 다르지 않다. '누르퉁퉁', '삥삥', '자차분하게', '부스러
기' 등등의 어휘는 순수한 고유어로 정서적 울림이 여간만 크지 않다.
이러한 고유어의 적절한 사용은, 서술자의 주관적 심사를 무한정 드러
내는 부사어에서 특히 두드러진다.

매헌은 벼르던 경주 구경을 하필 삼복지경에 나서게 되었다. 가을
에 동행하자는 친구도 더러 있었으나 가을은 좋으나 친구까지는 그다
지 기다리고 싶지 않았다. (231면)

이 짧은 인용에서 드러나는 '하필', '더러', '그다지' 등의 부사어는 서
술자의 감정이 드러나는 언어이다. 이들 부사어가 없어도 충분히 서사
는 자신의 의미를 흐트러뜨리지 않은 채 진행될 수 있다. 그럼에도 이들

감정의 언어를 통해 서사는 더욱 명료한 형태로 서술 주체의 감정적 변모를 여실하게 그려내고 있는 것이다.

어휘 층위에서 문체의 특성이 고유어의 풍부한 사용과 부사어를 통한 섬세한 내면의 제시에 있다면, 통사의 층위에서 두드러진 문체 자질은 묘사에 있어서 비유가 도처에 흩어져 있다는 점이다. 비유란 애초 유사성을 통해 서술의 실감을 증폭시키고자 하는 장치이며, 이를 통해 이태준은 묘사의 대상이 되고 있는 인물의 내면 심경과 고풍스러운 경주의 풍정을 효과적으로 제시하고 있다. 예컨대 박물관의 우물을 보며 연상을 통해 제시되는 비유는 이를 잘 보여 준다.

> 잎이 무성한 모과나무 밑에 선 석등이 결코 지난 시대의 유물 같지 않았고, 그 뒤뚝거리는 신라의 토기들과는 달라, 중후한 곡선으로 조각된 우물 돌들은, 이날 아침에도 붉은 손들이 그 옆에서 쌀을 씻고 나물을 헹군 듯 손때조차 알른거리는 것이다. (232~233면)

우물 돌을 통해 생활 속에서 자연스럽게 자신의 원래 기능을 여전히 감당하고 있다는 느낌을 받고, 그 느낌을 '손때'가 알른거리는 듯이 표현하고 있다. 또한 다보탑과 석가탑에 대한 묘사는 비록 전형적이나 역시 기행문의 한 구절을 읽는 것같은 생생함 속에서 적확한 비유를 통해 손에 잡힐 듯이 풍정을 전달해 준다.

> 돌을 쪼은 것이 아니라 녹여 부은 듯한 부드러운 곡선들의 다보탑은 여성적인 미의 극치요, 간소하나 머리털 하나의 틈이 없이 짜인 석가탑은 금강역사 백을 뭉쳐 세운 듯한 강력한 인상이다. (245면)

이와 같은 풍정의 묘사는 일견 대상을 선명하게 제시하고자 하는 기도일 뿐만 아니라, 아름다움에 충분히 공감할 수 있도록 평가가 곁들여 져 있음으로 하여 문화적 유산의 가치에 대한 의미를 명료하게 제시하고 있기도 하다. 또한 이 인용의 통사 구성에서 두드러진 특성은 명료한 대응을 이루는 절로 이루어져 있다는 점이다. 물론 이 대응은 다보탑과 석가탑이라는 두 조응하는 대상의 묘사로 인해 피할 수 없는 것이지만, 중요한 것은 이러한 중층적 표현이 「석양」의 도처에서 나타나는 가장 두드러진 문체 특성이라는 사실이다. 이 중층적 표현은 통사 전체에서 드러나지만은 않는다. 세부적으로는 '돌을 쪼은 것이 아니라, 녹여 부은 듯한'에서 잘 드러나듯, 통념과 주관적 관점의 선택을 나란히 제시하고 있다. 다음의 인용은 이 문체 특성이 실제 어떠하며, 어떠한 기능을 수 행하고 있는지 잘 보여준다.

> 매헌은, 안압지보다, 능보다, 아침 식탁이 기름졌던 듯, 가을 실과 처럼 윤택해진 처녀의 입과 잇속과 오라기오라기 살아나는 것 같은 살랑대는 처녀의 이마 머리칼에 더 황홀한 정신을 두었다. 그러나 차 는 햇볕과 바람이 그대로 비치고 풍기게만 달리지 않았다. 휘우뚱 돌 아 처녀의 얼굴을 그늘지게도 달리었다. 처녀의 얼굴이 밝았다 어두 웠다 서너 번에 불국사역이었다. (244면)

인용된 부분은 처녀의 아름다움에 심취한 매헌의 내면을 섬세하게 드러내고 있다. 간략한 기초적인 통사만을 제시하면, '매헌은 처녀에게 정신을 두었다'로 요약된다. 이 기초적인 통사야말로 그 어떤 서술자에 게 있어서도 생략될 수 없는 사실이다. 여기에 이태준은 수식과 첨가를 통해 서술을 한층 구체적이고 풍요롭게 제시하고 있으며, 그 수식과 첨 가의 양태는 앞서 언급한 통념을 거부('안압지보다, 능보다')하면서 자 신의 관점('처녀의 이마 머리칼에 정신을 두었다')을 명료하게 제시하고, 비유(가을 실과처럼)와 구체적인 나열로 표현의 구체성을 획득해 나가고 있는 것이다. 두번째 문장과 세번째 문장의 결합 역시 앞서 언급한 중층적인 표현(～하지 않고, ～했다)을 통해 사실을 기술하고 심정을 피력하고 있는 것이다. 이러한 표현은 서사의 진행에서 가장 많이 나타난다.

> 거리로 나선 그는 목이 말랐다. 그러나 빙숫집보다는 고완품점이 먼저 눈에 띄었다. 신라 토기에는 그다지 애착이 없으면서도 그의 호고벽(好古僻)은 이런 집 앞을 그냥 지나지 못했다. 와전(瓦塼)이 쌓이고 토기가 늘어 놓이고, 그리고 여기 고적을 틀에 넣은 사진, 그림엽서들이었다. 와전이나 와당은 볼만한 것이 없었다. 토기에는 서울서는 보기 드문, 단순한 음각으로도 꽤 변화를 일으킨 것이 몇 가지 눈에 뜨인다. (233면)

이 짧은 인용에서도 서술의 선택은 여지없이 작동하고 있다. '빙숫집'이 아니라 '고완품점'을 선택하고, '애착이 없으면서도' '그냥 지나지 못'함을 드러내며, '볼만한 것이 없'는 가운데 '눈에 뜨'이는 것은 있다는 식이다. 이러한 통사의 구성은 몇가지 효과를 유발한다. 먼저 서사의 진행 속에서 논리적 정합성을 높이고 있다. 적어도 이 인용에서는 우연성을 가능한 한 배제하는 기능을 수행한다. 그러나 이러한 중층적 표현은 이태준의 다른 작품에서도 현저하게 드러나는 특성이다. 유보에 이은 선택 혹은 배제를 통한 선택으로 드러나는 중층적 표현은 내면의 의식을 기술할 때 주로 나타나는 이태준 문체의 특성이다. 이러한 특성은 무엇보다도 '스타일리스트'로 이태준을 평가하는 관점이 적합함을 보여준다. 그는 끊임없이 표현의 적절성을 추구함으로써, 자신의 관점과 나아가 감정의 추이를 독자들에게 설득력있게 드러내는 방향으로 통사를 구성하는 것이다.

이러한 통사적 특성과 함께 놓칠 수 없는 것은 서술의 시야로서 초점이 갖는 특징이다. 「석양」의 초점 화자는 매헌이다. 매헌의 의식이 포착되고, 그 상대역인 타옥의 내면은 결코 드러나지 않는다. 이는 엄밀히 보아 1인칭 서술시점과 전혀 다르지 않다. 그럼에도 불구하고 3인칭의 인물을 내세운 것은 허구임을 강력하게 드러내기 위한 자의식일 것이다. 물론 텍스트 내에서도 이태준의 다른 1인칭 소설과 달리 초점화자인 매헌은 이태준과 명확하게 일치하지 않는다. 이 작품을 쓸 당시의 이태준이 30대 후반인데 반해, 매헌은 '지천명'을 앞둔 40대 후반으로 설정되어 있기 때문이다. 그러나 만약 그것이 허구화를 위한 장치에 불과하다고 한다면, 이 작품이 여타의 이태준의 작품과 마찬가지로 체험을 서사화한 것이라고 한다면, 이 작품에 내재된 허구화의 장치는 이채롭다. 가장 두드러진 장치는 30대를 40대로 바꾸어 놓은 것이다. 이는 단순한 연령의 치환이 아니라, 두 인물의 관계를 더 이상 진전시키지 못하는 원인을 대체하고 있다는 점이다. 작가가 마주친 사회적 관계가 부과하는 제한이 육체적 쇠락이라는 생리적 제한으로 교묘하게 환치되어 있는 것이다. 이는 가장 통속적인 제재를 존재론적인 제재로 바꾸어 놓은 것이며, 나아가 그로부터 서사의 결말에서 주어지는 절망의 진폭을 더욱 근원적인 것으로 바꾸어 놓은 것이다. 그 결과 모든 서술의 초점화자는 두 인물의 관계 진전을 보여주기보다, 초점화자 자신의 내면에 제기되는 정서의 변모를 중심으로 서술하기에 이르며, 그 상대역인 타옥의 행위가 간결하게 묘사될 뿐 어떠한 내면의 흐름도 명시적으로 서술되지 못하고 있는 것이다. 또한 내면을 유추할 수 있게 해 주는 대화조차 아주 간략하게 최소한의 정보만을 전달한 채, 어떠한 잉여도 없이 서술되고 있는 것이다.

결국 이 작품의 서술 층위는 내면의 흐름을 곡진하게 드러내기 위해 결합되어 있다. 특히 부사어의 적절한 사용과 비유적 표현, 중층적인 통사의 구성, 단일한 초점화자의 설정 등이 한결같이 내면의 발전 과정을 설득력있게 제시하는 기능을 효과적으로 수행하고 있으며, 그 결과 서사의 종결에서 겪게 되는 인물의 탄식과 허무를 깊이있게 제시하고 있는 것이다.

V. 결론

식민지시대 이태준의 소설을 '애수의 미학'으로 규정한 임화의 평가는 일면적이다. 그것은 이태준 소설의 한 특성을 지나치게 일반화한 것이 아닐 수 없다. 「밤길」과 같이 단순한 비애가 아니라 격정적인 고통을 동반함으로써 날카로운 현실 인식을 강제하는 작품이 있으며, 「농군」과 같이 자연발생적인 수준이기는 하나 생명에의 의욕으로 충일한 작품이 있다. 애수를 느끼게 하는 작품은 대체로 현실의 급격한 변화에 적응하지 못한 채 몰락하는 주변인들의 서성거림을 다루는 작품에 한정된다. 그러나 그 애수조차 기실 소멸하는 것에 대한 비가가 아니라 소멸하는 것에 내재된 아름다움을 발견하고자 하는 적극적인 계기를 담고 있다. 「석양」은 이 경향을 가장 여실히 보여주는 작품이다.

「석양」은 욕망과 욕망을 가로막는 육체적 쇠락을 중심적인 탐구의 대상으로 설정한 작품이다. 이 육체적 쇠락에 서술자가 부과하는 함축은 허무와 직결되어 있다. 인물의 내면 정서가 가일층 고양된 시점에서 관계는 더 이상 진전되지 못한 채 단절된다. 이 갑작스러운 단절을 통해 허무를 날카롭게 제시하고 있는 것이다. 그럼에도 이 허무가 의당 예비된 결말일지라도 허무 자체까지 감연히 포용하면서, 내면의 열정을 쏟아부을 수밖에 없음을 작품의 전편에 걸쳐 설득력있게 제시한다. 이 설득력을 강화하기 위해 일상의 틀에서 벗어난, 신비로운 만남과 운명적인 해후, 그리고 비극적인 결별을 이와 조응하는 수렴과 응축, 확산으로 배경의 상징성을 직조해 보임으로써 구성의 근간으로 삼고 있다. 또한 서술의 다양한 특성들을 효과적으로 결합하는 가운데 감정의 추이를 면밀하게 드러내 보이고, 이를 통해 독자와 인물의 정서적 동일시를 이끌어 내고 있는 것이다. 뿐만 아니라 주요한 배경을 경주로 설정함으로써 소멸하는 것에 내재된 '니힐한' 아름다움을 거듭 강조하고 있는 것이다.

그러나 해방이 되면 더 이상 이태준은 스러지는 것, 낡은 것, 소멸하는 것에 경의를 표하지 않는다. 「해방 전후」에서 그것을 상징적으로 재현해 보이는 김직원은 '일제시대에 그처럼 구박과 멸시를 받으면서도 끝내 부지해 온 상투 그대로, 대한을 찾아 삼팔선을 모험해 한양성에 올라왔다가 오늘, 이 세계사의 대사조 속에 한 조각 티끌처럼 아득히 가라앉아 가는 김직원의 표표한 뒷모양을 바라볼 때, 현은 왕국유의 애틋한 최후를 연상하지 않을 수 없었다'라고 제시됨으로써, 더 이상 작가 이태준의 관심을 끌지 않는다. 그는 이 낡고 쇠락한 것에서 아름다움을 발견하는 것이 아니라, 단호한 단절을 선언하는 것이며, 이로부터 그의 해방 공간에서의 변모를 감행하고 있는 것이다. 이 변모는 그의 핍진한 현실묘사가 마침내 파시즘 아래에서의 입지였던 허무주의를 딛고 활짝 개화한 것으로 자연스럽고 단단한 것이기도 하다. 이 시점에서 그는 더 이상 식민지 시대를 버티어 왔던 이태준이 아니라, 새로운 이태준인 것이다.

5. 거세된 현실과 방법의 포기
— 한설야의 『탑』을 중심으로

Ⅰ. 문제적 개인으로서의 한설야

한설야는 1900년 함흥 교외의 농촌에서 식민지시대 이전 군수를 지냈던 부친 밑에서 차남으로 태어났다. 고향의 함흥고보를 졸업한 20세에 함흥법전을 다니다 휴교사건에 연루되어 제적되었으며, 그후 북경의 익지영문학교와 일본대학 사회학과에서 수학하였고 1923년 휴학 후 귀국하였으나 부친의 사망으로 만주로 이주하였다.[1] 1925년에는 이광수의 추천을 받아『朝鮮文壇』에「그날 밤」으로 작품활동을 시작하였고, 조명희의「낙동강」과 함께 경향소설을 새로운 세계로 진전[2]시켜 나간 작품「과도기」를 1929년 발표하였으며, 계속해서『황혼』,『청춘기』,

---

[1] 서경석,「한설야론 : 한국 경향소설과 '귀향'의 의미」,『한국근대리얼리즘 작가연구』, 문학과지성사, 1988, pp.106～107.

[2] 임화는 최서해의 객관적 체험과 박영희의 주관적 관념이「과도기」에 이르러 비로소 소설적으로 극복되었으며, 신경향파가 예술적으로 막을 내렸음을 선언하고 있다. 임화,「한설야론」,『문학의 논리』, 학예사, 1939, p.559.

『탑』등 일련의 문제작을 제출하였다. 해방 이후 그는 임화, 김남천 등의 「조선문학가 동맹」과 대립되는 「프로예술동맹」의 의장으로 활동하였으며, 이 두 단체가 남로당의 지령에 따라 「조선문학동맹」으로 발전적으로 해소되자 이탈한 후 북한에서 1962년 숙청될 때까지 북조선문화상, 문화교육상을 역임[3]하였다.

이상의 간략한 전기적 소묘로부터 그가 단순히 작품창작에 몰두한 작기이기를 뛰어넘어 몇가지 층위에서 문제적인 인물로 부각됨을 확인할 수 있다. 먼저 첫번째 층위는 그가 신경향파 소설의 체험 혹은 관념의 일방통행을 비로소 극복한 작가라는 점이며, 두번째는 작가이자 비평가로서 비평적 논의에 지속적으로 관여하였으며, 그 결과 해방 이후 문학운동단체인 「프로예술동맹」의 실질적인 책임자로 남아 있었다는 사실이다. 그리고 숙청으로 마감되는 분단 이후 북한에서의 정치적 활동을 세번째 층위로써 설정할 수 있을 것이다.

한설야의 연구에 있어 이 세가지 층위를 포괄적으로 해명하지 않고서 그의 문학적 의의를 제대로 평가한다는 것은 일면적이고 부분적이기 쉽상이다. 이를 위해 즉자적인 인상의 개진으로부터 벗어나, 삶과 예술적 성과로서의 작품, 세계인식의 논리적 표현으로서의 비평을 총체적으로 규명할 것을 요구한다.

그럼에도 불구하고 그의 총체적 예술실천에 대한 규명은 아직도 지극히 협소한 영역에 머물러 있다. 고작해야『황혼』을 중심에 둔 '귀향모티프'의 분석[4]과 「과도기」의 문학사적 의미에 관한 단편적인 연구[5], 그

---

3) 김윤식,『임화연구』, 문학사상사, 1989, p.427.
4) 대표적으로 김윤식과 서경석의 논의를 들 수 있다. 김윤식, 임화연구, 문학사상사, 1989, pp.420~460 ; 서경석, 한국경향소설과 귀향의 의미,『한국학보』, 1987년 가을.

리고 다소 나아가 전향소설의 측면6)에서 보이는 그의 특수성에 대한 연구, 극히 일면적이나마 구조분석을 통한 연구7) 등이 있을 뿐이다.

물론 이러한 연구성과의 제한성은 무엇보다도 정부쪽의 뒤틀린 이데 올로기적 편향에 일차적인 원인이 있다. 특히 월북작가에 대한 해금이 이루어진 작금에 있어서도 여전히 한설야, 이기영, 홍명희 등이 기피의 대상으로 남아 있다는 점은 아직도 분단의 질곡이 연구자의 실천에 막 강한 해악으로 잔존해 있음을 입증해 주고 있다. 그러나 언제까지나 문 학 외적으로 강제된 테두리 속에서 안주하고 있을 수만은 없다. 한계는 언제나 극복되어야 할 한계 이상이 아니기 때문이다.

하지만 본고에서 한설야의 총체적인 평가와 복원을 시도하는 것은 글의 성격으로 보아 허용되지 않는다. 다만 가능한 한 기존의 성과를 능 동적으로 수용하면서 결락된 측면을 메꾸어 나갈 수 있을 따름이다. 그 를 위한 연구대상으로써 먼저 그의 비평적 논의를 점검하고자 한다. KAPF 결성 이후 급격하게 진행되는 논쟁의 와중에서 한설야가 어떤 입 장에서 자신의 의견을 개진하였으며, 그의 현실주의8) 이해는 잇따른 논

---

5) 서경석, 1920~30년대 한국경향소설 연구, 서울대 석사논문, 1987, pp.78~87.
6) 김동환, 「1930년대 한국전향소설 연구」, 서울대 대학원 석사학위 논문, 1987.
7) 한점돌, 『한국현대장편소설연구』, 삼지사, 1989.
8) 본서에서는 리얼리즘(REALISM, REALISMUS)을 현실주의로 번역하고자 한다. 이는 무엇보다도 리얼리즘이 예술의 사조나 형상화의 원칙을 의미하는 양식이 아니라 방법이라는 사실에 근거하고 있다. 즉 지금껏 리얼리즘을 통칭하여 왔던 사실주의 란 기실 한국문학의 경우 1920년대의 낭만주의에 뒤이은 객관적인 현실 묘사를 주로하는 사조를 의미하는 것으로 국한되어 사용되고 있으며, 이는 리얼리즘의 자 장을 현저하게 축소시키는 왜곡을 빚기 때문이다. 이에 본고는 리얼리즘을 세계를 예술적으로 전유하는 과정을 방향조절하는 원리들의 체계를 의미하고 예술적 가 치를 창조하는 과정에서 합법칙성을 지칭하는 현실주의로 해석한다.
　　이러한 용어의 사용은 현재 점차 확장(예컨대 김윤식의 『한국현대현실주의비평선 집(나남, 1989)』 등이 그것이다)되어 가고 있으며, 리얼리즘을 역사적으로 고정된 실체로서 독립적으로 존재하는 것이 아니라 현실과의 역동적인 상호관련 속에서

쟁을 통해 얼마나 진전되어 갔는가를 검토함으로써 작품의 근저를 이루는 세계관의 이념적 측면을 중심으로 고구함과 동시에, 그 연장선 속에서『황혼』이후 현저히 예술적으로 뒤처진『탑』을 검토하고자 한다. 특히『탑』은 앞서 제기한 세가지 층위의 문제와는 지극히 상이한 측면을 노정하고 있다. 예컨대 작품에서 성취한 미적 질, 방법으로서의 현실주의 및 그에 연이은 세계관의 굴절이 한 개인의 역사적 발전으로는 도저히 납득하기 힘들 정도로 헐벗은 상태로 적나라하게 제시되고 있다.

물론『탑』이 쓰여진 1940년의 객관적 정세가 극히 옹색한 여지만을 남겨두었다는 점을 간과하자는 것은 아니다. 그렇지만 그 스스로도 지적하고 있듯이 그저 '악착한 현실'[9]의 탓으로만 돌릴 수는 없다. 여하히 엄중한 정세일지라도 주체의 역량이 튼실하다면 그렇게 맥없이 무너질 수는 없기 때문이다. 결국『탑』역시 한설야의 작품인 것은 사실이며, 그러한 작품을 창작케 한 내적 필연성이 그의 내부에 잠재해 있었으며, 이러한 내적 논리를 규명하는 것이 곧 본고에서 중점적으로 다루고자 하는 측면이다. 이에 본고는 먼저 한설야가 직접 논의에 참가한 본격적인 논쟁의 전체적인 맥락을 개괄적으로 검토하는 가운데 역사적 진행에 상응하고자 노력하는 한설야의 특수성을 규명(2장)해 나가며, 나아가 작품『탑』에 이르기까지의 창작 실천을 개괄한 후(3장), 앞서의 논의를 바탕으로『탑』의 현실인식과 현실의 형상화방법(4장)을 살펴 보고자 한다.

'역사적 유형의 현실주의'로 파악할 수 있게 해 준다. 더불어 객관적 존재로서의 현실과 그 인식가능성을 전제로 예술의 현실반영능력과 현실구성능력을 정점에 두고자 하는 리얼리즘 본래의 의미를 충실하게 회복시켜 주리라 생각한다.
Kagan, *Ästhetik*, Dietz Verlag, s. pp.724~748 ; 오프스야니코프(진중권 외 역),『마르크스 레닌주의 미학원론』, 이론과 실천, 1990, pp.228~236 참조
9) 한설야(이하 필자 이름은 생략), 2월 창작평 및 기타,『조선지광』1929.2.

Ⅱ. 이념과 방법의 추상성

단편소설 「그날 밤」으로 창작활동을 시작한 한설야는 동아일보에 짧은 평론 「예술적 양심이란 것」[10]을 발표함으로써 비평활동을 병행하기에 이른다. 이때가 곧 1926년으로 김기진과 박영희가 '내용-형식논쟁'을 막 시작하던 시점이며, 이때부터 시작된 그의 비평 활동은 KAPF의 1,2차 방향전환을 거쳐 1937년의 '휴머니즘론'[11]과 38년의 '장편소설론'[12]에까지 지속되고 있다. 이 기간 동안의 대표적인 평론을 들면 다음과 같다.

> 무산문예가의 입장에서 김화산군의 허구문예론, 관념적 당위론을 박
>   함, 동아일보, 1927.4.15~4.27
> 문예운동의 실천적 근거, 조선지광 제 76호, 1928.2.
> 사실주의 비판, 1931.5.17~7.29.
> 변증법적 사실주의의 길로, 조선중앙일보, 1932.1.18~19.
> 기교주의 검토, 조선일보, 1937.2.4~9.
> 문단주류론에 대하여, 조선일보, 1937.3.23~30.

이밖에도 수 많은 평론들이 있으나 중요한 논의에 대하여 입장을 개진한 글들은 여기에 그치고 있으며, 이들 평론조차 동일한 주제에 대한 깊이있는 천착을 보여주기보다는 거의 모든 논쟁에 한 두편의 글로 자신의 입장을 정리하고 있을 뿐이다. 따라서 전체적으로 구체성을 상실

---

10) 「예술적 양심이란 것」, 동아일보, 1926.10.23.
11) 「문단주류론에 대하야」, 조선일보, 1937.3.27.
12) <이 시대의 문학>감각과 사상의 통일—전형적 환경과 전형적 성격, 조선일보, 1938.3.8.

한 선언적인 제시에 그치고 있는 점이 많으며, 이것이 오히려 더욱더 세심한 독법을 요구한다고 하겠다.

먼저 한설야는 최초의 평론에서 프로문학의 작가와 부르주아 작가의 구별을 '예술적 양심'이란 문제를 중심에 두고 검토하고 있다.

> 머리로 프로를 이해하고 사상적 의식적으로 프로계급에 속하면 그는 훌륭한 프로이다. 그와 반대로 아모리 물질적 조건이 貧逼한 사람이라도 의식적으로 뿌르를 숭배하며 추구하면 그는 두말 할 것 업시 뿌르(기실 뿌르의 走狗)이다.[13]

즉 그는 의식과 물질의 선차성에 관한 문제에서 얼핏 보아 의식에 중점을 두고 있는 듯이 보인다. 그러나 일본대학과 북경에서 남 못지않게 맑스주의를 고구한 그로써 이러한 기본적인 사실조차 혼란스러워 하였다는 것은 납득하기 어렵다. 이는 오히려 러시아 볼세비키 당의 의식성에 대한 강조를 그대로 수용하였기 때문이며, 식민지 반봉건사회인 조선에서 유독 토대의 변화보다 상부구조의 변혁을 중심에 두는 경향을 노정하고 있음을 확인할 수 있다.

이는 곧 1917년 혁명을 통해 최초로 사회주의 국가를 건설한 러시아 볼세비키 당의 노선을 능동적으로 수용함으로써 그의 향후의 발전에 대한 기초적인 단서를 제시하고 있음을 확인할 수 있다. 특히 한설야는 이 글에서 김기진과 박영희의 '내용—형식논쟁'이 아직 시작되기 전임에도 불구하고 '프로예술의 투쟁적 의의'[14]를 강조함과 동시에 '무장을 갖추고 전선으로 행진하는 전프로대중의 일부대'로서 작가를 상정함으로써

---

13) 「프로예술의 선언」, 동아일보, 1926.11.6.
14) 위의 글.

논쟁의 기본적인 시각을 앞질러 전취하고 있다.

　원래 '내용－형식논쟁'은 극히 초보적인 수준의 문학원론에 관한 논쟁이었는 바, 현실의 격렬한 정치적 흐름 속에서 비중있는 쟁점으로 부상하였으며, 결국 문제를 제기한 김기진이 외적 압력에 의해 자설을 철회함으로써 현상적으로 일단락된 논쟁이다. 이 논쟁은 카프에 대해 최초로 이론적인 내부 정지작업을 할 수 있는 기회를 제공했다[15]는 의미와 함께 문제의 쟁점이 분명하게 현상하지 않았음에도 불구하고 이후 방향전환론으로 이어지는 내적 계기로 작용하였다는 점에서 의미를 갖는다. 그리고 이 논쟁에서 회월이 제기하는 '나사와 톱니'의 비유 역시 한설야의 '전선을 추동하는 일부대'라는 인식과 일치하며, 이는 궁극적으로 레닌의 「당조직과 당문학」[16]의 논리와 직접적으로 맞닿아 있음을 확인할 수 있다. 이는 그의 비평적 맥락을 검토하는 과정에서 보다 분명한 형태로 제시될 것이며, 해방 이후의 노선선택과도 관련을 맺는 것으로 간주된다.

　'내용－형식 논쟁'의 의미를 선차적으로 획득하고 있음에도 불구하고, 한설야는 더 이상의 논의를 진전시키지 못한 채 곧 이어 제기되는 '아나키스트와의 논쟁'에 참여한다. 아나키스트 논쟁은 김화산의 문제제기[17]로부터 시작된다. 김화산은 프로문학의 정당성을 인정한 위에서 다양한 사상적 경향에 따라 예술의 표현방법 역시 다양하게 제시될 수 있으며, 이 점에서 아나키스트 문학의 존립근거를 찾고 있다. 즉 '예술의 독자성'과 '개인의 천재성'을 노골적으로 제시하는 것이었으며, 이에

---

15) 정홍섭, 「1920~30년대 문예운동에 있어서의 방향전환론 연구」, 서울대 석사논문, 1989, p.27.
16) 레닌, 『레닌의 문학예술론』(이길주 역), 논장, 1989.
17) 김화산, 「계급예술론의 신전개」, 『조선문단』 1927.3.

대해 카프 진영에서는 '당파성[18]의 포기'로 간주하고 즉각 반론을 제기하기에 이른다. 이 지점에 한설야는 문제를 일목요연하게 정리하며, 세세한 논박을 가하고 있다.

한설야는 무엇보다는 김화산의 논지가 소농 쁘띠부르주아 이데올로기의 예술적 표현이라 단언한다. 그 주요한 결함으로써 목적의식의 결여로 간주한다.

> 농노제도라는 외부적 사실의 자극으로부터 민족해방도 역시 그 같은 내부적, 외부적 사실존재에서 발생, 고취된 것을 모르는 바는 아니다. 그러나 그 농노, 민족해방의 각성은 일시적인 힘을 가지고서도 그 최종의 세계관 — 즉 맑스주의적 목적의식을 파악하지 못한 점에서 그 객관적 정세의 최선적 극복에까지 진전하지 못하는 일시의 해방운동이 되고 말았다.[19]

그러나 궁극적으로 아나키즘의 이데올로기적 결함은 목적의식에 대한 무지에 있는 것이 아니라 자유와 필연의 유물론적 이해를 간과하고 있다는 점에 있다. 즉, 자유가 역사적 필연에 대한 인식이라는 사실을 몰각하고, 봉건질서에 대한 반동으로서 부르주아 이데올로기와 유사한 자유주의에 침윤되어 있다는 사실이다. 그러나 이 글에서 더욱 중요한 것은 한설야가 아나키즘의 이데올로기적 결함을 잘못 이해하고 있다거

---

18) 여기서 당파성이란 사회주의적 이념에 대한 공공연하고 의식적인 지지를 의미한다. 따라서 부르주아 당파성이니 귀족적 당파성이니 하는 것은 당파성이 아니라 당파취함(Parteinahme)에 불과하며, 진정한 의미의 당파성(Parteilichkeit)은 노동자계급의 사회주의적 당파성 외에는 존재하지 않는다. 그리고 미적 원리로서의 당파성은 주제, 소재의 선택과 전망의 형상화, 내용과 형식의 통일 등 작품의 구석구석을 침투하며 규정하고 있다.
김창주, 「맑스주의 미학의 제문제」, 『창작과 비평』, 1990년 여름, pp.257~260.
19) 「무산문예가의 입장에서 김화산군의 허구문예론을 논박함」, 동아일보, 1927.4.24.

나 '제3전선파' 일반이 지녔던 오류인 '복본주의'[20]의 조선적 재현에 불과하였다는 점이 아니라, 작가로서의 그가 창작의 중요성에 대한 인식[21]을 적절히 표현하고 있다는 점이다.

> 혁명전기의 예술은 선전, 폭발, 선동만이면 그만이다라고 하지만 위선 어떻게 해야 그것이 가능할지를 구명하여야 한다. 그것은 오로지 창작가의 충실한 노력에 있다.[22]

여기에서 더 나아가 한설야는 비평에 대한 창작의 우위를 공공연하게 배타적으로 강변하기도 한다.

> 이 악착한 현실 중에서 누구보다도 많이 쓰고 많이 애쓰는 사람은 우리들의 작가일 것이다. 보라, 저들의 누구 우리의 반분의 일이나 해내엇는가. 또 써놓았대야 단 네댓줄 평으로 말살할 수 있는 그따위가 아니냐.[23]

이상에서 제기한 한설야 비평의 두가지 특징인 러시아 볼셰비키와의

---

20) 복본주의란 1926년 이래 일본 좌익운동의 지도적 이론으로 당의 이데올로기적 순수성을 견지하기 위해 조직적 순수성이 무엇보다도 급선무이며, 이를 위해 불순한 요소를 깨끗이 분리해 낸 다음 비로소 통일적인 결합이 가능하다는 주장이다. 이후 복본주의는 코민테른이 통일전선을 채택함으로써 종파적 분열주의로 규정되며, 조선의 '신간회운동' 역시 이를 극복한 연후에야 비로소 가능한 것이었다.
   정운영 편저, 『통일전선의 전략과 전술』, 아침, 1987.
21) 김윤식은 한설야 평론의 특징으로 작가만세적인 위치에서 작가의 방어적 처지이기보다는 작가측의 비평가에 대한 적극적 공격의 형태를 취하고 있다는 점을 들고 있다. 김윤식, 앞의 책, p.430.
22) 같은 글, 『동아일보』 1927.4.26.
23) 2월 창작평 및 기타, 『조선지광』 1929.2.

이론적 결합과 창작실천의 중요성에 대한 문제제기는 이후의 방향전환론과 창작방법논쟁 등에서 거듭 확인되고 있다. 즉 한설야는,

> 뿌르를 그렸다고 뿌르 작품이나 뿌르 작가가 아닌 것가치 단순히 프로를 그렸다고 프로작품이나 프로 작가가 아니다. 적어도 프로의식, 계급의식, 사회의식에 작가라는 개인을 통하야 그 작품에 번득이지 안으면 아니된다. 즉 의식 여하에 있는 것이요 취재 여하에 있는 것이 아니란 말이다.[24]

라고 지적하고 있다. 이 중 특히 러시아 볼셰비키와의 정신적 맥락이 닿아 있음은 당대 비평가 대다수의 경향성이었으나, 한설야의 경우 그것을 구체적인 역사적 조건 속에서 끊임없이 특화시켜 나가는 문제에 소홀하였으며, 그 결과 해방 직후의 문학운동 속에서 박헌영을 비롯한 남로당의 변혁론인 '부르주아 민주주의 혁명론'을 거부하고 곧장 '사회주의 혁명'을 설정하는 도식성을 노정하는 원인(遠因)이 되었다고 볼 수 있다. 특히 객관적 정세가 악화되면서 비평계의 일각에서 전향론이 대두되자 한설야는 '현단계에 있어서 중요한 것은 작품행동보다 전체적 차원의 운동이며 따라서 조직, 강령, 이론투쟁의 중요성을 재인식해야 할 단계이므로 작품중시는 조합주의적 태도'[25]라는 극좌적인 논리를 보이기까지 한다.

결국 한설야에게 있어서 이념의 정당성과 실제 창작의 행복한 결합이 지속적으로 요청되었으며, 이를 매개하는 것은 오직 방법으로서의 현실주의만이 가능한 유일의 통로였다. 그러나 이념과 방법은 결코 따

---

24) 「계급대립과 계급문학」, 『조선지광』 65, 1927.3.
25) 「문예운동의 실천적 근거」, 『조선지광』 1928.2~3.

로따로 유리된 채 성장할 수 있는 것이 아니며, 오직 양자의 유기적인 결합과 내적 관계 속에서야 진전하는 것이다. 한설야 자신이 누누히 '실제, 현실, 실천과의 견고한 결합을 위해 일정한 역선과 방향'[26]의 중요성을 지적하고 있음에도 불구하고 오히려 더 한층 '창작상의 고정화'[27]를 드러내고 있음을 확인하기에 이른다. 이는 무엇보다도 그의 현실주의 이해의 문제점과 결부되어 있다.

그는 먼저 현실주의를 방법으로서가 아니라 양식으로서 이해하고 있다. 즉 그는 현실주의를 '원시인류에까지 소급'할 수 있는 것이며, 현실을 '있는 그대로' '보는 그대로' 표현하는 것으로 인식하고 있다. 그 결과 그는 예술사의 전체적인 흐름을 현실주의와 낭만주의의 대립과 투쟁으로 인식하며, 그 최종적인 귀결이 프롤레타리아 리얼리즘이라고 제시한다. 그러나 이러한 한설야의 방법 이해 역시 선언적인 명제의 나열에 그치고 있다.[28] 그는 '프롤레타리아 리얼리즘은 모순을 지양하면서 정, 반, 합으로 나아가는 변증적 역사적 사실을 인식하고 이 인식에 의거하여 현실을 해석 규명하고 작품을 또한 제작하는 것'이라고 규정하고 그 내용으로 대상을 매개, 생성 및 운동, 전체성 및 구체적 특수성, 모순의 지양을 제시하고 있다. 그러나 이들 중 어느것도 작품 창작의 현실주의적 원리에 대한 구체적인 언급은 보이지 않는다. 이는 내용과 형식의 관계를 규정한 곳에서도 여실히 입증되고 있다.

　　'무엇을 쓸까'하는 내용문제가 어느만한 범주를 잡을 때에 '어떻게 쓸까'하는 형식문제가 당면의 명제로 … 다시 '무엇을 어떻게 쓸까'하

---

26) 「조선예술운동의 당면과제」, 『조선지광』 82, 1929.1.
27) 「변증법적 사실주의의 길로」, 『조선중앙일보』, 1932.1.19.
28) 「사실주의 비판」, 『동아일보』, 1931.7.1.

는 통일적 문제로 우리의 조상(俎上)에 오르지 않으면 안되게 되었던
것이다.[29]

　요컨대 그는 내용과 형식의 관계를 '모든 내용이 형식화된 내용이며
모든 형식은 또한 내용으로 충만한 형식'[30]이라는 사실을 인식하지 못
한 채, 그저 내용과 형식을 제재와 표현의 문제로 축소시키고, 이것을
다시 기계적으로 결합하고 있을 뿐이다.

　이처럼 한설야의 비평은 선진적인 이론의 당위를 극좌적인 측면에서
수용하고 있으며, 이론의 구체적인 조선적 특수성에 입각한 적용과 예
술적 형상화를 통해 매개하고자 하는 노력을 도외시한 나머지, 거듭 작
가의 창작실천의 중요성을 언급하고 있음에도 불구하고 정세의 악화가
가속화되자 이론과 실천의 상호상승을 포기하기에 이르는 것이다.

Ⅲ. 『탑』에 이르는 창작경로

　한설야는 자신의 창작활동을 계기적인 세 시기로 분류하고 있다.[31]
즉 제 1 기는 순전히 자연주의의 영향 하에 있는 발족 시대로 「과도기」
이전의 작품인 「그날 밤」, 「동경」, 「그 전후」 등이 이에 해당한다. 그리
고 제 2 기는 경향문학과 사회과학에 심취하였던 '두중각경(頭重脚輕)',
즉 이론의 무게에 짓눌려 실천의 부재로 압축되는 시대로써 「씨름」,
「공장지대」, 「교차선」 등이, 그리고 끝으로 『황혼』 이후 전향소설을 포

---

29) 같은 글, 1935.5.17.
30) 에르하르트 욘, 『맑스 레닌주의 미학입문』, 임홍배 역, 사계절, 1989, p.60.
31) 「나의 생명의 연소」, 『문장』 13, 1940.2.

함하여『청춘기』,『탑』 등으로 이어지는 시기가 제 3 기에 해당한다. 이러한 자신의 진술은 창작의 발전경로를 적실하게 드러내 주고 있다고 하겠다. 이와 관련하여 임화는「과도기」이후『황혼』에 이어지는 작품 속에서 가장 심각하게 해결하여야 할 문제로 '인물과 환경의 괴리'[32]를 지적한 후, '이 모순이 구제되지 않으면 한설야는 참담한 예술적 파산에 직면하지 않을 수 없을 뿐만 아니라, 사상적 동요란 두려운 위기를 체험할 것'[33]이라고 앞질러 밝혀 둔 바 있다. 여기에 준하여 과연 한설야는 주체와 세계의 모순과 괴리를 극복하고 현실주의의 큰 바다로 진입해 들어 갔는가 그렇지 않으면 모순을 극복하지 못한 채 예술적 파산에 직면하고 말았는가가 본 장의 과제이다.

먼저「과도기」를 출발점으로 삼아『탑』에 이르기까지의 궤적을 살펴보고자 한다.「과도기」는 한설야가 만년설(萬年雪)이란 필명으로 1929년『조선지광』에 게재한 단편소설이다. 이 작품은 일찌기 임화에 의해 '현실에서 분열된 관념과 관념에서 떠러진 묘사의 세계를 단일한 메카니즘'으로 형성하고자 한 최초의 작품으로 평가되었으며, 신경향 소설의 일정한 편향, 즉 박영희 류의 주관적 관념론적 편향과 최서해 류의 객관적 소재주의적 편향을 극복하고 새로운 소설적 가능성을 연 것으로 보인다. 특히「과도기」의 소설적 의미가 당대사회의 현실을 구체적인 고향 '창리'를 매개로 하여 서술함으로써, 당대의 전형적 상황에서의 전형적 인물을 성공적으로 형상화하고 있다 할 것이다. 즉 주인공 창선의 귀향에서부터 돌아온 고향의 객관적 현실, 삶의 터전을 잃은 식민지 민중의 삶의 고통, 토지로부터 유리된 농민의 유일한 삶의 형식으로서의 노

---

32) 임화,「한설야론」,『문학의 논리』, 학예사, 1939, p.565.
33) 같은 글, p.567.

동계급화 등이 관념의 분식없이 여실히 표현되고 있는 것이다. 특히 주인공 창선이 '자기완결적인 영웅적 인물'[34]이 아니라 일상을 통해 의식을 심화시켜나가는 인물이며, 마침내 '어쩔 수 없이 공장노동자'가 될 수밖에 없는 구체적 현실성 속에서 이야기를 전개시켜 나가고 있는 것이다. 이로부터 「과도기」는 소설이 갖추어야 할 기본적인 규율인 전형성과 불투명하나마 미래에 대한 논리적 전망[35]을 확보하기에 이른다.

그러나 이상과 같은 「과도기」의 소설적 성과는 작가 한설야에 의해 더 이상 연속적으로 진전되지 않는다. '막다른 선택'의 기로에 놓인 몰락한 농민인 주인공이 공장노동자로 변모하는 것으로 끝난 「과도기」의 세계가 지속되고 발전하기 위해서는 무엇보다 현실적인 생활세계인 공장에서 제재를 택해야 하며, 그렇게 선택된 제재를 엄밀한 현실주의적 규율에 입각하여 형상화 해 낼 것을 요구받기에 이른다. 이에 따라 쓰여진 작품이 「씨름」이다. 그러나 「씨름」은 오히려 「과도기」가 이룩한 성과에 훨씬 미치지 못하는 작품일 따름이다.

「과도기」의 창선을 뒤이어 새롭게 이야기를 꾸려가는 '명호'는 공장노동자이며, 씨름을 곧잘 하는 인물이자 공장 내에서 지도적인 위치를 갖는 노동자로 표현되어 있다. 또한 명호는 이미 사회운동에 관여한 적이 있으며 지금은 노동조합을 조직하기 위해 동분서주한다. 하지만 같은 작업장 내의 창씨개명한 조선인 십장으로 말미암아 여의치 못하다가 씨름 대회에서 명호가 요시다를 굴복시키고, 명호의 남자다움에 탄복한 요시다의 요청으로 화해함으로써 조선인 노동자들이 단결하게 된다는 줄거리이다.

---

34) 서경석, 「1920~30년대 한국경향소설 연구」, 서울대 석사논문, 1987, p.82.
35) 역사문제연구소 문학사연구모임, 『카프문학운동연구』, 역사비평사, 1989, p.173.

「과도기」에서 보여주었던 식민지시대의 엄중한 현실은 이 작품에서 는 흔적도 없이 사라져 버렸다. 이는 작가의 성급한 관념과 지나친 목적 의식이 소설 속에서 전개되는 사건의 합법칙적인 흐름을 오히려 단절시 키고 있음을 입증하고 있는 것이다. 즉, 사건의 갈등이 선악이원론적인 대립으로 설정되어 있으며, 결말처리가 자의적인 주제의 강조로 말미암 아 현실에서 일탈하여 조화로운 화해로 종결짓고 있다. 또한 인물의 형 상화에 있어 이전의 「과도기」가 보여주었던 완결된 인물의 극복이 다시 영웅적인 형상으로 퇴보함으로써 소설적 인물의 역동성을 삭감시키고 있다. 이처럼 「씨름」에서 나타나는 숱한 결함들은 무엇보다 작가의 체 험이 주로 농촌에 고착되어 있었고 새롭게 형성되어가는 노동자계급의 현실성을 정당하게 포착하지 못하였음에 기인한다. 따라서 삶의 직접성 을 담아내지 못하고, 그 반작용으로 전망의 과장을 노정하고 있는 것이 다. 이는 체험을 근간으로 쓰여진 송영, 김남천, 이북명 등의 노동소설 이 일정한 현실성의 토대 위에서 성과를 보였던 것과는 확연하게 대조 를 보이고 있다. 요컨대 작품의 제재와 그 형상화는 작가의 주관적인 원 망(願望)에 의해 좌우되는 것이 아니라, 제재와 형상화의 관계가 맺고 있 는 엄밀한 현실의 법칙에 의해 결정된다는 사실을 다시금 확인케 해 주 고 있는 것이다.

　「씨름」 이후 한설야는 또 다시 '창선'의 세계로 후퇴함으로써 일정부 분 다시 현실성을 회복해 나가게 된다. 「사방공사」 「추수후」의 연작 및 「홍수」 「부역」 「산촌」의 3부작이 이를 입증하고 있다. 즉 그는 다시 20 년대 이후 가속화된 식민지적 자본주의화의 과정에서 어떻게 농촌이 피 폐되어 가며, 또 그 속에서 각각의 개인은 어떻게 유리되어 공장노동자 로 전이되어 가는가를 전형적으로 묘출해 낼 수 있게 되는 것이다. 이러한 관점에서 '귀향모티프'를 한설야 작품세계의 중심축으로 상정하고 있는 논의는 적어도 한설야의 제 2 기 작품의 성과를 포착하는 가장 중요한 거멀못이 아닐 수 없다. 하지만 한설야의 붕괴되어 가는 농촌에서부터의 새로운 천착은 더 이상 전진하지 못한다. 1934년 이른바 일제의 의도적인 탄압으로 보이는 '신건설사 사건'으로 카프의 맹원 대다수가 체포되어 치안유지법 위반으로 기소되며, 그 과정에서 카프는 해산되고, 작가들은 감옥생활을 체험하면서 전향을 강요당하면서 약 2년여에 걸쳐 구금상태에 돌입하기 때문이다. 한설야 역시 예외일 수는 없었다.

1935년 12월 집행유예로 석방된 이후 첫번째로 쓰여진 작품은 「태양」이며, 이후부터 한설야는 이른바 전향소설을 집중적으로 쓰고 있다. 한 연구자의 지적에 의하면 일반적인 전향소설의 범주에 드는 25편의 작품 중 한설야는 김남천과 함께 8편의 작품을 발표하였다고 한다.[36] 특히 한설야 전향소설은 자아와의 대결에 매달리는 김남천과 달리 '가족'을 내세워 가부장으로서의 위치확인을 내세우면서 현실타협의 논리를 찾는 점이 특징적이다. 여기에 속하는 작품으로는 「딸」, 「泥 寧」, 「모색」 등을 들 수 있다. 이점은 그의 수상에서도 여실하게 드러나고 있다.

> 아이 하나를 중학에 넣으면 학교에 내는 기부금이라 학자라 해서 한 아이 앞에 少不下 2,3 백원은 든다. 그러니 이것이 내게는 여간한 重荷가 아니다.[37]

유난스럽게 자식에 대한 부(父)의 의무를 강조하고 있는 것이다. 이처

---

36) 김동환, 「1930년대 한국전향소설 연구」, 서울대 대학원 석사 논문, 1987, pp.33~34.
37) 「무언실행의 人」, 『조광』 6호, 1940.6.

럼 한설야는 전향 이후 가족주의의 테두리 속에 칩거함으로써 현실을
정당하게 걸러내지 못한 채 소시민적인 세계로 전락하기 시작한다. 그
러나 한가지 독특한 점은 앞장에서 살펴보았듯이 작가로서 그의 전락에
도 불구하고, 비평은 여전히, 아니 오히려 더욱 극좌적인 편향을 보이면
서까지 당위론을 내세우고 있다는 사실이다. 이는 무엇보다도 자의식을
극복하는 한 방식이었으리라 추측하기 어렵지 않으며, 이 점을 더욱 강
화시키는 자리에 '식민지시대 노동소설의 한 빛나는 성과'38)인『황혼』
이 놓여 있는 것이다.

　이기영의『고향』과 함께 '쌍벽'을 이루는『황혼』은 공장노동자의 세
계를 드물게 본격적으로 그려보이고 있다.『황혼』은 노동과 자본이라는
식민지시대 현실의 본질적 구조를 그림에 있어서 중간적인 양심적 인텔
리를 주인공으로 설정하고, 그 주변에 노동자인 여순과 자본가를 대변
하는 인물을 내세움으로써 악화된 정세를 우회하여 '현실을 동향적으로
그린' 작품이며, '외적 제약이 심한 시대에 있어서 작가가 진리로 확신
하는 현실상을 그 질곡을 뚫고 형상화'39) 하였다고 평가되기도 한다. 그
러나「과도기」에서 보여 준 그 이상을 넘어서지 못한 채, 여주인공 여순
의 의식이 진전하는 과정을 추상적으로 도식화하여 설정하고 있으며,
후반부에 이르러 그로테스크한 탐정소설을 연상케 할 정도로 현실주의
적 규율들을 벗어나고 있다. 따라서 합법칙적인 사건의 전개가 아니라
자의적인 전망의 설정으로 현실로부터 더욱 일탈된 모습을 보여주고 있
다. 특히 계층적인 사회구조라는 층위와 남녀간의 애정관계라는 층위가
유기적으로 결합되지 못한 채 후자의 측면이 일방적으로 비대해져 있

---

38) 역사문제연구소 문학사연구모임, 앞의 책, p.175.
39) 한점돌,『한국현대장편소설연구』, 삼지사, 1989, pp.208~9.

다. 비록 제재의 형성력에서 두드러진 의미를 가지나, 앞서 서술한 전향소설보다 한층 그 진실성에 있어서 뒤떨어진 작품이라 할 것이다.

이상에서 살펴보았듯이 「과도기」를 시작으로 전향소설과 『황혼』에 이르기까지 한설야 소설의 예술적 발전경로는 「과도기」에서 이룬 성취를 제대로 넘어서지 못한 채 '환경과 성격'의 괴리 속에서 끊임없이 갈등을 반복하며 식민지시대가 유일하게 허락하는 왜곡된 세계인식으로 스스로를 유폐하기에 이르며, 그에 따라 창작방법 역시 뚜렷한 성취를 보이지 못하고 『탑』에 이르러 완전히 포기되기에 이르는 것이다.

Ⅳ. 즉자적 체험의 세계 —『탑』

『탑』은 한설야가 1940년 조선총독부 기관지 『매일신보』에 4개월에 걸쳐 발표한 장편이다. 식민지시대 말기 만주를 비롯한 국외에서의 항일운동을 제외하고 어떠한 형태의 사회적 실천도 가로막혀 있는 상태에서 문학정세는 그 어느 때보다 척박한 가운데 놓여 있었다. 이러한 상황 속에서 비평의 현실변혁의 가능성은 임화나 박영희에게서처럼 문학사와 문학원론에 대한 침잠만을 허용하였으며, 작품창작의 경우는『문장』지의 고전탐구나『인문평론』의 왜곡된 현실탐구만이 열려진 공간이었다. 하지만 그것조차 오래지 않아 폐기되기에 이르렀고, 작가나 비평가는 몇몇 선지적인 인물을 제외하고는 대부분 노골적으로 혹은 암묵적으로 친일행각에 빠져들었다. 이러한 문단 내외의 정세 속에서 『탑』은 놓여 있는 것이다.

한설야 역시 이러한 악화일로의 정세를 나름대로 극복하여야만 했고,

그 방식은 지금까지 보여왔던 극좌적 편향의 이념적인 비평으로는 가능하지 않았다. 더욱이 임화류의 문학사연구 역시 그의 비평이 실제비평보다 다분히 논쟁적인 비평에 더 큰 무게중심이 놓여 있었기 때문에 불가능하였으며, 결국 그가 택할 수 있는 방식이라고는 신변잡기에 가까운 자잘한 수필40)과 소설창작만이 열려진 가능성이었다. 그러나 소설은 궁극적으로 '부르주아 사회의 서사시'41)라는 루카치의 표현대로 '일상적 현실의 극복'을 지향하며, 주체와 세계의 대결이 첨예하게 가로놓인 양식이 아닐 수 없다. 적어도 소설이 쓰여지기 위해서는 맞서 싸워가야 하는 대상으로서의 세계가 존재해야만 하는 것이다. 그러나 불행하게도 1940년대의 역사공간은 진정한 의미의 장편소설을 결코 허용하지 않았으며, 전적으로 세계의 우위 속에 주체가 괴멸되어가는 과정이 아닐 수 없었다. 이러한 가운데 한설야가 택한 방식으로서 『탑』에서 확인되는 자전적인 성장소설의 형태이다. 적어도 성장소설만큼은 이념에 몰두하기 이전임으로 말미암아 현실적인 억압으로부터 다소 자유로울 수 있으며, 현재이 전사인 과거를 통해 위축된 자의식을 부분적으로나마 되찾을 수 있는 양식이기 때문이다. 따라서 한설야에게 포착된 성장소설은 임화의 문학사 연구와 겨룰만한 의미를 가질 수 있었다.

더욱이 『탑』은 단순한 성장소설이기 이전에 한설야 자신의 체험과 직접적으로 맞닿아 있다. 한설야는 작품을 구상할 즈음에 이미 『청춘기』를 거론하면서 자신의 목적이 '나(한설야 — 인용자)와 동년배되는

---

40) 이 시기 한설야의 수필은 그의 내면풍경을 이해함에 있어서 주목할만하다. 예컨대 자신의 건투를 원한다는 한 노동자의 편지를 받고서 '그저 덮어놓고 그가 근로하는 사람이라는 말이 나를 기쁘게 하고 울게 하였'다고 밝힐만큼 그의 의식의 일단이 여전히 전향 이전의 사고틀에 붙박혀 있음을 확인할 수 있게 해준다. 그리고 이러한 자의식이 해방 직후의 당당함으로 표출된다. P군에게, 『박문』 3, 1940.
41) 소련 콤 아카데미, 『소설의 본질과 역사』, 신승엽 역, 예문사, 1988.

즉 만으로 근 40년의 조선을 호흡하고 생활한 청년들의 연대기 소설'[42] 을 쓰고자 하였고, 그 기본적인 골격으로써 자신의 체험을 중심에 둘 것을 계획하고 있었다. 이러한 사실은 구체적인 작품 속에서 고스란히 드러나고 있다. 심지어는 한설야의 동기(同期)가 자신을 포함하여 4남매라는 사실조차 틀리지 않고 복제되어 나타나 있는 것이다.

『탑』은 작가자신에 해당하는 주인공 우길이 여섯살 때부터 시작하여 1919년 3·1운동 직전에까지의 성장과정을 일상생활에서 일어나는 자잘한 이야기를 엮어가며 쓴 소설이다. 작품이 3·1운동을 넘어서서 계속되지 못하는 것이 곧 이 소설이 지닌 가장 큰 결함이며, 이는 무엇보다도 일본제국주의로부터 거세된 현실에 기인한다. 그리고 다른 한편 극히 개인적인 심리의 변화만을 쫓아 가기에 급급한 구성이 3·1운동이 필연적으로 배태하는 역사공간과의 마주침을 감당하기 힘들었기 때문이다.

더불어 성장소설이 개인사와 가족사를 이에 맞물려 들어가는 역사전체의 마주침 속에서 설정하는 가운데 가족의 변모와 개인의 의식변화를 추적해햐 한다는 당연한 사실조차 이 작품은 전적으로 간과하고 있으며, 개인사와 가족사만이 일방적으로 개진되어 있다. 더욱이 이것조차 수미일관 구조화되지 못한 채 비정상적이고 관념적인 연애담을 몇가지 늘어놓는 것으로 대체되어 있으며, 통속소설의 범주를 벗어나지 못하고 있다. 생생한 구체성에 기초한 현실의 재현과 그것의 역사적 방향성 획득에 도저히 미치지 못한 채, 낡고 허황한 삽화만이 방만하게 널려 있는 것이다. 이는 전적으로 '방법의 포기'에 근거하고 있다. 즉, 제재의 형상화 원리를 의미하는 방법에 대한 자각이 배제됨으로 말미암아, 자신의

---

42) 「무언실행의 人」, 『조광』 6호, 1940. 6, p.199.

자전적인 사실이 여과없이 노출되고, 그 결과 특수성을 매개로 하는 일반성에까지 고양되지 못한 채 그저 개별성의 협소한 영역 속에서 헤어나지 못하는 지경인 것이다. 이는 곧 『탑』의 세계가 즉자적 체험의 세계에 매몰되어 있음을 뜻한다.

이러한 방법의 포기는 더 나아가 세계관 모순을 해결할 수 있는 여지를 원천적으로 봉쇄하기에 이르며, 이는 작품에 등장하는 항일의병에 대한 작가의 평가에서 여실히 드러난다. 이전의 소설들[43]이 암시를 통해 의병 및 독립군들을 표현한 것과는 달리 『탑』은 주저없이 이들을 '폭도'로 규정하며 전쟁을 '난리'로 인식하고 있다.

> 최문환이는 본시 강원도 사람으로 제 고장에서 <u>폭도 수백 명을 거</u>느리고 함경도로 처들어 왔는데 때가 마침 동학란리 뒤짝이오. 일로전쟁 당시라 민심이 더욱 흉흉해졌다.[44] (강조 – 인용자)

이러한 그릇된 현실인식은 조선조의 문화전체를 일인(日人) 학무시찰의 입을 빌어 '완고와 야만'으로 치부하고 이에 전적으로 동의하는 입장을 보이고 있다.

> 조선이라는 어둡고 유치한 땅이 들복겨서 대단히 가엾슨 존재로 여러 사람의 눈앞에 나타나고 또 동시에 그 말대로 신학문을 배우고 개화와 문명을 얼른 마저 드리기만 하면 이 땅도 세계를 뒤흔들 엄청난 존재일 것같이 보여지는 것이었다.[45]

이는 한설야의 현실인식, 곧 반봉건에 대한 의식이 반제국주의와 결

---

43) 최서해의 「탈출기」는 그 대표적인 경우이다.
44) 『탑』, 수문서관, 1988. p.199
45) 같은 책, p.164.

합하지 못한 채 일방적으로 과장되어 희화화되어 있음을 보여주며, 이 작품의 주제에 해당하는 것임을 알려준다. 곧 우길은 누이 이순의 결혼이 자주적인 선택이 아니라 일방적으로 양가 부모의 무책임한 약속으로 이루어지는 데 반대하여 이순과 함께 가출을 감행하는 결미에서도 다시금 확인된다. 요컨대 우길의 가출은 한편으로는 봉건적인 혼인방식에 대한 저항이자, 봉건적인 이념이 구체적으로 표현되는 아버지에 대한 저항이다. 이러한 반봉건에 대한 지나친 강조, 그 자연스러운 귀결로써 반제의식과 결부되지 못한 파행적인 인식은 다른 한편 2장에서 한설야 비평의 특징이 현실의 구체성을 포착해내지 못한 채 이념의 선차성을 강조하는 경향과 맞닿아 있으며, 이는 민족모순과 계급모순이 심각하게 혼효되고 착종되어 있는 가운데 진척된 식민지시대 사회운동이 지닌 내적 특질을 간과한 것이 아닐 수 없다. 이로부터 우리는 그의 세계관이 치밀한 실천 속에서 일구어진 것이 아니라 일정한 이념도식으로 전락한 것일 따름임을 다시금 확인하게 해 준다.

V. 문학사적 자리매김

한설야에 관한 연구는 이제 막 출발점에 서 있다. 그리고 그 궁극적인 도달점은 한설야의 총체적인 문학사적 의미의 복원일 것이다. 하지만 그에 대한 총체적인 복원에 이르기까지 우리가 넘어야 할 장해는 도처에 널려 있다. 문화정책의 경직성, 이데올로기에 대한 연구자의 기피증, 자료의 결핍, 그리고 이 모든 것의 근저에 놓인 분단의 역사가 아직도 우리 앞에는 커다란 걸림돌로 남아 있는 것이다. 하지만 비록 공개적이고 대중적으로 그에 대한 논의는 불가능할지라도 애초부터 연구의 영역에서 배제하고 뛰어 넘기에는 식민지시대 문학사의 편폭이 그다지 풍부하지 않다. 더욱이 한설야는 비평과 창작, 실천에 걸쳐 지속적인 노력을 기울인 보기 드문 개인이며, 그에 대한 복원은 식민지시대 문학사와 거의 유사한 문제의식 속에서 살아가는 우리에게 많은 시사를 던져주고 있는 것이다.

이에 본서는 비록 소략하나마 총체적인 면모를 드러내는 기초적인 작업으로써 이왕의 논의에서 간과되어 왔던 한설야의 비평과 장편소설 『탑』을 검토하였고, 이를 통해 보다 진일보한 한설야에 대한 의미를 끌어내고자 시작되었다. 그 결과 한설야의 비평은 당대의 문제의식을 섬세하게 걸러내고, 그 실천적인 해결의 실마리를 제기하고자 고민하기보다 이미 존재하는 원론적인 이념 도식을 그때그때의 문제와 결부시켜 정리해내는 입장에 놓여 있음을 확인하였다. 더욱이 객관적 정세가 한층 곤혹스러워져 가던 30년대 후반에 이르러서는 극좌적인 편향을 보이면서까지 이념도식에 집착하였던 것으로 고려된다. 그 결과 본고는 해방직후 그의 문학운동의 구체적 실천이 이러한 이념에의 고착에 기인하는 것이 아닌가 하는 진단을 내린 바 있다. 이와 함께 그의 비평에서 나타나는 간과할 수 없는 특징은 비평에 대한 창작실천의 우위라는 입장을 확고하게 틀어쥐고 있다는 점이다. 하지만 창작을 떠받치는 기본적인 방법으로서의 현실주의에 대한 그의 이해는 극히 제한적인 상태에 놓여 있었다. 즉, 방법을 단순히 형식에 상응하는 표현으로 국한시켰으며, 현실주의가 양식이기를 뛰어넘어 제재의 선택에서부터 현실의 예술적 전유과정 전체를 포괄한다는 사실을 의식하지 못하였다. 그럼에도 불구하고 그의 이러한 창작에 대한 자부심이 식민지시대 말기에까지 창작에 대한 열의를 불러 일으켰으며『탑』을 발표할 수 있게 하였다.

한설야 창작의 제 3기에 해당하는『탑』은 일본제국주의에 의해 현실이 강압적으로 거세됨으로써 현실을 예술적으로 전유하는 방법까지도 포기될 수밖에 없었으며, 한설야의 방법에 대한 그릇된 이해는 이러한 경향을 더욱 가속화시켰으며『탑』의 예술적 질을 여지없이 와해시키고 있다. 그결과 한설야는 성장소설이란 양식을 선취하였음에도 불구하고, 예술적 가공 곧 형상화의 원리를 고려하지 않고 자신의 체험을 직접 제시함으로써 파탄을 초래하기에 이르는 것이다.

하지만 이러한 비평과『탑』에서 노정되는 문제들에도 불구하고 그의 작품「과도기」와「황혼」의 성과는 식민지시대 소설의 질을 판별하는 많지않은 잣대의 하나로 한국문학사에서 보다 증폭된 형태로 거론될 것이다.

6. 사회주의 리얼리즘 소설의 발전 양상

Ⅰ. 사회주의 리얼리즘 소설의 범주 설정

근대의 성격에 관한 다양한 규정에도 불구하고, 1930년대가 한국 근대문학의 수원지라는 사실에는 그 어떤 이견도 있을 수 없다. 1930년대를 중심에 두고 거의 모든 문학적 경향들이 지류를 형성하며 몰려 들고, 또한 다양한 분기를 이루며 펼쳐져 나가기 때문이다. 소설사라고 해서 이는 예외일 수 없다. 이인직, 이광수로부터 비롯되는 한국의 근대소설은 김동인, 현진건, 나도향, 초기 염상섭 등의 20년대를 거쳐 30년대라는 거대한 수원지로 모여들고, 다시 이상, 김유정, 박태원, 이태준 등으로 분기하는 경향을 보이고 있다. 그리고 이 1930년대의 정점에 염상섭, 채만식, 이기영, 한설야, 강경애 등의 걸출한 리얼리즘 소설 작가들이 존재함은 물론이다.

그러나 이들 30년대 리얼리즘 소설의 작가군들은 리얼리즘이란 양식적 명칭으로 포괄하기 어려운 특성을 지니고 있다. 물론 염상섭이나 채만식의 작품을 리얼리즘으로 분류하는 것에는 이의가 있을 리 없다. 이들의 정신과 방법은 오늘날까지 지속적으로 이어져 우리 문학의 주요한 산맥으로 우뚝 버티고 서 있기 때문이다. 그러나 이기영, 한설야, 강경애, 김남천 등을 일괄적으로 리얼리즘이라 지칭하기에는 석연치 않는 측면을 남겨 둔다. 이들은 염상섭, 채만식 등과 명확하게 다른 측면들을 견지하고 있으며, 이들 상호간의 명확한 친연성 또한 지니고 있기 때문이다. 문학사가 특정한 양식의 형성과 그 발전을 추적하는 것이라고 할 때, 양식 내부의 분기 또한 명료하게 포착할 수 있어야 한다. 그럴진대 리얼리즘이란 명명은 단일한 특성으로 묶기 어려운 다양한 내적 분화를 포괄하지 못하는 지나치게 보편적인 범주가 아닐 수 없다.

물론 지금까지 이들 작가들의 작품을 지칭하는 명칭이 아예 없었던 것은 아니다. 그 가운데 가장 일반적으로 받아들여지고 있는 것은 '경향소설'[1]이란 지칭이다. 하지만 이 규정은 신경향파로부터 이어받은 개념이며, 그 결과 신경향소설의 전개와 발전이란 측면을 중시한 것일뿐 이들 작품들의 명확한 미적 질을 포착한 것이라고 보기 어렵다. 경향이 함축하고 있는 시대적 의미를 충분히 용인한다고 하더라도 그 구체적인 내용은 역사적인 현실성에 지나치게 근접한 나머지, 보편적인 문학사적 범주가 되기는 어렵다는 사실이다.

다음으로 '카프소설', '프로소설'이란 명칭도 드물지 않게 제시되고 있으나, 이들 역시 불충분하기는 마찬가지이다. 카프란 특정한 역사적 시기의 조직적 명칭이며, 문학작품이란 예술적 소산물은 항용 조직의 규율과 강령을 상회하는 것이기 때문이다. 더욱이 카프란 조직체가 완

---

1) 김윤식 · 정호웅 공저, 『한국소설사』, 예하, 1993, p.115.

전히 궤멸한 1935년이야말로, 이들 작품들이 융성하게 발전한 시점이었음도 설명하기 어렵다. '프로소설'도 사정은 다르지 않다. '프로'의 원형인 프롤레타리아트소설의 경우 마치 노동소설과 마찬가지로 제재에 따른 명명일 터인데, 정작 이 시기의 소설은 프롤레타리아트란 특정한 미적 주체를 발견한 것이라고 보기 어렵기 때문이다. 대부분의 작품들이 농촌문제와 노동문제라는 식민지적 질곡에 동시에 닻을 내리고 있다는 근대문학 초기의 특성을 보여주고 있기 때문이다.

결국 이러저러한 규정은 일면적인 진실만을 포지하고 있으며, 소설사를 지탱하는 범주가 되기에는 충분하지 못한 것이다. 그렇다면, 명확하게 존재하는 작품의 경향들을 소설사의 범주로 포착하기 위해 필요한 전제는 무엇인지 살펴보지 않으면 안될 것이다. 무엇보다 소설사의 범주로 특정한 작품군들을 포괄하기 위해서는 미적 특성이 충분히 체현되어야 한다. 이기영, 강경애, 한설야, 김남천 등의 작품에 내재된 간과할 수 없는 미적 특성은 이들 작품이 한결같이 현실성을 중시한다는 점이다. 이들 소설에 등장하는 인물들은 한결 같이 현실이란 커다란 입각점에 서서, 전형적 상황 하에서의 전형적 인물이 겪는 행위와 사건을 묘파하고 있다는 점에서 이들 현실성의 범주는 놓칠 수 없는 계기를 이룬다. 따라서 현실성에 주목할 때, 이들 작품들은 명확히 리얼리즘적인 작품들이다. 그러나 앞서 언급한 대로, 기존의 리얼리즘 작품과 다른 점 또한 규명되어야 한다. 기존의 리얼리즘 작품들, 전형적으로 염상섭의 「만세전」이나 『삼대』와 이들 작품군들의 차이점은 현실성과 함께 리얼리즘 소설의 또 다른 표지인 진리충실성이 서로 상이하다. 동일한 리얼리즘이란 예술 방법 안에서도 비판적 리얼리즘과 사회주의적 리얼리즘은 휴머니즘적 지향을 공통의 뿌리로 삼고 있으면서도, 그 지향은 비판적 리얼리즘 작품이 민중연대성에 토대를 두고 있는 것에 비해, 사회주의 리얼리즘적인 작품은 당파성을 전제로 두고 있는 것이다.

그리고 이들 30년대의 작품군들이 당파적 지향을 명확하게 인식하고 있었음은 당시의 비평적 논쟁에서도 거듭 확인되는 바이다. 특히 임화는 '형상적 사유와 서술의 당파적 견지'[2]라는 입론 속에서 당파성을 정치적인 슬로건이 아니라 미학적 범주로 명확하게 정식화하고 있다. 결국 30년대 리얼리즘 소설은 비판적 리얼리즘과 사회주의 리얼리즘으로 대별할 수 있으며, 이기영, 한설야, 강경애 등이 창작한 일군의 소설은 사회주의 리얼리즘 소설로 지칭하는 것이 양식의 내적 특성을 적절히 명명하는 것이 될 것이다.

Ⅱ. 30년대 사회주의 리얼리즘 소설의 공통 특성

1930년대 사회주의 리얼리즘 소설이 공유하는 특성들, 여타의 소설적 경향과 변별되는 자질들은 정치하게 분석된 바 없다. 다만 개별 작품들이 갖는 특성들이 간헐적으로 제시되었으며, 이를 통해 전체적인 특성들을 거꾸로 유추하는 경로로 작업이 이루어져 왔다. 그러나 특정한 문학적 경향들이 존재한다면, 그 경향을 포괄하는 내적 자질들이 의당 존재하며, 여기에 대한 탐구를 진척시켜 나가는 것은 소설사의 첫머리에 개진되어야 할 작업일 것이다.

1930년대 사회주의 리얼리즘 소설이 갖는 첫번째 특성은 무엇보다도

---

2) 임화, 「문학에 잇서서의 형상의 성질 문제」, 『조선일보』 1933.11.25.

소설의 배경에 생산 현장이 놓여 있다는 점이다. 그것이 『고향』에서와 같은 '농촌'이거나 『황혼』에서처럼 '공장'이라는 차이가 있음에도 불구하고 이들 기층민중이 몸담고 있는 생산의 현장을 중심적인 배경으로, 나아가 사건으로 포착한 것은 여타의 비판적 리얼리즘 소설이 가정을 배경으로 세대간의 갈등과 개인들의 갈등을 포착한 것과 명확하게 구분된다. 더욱이 이들 생산의 현장들은 다른 사건들을 촉발하는 계기가 아닌, 묘사의 중심으로까지 상승함으로써 소설의 내적 의미를 강화하고 있다.

> 늘어진 낡은 벨트가 조방기 바퀴에서 미끄러 벗어진 것을 보자 학수는 곧 그리로 달려갔다.
> 천장 밑 높은 곳에서 일 분간 이백 회의 속도로 돌아가는 라인샤프트의 바람쌀에 벗어져 버린 벨트는 벗어진 대로 치렁치렁 춤을 추고 있다.
> 익숙지 못한 사람 같으면 으레 기계의 발동을 저지시키고 그것을 다시 걸어야 하지만 학수는 몇 번 치러 본 경험도 있고 또 잠시라도 기계를 정지시키면 담당이 덮어놓고 눈을 부라리기 때문에 그는 그대로 벨트를 당기어다가 조방기 바퀴에 걸었다.
> 바퀴에 걸쳐진 벨트가 다시 급속도로 돌아가기 시작한 순간 학수의 왼팔이 그만 그 속에 먹혀 버렸던 것이다. (『황혼』[3], 185면)

> 구장집 머슴 곽첨지는 영남 사투리로 왜가리같이 끽끽 소리를 지르면서 도리깻열을 곤두세워가지고 경상도 도리깨질을 껑충거리며 후려쳤다. 그러는 대로 지푸라기는 도리깻열에 휘감겨서 공중으로 떠오른다. 그의 궁둥이짓과 모들뜨기 발짓하며 영남 도리깨질에 목곧은 목소리와 한데 어울려서 참으로 우스우면서도 그것이 매우 어울리고

---

3) 이하 텍스트는 동아출판사에서 간행된 한국소설문학대계에 수록된 것으로 한다. 한설야, 『황혼』, 동아출판사, 1995.

신명을 내게 하기 때문에 다른 일꾼들도 한데 쓸려서 일들을 잘 한
다.…… 지금 그들은 누구나 도리깨질에 무아몽중이었다. 얼굴과 수
염과 머리에는 보리카락이 하얗게 붙었다. 옷속으로도 보리카락이 들
어가서 진땀이끈적끈적한 살에는 바늘끝깥이 꼭꼭 찌르는 줄도 모르
는 것처럼.

안승학은 사랑에 앉아서 자못 만족한 미소를 띄고 일꾼들을 내다
보았다. 그는 등의자에 걸터 앉아서 한손으로는 부채질을 슬슬 하면
서. 그는 맨발 벗은 두 다리에 도리사 중의를 꿰고 윗도리는 안동포
적삼을 시원하게 입었다. (『고향』4), 123~124면)

『황혼』에서의 인용은 준식이 집단 행동을 위한 기초적인 공감대를
이끌어내고, 자신의 지도력을 확보하는 계기를 보여주는 사건이며,『고
향』에서의 인용은 안승학과 농민들의 대립적인 이미지를 강화함으로써
이데올로기적 선택을 명료하게 보여주는 부분이다. 그리고 이들 노동현
장의 묘사는 공통적으로 단순한 소재주의에 그칠 뿐만 아니라, 계급적
대립을 일구어내는 바탕을 형성하고 있다는 사실이다. 곧 식민지자본주
의의 모순을 심부에서 확인할 수 있는 계급적 대립으로 사건을 이끌어
가는 필연적인 배경으로 기능하고 있는 것이다.

그러나 이들 배경의 구체적인 실제는 한결같지만은 않다.『고향』은
농촌이 중심을 이루고, 공장은 다만 원경에서 소작쟁의를 지원하는 관
점에서 배치되고 있다. 반면『황혼』은 농촌에서의 노동은 어디에서도
발견되지 않고 오히려 공장이 중심적인 배경으로 존재한다. 이러한 변
화는 이기영과 한설야의 개인적인 특성이기도 하려니와 당대에 제기된
소작쟁의와 노동쟁의라는 계급적 갈등이 역사적인 발전과정 속에서 점
차 노동쟁의로 그 중심점이 이동해 간 것에 기인한다. 여기에는 운동 조

---

4) 이기영,『고향』, 풀빛, 1989.

직이 제기한 혁명의 과제에 더욱 적실하게 부응하고자 하는 기투와 함께 식민지 자본주의의 발전 단계가 노동쟁의의 현실성을 강화하였기 때문이다. 이러한 중심점의 이동은『인간문제』에서 선비나 첫째의 역정을 통해 개인사 속에 선명하게 관철되고 있음을 볼 수 있다. 농촌의 궁핍화가 자심해지고, 그 속에서 생활의 터전을 빼앗겨버린 인물들이 봉건적 예속과 토지로부터의 자유라는 이중의 자유를 경험하며, 새롭게 형성되는 착취 기구인 공장의 노동자로 편입해 가는 과정이 전형적으로 제시되고 있는 것이다.

사회주의 리얼리즘 소설의 또 다른 특성은 주체의 존재 이전이 활발하게 감행되고 있다는 사실이다. 여기서 존재의 이전이란 소설의 주체인 인물들의 계층이 수직적 혹은 수평적으로 이전하고 있음을 뜻하며, 지식인 계층이 노동자 혹은 농민이 되거나 농민이 노동자가 되거나 하는 경우가 여기에 해당한다. 물론 이 존재의 이전은 지식인의 경우 의식적인 기투를 통해 이루어지며, 하층 계급의 경우 생활상의 요구로 인해 압출되는 피동적인 형태로 이루어진다. 하지만 이 경우에도 단순한 생활 방편의 선택이라기보다 농민층 분해라는 역사적 과정에서의 필연적인 이전이라는 점에서 여타 소설과는 명확하게 구분된다.

특히 지식인의 존재 이전은 '문제적 개인'이란 미학적 개념을 통해 이미 거론된 바 있다. 이들 인물은 사회주의 리얼리즘 소설의 곳곳에 위치하고 있으며, 작품 내적 비중 또한 만만치 않다.『고향』의 희준이나 갑숙은 물론이거니와『인간문제』의 신철, 철수 등도 지식계급이며,『황혼』의 형철, 준식, 여순도 다르지 않다. 이들 인물들은 한결같이 소부르주아적 삶으로부터 혁명적 삶으로 자신의 존재를 이전시킴으로써 소설의 생동감을 부여하고, 사건을 촉발하는 근거를 확보해 간다. 그러나 이들 지식계급의 존재 이전에 대한 작품 내부에서의 평가는 다르다. 『고향』에서의 희준과 갑숙은 우여곡절에도 불구하고 생산계급과의 긴밀한 연대에 성공하는 반면, 『인간문제』의 주도적 인물에 해당하는 신철은 결국 전향함으로써 소부르주아적 틀을 벗어나지 못하는 인물로 부정적으로 단죄된다. 『황혼』에서 이러한 존재 이전의 양상은 더욱 복잡하다. 여순이 보이는 단호한 선택과는 달리 또 다른 주요한 인물인 경재는 작품의 말미에 이르기까지 자신의 존재에 대한 상징적인 회의만 거듭할 뿐이다.

물론 이들 소설에 등장하는 지식인들의 존재 이전은 사회주의 리얼리즘 소설의 미적 자질에 해당하는 당파적 요구와 연결되어 있다. 특히나 볼셰비키적인 의식적 노력을 통해 혁명의 현실성이 확보될 수 있다는 강령적 요구들이 작품 내부에 관철되고 있는 것이다. 그리고 이러한 양상은 『고향』의 희준에게서 여실히 드러난다. 김희준은 귀향한 후 먼저 청년회 일을 통해 소부르주아적인 활동을 수행한다. 그러나 김선달의 통렬한 비난에 맞닥뜨리고 '자기의 인텔리 근성'을 자책하게 된다. 그리고는 직접적인 민중과의 만남을 기획하기에 이른다. 그 과정에서 겪는 심리적 혼란 또한 만만치 않다. 『황혼』의 경재는 거의 신경증에 걸린 듯이 소시민적 욕망에서 헤어나지 못하고 있는 자신을 관찰한다.

> 마치 폐병으로 거의 죽어 가는 사람이 신경만 더욱 예민해져서 자기의 죽음을 날카로이 바라보고 있는 것과 같이 그는 자기자신을 바라보는 것이었다. 그것은 신경이 나는 일이요 또 이가려운 일이었다.
> 병고가 심하면 속히 감각을 잃는 것이 차라리 나을 것이다. 그와 같이 자기도 저 자신을 바라보는 눈이나 졸아 주었으면 하건만 도리어 그와는 반대로 눈만 마록마록해서 변해 가는 자신을 무슨 구경거

리나같이 바라보고 있지 않은가. (349면)

이처럼 소부르주아적 삶에 대한 부정적 평가와 함께 그 이면에 존재 이전의 열망에 깊이 침잠하고 있는 것이다.

지식 계급의 존재 이전이 심각한 심리적 동요를 겪는 반면에 농민이 노동자로 전화하는 것은 삶의 요구에 기반을 두고 있다. 그것은 일종의 탈출구로 인식된다. 『인간문제』에서 선비는 덕호의 악행을 견디지 못하고 출향하며, 첫째 역시 소작을 떼이고 도적질을 일삼다가 공장이 있다는 말을 듣고 훌훌 떠나버리고 만다. 물론 그렇다고 해서 삶이 달라지는 것은 아니다.

> 이것은 참으로 노동지옥이 아닌가! 농촌에는 이와 같은 노동이 없는 대신에 거기는 기아가 대신하고 있다. 노동과 기아! 그 어느 편을 낫다 할 것이냐? 아니 그들에게도 농민만 못지 않은 기아가 있고 농민에게도 그들만 못지 않은 노동이 있다. 결국 그 두 가지는 그들에게 공통된 운명이 아닐까? (80면)

『고향』이 말하듯, 농민이 노동자가 된다는 것 자체는 삶의 질에 어떠한 변화도 불러일으키지 못하는 것이다. 이 궁핍과 노동의 악순환으로부터 벗어나기 위한 유일한 경로는 노동자와 농민이 자각하는 것일 따름이다. 그러나 그 자각의 결과는 긍정적으로 제시되고 있으나, 『인간문제』에서 선비의 죽음으로 제시되듯 비극적인 측면을 항상 안고 있다. 그것은 시대가 부과한 한계 때문이다.

생산 현장이 소설의 배경과 사건을 형성한다는 점과 인물들의 존재 이전이 어김없이 제시된다는 특성 이외에도 이 시기 사회주의 리얼리즘 소설이 갖는 또 다른 특성은 남녀의 애정관계가 주도적인 모티프로 존재하고 있다는 점이다. 여타의 리얼리즘 소설에서는 볼 수 없는 이러한 특성은 대중성을 확보하고자 하는 노력의 일환이며, 사회주의 리얼리즘 논의를 통해 이끌어낸 성과이기도 하다. 따라서 작품 속에 제시된 남녀의 애정관계는 그 자체가 초점이라기보다 인물의 의식적 자각과 새로운 세계로의 편입을 지원하고 매개하는 수단으로 상정된다. 『고향』에서 김희준과 갑숙, 경호의 삼각관계가 그러하며, 『황혼』에서 경재와 여순, 현옥의 삼각관계 역시 텍스트의 많은 부분을 차지한다. 『인간문제』에서도 상황은 다소 다르나, 신철과 옥란, 선비가 서로 얽혀 있다는 점에서 주요한 사건의 추동력으로 남녀관계가 문제시된다는 점에서는 다르지 않다. 그리고 이들 남녀 관계는 어김없이 주체의 존재 이전을 가로막는 장애로 등장한다. 희준과 갑숙이 그러하며, 경재와 여순이 그러하다. 희준과 갑숙은 서로 연연해 함에도 불구하고, '역시 옥희를 사랑하지 않는 것이 좋다. 그래야만 내가 정당하게 주의에 사는 사람이 된다.'(562면)고 주장하며, 여순 역시 경재에 대한 미련을 떨치고 새로운 세계로 나아간다.

남녀 관계가 사건의 추동력으로 작동할 뿐만 아니라, 이들 작품들에서 남녀의 애정관계는 단순한 연애에 그치지 않고 욕망으로 구체화되어 나타난다는 점에서 한층 직접적이며, 그만큼 묘사는 육감적이다.

> 그들은 어느덧 철도둑을 넘어섰다. 그는 앞서가는 방개의 머리채에서 상긋한 동백기름내를 맡았다.
> ─함함한 머리채! 달빛에 을비치는 하늘하늘한 인조견 치마 속으로 굼실거리는 엉덩이 그리고 통통한 두 팔목 잘룩한 허리! 인동이의 시선은 마치 불똥 튀듯 방개의 몸뚱이의 군데군데로 튀어 박혔다.

(133면)

그러나 『고향』의 이 인용에서처럼 육체의 이미지를 강화하는 것은 단순히 대중성을 확보하고자 하는 선정적인 기획만은 아니다. 지식계급의 경우, 예컨대 희준이 음전에게서 느끼는 욕망은 자기 모멸을 동반하는 것과 달리, 인동과 방개의 관계 속에 드러나는 이들 묘사는 건강한 생명력과 직결되어 있다. 곧 새로운 세계를 열어젖히는 동력의 구체적인 표징으로 제시되는 것이다.

이들 세가지 측면만이 사회주의 리얼리즘 소설의 공통 특성은 아닐 것이다. 예컨대 『고향』이나 『황혼』에서 보이는 적극적인 전망의 개척도 간과하지 못할 또 다른 특성일 수 있다. 『인간문제』 역시 비극적인 선비의 죽음으로 끝을 맺고 있으나, 전망이란 측면에서는 역사의 진행방향이 무엇인지를 명확하게 제시하고 있다는 점에서 적극적인 해결이 아닐 수 없다. 전망을 단순히 결말의 처리 방식으로 협소하게 이해하지 않고, 사건의 생성과 추동의 과정 전체를 관통하는 것이라는 관점이 필요한 것이다. 또한 여성 노동자의 역할에 상대적으로 남성 노동자에 비해 확대되고 있는 것도 이들 소설의 한 특성일 것이다. 이는 방직공장이 초기 자본주의를 대표하는 업종이며, 여기에 여성노동자가 더욱 많은 비중을 차지하고 있다는 현실적인 조건 때문이기도 하지만, 여성을 새로운 주체로 자각하고 수용하는 입장들이 점차 확산되고 있음을 입증하는 것이기도 하다.

그러나 이들 특성들과 함께 놓칠 수 없는 것은 각각의 작품들이 어떻게 주어진 사회적 조건 속에서 예술적 완성도를 향해 약진하고 있으며, 무엇을 새로운 지평으로 소설사에 넘겨주고 있는가를 살펴보는 작업일 터이다.

Ⅲ. 현실 재현의 총체성과 민중적 이데올로기의 성취 : 『고향』

『고향』이 식민지시대를 통틀어 소설사의 가장 높은 봉우리라는 사실은 최근에 제시된 거의 모든 소설사가 동의하는 바이다. 그 구체적인 근거는 인물 형상의 전형성과 농촌 현실의 총체적 재현, 구체적 세부묘사를 통한 예술성의 획득으로 요약된다. 그러나『고향』은 불모지에 우뚝 솟은 봉우리가 아니라, 「가난한 사람들」, 「민촌」, 「농부 정도룡」, 「서화」에 이르기까지의 수많은 예술적 실험과 모색을 통해 획득한 성과이다. 「가난한 사람들」에서 보이는 단호한 혁명적 관점, 「민촌」에서 확인되는 지주와 농민의 이원적 대립을 통한 현실성의 획득, 「농부 정도룡」에서 제시되는 전형적인 생명력 넘치는 농민상의 포착, 「서화」에서 풍속을 통한 사건의 구성이나 정광조로 대변되는 '매개적 인물'의 창출 등이 『고향』의 앞자리에서『고향』을 예비하고 있는 것이다.

이 연장선 위에서 무엇보다『고향』은 특히 가난에 대해 깊이있는 천착을 제시해주고 있다. 단순히 가난이 얼마나 참혹한 것인가를 핍진하게 드러낼 뿐 아니라, 그 원인이 무엇이며, 그것의 극복은 또 어떻게 가능한지를 모색하고 있는 것이다. 이는 최서해가 탐구하는 가난과 질적으로 다르다. 「탈출기」의 가난이 가난한 현실의 면모와 그 원인으로서의 제도라는 비약에 힘입은 인식, 나아가 탈가를 통한 전면적인 투쟁으로 귀결되는 것과 달리『고향』은 가난을 둘러싼 이데올로기적 의미를 체계적으로 펼쳐보이고 있다. 이는 단순히 장르적 특성이 텍스트가 지닐 수 있는 편폭의 차이를 유발한 것일 수만은 없다. 오히려 인식의 차이가 장르의 선택에 거꾸로 작용할 수도 있음을 입증한다. 현실에 대한 명확인 이데올로기적 기획이 의식적으로 선택되고, 그 견고함으로 인해 장편소설이 비로소 쓰여질 수 있는 것이다.

『고향』에서 가난에 대한 이데올로기적 인식은 현실에 대한 농민들의 의문으로부터 비롯된다. 농촌사람들의 삶을 전형적으로 대변하는 인물인 원칠은 수대를 이어받아 자신들의 삶을 영위해온 바탕이 되어 주었던 농사일이 지금에 와서는 더 이상 삶의 버팀목이 되지 못하고 있음을 분명하게 자각한다. 그러나 이러한 자각은 현상의 원인에 대한 탐구로까지 이어지지 못한다. 비록 이러한 지각이 "사람이 한 세상을 이렇게만 살다가 죽을 것이냐? 그것은 참으로 웃을 일이 아니었다. 허무한 일이다."(120면)라는 분노를 야기하지만, 정작 그 분노의 방향은 종잡을 수 없는 것이다. 고작 그들이 분노를 해소하는 방안이라고는 "물불을 헤아리지 않고 푸념"하거나, "황소같이 날뛰며 닥치는 대로 세간살이를 며붙이"는 것일 따름이다. 물론 문제를 인식하고자 노력하기도 한다. 조첨지와 김선달의 논쟁이 그것이다. 조첨지는 자신들의 가난이 잘못된 화폐제도 때문이라고 주장하고, 김선달은 늘어난 인구 때문이라고 주장한다. 하지만 이들의 연륜과 경험만으로도 해답은 발견되지 않는다. 다만 그 단서만이 김선달의 발화를 통해 포착될 뿐이다.

> "참 그렇다니 말이지 작년에, 저 한 들에를 가보니까 거기는 모두 쌀도지를 되는데 쌀을 되는 데도 협잡이 붙을까봐서 공중에다 홈통을 만들어놓고 쌀을 거기서 내려쏟아서 그 밑에 둔 빈 말로 떨어지게 해 놓고는 다시 방망이질을 싹 하지 않던가. 그렇게 해서 기계 사나끈으로 한가마씩 묶어놓는데 허허 참. 그놈을 검사만 맡으면 정거장으로

<blockquote>
실어서 인천이나 군산으로 그대로 막 내실리도록 만들었데그려. 몇 해 전만 해도 어디 그런 일이 있었나?" (376면)
</blockquote>

인용에서처럼 쌀이 인천이나 군산으로 흘러드는 것은 일본으로 보내기 위한 것이며, 각박해지는 세상 인심이란 곧 식민지 지배의 가혹함에 놓여 있는 것이다. 그것은 단적으로 쌀 수출량을 비교해보면 알 수 있다. 1920년에 비해 1930년에 들어서는 거의 2/5에 해당하는 미곡이 식민지 본국인 일본으로 빠져나갔던 것이다. 이와 반비례하여 '조선인 1인당 쌀소비량'은 0.6%에서 마침내 0.45%까지 지속적으로 감소되어 왔다. 결국 조선인은 1인당 쌀 소비량의 절반으로 연명해가야 했으며, 평균 이하의 삶을 살아가야 했던 소작농에게 그 비율의 현실적인 의미는 참담한 것이었을 터이다. 『고향』에서 제시되고 있는 가난은 허구적인 고안물이 아니라, 현실 그 자체의 복제와 다르지 않는 것이다. 그리고 그 가난의 원인에는 식민지 지배가 가로놓여 있는 것이다.

이와 함께 서술자는 직접 농촌이 피폐한 원인을 비료를 통해 '농산물과 공산품 간의 불균등한 가격'과 함께 '옛날의 한 섬은 일백육십 근밖에 안되던 것을 지금은 어디서나 이백근씩 받는 것이 아주 불문율'로 굳어져 버린 수탈의 간고함 등을 들고 있다.

하지만 텍스트 안에서 이러한 수탈에 대응해 나가는 방안은 생산양식 자체가 갖는 전근대성으로 말미암아 구체적이지 않다. 다만 두레를 통한 공동체의 건설이나 생산자가 곧 역사의 주인임을 일깨우는 계몽적 수준에 머물고 있다. 하지만 두레를 통한 공동체 의식의 진작은 그나마 풍년일 때에야만 가능했을 뿐, 흉년에는 그마저 와해될 수 밖에 없다.

하지만 가난에 대한 전이의 불처저함은 단순히 텍스트 생산자로서의 작가가 갖는 한계일 수 없다. 적어도 가난은 식민지 지배 권력에 대해 정면으로 봉기를 들지 않으면 불식시킬 수 없는 것이며, 검열의 제한 속에서 그러한 이데올로기적 가치 함축을 텍스트가 구체화한다는 것은 불가능하였을 것이다. 그 결과 제시될 수 있는 개량주의적 해결책은 함량 미달일 수밖에 없는 것이다. 더욱이 농민계급이 갖는 역사적 퇴행성이 진정한 전이를 실현하기 어렵게 만드는 것도 사실이다. 『고향』의 결말이 도덕적 수준에서의 강제에 의해 이루어지고 마는 것도 궁극적으로는 여기에 근원을 두고 있는 것이다. 결국 『고향』이 제시하는 '서사시적 세계'는 기만적일 정도로 허구의 공간 안에서 순간적으로 생성된 것일 따름이며, 현실의 다양한 관계를 일시적으로 단절시킨 가운데 수립되는 낭만적 선취[5]에 해당한다.

　『고향』의 중심적인 탐구의 대상은 의당 농민들의 삶에 놓여 있다. 그럼에도 그에 대한 이데올로기적 함축이 그 기획의 현실성과 동떨어진 채 낭만주의적 종결로 치닫고 말았다면, 작품이 갖는 문학사적 평가 역시 달라져야 할 것이다. 하지만 이기영의 『고향』을 여전히 식민지시대 리얼리즘 소설의 정점으로 평가하는 것은 단순히 현실을 정확하게 재구성하고 있기 때문은 아니다. 『고향』의 성취는 농민들의 삶의 중심적인 문제인 가난이 아니라, 오히려 그 변경에서 일어나고 있는 다양한 이데올로기적 전이의 양상을 살펴볼 때 쉽게 확인할 수 있다. 그와 같은 전이는 기존의 운명적이고 순응적이던 태도를 극복하고자 하는 갑숙의 선택을 통해, 그리고 새롭게 흥기하는 세대들의 연애, 사랑, 자유, 행복 등

---

5) '낭만적 선취'란 현실의 미성숙으로 말미암아 현실주의적 방법으로 전망을 포착할 수 없을 때, 작가의 이상이 과도하게 표출되는 낭만적 방법을 통해 현실을 포착하는 것을 의미한다. D.Markov, *Zur Genesis des Sozialistischen Realismus*, Adademie‐Verlag, 1975, ss.123～125.

에 관한 적극적인 이데올로기적 개입을 통해, 나아가 이들 모두에 개재
되어 있는 진보에 대한 흔들리지 않는 확신을 통해 이루어지고 있다. 나
아가 이들 새로운 이데올로기적 전이의 가능성을 새롭게 성장하는 청년
들의 삶 속에서 발견하고 있다는 사실도 그 이데올로기적 지향을 엿보
게 한다. 그러나 인텔리나 소시민적 청년들이 이 역할을 감당할 수 없음
은 물론이다.

『고향』은 변화의 주체가 이들 인텔리나 소시민적 청년들이 아님을
섬세하게 탐구해 보이고 있다. 희준이 고향으로 돌아와 처음으로 하는
일은 읍내의 청년회 활동이다. 그러나 그 활동 속에서 희준이 발견하는
것은 환멸뿐이다. 처음에는 심지어 오락기관으로 여겨질 지경이다. 그
들이 잘한 것이라고는 '노동야학을 시작'한 것뿐이다. 이는 곧 생산대중
과의 접촉면만이 의미를 갖는다는 자각이다. 그것을 제외한 나머지는
아무짝에도 쓸모없는 군상들의 집합소일 따름이다. 그럼에도 '잘 지도
하면 된다'는 생각에서 확인되듯 여전히 계몽주의적인 지도와 피지도의
관계망 속에 희준의 의식이 고착되어 있음을 보여주고 있기도 하다. 하
지만 이러한 허위의식은 김선달을 통해 극복된다. 농민의 날카로운 비
판 속에서 청년회의 이데올로기적 함축이 명료하게 정리되고 있는 것이
다.

> "…… 그까짓 청년회는 무엇하러 가는겐가? 그까짓 것들하고 무슨
> 일을 같이 하겠다고. 하긴 자네가 나온 뒤로는 좀 달라진 것 같데마
> 는 어떻게 했으면 오늘은 심심풀이를 잘 할까 하는 유복한 자식들이
> 나, 그렇지 않으면 제 에미 에비가 뼛골이 빠지게 일을 해서 보통학
> 교나마 공부를 시켜 놓으니까 번둥번둥 처먹고 놀면서 '공'인지 급살
> 인지 치러 까지르는 것들이 무슨 제법 큰 일을 하겠다는 말인가. 홍!

그래도 내세우는 말들은 장관이지. 뭐, 그런 운동을 하면 몸이 튼튼해
지고 먹은 게 소화가 잘 된다고. 아니 못 먹어서 부앙이 나 죽을 놈이
부지기수인데 돼지죽으로만 알던 지게미도 못 얻어먹어서 양조소 굴
뚝을 하느님 쳐다보듯 하고 한숨을 짓는 이러한 살얼음판인데, 그래
기껏 걱정이 밥 먹은 것을 삭일 걱정이로구먼! 천하에 기급을 할 놈
들 같으니!" (157면)

소시민과 그 삶의 양태에 대한 이데올로기적 가치평가는 '사람'과
'동물' 사이를 왕래하다가 마침내 '내세우는 말'들만 번드레하며, '먹고
노'는 계층으로 규정된다. 더욱이 그러한 평가의 이면에 농민의 간고한
현실에 대한 무지가 제시됨으로써 분명한 설득력을 확보한다. 그리고
이러한 이데올로기적 함축의 실현은 희준으로 하여금 자신에게 내재된
'인텔리 근성'을 비판하게 만들며 '어둠과 빛'의 이미지6) 속에서 '제가
감히 이 잔을 마실 수 있겠습니까?'라는 소명의식으로 진전되어 나간다.
비록 과장된 수사에도 불구하고, 그리고 계몽주의적 의식을 끝내 불식
시키고 있지 못함에도 불구하고 이러한 자기비판을 통해 희준은 자신의
존재를 이전시켜 나간다. 그것은 노동과 견고하게 결속되는 것이며, 생
산계급과 자신을 끊임없이 일치시켜 나가고자 하는 노력 속에서 완결된
다. 생산계급의 현실성을 인식하고, 그 현실성 속에 철저하게 몸을 담는
것이야말로 진정한 변혁의 출발점이라는 자각이 흔들림없이 표출되고
있는 것이다. 이러한 경험 속에서야 '누구의 힘'으로 이 세계가 움직이
는가?라는 질문에 대해 답할 수 있는 것이다.

---

6) '어둠과 빛'의 이미지는 이 소설 전편에 걸쳐 긍정적 인물들의 고뇌를 제시하는
이미지로 작동한다. 인순이 그러하며(p.15), 갑숙 또한 다르지 않다.(p.110) 그러나
이들 인물들은 서사가 진행되는 가운데 어둠에서 빛으로, 곧 훼손된 삶에서 삶의
진정성으로 이동해 가고 있다.

희준의 이러한 이데올로기적 전이는 갑숙에게서도 동일한 형태로 반복된다. 다만 노동계급과의 접촉으로 인해 회의가 일어나지 않는다는 점을 제외하고 그 귀결은 동일하다. '제가 감히 이 잔을 마실 수 있겠습니까?'라고 말하는 희준과 '순교자적 열정'으로 가슴을 태우는 갑숙은 이들 소시민적인 인텔리들로 하여금 생산계급과의 결합을 가능케 하는 동력이 되고 있다. 비록 앞서 지적한 계몽주의적 한계가 여전히 극복되지 못하고 있으나, 이들 이데올로기적 주체들이 생산계급과의 견고한 결합을 성취하고 있으며, 그 경로를『고향』이 보여주고 있다는 것은 의미있는 진전이다. 더욱이 이 작품에서 제시되는 긍정적인 인물들이 '완결된 인물'이 아니라, 형성되어 가는 인물이라는 점에서 리얼리즘의 가능성을 한층 더 열어보인 것으로 평가된다.

『고향』이 등장인물들이 소시민적 한계를 극복하고 생산제계층과 견고한 연대를 이루어나간다는 결론은 기존의『고향』평가가 농민문학이란 협소한 틀 안에서 이루어져 왔음을 의미한다. 정작 식민지 현실이 부과하는 농민적 과제들에 대한 탐구는 진정한 이데올로기적 전이에 미치지 못하는 반면, 지식인의 의식이 성장해 가는 것은 청년회에 대한 이데올로기적 평가 속에서 섬세한 경로를 보여주고 있으며, 그 전이로 획득한 함축 역시 풍부하다는 점에서 그러하다.

가난에 대한 치밀한 탐구, 소시민적 삶에 대한 환멸과 생산계급과의 견고한 연대 등과 함께『고향』에서 간과할 수 없는 것은 인물 형상의 적실성이다.『고향』의 다채로운 인물들은 원터라는 구체적인 공간, 식민지자본주의라는 특정한 사회적 상황과 긴밀하게 연결되어 있다.

당대의 농촌은 곧 농업이 여전히 주도적인 산업으로 존재하는 한편, 내부적으로는 농민층의 몰락이 급속하게 진행되고, 경공업을 중심으로 한 자본주의화의 과정이 끊임없이 전래의 공동체적 삶을 위협하고 있는 상황이다. 그리고 이러한 모든 변화의 근저에 일본제국주의 식민지지배의 착취와 수탈이 도사리고 있음은 명확하다. 그리고 변화의 실체는 전등·전화·철도·공장 등으로 표상되는 근대적 문물의 수용, 곧 자본주의화에 다름아니다. 더욱이 이 자본주의화는 서서히 진행되는 것이 아니라, 일본제국주의의 식민지 경영이란 정책적 필요에 의해 급속하게 빠른 속도로 이식되는 자본주의이다. 이러한 사회 변동은 의당 기존의 삶을 해체하고 새로운 질서의 재편을 요구한다. 결국 문제는 재편의 방향이며, 소설 속의 인물들은 이 재편의 방향을 두고 쟁투를 벌여나가는 것이다. 하지만 작품은 자본주의화의 과정을 텍스트 내적 상황으로 직접 수용하지는 않는다. 상황의 중심축이 읍내가 아닌 원터라는 전통적인 농촌마을이기 때문이다. 읍내는 주요 배경이 되는 원터와 부차적으로 관련을 맺고 있을 뿐 직접 이데올로기적 주체를 창출하고, 대립을 형상화하는 공간은 아니다. 다만 그 거리의 인접성으로 인해 원터의 사회적 변모에 대응해 나가는 주체들의 활동 공간과 의식의 공간을 넓혀주는 매개의 역할을 할 따름7)이다.『고향』의 텍스트 내적 상황은 농촌의 변화에 집중되어 있으며, 변화의 추동력을 선명하게 형상화하지 못하고 있는 것이다. 배경으로서의 원터를 텍스트 외적 상황의 변화가 분명히 개입해 들어오는 공간이기는 하나, 변화의 본질적인 동력은 잠복되어

---

7) 비록 후반부에 들어 '제사공장'이 담화의 주요한 측면으로 견인되고 있으나, 이 역시 독자적인 의미는 갑숙의 성격화 과정이 지닌 불투명함과 함께 명확한 위상을 지닌 채 배치되어 있지 못하다. 다만 소작쟁의를 개인적인 차원에서 후원하는 형태로 그치고 마는 것은 이를 단적으로 입증한다. 이러한 사실을 고려할 때『고향』을 노농동맹과 결부시키고자 하는 입론은 부적절하다. 적어도 동맹이란 과제를 적절하게 운위하기 위해서는 '제사공장'의 의미 기능이 더 한층 증폭되어야 할 것이다.

있는 공간으로 설정함으로써『고향』은 이데올로기적 주체를 긴밀한 내적 연관 속에서 설정할 가능성을 지니게 되며, 주체들이 직면하고 있는 객관적 상황을 전일적으로 구성할 수 있게 된다.

『고향』에 등장하는 주체들은 1장「농촌점경」에서 명확하게 펼쳐져 있다. 원칠을 비롯한 전통적인 농민들과 '암흑과 광명'의 교차지점에서 성장해 가는 새로운 세대들인 인순과 인동, 그리고 이들의 욕망을 명시적으로 표출할 수 있는 매개적 인물로서의 김희준, 그 모든 긍정적 인물 유형의 반대편에 배치되어 있는 안승학 등이 이들 주체들이다. 그리고 이들 주체들은 한결같이 자본주의적인 재편의 길을 밟고 있는 농촌 안에서 몰락하고, 상승하는 가운데 자신들의 이데올로기를 형성해 나가고 있는 것이다. 이 가운데 가장 두드러진 변화의 중심축은 농민들의 몰락이다. 그리고 이들 농민들의 몰락은 작가 이기영에게 '자작농→소작농→일고농업노동자'의 진행과정으로 정치하게 인식되고 있으며, 이는 다시금『고향』의 텍스트 전반에 걸쳐 다양하게 제시되고 있다. 그리고 이러한 진행이야말로 식민지시대를 관철하고 있었던 농민적 삶의 본질적이고 구체적인 변화의 양상이었다. 적어도『고향』이 갖는 리얼리즘적 성취란 이러한 변모의 양상을 정확하게 텍스트 속으로 옮겨놓고 있음[8]에 기인한다. 그리고 그들의 몰락이 특수하고 개별적인 경우가 아님은 물론이다. 비록 토지에 대한 농민의 애착이 이 몰락을 가속화하는 원인으로 지적되고는 있으나 정작 궁극적인 원인은 '시대의 변천'(54면)에 있음을 서술자는 놓치지 않고 있다. 오랜 시간 지속되어온 농민들의 의

---

8) 물론 이러한 현실의 텍스트적 수용이 자연주의적 모사로 귀결되지 않기 위해서는 그 변모를 이데올로기적 주체들이 일정한 방향으로 변전시켜 나가는 것이 필요하다. 이는『고향』의 리얼리즘적 성취를 평가하는 유효한 시각일 수 있다.

식이 시대의 변화에 능동적으로 대처하지 못하는 것이 궁극적인 원인인
것이다. 하지만 굳어진 의식이 쉽게 변화될 수 없음은 확연하며, 역사의
방향성 전체를 새롭게 돌려놓지 않는 한 그 파멸은 필연적이다. 이를
『고향』의 농민들은 깊이 체감하고 있다. 질탕한 놀이판을 넘겨다 보면
서 박서방의 자살을 떠올렸던 농민들은 한결같이 그 파국적인 결말에
자신들을 대입해 보기를 회피할 수 없다. 변화의 종국에 놓여있는 삶의
파국은 예외없이 이들의 운명 속에 각인되어 있다. 이러한 몰락은 동경
을 유학하고 새로운 사회의 건설을 위해 분투하는 김희준이라고 해서
예외일 수 없으며, 그 누구보다 근면하며 장성한 자식들을 두고 있는 원
칠이라고 해서 빗겨갈 수 없다. 희준 역시 '사랑채에서 큰 객주 영업'을
하던 조부를 거치고, 허랑한 아버지 대를 지나며 쇠락의 길을 걸으며 원
터로 터전을 옮기기에 이르며, 자신의 대에 이르러서는 식구를 줄이기
위해 형을 처가살이로 내보내야 하는 지경에 이르는 것이다.

그리고 이러한 몰락은 단순히 서술자의 요약적 진술을 통해 제시될
뿐 아니라, 생동하는 묘사를 통해서 현실의 문제 그 자체로 선명하게 드
러난다. 춘궁을 이겨내기 위해 돼지의 사료로나 쓰일 술재강을 얻기 위
해 어지럼증을 견디며 먼 읍네로 행보를 떠나는 박성녀나 밭머리의 콩
대를 소가 먹었다는 이유로 이리떼들처럼 싸울 수밖에 없는 백룡모와
쇠득모의 참혹한 삶의 풍정은 압도적인 현실성을 지닌 채 소설의 전편
을 장악하고 있는 것이다.

그러나 이러한 운명적 역사 진행에서 모든 인물들이 비극적 도정을
걷는 것만은 아니다. 근대적 문물을 적극적으로 수용하면서, 과감하게
상업적 자본주의의 흐름에 편승하는 삶의 방식이 몰락하는 농민의 반대
편에서 흥기하고 있다. 대서를 하고, 포목상, 운송업, 음식점, 고리대금

업을 하는 사람들이 새롭게 상승하고 있는 것이다. 심지어는 '광목자투리와 물감통을 걸머지고 촌촌으로 돌아다니던 땡땡이 청인왕가와 장거리에서 사탕물을 한 고뿔씩 팔아서 어린아이들의 코묻은 동전푼을 알려먹던 중촌이는 지금 수십만 원의 거부가 된 판이다.'(91면) 안승학은 이러한 삶의 방식을 대변하고 있다.

안승학은 이십 년 전만 해도 '찌그러진 오막살이에서 콩나물죽으로 연명'(88면) 하였으나, 근대적인 우편제도와 일본어, 측량기술 등을 동원하여 축재를 하였고, 마침내 원터마을의 마름으로 확고한 지위를 다지게 된다. 적어도 그는 현실적인 역사 전개와 부응함으로써 자신의 지위를 확보할 수 있었던 것이다. 이러한 역사 전개의 방향이 식민지 지배에 편승하는 것이며, 농민의 삶과 배치되는 것은 물론이다.

식민지시대 대다수를 점하는 농민들의 삶과 제도에 편승하여 상승하는 마름의 삶이야말로 『고향』의 중심적인 축인 것이다. 하지만 이러한 상승과 몰락이 진정한 역사의 방향성이 아님은 분명하며, 이 날카로운 대립을 새로운 방향으로 되돌려놓는 자리에 김희준이 놓여 있다.

김희준은 주체의 상황이 여타의 이데올로기적 주체들과 명확하게 구분된다. 희준은 동경유학생이며, 조혼을 한 아내와 어린 아들이 있으며, 노모를 모시고 함께 원터에서 살아간다. 이러한 주체의 상황에서 두드러진 차이는 의당 그가 지식인이며, 여타의 기능적인 지식인이 아니라 명확하게 역사의 방향성을 모색하고자 하는 지식인이라는 점이다. 그는 일반적인 사람들의 기대를 무시하고 역부가 서울 갔다 오는 길보다 초라한 행색을 하고 고향으로 돌아온다. 하지만 그는 여타의 농촌사람들이 미구에 자신들에게 닥쳐올 파국에 대한 두려움에 어쩌지 못하고 있는 것과 달리 전적으로 낙관적인 전망 속에서 새로운 변화를 지켜보고 있다. 희준에게 '묵은'과 '새'라는 형용어들을 통해 분류되는 세계는 지극히 간명하게 인식된다. 새싹, 여름풀, 젊은이, 인순, 인동 등의 의미론적 속성으로 부과되는 '새로움'이야말로 희준이 마을사람들과 안승학이라는 대립항 속에서 선취하고 있는 역사의 방향성과 조응한다. 그리고 이 새로움이야말로 진정한 역사의 방향성이자, 구태의연한 삶의 방식에서 벗어나지 못하는 보수와 아서구 일본의 사이비진보주의와는 궤를 달리하는 진정한 진보로 희준에게 인식되고 있는 것이다. 갑숙은 이러한 진보를 희준과는 다른 방향에서 획득하는 인물로 존재하며, 인순과 인동 역시 새롭게 성장하는 노동자, 새롭게 삶을 변화시켜 나가는 농민의 표상으로 설정되고 있는 것이다.

결국 『고향』은 식민지시대 자본주의화가 급속히 진행됨에 따라 농촌의 몰락이 야기되고, 거꾸로 훼손된 인간들이 득세해 나가는 농촌마을을 배경으로 세가지로 대별되는 이데올로기적 주체들, 곧 보수적인 농민들과 사이비진보주의자인 안승학, 그리고 진정한 진보주의자인 희준과 갑숙 등이 쟁투를 벌여나가는 상황인 것이다. 이는 간명한 대립구도임에도 불구하고 1920년대 후반의 농촌현실 속에서 각축을 벌이는 실재하는 주체들이며, 그들이 직면하고 있는 상황 또한 전형적이자 본질적이다. 그리고 이들 인물과 상황, 그로부터 초래되는 사건의 전형성 획득이야말로 『고향』이 소설사에 놓인 자리인 것이다.

Ⅳ. 계급적 전망의 형상화 : 『인간문제』

이기영의 『고향』이 받아왔던 조명에 비할 때, 강경애의 『인간문제』를

두고 펼쳐진 논의들은 소략하기 그지 없다. 다음과 같은 소설사적 정리
는 『인간문제』를 두고 펼쳐진 논의의 일단을 선명하게 보여 준다.

> 『인간문제』는…… 주인공 선비의 고통스러운 삶의 행로를 통해 농
> 민 분해-이농-도시빈민 또는 노동자로의 변화라는 당대 현실의 변
> 모상을 폭넓게 담아내고 있는데, 이는 『고향』보다 한 걸음 더 나아간
> 것이다. ……이같은 의의에도 불구하고 그러나 『인간문제』는 농촌 현
> 실과 농민들의 생활상을 그린 전반부에 비해 노동자들의 생활상을 그
> 린 후반부의 형상화 폭이 좁아 불균형 상태에 떨어지고 말았다. 주인
> 공 선비의 행로가 너무 선명하게 부각됨으로써 그것과 관련된 것들의
> 형상화가 제약당한 것이다. 그럼에도 농촌 현실을 집중적으로 그린
> 『고향』과 노동 현실을 중심에 둔 『황혼』 사이에 놓여 양자를 이으며,
> 나아가 두 세계를 포괄한 더 넓은 세계 창조의 방향을 제시하고 있다
> 는 점에서 『인간문제』의 소설사적 의의는 대단히 크다.9)

이 인용에서 확인되는 것은 강경애의 『인간문제』가 전형의 창조에서
성공하였으나, 장편소설에서 요구되는 총체성의 확보에는 미치지 못한
다는 지적이다. 주인공 선비의 행로는 단순히 개인적인 삶의 행로라기
보다 당대의 여성이 겪는 수난사를 집약적으로 보여주고 있기에 전형이
확보될 수 있었다는 것이며, 선비의 수난에 지나치게 집착한 결과 폭넓
은 현실의 편폭을 담아내지 못하고 인물의 일대기에 그치고 마는 한계
를 노정하고 있다는 것이다.

그러나 이러한 평가는 『인간문제』가 포괄하는 소설사적 의미를 정당
하게 걸러낸 것이라고 보기 어렵다. 그리고 이러한 평가의 이면에는 카
프 조직을 중심에 두고 문학사를 재구하고자 하는 기존의 그릇된 관행

---

9) 김윤식·정호웅 공저, 『한국소설사』, 예하, 1993, p.151.

에 기인하는 바 크다. 강경애는 동반자 작가로 분류되며, 간도 문학의 형성에 일조한 「북향」 동인으로 문단의 귀퉁이에서 묵묵히 자신의 작품에 매달렸을 뿐이다. 그 결과 작품의 성취에도 불구하고 그의 전기적 사실들조차 명료하게 밝혀진 바 없으며, 이러한 제반 여건이 그의 작품을 면밀하게 검토할 여지를 차단한 것으로 보인다. 뿐만 아니라 분석의 범주가 되는 총체성에 대한 그릇된 이해도 이러한 상황을 악화시켰음이 분명하다. 무릇 총체성이란 결코 양적인 범주가 아니다. 삶의 다양한 부면을 포괄하고, 다양한 제계층의 동선(動線)을 그려낸다고 해서 총체성이 확보될 리는 만무하다. 장편소설에서 운위되는 총체성은 삶의 본질적 계기를 포괄하는 내포적 총체성이기 때문이다. 이러한 부정적 관점을 감안하고, 『인간문제』가 안고 있는 소설사적 의미를 새롭게 이끌어내지 않으면 안될 지점에 놓여 있는 것이다.

『인간문제』에서 두드러진 것은 무엇보다 사회주의 리얼리즘 소설의 한 표지인 전망의 형상화를 적실하게 이루어냈다는 사실에 있다. 그것은 혁명적 삶에 대한 자각과 헌신이 첫째를 통해, 그리고 간난이와 선비를 통해 흔들림없이 획득되고 있다는 점이다. 비록 주인공인 선비는 병으로 죽어가는 것으로 끝나나, 그럼에도 그 싸움이 개인의 수난으로 종결되지 않을 것임을 텍스트는 명확하게 입증해 준다. 무엇이 당파적 관점에 상응하는 삶의 선택인지를 작품은 보여주고 있으며, 그 삶의 방식이 결코 낭만적이거나 관념적인 선택이 아니라, 피할 수 없는 역사의 방향성임을 보여주고 있다는 것이다.

작품에서 이러한 전망의 명료함은 소시민적 삶에 대한 혐오와 민중적, 혁명적 삶에 대한 신뢰로부터 비롯된다. 선비와 함께 또 다른 주요한 인물인 신철은 지식 계급의 존재 이전이 어떻게 이루어지며, 그 한계

는 무엇인지를 보여 준다. 그는 소설의 전반부에서는 옥점과 선비 사이
에서 깊은 마음의 갈등을 겪으나 후반부에 들어 가출을 결심하고 인천
으로 온다. 그러나 노동자로의 입문은 여의치 않으며, 그는 결국 중간
매개의 역할을 하며 첫째를 의식화하나, 결국은 수감되고 난 이후 전향
하기에 이른다. 전향에 앞서 그가 겪는 내면의 갈등이란 기실 다분히 치
밀하지 못하고 감상적인 수준에 그치고 있다. 그리고 이 경박함이야말
로 지식 계급의 허약함에 대한 단적인 예증이 된다.

> 차라리 아버지의 말씀대로 하였더면 하는 후회까지 절실히 일어난
> 다. 그는 이러한 생각이 아주 비열하고 더러운 생각이라고 하면서도
> 어쩔 수 없었다. 그리고 이 꽃다운 청춘기를 그가 이 철창 속에서 이
> 러한 공상과 망상에서 썩힐 생각을 하니 기가 막혔다. 그러니 나 혼
> 자만 무의미한 희생이지……. 그는 인왕산에 오른 남녀를 바라보면서
> 이렇게까지 생각하였다. 그러나 맘은 보채였다. 안타깝게 보채였다.
> 이렇게 번민과 쓰림을 당하는 것이 자기만이 아니고 이 안에 들어있
> 는 수없는 인간들인 것을 그는 깨달았다.
> 피리 소리는 차츰 가늘어진다. 그의 안타까운 이 가슴의 구비구비
> 를 바늘끝으로 꼭꼭 찌른다고 할지, 예리한 칼끝으로 심장의 일부를
> 살짝살짝 저민다고나 할지? 저 푸른 하늘 아래 가는 연기와 같이 떠
> 도는 저 피리 소리! 신철이는 어느덧 머리를 움켜쥐었다. 그리고 그의
> 눈에 시커멓게 가로질려 나간 철창을 노려보았다. 그리고 물 먹고 싶
> 듯이 저 세상이 그립다. 저 세상의 푸른 공기를 맘껏 들이마시고 싶
> 다.(220면)

이 인용에서 보이는 자유에 대한 갈망은 기실 욕망에 다름 아니다.
마음껏 활개치고 세상을 돌아다니고 싶은 욕망이며, 마주 앉은 남녀처
럼 자신의 애욕을 충족시키고자 하는 욕망일 뿐이다. 갇힌 곳에서 느끼

는 신철의 욕망과 달리, 마찬가지로 방에 갇혀 지내는 첫째의 욕망은 '어서 빨리 나가서 다시 손에 손을 마주잡고 전날과 같이 일을 했으면 좋을 터인데'라는 투쟁에의 욕망이다. 선비 또한 다르지 않다. 그는 여전히 마음을 졸이며 자신의 일을 감당하고 있으나, '어서 바삐 첫째를 만나서 그런 개인적 행동에 그치지 말고 좀더 대중적으로 싸워야 한다는 것을 가르쳐 주고 싶'어 하기까지 한다. 그리고 아버지의 죽음 이후 어머니가 앓아 누웠을 때, 첫째가 새벽 걸음으로 캐어 왔던 소태나무 뿌리를 구석으로 밀쳐두고, 덕호가 주던 돈을 이불 속에 고이 넣던 자신의 그릇된 선택을 깊이 부끄러워하기도 하는 것이다. 신철의 욕망에 비할 때, 첫째나 선비의 욕망은 더욱 본질적이며, 역사적이기까지 하다.

이처럼 명료한 전망의 형상화는 투쟁의 과정에 대한 여실한 묘사에서도 확연하게 나타난다. 간난이와 선비가 공장에서 선전지를 돌리는 것뿐만 아니라, 첫째가 부두노동자의 스트라이크에 참여한 것도 명확한 가치 선택을 보여주고 있다.

> 해가 벌겋게 타올랐다. 그들은 저 해를 바라보면서 단결의 힘이 얼마나 위대한가를 깨달았다. 그리고 오늘의 저 햇발은 그들의 이 단결함을 보기 위하여 저렇게 씩씩하게 솟아오르는 듯 하였다. 그들은 저 햇발에 비치어 빛나는 저 바다 물결을 온 가슴에 안은 듯 하였다. 그리고 그들의 눈에 비치는 모든 만물은 새로움을 가지고 그들을 맞는 듯 싶었다. 동시에 무력하고 성명없던 자기들이 오늘 이 순간에는 이 우주를 지배하는 모든 권리란 권리는 다 가진 듯이 생각되었다. 자기들이 단결함으로써 이러하고 있으니 기세를 부리던 백통테 안경을 위시하여 기선의 기중기며 선원들까지 아주 동작을 잃어버리고 꼼짝하지 못하였다.(205면)

이러한 투쟁의 현장과 긴박한 실제는 당대의 소설에서 보기 힘든 장면이며, 동아일보 연재 당시 280자 남짓 복자로 만들 만큼 이들 장면에 대한 여실한 묘사야말로 전망을 앞질러 획득하고 있는 증좌가 아닐 수 없는 것이다. 그 결과 작품 전체가 힘겹게 밀고 온 다음과 같은 결말의 주제의식이 선명한 해답을 이미 작품 내부에 안고 있음을 확인케 하는 것이다.

이렇게 무섭게 첫째 앞에 나타나 보이는 선비의 시체는 차츰 시커먼 뭉치가 되어 쫙 가로질리는 것을 그는 눈이 뚫어져라 하고 바라보았다.

이 시커먼 뭉치! 이 뭉치는 점점 확대되어 가지고 그의 앞을 캄캄하게 하였다. 아니, 인간이 걸어가는 앞길에 가로질리는 이 뭉치, 이 뭉치야말로 인간 문제가 아니고 무엇일까?

이 인간문제! 무엇보다도 이 문제를 해결하지 않으면 안 될 것이다. 인간은 이 문제를 위하여 몇 천만 년을 두고 싸워 왔다. 그러나 아직 이 문제는 풀리지 않고 있지 않은가! 그러면 앞으로 이 당면한 큰 문제를 풀어나갈 인간이 누굴까?

역사의 방향성에 대한 거침없는 선택으로서의 전망의 형상화가 『인간문제』의 가장 두드러진 성취라면, 그 변경에는 일대기라는 고전적인 형식의 계승이 놓여 있다. 고대소설이나 신소설에서 보여준 이들 형식의 전통적 탄탄함은 이 작품에도 여실히 드러난다. 뿐만 아니라 단순히 일면적인 발전을 따르기보다 부차적인 인물을 적절히 배치함으로써 단순한 영웅의 일대기를 벗어나 있는 것도 특징이다. 그러나 구성의 단단함에도 불구하고, 그 구체적인 내용에는 많은 한계를 노정하고 있는 것도 사실이다. 주인공인 선비의 시야가 지나치게 협소한 나머지 풍분한

현실적 연관을 많이 놓치고 있기 때문이다. 더욱이 선비는 현실을 능동
적으로 선택하고 자신의 의식을 확장해가기보다 소설의 말미에 이르기
까지 수동적으로 자신의 몸을 맡기며, 따라서 사회주의 리얼리즘 소설
에서 요구하는 역동적인 가능성을 획득하지 못하고 있다. 지나치게 수
난에 초점이 맞추어진 나머지, 그 수난을 딛고 활동하는 구체적인 내용
을 소략하게 건너뛰고 있다는 점이다. 그러나 여성을 소설의 전면에 내
세움으로써 여성 수난을 봉건적 질곡으로만 형상화하지 않고 자본과
노동의 관계 속에서 펼쳐지는 모순의 구체적 현상 형태라는 관점을 수
미일관 견지함으로써, 인물 형상의 새로움을 확보하였다는 의의는 결코
간과하지 못할 성과이다. 더욱이 당대의 노동운동이 일고의 형태로 표
출되는 부두노동자가 아니라, 경공업의 형태로나마 여성노동자를 중심
으로 전개될 수밖에 없는 역사적 현실성을 놓치지 않는 계기가 된다는
점에서 변혁의 실체를 선명하게 그려보인 것이기도 하다.

V. 소부르주아적 삶에의 환멸 : 『황혼』

한설야는 자신의 창작활동을 계기적인 세 시기로 분류하고 있다.[10]
즉 제 1 기는 순전히 자연주의의 영향 하에 있는 발족 시대로 「과도기」
이전의 작품인 「그날 밤」, 「동경」, 「그 전후」 등이 이에 해당한다. 그리
고 제 2 기는 경향문학과 사회과학에 심취하였던 '두중각경(頭重脚輕)', 즉
이론의 무게에 짓눌려 실천의 부재로 압축되는 시대로써 「씨름」, 「공장

---

10) 「나의 생명의 연소」, 『문장』 13, 1940.2.

지대」, 「교차선」 등이, 그리고 끝으로『황혼』 이후 전향소설을 포함하여
『청춘기』,『탑』 등으로 이어지는 시기가 제 3 기에 해당한다. 이러한 자
신의 진술은 창작의 발전경로를 적실하게 드러내 주고 있다고 하겠다.
이와 관련하여 임화는 「과도기」 이후『황혼』에 이어지는 작품 속에서
가장 심각하게 해결하여야 할 문제로 '인물과 환경의 괴리'[11]를 지적한
후, '이 모순이 구제되지 않으면 한설야는 참담한 예술적 파산에 직면하
지 않을 수 없을 뿐만 아니라, 사상적 동요란 두려운 위기를 체험할
것'[12]이라고 앞질러 밝혀 둔 바 있다.

　「과도기」는 한설야가 만년설(萬年雪)이란 필명으로 1929년『조선지광』
에 게재한 단편소설이다. 이 작품은 일찌기 임화에 의해 '현실에서 분열
된 관념과 관념에서 떠러진 묘사의 세계를 단일한 메카니즘'으로 형성하
고자 한 최초의 작품으로 평가되었으며, 신경향 소설의 일정한 편향, 즉
박영희 류의 주관적 관념론적 편향과 최서해 류의 객관적 소재주의적 편
향을 극복하고 새로운 소설적 가능성을 연 것으로 보인다. 특히 「과도기」
의 소설적 의미가 당대사회의 현실을 구체적인 고향 '창리'를 매개로 하
여 서술함으로써, 당대의 전형적 상황에서의 전형적 인물을 성공적으로
형상화하고 있다 할 것이다. 즉 주인공 창선의 귀향에서부터 돌아온 고
향의 객관적 현실, 삶의 터전을 잃은 식민지 민중의 삶의 고통, 토지로
부터 유리된 농민의 유일한 삶의 형식으로서의 노동계급화 등이 관념의
분식없이 여실히 표현되고 있는 것이다. 특히 주인공 창선이 '자기완결
적인 영웅적 인물'[13]이 아니라 일상을 통해 의식을 심화시켜나가는 인

---

11) 임화, 「한설야론」,『문학의 논리』, 학예사, 1939, p.565.
12) 같은 글, p.567.
13) 서경석, 「1920～30년대 한국경향소설 연구」, 서울대 석사논문, 1987, p.82.

물이며, 마침내 '어쩔 수 없이 공장노동자'가 될 수밖에 없는 구체적 현실성 속에서 이야기를 전개시켜 나가고 있는 것이다. 이로부터 「과도기」는 소설이 갖추어야 할 기본적인 규율인 전형성과 불투명하나마 미래에 대한 논리적 전망14)을 확보하기에 이른다.

그러나 이상과 같은 「과도기」의 소설적 성과는 작가 한설야에 의해 더 이상 연속적으로 진전되지 않는다. '막다른 선택'의 기로에 놓인 몰락한 농민인 주인공이 공장노동자로 변모하는 것으로 끝난 「과도기」의 세계가 지속되고 발전하기 위해서는 무엇보다 현실적인 생활세계인 공장에서 제재를 택해야 하며, 그렇게 선택된 제재를 엄밀한 리얼리즘적 규율에 입각하여 형상화 해 낼 것을 요구받기에 이른다. 이에 따라 쓰여진 작품이 「씨름」이다. 그러나 「씨름」은 오히려 「과도기」가 이룩한 성과에 훨씬 미치지 못하는 작품일 따름이다.

「과도기」에서 보여주었던 식민지시대의 엄중한 현실은 이 작품에서는 흔적도 없이 사라져 버렸다. 이는 작가의 성급한 관념과 지나친 목적의식이 소설 속에서 전개되는 사건의 합법칙적인 흐름을 오히려 단절시키고 있음을 입증하고 있는 것이다. 즉, 사건의 갈등이 선악이원론적인 대립으로 설정되어 있으며, 결말처리가 자의적인 주제의 강조로 말미암아 현실에서 일탈하여 조화로운 화해로 종결짓고 있다. 또한 인물의 형상화에 있어 이전의 「과도기」가 보여주었던 완결된 인물의 극복이 다시 영웅적인 형상으로 퇴보함으로써 소설적 인물의 역동성을 삭감시키고 있다. 이처럼 「씨름」에서 나타나는 숱한 결함들은 무엇보다 작가의 체험이 주로 농촌에 고착되어 있었고 새롭게 형성되어가는 노동자계급의 현실성을 정당하게 포착하지 못하였음에 기인한다. 따라서 삶의 직접성

---

14) 역사문제연구소 문학사연구모임, 『카프문학운동연구』, 역사비평사, 1989, p.173.

을 담아내지 못하고, 그 반작용으로 전망의 과장을 노정하고 있는 것이다. 이는 체험을 근간으로 쓰여진 송영, 김남천, 이북명 등의 노동소설이 일정한 현실성의 토대 위에서 일정한 성과를 보였던 것과는 확연하게 대조를 보이고 있다. 요컨대 작품의 제재와 그 형상화는 작가의 주관적인 원망(願望)에 의해 좌우되는 것이 아니라, 제재와 형상화의 관계가 맺고 있는 엄밀한 현실의 법칙에 의해 결정된다는 사실을 다시금 확인케 해 주고 있는 것이다.

「씨름」 이후 1934년 이른바 일제의 의도적인 탄압으로 보이는 '신건설사 사건'으로 카프의 맹원 대다수가 체포되어 치안유지법 위반으로 기소되며, 그 과정에서 카프는 해산되고, 작가들은 감옥생활을 체험하면서 전향을 강요당하면서 약 2년여에 걸쳐 구금상태에 돌입하기 때문이다. 한설야 역시 예외일 수는 없었다. 1935년 12월 집행유예로 석방된 이후 첫번째로 쓰여진 작품은 「태양」이며, 이후부터 한설야는 이른바 전향소설을 집중적으로 쓰고 있다. 한 연구자의 지적에 의하면 일반적인 전향소설의 범주에 드는 25편의 작품 중 한설야는 김남천과 함께 8편의 작품을 발표하였다고 한다.15) 특히 한설야 전향소설은 자아와의 대결에 매달리는 김남천과 달리 '가족'을 내세워 가부장으로서의 위치 확인을 내세우면서 현실타협의 논리를 찾는 점이 특징적이다. 여기에 속하는 작품으로는 「딸」, 「泥濘」, 「모색」 등을 들 수 있다. 한설야는 전향 이후 가족주의의 테두리 속에 칩거함으로써 현실을 정당하게 걸러내지 못한 채 소시민적인 세계로 전락하기 시작한다. 그러나 한가지 독특한 점은 작가로서 그의 전락에도 불구하고, 비평은 여전히, 아니 오히려

---

15) 김동환, 「1930년대 한국전향소설 연구」, 서울대 대학원 석사 논문, 1987, pp.33~34.

더욱 극좌적인 편향을 보이면서까지 당위론을 내세우고 있다는 사실이다. 이는 무엇보다도 자의식을 극복하는 한 방식이었으리라 추측하기 어렵지 않으며, 이 점을 더욱 강화시키는 자리에 '식민지시대 노동소설의 한 빛나는 성과'16)인 『황혼』이 놓여 있는 것이다.

이기영의 『고향』과 함께 쌍벽을 이루는 『황혼』은 공장노동자의 세계를 드물게 본격적으로 그려보이고 있다. 그러나 정작 작품의 전반을 관통하는 구성적 핵심은 '최초의 본격 노동 장편'17)에 걸맞지 않게 남녀의 삼각갈등에 고착된 나머지 정작 노동현장의 다양한 갈등 양상을 보여주지 못하는 추상성에 머물러 있다. 비록 조직된 노동운동의 초기 양상들이 포착되기는 하나, 구체적인 실제가 생생하게 포착되지 못하는 한계를 보이고 있는 것이다. 뿐만 아니라, 사회주의 리얼리즘 소설의 가장 뚜렷한 표징인 성장하는 의식도 명확하게 나타나지 않는다. 형철이나 준식은 이미 완결된 인물로 설정되어 있으며, 노동계급인 동필이나 학수의 발전과정 역시 정서적인 유대에 그치고 마는 불철저함을 보여준다. 이러한 불철저함은 작품의 주제를 '황혼'이란 상징으로 처리할 수밖에 없게 만들며, 왜 경재 자신과 같은 부르주아나 소부르주아들이 몰락할 수밖에 없는가 하는 필연적인 계기를 그려보이지 못하고 있는 것이다.

다만 이 작품에서 두드러진 성과는 경재의 의식 속에서 끊임없이 반추되고 있는 소시민적 삶에 대한 반성과 함께 적절한 탈출구를 모색하지 못한 채 좌초하고 마는 현실적 과정이 섬세하게 포착되고 있다는 사실이다.

---

16) 역사문제연구소 문학사연구모임, 앞의 책, p.175.
17) 김윤식 · 정호웅 공저, 앞의 책, p.149.

　　종로에만 나서도 냉락한 세상의 거친 바람이 뼈를 핥는 것 같고 게
다가 사상상의 고민 즉 양심만은 남아 있으면서도 아무 하잘것없는
제 몸을 하염없이 돌이켜 보는 회심이 생겨서 가정에 대한 생각도 더
한층 가냘프게 스며든다.
　　생각만은 아직도 때와 세상이 움직여 가는 가장 바른 길을 찾고 싶
으나 실지로 그것을 가져 보고 스스로 밟아 볼 용기와 방법을 얻을
수 없다. 농촌에 가봐야 한다! 공장에 들어가 봐야 한다는 것은 책에
서 얻은 지식이나 그것은 한낱 지식에 그칠 뿐으로 참말 혈행(血行)이
되고 맥박이 되어서 그 몸을 슬기있게 달음질치도록 만들어 주지 못
한다. 그는 괴로웠다.(127면)

　　이러한 인물의 갈등은 여순의 순조로운 선택에 비할 때, 더욱 그 흔
들림의 진폭이 크게 드러나며, 소설의 끝에 이르기까지 그는 결코 이들
현실적 갈등으로부터 놓여나지 못하고 있다. 하지만 정작 심리적 부침
을 조명하는 이러한 성취 또한 소설사의 맥락 속에 두고 볼 때, 『인간
문제』의 신철이나 『고향』의 김희준이 겪는 갈등에는 턱없이 미치지 못
하는 타작이다. 이는 무엇보다도 『황혼』의 중심에 준식이 놓여 있지 않
고, 경재가 놓여 있었기에 피할 수 없는 귀결이었을 것이다. 그리고 『황
혼』이 사회주의 리얼리즘 소설의 내적 표지를 명확하게 지님에도 불구
하고, 기실 그 내용에 있어서는 그 즈음 한설야에 의해 창작된 전향소설
과 같은 내면 탐구와 직결되어 있었기 때문18)으로 보인다. 결국 『황혼』
은 카프의 이론가이기도 했던 한설야에 의해 드물게 장편으로 창작된
노동소설이었음에도 불구하고, 전향소설에서 발견되는 심리적 상처에

---

18) 이러한 맥락에서 『황혼』을 '이념의 패배요, 삶의 패배를 고백해 놓은 거에 지나
　　지 않는다'는 조남현의 평가는 적실하다. 조남현, 「지식인소설과 노동자소설의
　　이중음」, 『황혼』, 동아출판사, 1995, p.538.

서 벗어나지 못한 채 좌초되고 만 것이다. 그러나 미적 대상이나 대상에 근접해 가는 주체의 의식이란 측면에서는 의연히 사회주의 리얼리즘 소설의 큰 테두리에 붙박혀 있는 한 시대의 표징으로 읽을 수도 있을 것이다.

Ⅵ. 사회주의 리얼리즘 소설의 소설사적 의미

식민지시대 한국의 프롤레타리아 문학을 정초한 카프의 해산과 함께 적극적인 사회활동은 지하로 잠복되고 만다. 그럼에도 문학운동은 카프 해체기의 창작방법 논쟁에 힘입어 새로운 양식의 소설들을 양산하기에 이른다. 그 구체적인 성과는 이기영의 『고향』, 강경애의 『인간문제』, 한설야의 『황혼』 등을 꼽을 수 있다. 이들 작품은 저마다 당대의 사회가 직면한 노동문제와 농민문제 등 사회적 갈등의 심부를 탐구하고자 하였으나, 그 다대한 의미에도 불구하고 성취한 미적 질은 커다란 편차를 보이고 있는 것도 사실이다. 그러나 몇 가지 측면에서 이들 작품군들은 한국 소설사의 흔들리지 않는 한 축으로 의연히 자신의 목소리와 빛깔을 발산하고 있다.

이들 작품들이 갖는 의미는 무엇보다 문학이 도를 담아내는 그릇〔載道之器〕이라는 전통적인 문학관을 이어받고 있다는 점이다. 이들 전통적인 문학적 인식은 반제국주의적인 지향이 결핍되어 있었던 개화기의 소설들이나 계몽주의적인 이광수의 소설들, 그리고 20년대의 리얼리즘 소설들로 이어지는 소설사의 맥락과 직결되는 자리에 서서 소설의 공적 기능을 확보하고자 부심하였다는 사실이다. 이들은 공통적으로 계급적 갈등이야말로 식민지사회의 근본적인 모순이라고 자각하였으며, 창작 실천을 통해 이들 과제를 해결하는 데에 일조하고자 하였다. 나아가 이러한 계급적 시각은 민족문제를 해결하는 데에도 유효한 방법이라는 점에서 끊임없이 소설사의 시각으로 환기되어야 할 것이다. 이러한 공적 기능을 다하고자 하는 이들의 창작 실천은 70년대와 80년대에 들어 리얼리즘적 정신에 투철한 민족문학으로 발전할 수 있는 내적 동력을 형성하였다고 보인다.

더욱이 이들 사회주의 리얼리즘 소설은 문학의 기능적 관점에만 그치지 않고, 이데올로기적 입장을 문학 텍스트 속에 적절히 용해함으로써 일정한 수준의 예술성을 성취하였다. 그리고 이들 예술성이 대중성을 확보하고자 한 일정한 미적 장치들에 국한되는 것만은 아니다. 묘사의 정치함, 내적 구조의 견고함, 인물 갈등의 생생한 제시, 심리 묘사의 적합성 등 거의 모든 측면에서 한국의 소설사를 한 단계 높은 수준으로 끌어올렸음은 물론이다. 이후에 전개되는 전향소설이 성격과 환경의 조화 대신 환경에 압도된 주체의 좌절과 절망을 다룸으로써 더 이상의 긍정적인 진전을 보여주지 못했던 것과 달리, 정세의 압도적인 폭압에도 불구하고 의연히 이념적 지향을 놓치지 않았던 것도 놓칠 수 없는 미덕이다. 그리고 이들 이념적 지향이 단순히 민족과 계급의 양자택일이 아닌, 식민지시대라는 시대적 특성으로 말미암아 주요 모순을 통한 동시적인 해결을 기획하였다는 점도 평가되어야 할 것이다.

1930년대 사회주의 리얼리즘 소설은 동시대의 현진건, 염상섭, 채만식 등의 비판적 리얼리즘 소설과 어깨를 나란히 하며, 예술이 현실을 어떻게 미적으로 전유하고 평가하며, 나아가 새로운 지평을 선취할 수 있는지를 보여준, 보기 드문 소설사적 성취에 해당하는 것이다.

현대 소설의 담론 분석

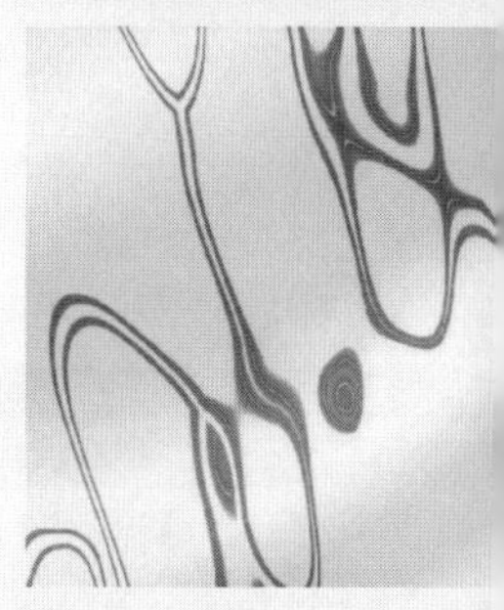

1. 식민지 유제청산의 소설적 형상화
― 박노갑의 『四十年』

I. 서론

일본제국주의의 패망으로 한국은 36년간의 폭압적 통치로부터 일거에 해방되었다. 그러나 이 해방은 식민지시대 전기간을 통한 강고한 투쟁에도 불구하고 스스로 획득하지 못한 것이었고, 그 결과 해방과 더불어 획득되어야 할 모든 권리가 여전히 미소(美蘇)를 비롯한 전쟁승리국의 수중에 놓여 있었다. 특히 미국은 세계자본주의의 유지와 재편성을 목표로 남한을 대소 반공군사기지에 편입시키고자 하였으며, 그 결과 해방 직후의 당면한 민족적 과제인 자주적 통일 정부의 수립, 친일파 민족반역자의 처단, 토지의 근대적 개혁 등은 예기치 않은 난관에 봉착해야만 했다. 따라서 해방 직후의 상황은 이러한 역사적 과제를 해결하고자 하는 세력과 이를 저지하고자 하는 세력의 길항으로 표출되었으며, 문학 또한 여기에서 예외일 수는 없었다.

해방을 맞은 작가들은 신속하게 해방 다음날인 8월 16일 일제하 문인 보국회의 사무실을 접수하여 '조선문학건설본부'를 임화, 김남천, 이태준 등을 중심으로 결성하였으며, 9월 17일에는 조선프롤레타 문학동맹을 이기영, 한설야, 윤기정 등이 중심이 되어 결성하였다.[1] 그러나 이러한 조직적 대응은 자생적인 현실 대응이라기보다 각기 '조선공산당' 및 북한의 '조선인민공화국'과 밀접한 관련 아래 진행되었으며, 이후 당이 통합 정비되자 통일전선체인 '조선문학가동맹'의 결성으로 동일한 보조를 취하고 있음에서 새삼 확인되는 바이다. 조직의 통합 이후 '동맹'은 변혁론으로 부르주아 민주주의 혁명론을, 그 문학적 반영으로서의 문학론으로 민주주의 민족문학론을, 창작방법으로서의 진보적 리얼리즘론을 각각 제출하기에 이르며, 그밖에도 대중화론과 농민문학론에 대한 논의를 개진하게 된다.

하지만 이처럼 짧은 기간에 급속히 진전된 조직적 성과가 곧장 실제의 작품 창작으로 반영된 것은 아니었다. 작품은 오히려 조직적 구도에 터하여 창작되었다기보다 당면한 역사적 과제를 중심으로 구상되었으며, 그것 또한 각 시기가 허용하는 한도 안에서, 현실정치의 변모과정과 조응하여 각각의 국면에 상응하는 제재와 주제를 형상화할 수 있었을 따름이다. 예컨대 초기에는 주로 조국의 독립과 해방을 낙관적인 열정으로 표현하였으며, 이후 식민지 유제의 청산에 초점이 맞추어졌다. 또한 북한의 토지혁명 이후부터는 변혁의 물적 토대로써 토지문제의 혁명적 해결이 작품의 제재로 끌어들여졌다.

본고는 이러한 개괄적인 창작의 경향 가운데 일제 잔재 청산이란 문

---

1) 김윤식, 「해방후 남북한의 문화운동」, 『해방공간의 문학운동과 문학의 현실인식』, 한울, 1989.

제를 소설적 공간으로 끌어들여 형상화하고자 노력한 것으로 독특한 면모를 보인 박노갑의 작품을 그의 현실인식을 중심으로 검토하고자 한다. 특히 그의『40년』은 식민지시대 전기간을 시간적 배경으로 삼고 주어진 시대의 올바른 삶의 양식을 연대기의 형식으로 모색하는 구조를 보이고 있기에 식민지시대를 지나온 한 개인의 총체적인 역사상을 재구성할 수 있다는 점에서 소중한 작품이라 할 것이다.

이에 본고는 해방 직후의 전체적인 상황을 검토함으로써 개괄적인 문학정세 속에 놓인 박노갑의 위상을 규명(2장)한 다음, 박노갑 작품의 실제(3장)와 결론에 대신하여 작품의 소설사적 의미(4장)를 밝혀보고자 한다.

Ⅱ. 부르주아 민주주의 혁명론과 그 문학적 대응으로서의 민주주의 민족문학론

1945년 8월 20일, 해방을 맞이하고 닷새가 지난 다음 박헌영 중심의 꼼 그룹은 조선공산당 재건준비위원회를 결성하고 그 이론적 입장을「현정세와 우리의 임무」라는 이른바 '8월테제'로 정식화하였다. 이처럼 발빠른 행보를 가능케 한 것은 무엇보다 식민지시대 변혁의 과제를 안고 힘겹게 지내온 활동가들의 분투와 노력이 지속적으로 내연하고 있었기 때문일 것이다. 하지만 이보다 앞서 이영, 정백 등을 중심으로 하는 장안파 공산당의 설립은 해방공간 변혁세력의 정치적 논리를 이루는 두 축을 형성하였다는 점에서 주목을 요한다. 비록 당면정세에 대한 구체적인 입장표명도 없이 졸속으로 결성되었고, 대중조직을 통한 하부단위를 꾸리지 못하였으나 그 이론적 입장만은 이후 북로당과 남로당의 분립과 갈등의 불씨가 된다는 점에서 검토를 필요로 한다.

장안파 공산당은 조선혁명의 단계를 부르주아 민주주의 혁명은 완수되었으며, 곧장 사회주의 혁명으로 매진해 가야 함을 주장하였다. 이는 그들의 정치노선을 선언한 테제에서 다음과 같이 드러나고 있다.

> 조선에 있어서 혁명은 부르죠아 민주주의 혁명으로부터 프롤레타리아 민주주의 혁명에로 단계적 서열적으로 나가는 것이 아니라, 두 개의 혁명이 동시에 수행되면서 특히 전자가 후자의 일부분으로서 그 중에 포함된 형태에서 전개되어 나가야 할 제 조건을 갖추고 있다.(조선의 독립과 공산주의자의 기본 임무 제 5항) 조선 혁명의 과정이 부르죠아 민주주의 혁명으로부터 프롤레타리아 민주주의 혁명에로 계속적으로 진행하는 것 아니고 양개 혁명이 동시에 대항적으로 전개된다는 객관적 조건은 필연적으로 이 이중혁명에 있어서 헤게모니 문제를 제기하고 민족주의자 내지 민족개량주의자와 공산주의자와의 사이에 격렬한 대립투쟁을 유기할 것이다(동 9항)[2]

혁명의 단계에 대한 이러한 정식화는 일반적으로 동유럽에서 보이는 인민민주주의 혁명론에 의거하고 있으며, 이는 부르주아 민주주의를 거치지 않은 채 곧장 프롤레타리아 혁명으로 해방조선이 이행해 갈 수 있음을 제시한 노선으로 이는 이후 북한의 정치변혁의 과정과 상응하는 이론이라 할 수 있을 것이다. 그러나 이러한 입장이 엄밀히 조선사회의 현실적인 정세 속에서 도출된 것인가 하는 문제는 이론의 정합성과는 별개의 문제이다. 즉, 식민지에서 갓 해방된 조선이 과연 얼마나 부르주

---

2) 「현정세와 우리의 임무」에서 재인용, 『한국현대현실주의 비평선집』(김윤식 편), 나남, p.382.

아적인 단계에 놓여 있었는가 하는 문제는 단순히 선언으로 해소될 것이 아니라 엄밀한 사회경제적 고구를 필요로 하며, 특히 의식에 있어서 봉건적 이데올로기의 영향력을 여하히 극복할 것인가 하는 중간항이 결여되어 있음은 엄연한 사실인 것이다. 이처럼 장안파 공산당이 제시한 정치노선이 지닌 극좌적 요소는 변혁주체의 문제에도 그대로 투영되어 나타나고 있다. 요컨대 변혁의 주력군을 프롤레타리아트와 중소농민, 중소상공층과 청년학생, 지식계급 등으로 식민지시대에 상정한 구도를 성큼 뛰어넘어 민족부르주아지를 적대적인 세력으로, 중농과 중소상공층을 견인해야 할 대상으로 설정함으로써 반자본주의의 문제를 핵심적인 슬로건으로 제시하고 있는 것이다.

반면 남로당의 노선은 이에 비할 때 훨씬 구체적이며, 식민지시대의 운동에 대한 평가와 현재 역량에 대한 점검도 사실성을 획득하고 있다. 예컨대 '반파씨스트 반일전쟁 과정에 있어서 조선은 전체로 보아 응당한 자기역할을 놀지 못하였다'[3]고 함으로써 민족의 혁명적 투쟁이 대중적으로 전개되지 못하였음을 자인하고 있는 것이다. 또한 혁명적 정세에도 불구하고 혁명적 전위가 아직 미약한 사정에 놓여 있으며, 그 결과 전국적인 대중적 폭동을 조직하지 못하여 일반 민중운동의 자연 발생성을 완전히 극복하지 못하는 무력감에 빠져 있음도 정당하게 인식하고 있다.

그 결과 남로당은, '조선은 부르주아 민주주의 혁명의 단계를 걸어가고 있나니, 민족적 완전독립과 토지문제의 혁명적 해결이 가장 중요하고 중심되는 과업으로 서 있다'[4]고 함으로써 인민의 기본적 권리를 보

---

3) 같은 글, 같은 책, p.370.
4) 같은 글, p.372.

장하는 진보적 민주주의의 요구투쟁을 조직화하고자 하였다. 그 결과 변혁의 동력으로 '노동자, 농민, 도시 소시민과 인텔리겐챠'5)를 설정하며, 노동자계급 헤게모니를 토대로 한 노농동맹을 상정하였다. 그 결과 반제 반봉건 '통일전선'의 실현을 당면한 전술적 과제로 제시하고 있다.

이와 함께 주목되는 것은 8월테제에 문화단체의 조직을 대중운동의 일환으로 염두에 두고 있다는 점이다.

> 가두층의 인텔리겐챠들은 민족적 사회적 개량주의의 영향으로부터 해방되어 혁명적 진영에로 인입되어야 한다. 문화연맹, 과학자동맹, 무신론자동맹, 작가동맹, 스포츠단체, 각종 문화단체가 결성되어 당의 지도 하에서 활동하여야 하며, 당을 지지하고 협력하고 보조단체로서 활동하지 않으면 안된다.6)

이 인용문을 통해 보건대, 문화단체의 조직은 당의 외곽단체의 성격을 지니며 대중조직의 일환으로 상정되고 있으며, 그 주요한 투쟁의 목적이 제반 개량주의와의 투쟁에 놓여 있음을 제시하고 있다. 이러한 남로당의 변혁론과 문화운동에 대한 개괄적인 논평은 이후 「조선민족문화건설의 노선(잠정안)」이란 문건을 통해 더 한층 구체화되어 나타난다. 이 문건은 당중앙위원회의 명의로 발표되었으나, 문예이념에서부터 창작방법까지 문화예술의 거의 모든 쟁점들이 포괄적으로 제시되어 있다. 이 문건은 문화운동의 임무를 일본제국주의적 문화잔재와 봉건주의적 유물의 청산에 두고 있으며, 그 이념태로서 반제 반봉건의 민주주의적 민족문화임을 선언하고 있음과 동시에 문화의 인민적 기초, 대중화론,

---

5) 같은 글, p.323.
6) 같은 글, p.380.

예술방법으로서의 혁명적 로맨티시즘과 진보적 리얼리즘을 기조로 한다
는 점 등이 지적되었다. 이를 통해 볼 때 '문학가동맹'에 의해 이루어진
제반 문학이론이란 기실 당의 외곽단체로서 당의 지침을 구체화하고 그
내용을 풍부하게 하는 역할을 수행한 것으로 평가된다.

이를 민주주의 민족문학론을 통해 상세하게 살펴보면 먼저 청량산인
(淸凉山人)은 문학이념으로서 반제 반봉건의 인민적 민주주의 민족문학
론을 제시하고 있다. 그는 자신의 민족문학론의 내용을 다음과 같이 규
정하고 있다.

> "우리가 건설해야 할 민주주의 민족문학은 부르주아 민주주의를
> 내용으로 하는 것도 아니오, 프롤레타리아 민주주의를 내용으로 하는
> 것도 아닌, 자본주의 사회의 발전에 있어서 가장 고도의 진보적 단계
> 이며 새로운 국면으로서의 인민적 민주주의 민족문학이란 것이다…
> 이것은 기본적으로 토지의 무상몰수 무상분배, 중요산업 국유화, 기
> 타 언론 출판 집회 결사 신앙 파업 인격의 자유를 철저적으로 보장하
> 는 민주주의 이며 이러한 민주주의를 위해 싸우고 이러한 민주주의의
> 정치 경제를 반영하는 것이 곳 우리가 말하는 인민적 민주주의 민족
> 문학인 것이다"[7]

즉, 혁명의 단계가 부르주아 민주주의 혁명이라고 하나 문학은 그 특
수한 반영태로서 2단계 연속혁명론에 드러나고 있다. 이는 작품이 현실
을 뛰어넘어 형상으로 정착될 수 있으며, 따라서 가장 진보적이며 인민
적인 문학이 민족문학이며, 반제 반봉건의 과제에 가장 충실한 문학이
민족문학이란 것이다. 이는 민족이 항구불변한 실체로서가 아니라 역사

---

7) 청량산인, 민족문학론, 『문학 7호』, 『한국현대현실주의 비평선집』 p.247에서 재인
용.

적인 범주라는 인식에 도달하고 있는 것으로 해방직후의 문학론이 도달한 가장 풍부한 인식이라 할 것이다. 이러한 문학론의 특수성이 창작방법론으로 투영된 것이 곧 혁명적 낙관주의에 토대한 '진보적 리알리즘'이며, 그것이 예술실천으로 드러나는 것이 대중화론으로 전개되는 것이다. 하지만 이 당시의 민족문학론은 충분히 그 이념태를 구체적인 실현태로서 개화해 볼 기회도 갖지 못한 채 변화하는 정세에 따라 단절되며, 실천적인 지침에 함몰된 '구국문학론'으로 변모하게 된다.

이러한 정치정세와 문예정세 속에서 박노갑은 구체적인 자신의 예술실천으로 해방공간을 감당하고자 하였으며, 그 귀결이 곧 작품 『40년』으로 제시된 것이다.

Ⅲ. 식민지 유제의 청산과 『40년』

해방직후의 '문학가동맹'이 변혁에 복무하는 문학의 수용양상에 즈음하여 핵심적인 고리로 일제 식민지 유제의 청산에 두었음을 지금껏 살펴 보았다. 이는 무엇보다도 문화가 지닌 정치와의 지체 현상에 기인하며, 그것에 대한 정당한 인식이 정치적 과제를 곧장 문학의 과제로 치환하지 않고 일정한 매개를 설정하게 하였다고 보여진다. 더욱이 식민지 시대 공산주의 운동의 주도자들이 단호하게 전향을 거부한 채 해방공간을 맞았다는 사실과 달리 문화인들은 거의 예외없이 형식적이든 그렇지 않든 전향에 직면할 수밖에 없었다. 이는 임화나 김남천을 비롯한 '문학가동맹'의 정력적인 활동가들에게도 여전히 심한 존재의 그늘로 자리잡고 있었음이 새삼 확인되는 바이다.

박노갑의 『40년』이 지니는 의미는 이러한 지점에서야 비로소 논의가 가능하다. 그는 이 작품을 통해 식민지시대의 전기간을 평가하고자 시도하였으며, 그 속에서 삶의 진정성이 어떻게 드러나는지를 자전적으로 그려내고자 하였다. 더욱이 과장된 형태로 드러날 수밖에 없으나, 소설의 기획광고에서 박노갑이 '10여 년간 꾸준히 오늘을 설계해 온 고고(孤高)의 작가'이며, 그의 작품이 '을사조약 이후 8·15까지의 근세상을 묘사'하고자 하였다는 지적은 곧 그의 작품을 당대 문학이 작품을 통해 획득하고자 한 식민지시대 유제의 극복이란 관점에서 볼 수 있는 여지를 마련해 주고 있는 것이다.

박노갑은 1905년 을사조약이 체결된 해에 태어났으며, 1933년 『조선중앙일보』에 단편 「안해」를 4회에 걸쳐 연재함으로써 문단에 등단하였다. 그의 개괄적인 작품의 경향은 크게 3기로 나누어 볼 수 있다.8) 먼저 1933년 「안해」에서 「춘보의 득실」에 이르는 시기의 작품으로 주로 농촌을 제제로 농민들의 비극적인 현실을 드러내고 있다. 이들 작품에서 박노갑은 개개인의 삶을 비극적 상황으로 몰아가는 훼손된 현실을 충실하게 재현해 내고 있다. 두번째 시기는 1938년 「꿈」에서 식민지시대 이전의 마지막 작품인 「새벽」에 이르는 시기로써 지식인이나 농민을 주인공으로 하여 역시, 일그러진 세계상을 드러내 보이고자 하였다. 특히 이 시기에는 다양한 서술방법을 시도함으로써 1930년대 농민의 현실을 생생한 구체성 속에서 걸러내고 있는 것으로 여겨진다. 끝으로 제 3기는 「역사」, 『40년』 등의 주요한 작품이 쓰여진 해방후의 시기로서 이상과는 멀어져 가는 민족적 현실에 대한 탐구와 혼란스러운 해방공간에서의 개인의 삶의 자세를 보여주는 시기이다.

---

8) 김하철, 「박노갑 현덕 현경준의 작중인물연구」, 서울대 대학원 석사논문, 1989, p.19.

그러나 식민지시대 그의 전체적인 작품 경향은 현실 자체의 비극성이 과도하게 강조된 것에 그치며, 그것이 어떠한 전망 속에서 극복의 맹아를 내포하고 있으며, 또한 구체적인 갈등과 대립이 궁극적으로 어디에 기인하는지를 명확하게 보여주지 못함으로써 자연주의적인 묘사에 그친 감이 없지 않다. 진정한 '보여주기'란 단순히 사실의 재현에 놓여 있다기보다 올바른 세계관에 터하여 의식적으로 배치된 사실의 보여주기를 감행해야 할진대, 그의 작품은 정물에 가까운 풍경의 제시에 그치고 말았다. 이는 당대의 논의에서 다시금 확인할 수 있다.

> "박노갑씨가 이에 못지 않게 여러 가지 시험을 하고 있다. 문체에까지 씨는 많은 고심을 하여 여러가지 새로운 것을 기여하려고 애쓰고 있다. 「거울」「명숙이」「창공」「춘안」「노다지」「추풍인」 중 마지막 것이 가장 역작이다. 여기에 쓰인 문체가 산문으로써 부적당하다는 것은 소설로서 당연히 쓰여야 할 장면의 설정이 모피된 것을 보아도 짐작할 수 있을 것이다."9)

> "「추풍인」은 객체를 그리었어도 작가의 주관이 선명하게 작용한 좋은 표본의 작품이다. 신산한 생활의 이야기가 있으나 우리를 자꾸 서정의 세계로 인도하는 것은 그 까닭이다. 박노갑씨는 아직도 이러한 영역에 소요하고 있으며 서정의 세계에 적합한 이야기를 취택하고 있다."10)

결국 그의 작품은 '가장 비극적인 상황에 처한 유지적 개인의 내면의식'11)을 중심으로 객관적인 현실의 한 단면을 제시하고자 하였으나, 사

---

9) 김남천, 「산문문학의 1년간」, 『인문평론』 39.12, p.34.
10) 안회남, 「11월 창작평—객체의 작가, 주체의 작가」, 『인문평론』 39, 12월, p.103.
11) 김하철, 앞의 논문, p.29.

실상 제시된 현실은 극복 가능한 현실이라기보다 자연적인 상태에 가까운 현실에 그치고 말았다. 하지만 그의 작품에서 드러나는 농촌의 객관적 현실은 전망의 미흡함에도 불구하고, 당대의 현실에서부터 작품의 얼개를 짜고 있다는 점에서 이후 그의 변모를 예감케 하는 것으로 지적될 수 있을 것이다. 특히 그의 작품에 주로 등장하는 인물이 사회의 가장 비참한 계층에 놓인 이들인 소작인, 토지를 상실한 농민이나 머슴 등에게 깊은 관심과 동정을 보이고 있으며, 이것이 곧 '박노갑 문학의 근본적인 민중지향성'12)과 결합될 수도 있는 것이다.

해방 이후 박노갑이 '문학가동맹'의 소설부 위원으로, 또 이 조직이 북한과의 분립에 따라 결원이 생기자 중앙위원에 피선13)되는 연유도 이러한 내적 연관을 떠나서는 이해하기 어렵다. 또한 그의 소설이 지닌 앞서의 문제점은 해방 후의 소설인 「역사」나 장편 『40년』에서 상황의 변전과 함께 어느 정도 극복된다고 볼 수 있다. 이는 작품 『40년』의 구체적인 분석을 통해 다시금 확인될 것이다.

박노갑의 최초의 그리고 최후의 장편소설인 『40년』은 1948년에 간행된 육문사의 전작장편이다. 그리고 이 작품은 해방 직후 '문학가동맹'의 소설부에서 기획하고 창작과정에 놓여 있었던 많은 장편들의 첫번째 작품이기도 하다. 따라서 박노갑 문학의 총결산에 해당되며, 자연 그의 한계와 가능성을 재어보는 시금석으로서 중요한 작품이다. 그러나 이 작품은 당대의 치열한 상황을 정당하게 재현하지 못한다는 가장 커다란 결점을 지니고 있다.

---

12) 김하철, 같은 논문, p.35.
13) 「문학운동의 대중화와 창조적 활동의 전개에 관한 결정서」, 『한국현대현실주의 비평선집』, 나남, 1989, p.408.

사실 조선공산당은 1946년 7월을 경과하며 미군정과 새로운 관계 속에서 치열한 대립과 갈등을 야기하기에 이른다.[14] 이때부터 박헌영은 소련의 고무를 받아 미국의 정책과 미군정에 대한 공격에 초점을 맞춘 '신전술'을 채택했고, 이러한 전투성이 그해 가을의 9월 총파업, 10월 인민항쟁의 노도와 같은 투쟁 속에서 가열되는 시점이었다. 문예정세 또한 박노갑 작품의 광고가 나온 다음호의 『문학』지부터 "구국문학"[15] 이란 슬로건 아래 전투적 문예창작에 심혈을 기울이게 된다. 그럼에도 박노갑의 소설은 여전히 식민지 유제의 청산에 초점이 맞추어져 있으며, 포괄하는 역사적 공간 역시 1947년의 남한단독정부수립까지 안고 있으나, 명확한 인식에까지 도달하지 못하고 있다. 이는 작품 속에서도 화자의 말을 통해 드러나며, 작가는 식민지 현실이 해방된 조국에도 여전히 상존하고 있다는 비극적인 인식에서부터 출발하고 있는 것이다.[16]

이는 문학 자체가 지닌 고유한 속성인 역사적 거리의 문제를 논의할 수 있는 단초를 마련한다. 즉, 대서사양식의 일환으로서의 장편이란 항용 사건에 대한 포괄적인 형상화를 통한 총체성[17]의 확보를 목적으로 하며, 이는 사건에 대한 가치평가가 일정정도 완료된 가운데에서나 가능하기 때문이다. 이에 한국현대사의 가장 격심한 결절점에 해당하는 해방직후 3년의 역사적 공간이 치밀하게 작품 속에서 녹아들기 위해서는 많은 시간을 요청하는 것이며, 이는 구체적인 문학사의 전개과정이

---

14) 스칼라피노. 이정식, 『한국공산주의 운동사 2』(이홍구 역), 돌베개, 1986, p.387.
15) 윤여탁, 「해방정국의 문학운동과 조직에 대한 연구」, 『해방공간의 문학운동과 문학의 현실인식』, 한울, 1988, pp.69~70.
16) "자 무엇이 그리울 것이 있느냐, 해방이다. 독립이다. 하였으나 일은 맹랑하였다. 곧 갈 줄만 알았던 총독이 다시 고쳐 앉아 호령을 하고 일본 제국의 군대는 총칼을 가지고, 조선 사람 가슴을 겨누었다." (박노갑, 『40년』, 육문사, 1948, p.290)
17) 루카치, 『변혁기 러시아의 리얼리즘 연구』, 동녘, 1983, p.47.

다시금 확인하는 바이다. 요컨대 장편소설에서 해방공간이 형상화되기 시작한 것은 특정한 이데올로기적 장치를 강제받았던 북한에서나 일찍부터 가능하였으며, 이데올로기와 작품의 현실성으로부터 다소 자유로운 교포작가들의 경우는 1970년대에, 남한의 경우는 1980년을 거치며 비로소 가능했던 것이다. 이러한 전제들에 대한 배려 속에서야 박노갑 소설의 정당한 평가가 진행될 수 있을 것이다.

박노갑의 소설 『40년』은 우선 서두 제시 방식에서부터 약간의 새로움을 불러 일으킨다. 일반적으로 그간의 장편소설이 상징적인 배경의 제시나 인물의 소개로부터 시작되었던 것과는 달리 박노갑은 식민지시대 전체를 걸러낼 수 있는 궁핍한 민중의 형상을 제시함으로써 이 작품의 궁극적인 목적이 식민지 유제의 청산에 있음을 선명하게 밝혀주고 있다.

> 소작인 만보의 아낙이, 굶다, 애들에게 졸리다 못하여, 창서네 부엌에 들어가 찬밥 덩이를 훔쳐다 들키어, 부끄러워 못살겠다고, 우물에 빠져죽은 것이 바로 이 해이다.(박노갑, 『40년』, 육문사, 1948, 5: 이하 작품의 출전은 면수만 밝혀둔다)

이 자전적인 소설 『40년』은 주인공 '황찬'의 출생에서부터 시작되며, 출생 당시의 민중의 피폐한 삶을 통해 식민지시대 전기간에 걸쳐 지속되었던 궁핍과 가난의 문제를 형상화하고 있는 것이다. 그리고 이는 다만 상황의 제시만으로 그치지 않고 다른 한편 작중인물의 상황까지도 그 동일한 연장선 상에 놓여 있음을 지적한다. 곧 "비 한 차례 지나가면, 추깃물 같은 썩은 국물이 천장에서 쏟아지기로, 새삼스럽게 놀랄 것은 없었다. 해를 두고 집을 잇지 못하였을 제, 이미 각오한 바였다. 초란이

수입 같은 짚 몇 단 되도 않는 것, 그까짓 것을 가지고, 매고 어쩌고, 이
엉을 엮을 수가 없었다."(같은 책, 11면)라고 함으로써, '사적이고 개별
적인 인간과 공동체의 구성원이자 사회적 존재로서의 인간 사이에 놓인
분리할 수 없는 유기적인 관련'[18]을 확보하고 있다. 따라서 이전 박노갑
의 작품경향의 주조를 형성하던 유지적 개인을 넘어서서, 전형성을 획
득하고 있는 점이 일차적으로 이 작품이 지닌 미덕인 것이다. 특히 이러
한 민중의 고통은 작품의 전편을 아로새기면서 작품의 예술적 질을 높
혀 나가고 있다.

> 그는 오십 밖게 안되는 나이에 육 칠십 먹은 늙은이 처럼, 고롱고
> 롱하는 병객이 되고 말았으나, 삼십 사십 당년에는 근동의 수머슴이
> 었으며, 일 잘하고, 경위 잘 타고, 풍물 잘 치고, 근동의 젊은이는 감
> 히 공대를 아니치 못하였고, 늙은 이들도 두레 공사 마당에 한몫을
> 주고도 남던 터였다. 그러나 손에 물기가 걷기 시작하고, 굶주린 몸이
> 사십을 넘어 오십이 되고 보니 그를 다려다 일을 시키는 사람이 없고,
> 기운은 없어도 품은 팔아야 먹고 살 처지였다. … 그는 결국 그의 젊
> 은 피와 땀을 바쳐 준 동네에서 백골도 묻히들 못하고, 죽음이 오기
> 전에, 자기의 발로 자기의 시체를 타향에 치워 버렸다. 종노릇을 그만
> 두었다가 종의 이름으로 결국, 죽고 말았다.(같은 책, 162면)

이 인용은 주인공 황찬의 같은 마을 사람이 어떠한 삶을 살다 갔는지
에 대한 간략한 소묘이다. 식민지시대 이전 그의 건강한 생명력이 어떻
게 피폐해졌으며, 마침내 종의 이름으로 죽고마는 삶이 감동적으로 그
려져 있다. 이러한 민중의 가난에 대한 인식은 이 작품의 큰 줄기로 작
용하고 있으며, 그 반대편에 식민지 권력이 비록 모호하나마 대척을 이

---

18) 루카치, 「맑스주의 미학과 문학적 리얼리즘」, p.209.

룬 채 존재하고 있다. 그러나 이는 주인공 황찬이 보여주는 중간자적인 태도[19]로 말미암아 선명하게 문제영역 속으로 끌어들여지지 않은 채 여전히 작품 외부에서 방향조정을 가하는 잣대로만 표시되어 있을 뿐이다.

나아가 이 작품은 전통적인 서당에서의 한문공부와 근대적인 학교교육의 갈등을 주인공을 통해 제시함으로써, 반봉건 의식을 분명히 드러내고 있다.

지지하는 편의 말은, 역시 별 것이 아니요. 그까짓 왜놈 말을 배워서 무엇하랴. 꾹 박여 한문이나 읽자는 것이요, 비방하는 패는 제 아무리 왜놈이란대도 부려먹을 생각을 하면, 옳은 기술 잘못 알려 줄 이치 없으나, 가르쳐 준다는 것, 안 배울 까닭이 있느냐는 것이었다. (같은 책, 67면)

개화란 말은 개왜(改倭), 왜놈으로 고친다는 말과 무엇이 다르단 말이야 (같은 책, 67~8면)

그러나 작가의 이러한 대립적 구도의 설정은 그 이면에 근대적인 문물은 받아들이면서, 제국주의에 대해서는 적대감을 드러내는 입장과 다른 한편 반제국주의 인식이 곧 봉건적인 세계의 유지로 표현되는 전근대적인 사유에 붙박혀 있다. 따라서 식민지시대의 중심적인 반제 반봉건이 치열한 등가의 가치로서 명확하게 자리잡지 못한 채 상호 모순을

---

19) "중간이 그른 것이라면, 나는 중간을 버리겠네! 중간이 옳으면 나는 중간을 갈 수도 있을 것일세. 좌우간 그른데도 불구하고, 중간이니까 간다는 중간이니까 좋다는 나는 아마 아닐 것일세."라는 언표를 통해 주인공의 중간자적 입장은 잘 드러나고 있다.(같은 책, pp.302~3)

불러 일으키며 기계적으로 결합되고 있다. 이러한 시대인식의 불철저함은 일본의 변혁과 노동자, 그리고 조선의 해방과 노동자의 관계를 인식함에 있어서도, 그저 보편주의에 함몰[20]되어 민족적 의식의 고양이라는 주어진 당대의 실천적 과제에 제대로 부응하지 못하고 있음도 지적될 수 있을 것이다. 이는 다른 한편 미군정에 대해 보였던 조선공산당의 지나친 낙관적 전망이 결국 제국주의 인식에 대한 불철저함으로 투영되어 나타나는 것으로 확인할 수 있다.

끝으로 지적할 수 있는 것은 주인공이 식민지시대를 일관한 삶의 방식이 해방 이후에도 그다지 변모되지 않은 채 항존하고 있다는 점일 것이다. 예컨대 단선정부 수립을 통해 벌어지는 조카 춘수와의 대화에서 춘수가 찬에게 '중간파냐 좌익이냐'라고 물었을 때 그는 대답을 하지 못한 채 그저 '조직을 벗어난 병정'임을 자인함으로써 그친다. 이는 작가의 의식이 일정 정도 좌익으로 기울어져 있으나 여전히 그것은 공공연하게 제시되지 못한 채 모호하게 처리되어 있으며, 심지어는 자유주의자의 인식까지도 보이고 있다는 점이다.

이상을 종합할 때 박노갑의 최초이자 마지막의 장편소설인 『40년』은 이처럼 해방 이후에도 여전히 일본 제국주의의 잔재가 도처에 산재해 있다는 작가의 인식을 통해 식민지시대 전기간을 지탱해 온 주인공을 통해 그에 대응하고, 극복하는 존재양식을 추구한 작품이라고 할 수 있을 것이다.

---

20) "당시의 일본은 나날이 증가하는 공장 시설과 같이, 불어나는 노동자와 아울러 농민과 착취계급과의 항쟁이 치열할 때였다. 일본의 혁명은 곧 조선의 해방을 의미하는 처지에서 일본의 혁명가는 조선사람과 악수를 할 수 있는 때였다."(같은 책, pp.136~7)

Ⅳ. 결론을 대신하여 ; 박노갑의 문학사적 의미와 『40년』

박노갑은 식민지시대 후반부터 해방공간에 이르기까지 45편에 이르는 장단편을 발표한 작가이다. 특히 그의 초기작품은 궁핍한 식민지시대 농민의 실상을 따뜻한 연민과 애정으로 그려 보이고 있으며, 이를 통해 해방공간에 서 '문학가동맹'의 맹원으로 활동하다가 급기야는 월북하는 여지를 마련하고 있는 듯이 보인다. 그러나 박노갑은 식민지 현실의 비극성을 충분히 인식하고는 있었지만 그 현실을 주체적인 문제로서 수용하는 데에는 이르지 못했다. 무엇보다 작품에 등장하는 주인공이 주체와 대상세계의 갈등을 극점에까지 밀고 나아가지 못한 채, 단순히 현상에 대한 자연주의적 묘사로 그치고 있기 때문이다. 무릇 소설이 담아내고자 하는 세계가 '길이 시작되자 끝나는 여행'에서처럼 역사적 전망을 문제삼는다고 할 때, 박노갑의 소설은 구체적인 전망이 없는 삽화에 그치고 있다고 할 것이다. 이러한 박노갑 소설의 결함은 작품 내부에 들어와서도 비극적인 성격만을 지닐 뿐이지, 주체가 필연적으로 궤멸할 수밖에 없는 비극에까지 고양되고 있지는 못하며, 그저 비애만을 자아낼 뿐이다. 더욱이 이러한 식민지시대 박노갑 소설의 한계는 최근의 몇몇 평가자들에 의해 다소 극복된 형태로 해방공간을 맞이하고 있다고는 하나 그 실상은 여전히 이전의 그의 작품 경향과 단절적인 양태보다 지속의 측면이 강하다고 평가할 수 있을 것이다. 예컨대 식민지시대의 유제를 청산하고자 하는 치열한 의식 아래 기술되었음에도 불구하고 인물의 형상은 여전히 중간자적 입장에서 벗어나지 못하고 있으며, 역사에 치열하게 뛰어드는 인물이 아니라 역사의 한켠에서 방관적인 자세를 택하고 있다. 이는 배경과 인물이 유기적으로 결합되지 못한 채 유리되어 있으며, 배경의 이동이 필연적인 의식의 발전이나 변화에 영향을 미치지 못한 채 시골에서 서울, 동경, 그리고 다시 서울과 시골로 이어지고 있는 것은 문제가 아닐 수 없다.

그럼에도 불구하고 그의 소설은 소설사적 맥락에서 살펴 볼 때는 30년대 전형기에 들어 시도되었던 자전적인 소설 "탑", "신개지", "대하" 등과 같은 내적 형식 속에 닿아 있다. 그러나 전형기의 자전적 소설들이 주체와 세계의 갈등이나 대립이 내면화되어 있는 것과는 달리 박노갑의 소설은 구체적인 사건을 통해 외적으로 제시되어 있다는 점에서 진일보한 작품이라 할 것이다.

박노갑은 1948년 작품을 발표한 이후 월북한 것으로 알려져 있다. 그러나 한국전쟁 동안 실종되었으며, 자연 그의 작품활동도 『40년』이 마지막으로 기록되고 있다. 본고는 식민지시대 그의 작품과 연장선 속에서 그의 마지막 작품인 『40년』이 놓여 있음을 단편적으로 살펴본 것에 불과하다. 그의 복원은 곧 분단으로 인한 이데올로기적 왜곡과 은폐의 한 시금석으로 존재하기에 문학사 자체의 복원과도 맞닿아 있다. 그러나 그에 대한 연구는 이제 막 시작되고 있을 뿐이며, 전기적 사실조차 명확하게 고증되고 있지 못하다. 따라서 그의 전기적 사실, 해방 이후 단편과 장편이 이룬 소설사적 성취, 그의 작품 전체 속에서 획득할 수 있는 의미 등이 보다 면밀하게 고구되어야 할 것이다.

2. 증오의 수사학 — 박경리 초기 소설 연구

Ⅰ. 서론

　박경리는 경남 통영이 본적이며, 그곳과 인접한 충무에서 1927년 태어났다. 진주 일신고녀를 졸업한 후, 『현대문학』지에 단편 「計算」(『현대문학』, 55.8), 「黑黑白白」(『현대문학』, 56.8)으로 추천을 받아 작가로 몸을 세웠으며, 1957년 「不信時代」로 현대문학 신인상을 수상하였다. 이후 「영주와 고양이」(『현대문학』, 57.10), 「僻地」(『현대문학』, 58.3), 『표류도』(『현대문학』 59.2~11) 등을 잇따라 발표하였고, 『표류도』로 내성문학상을 받음으로써 1950년대의 대표적인 작가의 한 사람으로 부각되기에 이른다. 이후에도 『내 마음은 호수』(『조선일보』, 61), 『김약국의 딸들』(을유문화사, 61), 『시장과 전장』(현암사, 64), 『토지』(69.8~94.8)에 이르는 장구한 시기에 걸쳐 양적으로뿐만 아니라 질적으로도 뚜렷한 문학사적 자취를 남기며 창작에 전념한 작가이다.

　그럼에도 정작 박경리에 대한 학문적 관심은 적조한 감이 없지 않다. 초기의 몇몇 단편적인 해설과 전후소설이란 일반적인 지향 속에서 새로운 '징후'1)로만 포착될 따름이었다. 물론 최근에 들어『토지』의 완간에 부응하여 초기작품까지 아울러 새롭게 조명하고자 하는 시도2)도 없지는 않으나, 박경리를 탐구하고자 하는 대부분의 논고는『토지』에 집중되어 나타났으며, 그 전사로서『김약국의 딸들』과『시장과 전장』등 몇몇 장편들만이 주목되어 왔을 뿐이다. 하지만 개인의 역사 또한 날카로운 비약을 통해 성취되는 것이 아닐진대, 창작의 원점에 해당하는 초기 소설에 대한 홀대는 결코 바람직하다고 볼 수 없는 시류적인 흐름에 몸을 맡기는 것에 다름아니다.

　이에 이 글은 초기 소설, 곧 등단 이후 50년대에 창작된 소설을, 대표작인「불신시대」를 중심축으로 삼아, 박경리 문학의 원형질을 더듬어봄으로써 무엇이 박경리 문학의 역동성을 예비하고 있는가를 살펴보고자 한다. 물론 이러한 논의는『토지』가 발산하고 있는 거대한 빛의 시원을 확인하는 작업으로, 예정된 결론을 향한 끼워맞추기 식으로 끝나고 말 우려를 다분히 지닐 것이다. 그러나 문제는 오히려 연구자의 주관을 엄격하게 배제하는 것이 아니라, 그 주관이 여하히 정치하게 작품의 내적 논리를 재구성할 수 있는가에 달려 있을 것이다. 작가의 전반적인 창작 활동에 내재된 반성과 극복, 단절과 지양의 양상을 고구하는 것이야말로 문학연구가 문학사의 단순한 실증적 재구를 넘어 현실의 문학적 모색에 무엇을 되돌려 줄 수 있는가에 대한 응답이 될 수도 있을 것이다.

　이러한 전제 위에 이 글은 박경리 초기 소설의 수사학을 중심으로 살

---

1) 김윤식·정호웅,『한국소설사』, 예하, 1993, p.337.
2) 류보선,「비극성에서 한으로, 운명에서 역사로」,『작가세계』, 1994년 가을.

펴보고자 한다. 물론 여기에서의 수사학이란 진리와 무관한 그럴 듯하게 말하는 기술[3]이 아니다. 표현의 특성 혹은 서술 층위의 특성에 국한되지 않고, 다양한 현실과의 접촉면에서 특정한 탐구의 대상을 선정하는 창작자의 이념과 이를 내적으로 발전시켜 나가는 구성적 원리까지 포괄하는 수사학이다. 이른바 탐구하고자 하는 대상에 부과하는 의미와 직결된 창안(Inventio)으로서의 수사학과 그것을 일정한 질서로 구성하는 배열(Dispositio)로서의 수사학, 개별적인 단어와 문자의 선택을 조정하는 문채(Elocutio)로서의 수사학[4]이 동시에 거론될 수 있을 것이다. 물론 이와 같은 광범위한 용법으로 사용되는 수사학은 전래의 수사학이 표현기교의 도식화된 목록이라는 부정적인 함의로 인해 담론에 그 자리를 넘겨 주고 있음도 사실이다. 그러나 담론 또한 끊임없이 서술의 층위, 곧 문채로서의 층위에 국한시키고자 하는 경향 또한 만만치 않아 굳이 수사학이란 용어[5]로 의미를 확장하고자 한다. 이념과 서사의 구성, 서술의 방법의 긴밀하게 결합된 통일체임을 표나게 드러내고자 하는 것이다. 그리고 이 세 지절이야말로 한 작품의 전체상을 재구성하기 위한 튼튼한 버팀목이 되리라는 것이다.

---

3) 이러한 관점에서 수사학을 바라보는 대표적인 관점은 Gorgias로 수사학을 철학과 대립적으로 설정한다. 이는 진리와 언어의 관계에 대한 인식론의 문제와 연관을 맺고 있으며, 진리가 언어로 수행되는 인식과 무관하게 존재한다는 플라톤류의 관념론과 직결되어 있다. Stanley Fish, "Rhetoric", *Critical Terms for Literary Study*(Eds. F.Lentricchia and T.McLaughlin), 1987, Univ. Chicago Press, p.205.

4) R.Barthes, 「옛날의 수사학」, 『수사학』(김현 편), 문학과지성사, 1985, pp.64~65.

5) 이글튼의 경우 설득을 목적으로 하는 모든 글쓰기는 수사학이며, 문학작품과 수사학을 동일시하고 있다. 이글튼, 『문학이론입문』(정남영 외 역), 창작과비평사, 1986. 참조.

Ⅱ. 미학적 원리로서의 증오

　박경리의 초기 작품군들에서 가장 특이한 작품은 「剪刀」이다. 논의를 위해 줄거리를 요약하면 다음과 같다.

　주인공 숙혜(淑惠)는 단칸방에 세를 들어 살며 은행의 자료과에 근무한다. 하지만 그에게는 과거가 있다. 식민지 시대 말기 고향에서 정신대로 끌려가지 않기 위해 서둘러 결혼을 하였고, 애정이 없는 남자와의 사이에 '경이'라는 아이를 낳았다. 하지만 아이의 피아노 선생인 음악교사에게 운명적인 사랑을 느끼고, 모든 것을 버리고 이혼을 감행하나 음악교사는 그 결단에 어쩔 줄 모른 채 주춤거리고, 마침내 아이에 대한 사랑도, 새로운 연인에 대한 사랑도 모두 놓쳐버린 숙혜는 달아나듯 서울로 옮겨와 은행에 다니며 책을 읽는 것으로 자신의 내면에 칩거하고 있다. 하지만 옛일은 우연히 알게된 동료 사원에 의해 놀림감으로 입에 오르내리게 되고, 그로 인해 숙혜는 회사를 그만 둔다. 하지만 집을 비워달라는 주인 아주머니의 성화에 마땅한 거처가 없는 숙혜는 직물에 도안을 그려내는 아주머니집의 공녀가 됨으로써 호구를 찾는다. 이도 잠깐 아주머니가 지방으로 가면서 집을 비운 사이 주인집 남자가 겁탈을 하러 들어오고, 마침내 남자가 휘두르는 날카로운 가위에 난자당해 죽고 만다.

　섬세한 내면을 지닌 주인공을 극단적인 상황으로 몰아가고, 마침내 그로테스크할 정도의 끔찍한 모습으로 죽이기에 이르는 소설의 결말은 괴기스러우며, 또한 지극히 자연주의적이다. 하지만 이 작품에는 박경리 초기소설의 거의 모든 요소들이 등장한다. 현실과 조화를 이루지 못하는 여자 주인공의 내면 세계, 인물의 운명적인 사랑, 무책임한 남자로 인한 팽개쳐짐, 홀로 현실과 마주서서 현실을 감당해야만 하는 인물, 가혹해지는 비극적인 현실 상황, 그 속에서 절망에 도달한 여자 주인공, 현실의 무차별적인 폭력으로 인한 죽음 등이 그것이다. 이러한 과정의 일부를 혹은 많은 부분을 변주하며 박경리 초기 소설이 직조되어 있는 것이다. 「불신시대」의 경우 주인공 '진영'은 결코 세계의 왜곡된 양상을 수용하지 못한 채 고통을 겪는다. 운명적인 사랑은 나타나 있지 않으나 남편은 전쟁으로 폭사를 하며, 홀로 현실과 마주서서 현실을 감당해 나간다. 어머니가 있으나 결코 힘이 되지 못한다. 현실은 아들 문수의 갑작스럽고 허황한 죽음으로 비극적인 면모를 강화해 나가며, 그 무엇으로도 위안을 받지 못한 진영은 절망한다. 다른 점이 있다면 진영이 죽지 못한 채 계속 살아나가야만 한다는 점이 있을 뿐이다.

더욱이 이들 초기 소설들은 한결같이 주인공이 여자들이며, 뿐만 아니라 인물이 현실과 맞닥뜨릴 수 밖에 없는 고립무원에 이르렀다는 점이다. 물론 그 원인은 대부분이 전쟁의 결과이며, 「전도」에서처럼 스스로의 선택으로 초래된 경우는 예외적이다. 하지만 이러한 차이에도 불구하고 상황은 필연적으로 인물들로 하여금 직업을 가질 것을 요구하고 있으며, 그 결과 박경리의 여자 주인공들은 「전도」에서처럼 은행원에서 여공으로 전신을 이루거나, 디자이너가 되거나(「벽지」), 작가가 되거나(「불신시대」, 「하루」), 하다 못해 구멍가게의 주인(「암흑시대」)으로 사회적인 활동을 하며 존재하는 것이다. 이는 「영주와 고양이」에서도 다르지 않다. 비록 불명료하나마 '모녀가족'의 생계는 유지되어야 하며, 이를 위해 직업은 필연적으로 요구되는 것이다.

이러한 인물이 현실 세계 속에서 부딪히지 않을 수 없다는 현실성이야말로 박경리 작품 세계의 공간을 확장하는 거멀못의 구실을 한다. 단순히 남녀관계에서 오는 치정에 그치지 않고, 인물은 생활의 공간 속에서 자연스럽게 세계와 마주치기에 이르며, 그 관계망 속에서 자신의 삶을 모색하고 있는 것이다. 하지만 이러한 현실성 역시 자전적인 구체성의 공간을 넘어설 때, 예컨대 「영주와 고양이」 혹은 「전도」에서처럼 궁핍과 절망의 극한에 맞부딪히는 경우에는 자연주의적으로 파멸해가거나, 현실을 타개해야 한다는 당위적인 탄식으로 끝나고 만다. 그러나 작가와 쉽사리 동일시되는 중산층으로서의 최소한의 기반을 견지한 속에서는 그나마 절망을 극복하는 현실의 고리를 모색하기에 이르는 것이다. 「벽지」에서처럼 외국으로의 탈출을 기도하거나, 「불신시대」, 「암흑시대」에서처럼 그나마 자신의 삶은 힘겹게 유지되는 것이다. 하지만 그것은 삶이라기보다 정확히 생명을 이어가는 생존일 따름이다.

　　「그렇지. 내게는 아직 생명이 남아 있었지. 항거할 수 있는 생명이.」[6]

　여기에서 '생명'의 구체적인 의미는 살아 남아야 한다는 동물적인 욕망과 연결되어 있다. 산에서 마주친 게딱지만한 '천막집의 누렇게 뜬 얼굴들'을 보고 자신의 정신적 고통이 '하나의 사치'가 아닌가 하는 뉘우침에 이르며, 곤궁에 처한 아주머니의 요청을 받아들이게 된다. 그리고는 '내장이 터진 소년병'을 꿈에서 만난다. 이 상징적 이미지 역시 생명 그 자체에 대한 절대적 승인의 계기[7]이다. 그 소년병은 죽음에 직면하

---

6) 「불신시대」, 『현대문학』 1957. 8월호. p.140.(이하 인용된 작품과 면수는 특별한 설명이 없는 한 『현대문학』지에서 인용한 것임)
7) 김주연은 이를 '생명에 대한 강력한 옹호와 따뜻한 삶에의 간절한 희원'으로 해석하고 있다. 김주연, 「불행한 여인상」, 『한국단편문학대계』(한국문인협회편), 삼성출판사, 1969.

고서도 수박을 채 먹지도 못하고 죽어간 소년인 것이다. 살아남아야 한다는 절박한 욕망이 아들 문수의 사진과 위패를 불태우며, 문수의 주박으로부터, 과거의 모든 참혹한 고통으로부터의 결별을 감행하게 만드는 것이다. 그러나 새로운 출발의 동력, 살아내는 힘은 현실과 치열하게 맞서 '항거'함으로써 시작된다. 그것은 기실 작품의 전편에 내재된 증오로부터 예비된 것이다. 탐욕스러운 현실에 대한 증오야말로 박경리 소설의 추동력인 것이다.

그리고 가히 그 증오는 치열하며, 증오의 대상은 삶의 도처에 미만해 있다. 어쩌면 극단적으로 휘두르는 증오야말로 박경리 소설의 미학이며, 수사학이다. 그리고 이 증오의 수사학은 영혼의 순결함을 통해 대척적으로 더욱 선명하게 제시된다. 죽어가는 아이는 그 대표적인 상징이다. 운명적인 사랑과 그 사랑이 성취되지 않은 낭만적 취향(「전도」)까지도 이 증오의 수사학을 드러내는 장치일 따름이다.

Ⅲ. 파노라마적 구성과 불행의 누적

증오가 박경리 초기소설의 미학이자 수사학이라면, 그것은 소설의 구성적 장치에서 가장 잘 드러난다. 증오는 지극히 구체적인 감정이며, 따라서 구체적인 대상을 필요로 한다. 물론 그 구체적인 대상은 현실이며, 현실 속에서 살아가는 다양한 인간 군상과의 마주침 속에서 증오는 촉발된다. 더욱이 그 증오가 증폭되고 삶의 전면에 부각되기 위해서는 인간 관계의 접촉면을 현저하게 넓혀나가거나, 가일층 악화되는 비극적 상황을 설정하지 않고서는 핍진성이 떨어진다. 그 결과 박경리 초기 소

설은 「불신시대」, 「하루」에서처럼 파노라마적인 구성을 갖거나, 「암흑
시대」, 「전도」에서처럼 상황의 비극성이 운명적으로 점철되고 가중되는
구성을 선택한다.

「하루」는 작가인 K여사와 그 딸 선영이 함께 나선 하루 동안의 외출
에서 겪는 일들을 나열한 작품이다. '돈키호테의 오촌뻘'은 될 성 싶은,
아직도 '어릿광대'와도 같은 선의로 충만한 K여사와, '산초의 칠촌뻘'쯤
되는 으악스럽고, '약아빠진' 선영은 사사건건 충돌한다. 외출하기 직전
'낯선 사람 집에 들이지' 말라는 딸의 만류에도 불구하고 작품조차 변
변히 읽지 않은 애독자란 소녀를 집에서 만나나 난데없는 취직 부탁에
어쩔 줄 몰라한다. 이렇게 시작된 하루 일과는 폭우로 석축이 무너진 옆
집 주인의 터무니없는 요구, 경우와 무관하게 자신들의 품삯 챙기기에
만 급급한 일꾼들, 신경질을 부려야만 허둥거리는 양장점 주인, 은행원,
약방주인, 택시 잡아주는 소년과의 다툼, 고지대까지 가지 않겠다고 뻗
대는 택시기사, 집에 돌아와서는 윗집에 도둑이 들었다는 소식까지 접
하게 된다. 결국 K여사는 딸에게 승복하고 만다. 짐짓 권위를 찾으려 하
나 그마저 단호하게 거부당한다.

> "너 말 듣고 엄마도 반성할 점이 많았어."
> "……."
> "하지만 만일에 우리가 감당해 낼 수 없는 큰 힘이 우릴 누를 경우
> 를 생각해 보았니? 아까 그 머시매는 파출소에 끌고 갈 수도 있고 거
> 절하는 운전수는 신고할 수도 있겠지만."
> "난 굴복 안해요! 찢어져도 싸워요."
> K여사는 으스스 몸을 떤다.
> "찢어져도……."
> 벌판을 가듯 고개를 넘어 집 앞에 섰을 때 K여사는 피비린내 나는

전쟁터에서 돌아온 기분이었다.

딸 선영은 「불신시대」의 연장선 위에 서 있다. 진영이 생명을 확보해 나가는 방식이 그러할 터이다. 선영은 더 이상 절망과 비애에 잠겨 있지만은 않다. 그는 적극적으로 부딪히며, 파멸해 갈지라도 싸워나갈 것을 앙다짐한다. 이러한 다짐은 작가 자신의 전쟁 체험조차 보잘 것 없는 체험으로 스스로 폄하하기에 이른다. 지금 여기에서의 삶의 모습이야말로 가장 치열하고, 무서운 것이 아닌가 하는 자각에 이르는 것이다. 이 자각에 이르기 위해 작가는 하루 동안의 동선을 따라 사건을 적절하게 배열하고, 이들 사건을 통괄하는 축으로 K여사의 무서움을, 선영의 증오를 설정한 것이다.

「불신시대」에 나타나는 사건 또한 다르지 않다. 의사의 무관심으로 죽은 아들, 갈월동 아주머니, 신발을 싸들고 가는 신자들, 쌀을 팔고 가는 신중, 주사 분량을 채우지 않는 Y병원, 어떤 병이고 페니실린으로 처방하는 건달이 지키고 있는 S병원 의사의 자리, 마이신을 채 녹기도 전에 투입하는 간호원, 잿밥에만 관심이 있는 중, 주사약의 빈병을 되파는 H병원, 돈을 빌리고도 갚지 않는 상배 아버지 등이 주인공 진영으로 하여금 현실에 대한 혐오감과 증오를 유발하고자 하는 목표를 향해 긴밀하게 결합되어 있는 것이다. 사건과 사건 사이에는 긴밀한 내적 연관이 존재하지 않는다. 다만 체험의 주체인 인물의 삶을 통해 이들 각기 상이한 사건들이 동일한 주체의 반응으로 응집되고 있는 것이다.

이처럼 주체의 체험이 파노라마적으로 펼쳐지는 경우와 함께 박경리 소설의 또 다른 구성적 원리는 누적되고 가중되는 불행의 양태를 보이고 있다. 주체가 세계와 마주치는 가운데 대상 세계와 일정한 거리를 견지하고 있는 파노라마적 구성과 달리, 두번째 유형에서 세계는 주체를 짓누르는 양상으로 나타난다. 이 경우 박경리의 소설은 운명적인 비극을 끌어들인다. 물론 인물들이 겪는 운명은 지극히 우연적이다. 그러나 그 우연이 삶 전체를 휘두르는 이상, 우연이 아닌 예정된 필연의 양상으로 주체에게는 지각된다. 남편은 폭사하고(「불신시대」), 아이는 굴러 넘어져 죽어가고(「암흑시대」), 아이를 둔 유부녀는 아이의 가정교사에게 영혼을 빼앗기고(「전도」), 전쟁의 와중에 헤어지게 된 남녀는 도심의 한가운데에서 운명적으로 만난다(「벽지」). 이들 운명적인 사건은 한결같이 인물을 비극의 정점으로 몰아간다. 유달리 이들의 삶은 인간의 힘으로 어쩌지 못하는 운명의 실타래에 묶여 허덕거린다. 그러나 결코 박경리의 인물들은 이 운명에 순응하지 않는다. 치열하게 맞서 싸우고자 하는 것이다. 물론 그 싸움의 결과가 운명을 극복할 수 있는 것은 아니다. 그럼에도 살아남기 위해 인물은 발버둥치나, 마침내는 '산다는 극히 간단한 이유만으로 죄인'(「전도」, 『현대문학』 57.3, 88면)이 된 듯이 느끼며, 운명에 대한 환멸로 전화되고 만다.

이러한 운명에 대한 환멸이 현실적인 삶의 면면에 대한 증오를 압도할 때 박경리의 소설은 현실을 벗어나고자 한다. 초극이 아니라, 단절이자 도피의 형태로 드러난다.

> 세월아 빨리 빨리 가거라. 내 얼굴에 주름살이 지고 내 머리카락이 희게 변하면 나는 그 애처럽게 목청을 돋우며 외치고 가는 밤거리의 찹쌀떡 장사의 슬픈 모습을 생각하지 않겠다. (「영주와 고양이」, 233면)

「영주와 고양이」의 민혜는 세월이 흘러가 주기만을 바란다. 참담한 현실적 고통과 정황으로부터 벗어날 수 있는 방안은 어디에도 존재하지 않는다. 속수무책 세월이 지나가 주기만을 기다릴 뿐이다. 「전도」에서 숙혜의 죽음 또한 일종의 도피이다. 그는 '아무렇게나 목숨을 내 던져 버리려는 심산'(104면)으로 "죽이세요."라고 힘없이 되뇌이며, 살해를 부추킨다. 「벽지」의 혜인 역시 '운명이지요'라는 신파조의 대사를 읊조리며, 프랑스로 떠날 비자를 만지작거린다. 이처럼 운명의 비극성에 봉착할 때 박경리의 인물은 초월을 꿈꾼다. 그것만이 살아내는 일상에 대한 극도의 환멸을 넘어서는 유일한 방안인 것이다. 하지만 이러한 귀결은 낭만적이다. 그 어떠한 현실성의 단초도 부정하고 있기 때문이다. '영혼이 삶의 운명보다 더 넓고 더 크기 때문'[8]에 초래되는 환멸의 낭만주의야말로 박경리 소설의 또 다른 한 축이다.

현실에 대한 증오와 환멸, 현실에 대한 이 두 가지 태도야말로 박경리 초기 소설의 특성이다. 때로는 그 가운데 어느 한 측면이 전면에 부각되고, 때로는 두 측면이 서로 착종하면서 작품을 형성해 나가는 것이다. 그러나 이들 두 양상을 결코 동일한 범주로 추상화해서는 안 된다. 비록 진정한 삶의 모습, 이상적인 인간 존재에 대한 상을 매개로 연결되어 있기는 이들 두 태도는 현실에 대한 비판적 인식과 낭만적 초월이란 점에서 명확히 구분된다. 증오가 현실과의 관계를 더욱 철저하게 착근해 들어가는 데 반해, 환멸은 더 한층 현실과의 접촉면을 좁혀 나가고 마침내 폐쇄적인 심정의 세계로 응결되어 버리기 때문이다. 박경리의 초기 소설은 이 두 축을 왕래한다. 그러나 언제까지나 진자처럼 흔들리고 있지만은 않는다. 현실에 대한 증오는 더욱 치열한 현실 인식으로 전화되고, 운명에 대한 환멸은 삶 그 자체에 내재된 근원적인 불가해함으

---

8) 루카치, 『소설의 이론』(반성완 역), 심설당, 1985, p.146.

로 고양된다.『시장과 전장』,『김약국의 딸들』,『토지』 등은 이러한 평가의 단적인 예증이 된다.

　그렇다면 어떠한 과정을 경유하며 마침내 박경리의 소설은 여기에까지 도달하기에 이르는가? 그 추동력은 다양한 입각점에서 풍부하게 규명될 수 있을 것이나, 다음의 인용은 한 단서를 보여준다.

> 아무 대단한 일도 아니었어. 난 온실 속에서 살아오지 않았어. 전쟁도 겪고 식구들도 잃었고 가난에도 지쳐 보았다. 문단에의 길은 평탄했더란 말이냐? 바늘끝 같은 신경에 무수한 피를 흘려가면서 지금 난 여기 서 있어. 하지만 …… 하지만 오늘 겪었던 일은 어쩌면 전쟁보다 무서운 건지도 모르겠다. 그 상점, 장신구와 화장품이 찬란했던 그 상점 가득히 차 있는 공허는 전쟁보다 무서운 것인지 모르겠다! (「하루」, 삼성출판사, 79면)

　이 인용에서 돋보이는 것은 자의식이다. 그것은 곧 자신의 삶조차 냉연한 시선으로 되돌아 보는 힘을 박경리가 구유하고 있다는 사실이다. 이는 단순히 작가적 특성이 아니다. 박경리의 자의식이야말로 그의 초기소설에 등장하는 인물들의 자의식이며, 증오의 수사학, 그 한 켠을 지탱하는 또 다른 구성적 원리이다. 박경리 소설의 인물들은 단순히 현실에 대한 증오만을 휘두르는 것이 아니라, 자신의 내부에 잠복되어 있는 허위의식까지도 현실을 보는 눈길의 깊이만큼이나 단호하게 증오의 대상으로 마주 세우고 있는 것이다.

> 진영은 구역이 나올 정도로 자기 자신이 싫었다.…… 진영은 다시 눈을 감았다. 그러나 자기 자신이 미웠다. 결코 자기라는 의식을 버리지 못하는 것이 미웠던 것이다. 진영은 어떻게 해서든 객관적인 자기

의식으로부터 벗어나고 싶었다. (「불신시대」, 131면)

　　인용된 부분은 자신의 성정에 대한 증오라는 맥락 안에 놓여 있으나,
전적으로 자의식에 휩싸여 있음이 역으로 노출되어 있다. 심지어 진영
은 공포로 머리를 감싼 채 집을 향해 달음박질을 치는 순간에도 '밀짚
모자를 쓴 냉차 장수가 뛰어가는 진영의 모습을 얼없이 바라본다'라고
제시함으로써 다른 초점화자를 통해 스스로를 객관화하기까지 한다. 이
처럼 스스로에게까지 증오의 감정을 덮어두지 못하는 솔직함은 마침내
진영으로 하여금 자신의 오래도록 지속되는 고통과 절망이 짐짓 사치스
러운 것은 아닌가를 되묻게 만들고, 이를 계기로 생활의 세계 안으로 내
려오게 되는 것이다.
　　다음의 인용도 다르지 않다.

　　　　「운명이지요」 목에 걸린 목소리를 겨우 뽑은 혜인은 그 말이 아주
　　　통속적인 신파조였다는 자각에서 두번 얼굴에 열이 모인다.(「벽지」)

　　삶의 도저한 억압에 직면하여 체념적으로 내뱉는 자신의 말을 반추
함으로써 자의식을 증대시켜 나가고 있다. 이 냉혹하고 치열한 자기 응
시야말로 박경리를 다른 많은 작가들과 달리, 현실의 실상과 내적 연관
을 현실성의 깊이로 조망할 수 있게 만든 힘이며, 나아가 증오를 현실에
대한 깊은 통찰로 전화시켜나갈 수 있었던 동력인 것이다.

Ⅳ. 객관적인 현실 묘사와 주관적인 내면 묘사

　박경리 초기 소설의 이념은 삶과 현실에 대한 증오와 환멸로 집약된다. 그러나 이 현실은 전후 소설의 전반적인 경향으로 그의 독특한 개성을 설명하지 못한다. 문제는 박경리가 이 증오와 환멸을 새로운 삶의 동력으로 전화시켜 낸다는 점이다. 그것은 곧 충만한 자의식으로 현실뿐만 아니라 자신의 태도와 인식에도 비판을 망설이지 않는다는 점이다. 그 결과 그는 고통스럽지만, 현실을 감내하고자 한다. 그리고 이 과정을 효과적으로 드러내기 위해, 곧 삶에 대한 이러한 이념을 표출하는 예술적 방식으로 박경리는 세계에 대한 파노라마적 제시와 주체의 고통이 누적되어 가는 양상으로 제시한다. 이것이 박경리 초기 소설의 수사학을 이루는 이념과 구성의 정형화된 방식이다.

　이와 함께 세번째 지절은 서술의 층위로, 좁은 의미의 수사학을 통해 살펴볼 수 있다. 이는 단순히 어떻게 서술하고 있는가뿐만 아니라, 무엇을 서술하고 있는가를 함께 검토해야 한다. 서술의 방식은 곧 서술하는 대상과 서술하는 주체의 관계망을 통해 형성되기 때문이다. 그리고 서술의 주체가 환멸과 증오로 충일하다면, 이 이념의 효과적인 드러냄을 위해 모든 서술은 기능적으로 재편된다.

　그 한 양상은 파괴적인 묘사로 드러난다. 이는 운명의 가혹함과 그에 비례하여 점증하는 생존 욕구에 나란히 걸쳐져 있는 서술의 방식이다.

> 9·28 수복 전야에 진영의 남편은 폭사했다. 남편은 죽기 전에 경인 도로에서 본 괴뢰군의 임종 이야기를 했다. 아직도 나이 어린 소년이었더라는 것이다. 그 소년병은 가로수 밑에 쓰러져 있었는데 폭풍으

로 터져 나온 내장에 피비린내를 맡은 파리 떼들이 아귀처럼 덤벼들
고 있더라는 것이다. 소년병은 물 한 모금 달라고 애걸을 하면서도
꿈결처럼 어머리를 부르더라는 것이다. 그것을 본 행인 한 사람이 노
상에 굴러 있는 수박 한 덩이를 돌로 짜개서 그 소년에게 주었더니
채 그것을 먹지도 못하고 숨이 지더라는 것이다. 남편은 마치 자신의
죽음의 예고처럼 그런 이야기를 한 수시간 후에 폭사하고 만 것이다.
(「불신시대」, 120면)

'폭사'로 남편의 죽음을 언급하는 부분은 그로테스크한 효과를 불러
일으킨다. 남편의 죽음을 보는 냉연한 시야는 비록 객관적 설명으로 가
득 차 있으나, 지극히 음울한 묘사이기도 하다. 삶에 대해 깊이 절망한
자만이 지닐 수 있는 냉소가 이 묘사에는 깃들어 있다. 간접 인용된 소
년의 죽음 또한 그 연장선 위에 놓여 있다. 어떠한 주관의 투영도 없이
사실의 객관적 정황을 냉혹하게 전달함으로써, 삶의 비극적 상징을 여
실히 드러내고 있으나, 지극히 자연주의적 묘사이기도 하다. 물론 이러
한 자연주의적 묘사는 위악적이다. 「전도」에서 가위에 난자당해 죽는
숙혜를 통해 드러나듯, 내면성의 세계에 칩거하고 있는 주체를 세계의
무자비한 폭력성 앞에 헐벗은 모습 그대로 마주치게 함으로써 세계의
폭력성에 대한 증오를 독자들이 공유하도록 만든다.
　이러한 객관적 묘사는 주체의 개입이 없는 세계의 비정함을 드러낼
때마다, 여지없이 작동하는 박경리 묘사의 한 축을 형성한다.

「너야 공부 많이 했으니까 할려면 취직 못할 것 없잖아. 난 정작
장사라도 해야겠어. 그러나 돈벌이론 계가 제일이야 힘 안들고…」
　아주머니는 숟갈을 놓고 성냥개비로 이빨을 쑤시면서 말하는 것이
었다. 진영은 아무렴 그렇겠지. 그런 배짱이면… 하다 말고 아주머니

의 눈을 들여다 본다. 아무런 악의 그늘도 없는 맑은 눈이었다.
　「아뭏든 돈을 벌어야 해. 돈이 제일이야. 세상이 그런 걸……」
　이번의 말투에는 어느 사인지 모르게 저지른 자신의 일에 대한 짜
증과 반발 같은 것이 있었다. (「불신시대」, 133면)

　일방적이나 대화의 묘사가 주조를 이루고 있고, 그 대화의 틈틈이 서
술의 초점화자인 '진영'의 관찰을 제시하고 있다. 그 관찰 역시 인물에
동화되기보다 면밀하게 거리를 둔 채, 인물의 심리적 변모를 그려낸다.
'이빨을 쑤시면서'에서 드러나는 태연자약함과 그 태연자약함에 대한
자신의 평가로서 내적 독백을 제시하고, 곧 이어서 '맑은 눈'을 통해 자
신의 관점이 그릇되었음을 드러내고, 다시 인물의 '짜증과 반발'을 읽어
내는 과정이 간명하게 서술되고 있다. 대화의 직접적인 제시와 군더더
기 없는 표정 묘사가 돋보인다.
　외부 세계의 묘사에 대한 객관성과 함께 또 다른 서술의 특성은 인물
의 내면 심리 묘사가 지극히 주관적이며, 감정의 노출이 두드러지게 드
러난다는 점이다. 이러한 묘사의 전략은 얼핏 보아 서로 상충되는 듯이
보이나, 기실 그 효과에 있어서는 동일하다. 현실의 참담함을 드러내는
객관적 제시와 그 참담함에 대한 민감한 정서적 반응은 동일하게 인물
의 증오와 환멸을 독자 자신의 것으로 전화시켜 내고 있는 것이다. 현실
의 주관적 제시와 내면 심리의 객관적 진술로 환치시켰을 때, 그 효과는
여실히 감지될 수 있다.

　진영은 배꼽이 터지도록 밤하늘을 보고 웃고 싶었다. 그러나 그 웃
음이 터지고 나는 순간부터 진영은 미치고 말리라는 공포 때문에 머
리를 꼭 감쌌다. 사실상 내가 미쳤는지도 모른다. 모든 일이 미친 내
눈앞의 환각인지 모른다. 지금은 밤이 아니고 대낮인지도 모른다. 진

영은 머리를 꼭 감싼 채 집을 향하여 달음박질을 쳤다. (「불신시대」,
132면)

여기에서 드러나는 감정의 과잉은 문맥 전체 속에서는 '죽기를 원'했
음에도 어느새 자신의 내면에는 살아야 한다는 자각이 있었음을 발견하
고, 그에 대한 정서적 반응으로 드러나고 있다. '배꼽이 터지도록'이란
과장된 수식과 '미치고 말리라는 공포'와 그에 잇따른 '머리를 꼭 감'싸
는 행위는 모두 극단적인 신경증 아래에서만 가능한 서술들이다. 이 극
단적으로 예민한 감정의 노출이 일정한 감염성을 독자들에게 불러 일으
키는 것이다.

객관성과 주관성, 이 두 이질적인 서술의 방식들이 표현의 층위에서
박경리 초기 소설의 증오의 수사학을 지탱해 주고 있는 것이다.

V. 증오에서 연민으로의 변모

1959년 발표한 「표류도」로 쉴새없이 쏟아져 내리던 박경리의 초기
소설은 일단락된다. 그 이후 『현대문학』 1960년 1월호에 박경리는 「나
의 문학수업」을 상재함으로써 자신의 초기 소설에 대한 전반적인 평가
와 함께 새로운 전망을 제시하고 있다. 이 글에는 그의 문학적 경향에
내재한 원체험들이 솔직하게 표백되어 있고, 이전의 거의 모든 창작에
내재된 허구가 정작 자신의 체험과 근접해 있음을 드러내고 있다. 그리
고는 다음과 같이 끝을 맺고 있다.

　　이상과 같이 대충 써보았다. 내 인생의 편력에서 오늘 얻어진 것은
무엇일가? 그리고 인생편력에서 얻어진 문학은 무엇인가? 나는 스스
로의 의문의 지역에 지금 서 있는 것이다.
　　끝없는 피로가 엄습해 온다.[9]

　이는 그동안 견지해 왔던 소설 창작의 방식들이 전환기에 직면해 있
음을 고백하고 있다. 그리고 그가 선 '의문의 지역'은 '끝없는 피로'를
동반하고 있음에도 불구하고, 새로운 전환을 맞게 된다. 그러나 변화를
모색하는 주체는 박경리 자신이나, 그 변화의 방향을 추동한 것은 4·19
혁명이다. 그 즈음의 변화된 인식은 「귀족」을 통해 잘 드러난다.

　이 작품이 박경리의 초기 소설과 확연히 구분되는 점은 우선 등장 인
물이 명확히 작가 자신의 체험적 자아와 구분되어 있다는 점이다. 기존
의 '사소설'로 분류될 수도 있는 초기소설들의 대부분 주인공이 작가
자신의 체험과 그 연장선 위에 놓여 있었다는 사실과 비교해 볼 때, 이
러한 변화는 단순히 형식적인 변화에 그치지 않고, 박경리 소설의 변모
로 규정하기에 충분한 진전이다. 변화의 표지는 먼저 주인공이자 서술
자인 '나'가 여성 화자가 아니라 남성으로 전환되었다는 점이다. 이는
인물의 내면을 체험적인 내면 고백으로서가 아닌 진정한 허구적 인물을
통한 객관화된 내면의 탐색이 그에게서 가능해졌음을 의미한다.

　초기소설과의 또 다른 차이는 증오로부터 인물이 벗어나 비로소 대
상을 객관적으로 수미일관 응시하는 관점을 새롭게 획득했다는 점이다.
이 작품에서 탐구의 대상은 '민여사'란 인물이다. 그녀는 우연히 벼락부
자가 된 인물의 후처로 왕후처럼 화려한 생활을 하는 여자이다. 하지만
그녀는 보기 드문 인텔리이며, 예술애호가이기도 하다. 그녀의 갑작스

---

9) 박경리, 「나의 문학 수업」, 『현대문학』 1960년 1월호, p.187.

러운 죽음을 조상하는 장례식장에서 많은 예술가들은 그녀에 대한 칭송으로 밤을 지새우고 있다. 하지만 서술자인 '나'는 누구 못지 않게 그녀를 오래 전부터 가까이 한 사람으로 그녀의 처세를 잘 알고 있다. 그녀는 시대의 변화에 민감하게 변모하던 카멜레온과도 같은 여자로 여겨지는 것이다. 민여사는 일제 시대, 해방 직후의 혼란기, 하루 아침에 이념이 뒤바뀌던 한국전쟁기, 오랫 동안 부패 정치가 지속되던 시기, 4·19혁명으로 새로운 역사가 열리고 있는 이 현재적 시기에 모두 가장 전위에 서서 삶에 적응해 오던 인물임이 '나'의 회상을 통해 밝혀지는 것이다.

이는 명확히 풍자적인 창작방법으로, 이전의 현실에 대한 무차별적인 증오와 자의식에 비할 때, 그 예술적 성취는 차치하고, 한결 예술적인 가공이 더해 진 경우라고 할 수 있다. 무차별적인 증오가 어떠한 준거가 없는 것과 달리 이 시점에서는 이미 4·19혁명이라는 정신적인 순결함을 표상하는 역사적 상징이 덧붙여졌기 때문일 것이다. 준거의 유무야말로 그의 소설을 비판과 증오로 구분하는 기준인 것이다.

이와 함께 '나'가 이 인물에 대해 내리는 결론 역시 더욱 심원한 깊이를 획득하고 있음은 분명하다.

> 우두커니 앉아 담배연기를 뿜는다.
> (귀족, 기 없는 얼굴, 가면,)
> 벌떡 일어났다. 캄바스 앞으로 다가갔다. 그리다가 둔 여자의 나체다. 나는 나이프를 들고 뿍뿍 캄바스를 찢어버렸다. 뭐 노여워서 그랬던 것은 아니다. 죽은 민여사가 공연히 불쌍해졌던 것이다. 허황한 껍데기 위에 섰던 민여사가 불쌍해졌던 것이다.10)

---

10) 박경리, 「귀족」, 『현대문학』 1961년 2월호, p.25.

호구지책으로 예술과는 무관한 상업적 그림을 그리고 있는 자신과 민여사의 처세가 동일하지 않다는 자각이 은밀히 전제되고 있으며, '나'는 자신의 그림을 찢어버림으로써 새로운 결의를 다진다. 그와 함께 민 여사에 대한 총괄적인 평가도 이전의 주변 인물과 세계를 향해 이루어지던 증오 대신 연민으로 상승해가고 있음이 두드러지게 드러나고 있다.

그러나 이 작품에도 단절만이 존재하는 것은 아니다. 비판의 주체인 서술자 '나'는 여전히 작가 자신과 명료하게 분리하기 어려운 자기 인식에서 벗어나 있지 않다. 인물은 여전히 자의식으로 가득 찬 채 골똘히 타자를 통해 자신을 들여다보고 있기는 마찬가지인 것이다. 그리고 구성에 있어서 파노라마적이거나 누적적인 구성 대신 삶의 전체상을 일정한 시야 속에서 편집하고 있는 방식은 그다지 획기적인 변모라고 하기 어렵다. 그러나 문제는 변화의 계기가 이후 박경리 소설의 전개 과정에서 큰 몫을 떠맡게 된다는 것이며, 비로소 한 단계를 지내온 도약이 예비되고 있다는 점이다.

VI. 결론

루카치의 소설론은 서로 마주보는 대립적 이원론으로 구조화[11]되어 있다. 내면과 외부, 자아와 세계, 혼과 행위, 이상과 현실이 서로 습합하지 못한 채 대립하고 갈등한다. 그 결과 내면과 자아, 영혼과 이상은 외

---

11) 위르겐 슈람케, 『현대소설의 이론』(원당희·박병화 옮김), 문예출판사, 1994, p.83.

부와 세계, 행위와 현실과의 섣부른 화해를 거부한 채 추상적 이상주의로 혹은 환멸의 낭만주의 귀결되고 만다. 이 가운데 특히 환멸의 낭만주의는 탐욕스러운 자본의 논리로 착색된 작금의 현실 속에서, 섬세한 내면의 여정을 문제삼는 소설의 주요한 이념을 이루고 있다.

박경리의 초기 소설은 이러한 이분법과 대체로 조응한다. 순결한 영혼이 훼손된 세계 속에서 진정성을 찾아나가는 여행이야말로 증오의 수사학이 기대고 있는 소설적 의미인 것이다. 그리고 이러한 박경리 소설의 경향은 1960년에 이르기까지 지속되다가 1961년 4·19혁명으로 말미암아 방향성을 갖지 못한 무차별적인 증오가 아니라, 일정한 준거로서 혁명 세대의 정신적인 순결함을 획득함으로써 새로운 단계로 도약한다. 그리고 그 단초를 제시해 주는 작품은 「귀족」이다.

요약하자면, 「귀족」 이전의 박경리 소설은 체험의 허구화란 커다란 범주 아래 묶일 수 있다. 그리고 이들 소설의 공통된 경향은 삶에 대한 인식에 있어서 지극한 증오와 환멸, 그러한 인식을 효과적으로 제시하기 위한 파노라마적인 현실의 발견과 주체에게 누적되는 불행의 연속으로 운명론적 비관주의를 견지하기에 이른다. 그럼에도 불구하고 그의 소설이 범속한 비관주의로 전락하지 않게 하는 힘은 존재하는 현실에 대한 철저한 불신과 자신까지도 명징하게 비판의 반열에 올려 놓는 치열한 자의식이 있었기에 가능하다는 것이다. 이러한 인식은 서술의 층위에서도 객관적인 현실 묘사와 주관적인 내면 심리의 제시를 통해 독자들의 공감을 유도하고 있다는 점에서 다시금 드러난다는 것이다.

3. 민중적 이념과 역사적 인물의 예술적 복원
— 송기숙의 『녹두장군』론

I. 서론

올해로 1894년, 한국근대사에 획기적 전환점을 마련한 동학이 1백주년을 맞는다. 애초 교조의 신원에서 비롯되었으며, 봉건관료의 탐학을 응징하는 혁명으로, 마침내는 이민족 일본의 침탈에 맞서는 전쟁으로 시시각각 그 성격을 달리한, 이 거대한 역사적 사건이 새로운 의미 형성을 요구하며, 1백년이란 역사적 무게와 함께 우리 앞에 버티고 서 있는 것이다. 그러나 이에 대한 역사학계의 조명은 여전히 동학란과 동학농민전쟁을 극단으로 한 다양한 스펙트럼 위에서 부유하고 있다. 이는 무엇보다 1894년을 정점으로 발발한 구체적인 역사적 사건이 지닌 역동성에 기인하는 것이며, 나아가 그 역동성을 어느 특정한 이념형으로 포착하기 어려운 '지금 여기'에서의 현실적 과제의 모호성에 연원을 두고 있는 것이기도 하다. 따라서 이 즈음에 1백년 전의 역사적 사건에 대한

예술적 전유를 기획하는 것은, 일변 역사적 실재를 주의주의적(主意主義
的)으로 재단하거나, 다시금 대상 자체에 매몰되어 사건을 자연주의적으
로 재현할 우려를 다분히 갖는다.

  5부 12권, 원고지 18,000매에 달하는 방대한 체제의 역사소설인『녹두
장군』역시 이 극단적인 편향에서부터 완전히 자유로울 수 없었을 터이
다. 그러나 송기숙의『녹두장군』은 이 날카로운 두 벼랑을 비껴서기는
커녕 정면으로 대결하고, 마침내 돌파하고자 하는 열정적인 투지로부터
기획된다. 물론 그 투지는 단순한 정서적 열망이 아니라, 1980년의 광주
항쟁이란 역사적 체험과 그 체험으로부터 소중하게 길어올린 교훈으로
말미암아 100년 전의 사건에 대한 역사적 조망의 가능성을 확인하였다
는 흔들림없는 자각에 뿌리를 내리고 있다. 그 자각은 의당 역사의 근본
적인 동력으로서의 민중 주체에 대한 견고한 인식이자, 반제·반봉건이
란 해당 사회의 역사적 과제에 대한 헌신적인 투신으로 드러란다. 그리
고 이 민중 주체와 역사적 과제에의 복무라는, 작가에게 내재하는 체험
에서 분비된 자각은 방대한 분량의 작품 곳곳에서 수미일관 개별적인
사실들을 능동적으로 가치평가하고, 그 각각의 현재적 의미에 상응하는
위계와 관계를 설정케 하는 벼리의 구실을 한다. 이러한 현재적 관점에
의한 역사적 원근법이야말로 작품을 단순히 역사적 사실의 복원이 아니
라 문학적 진실의 형상화로 성큼 다가서게 만들고 있는 것이다.

  그렇다면 작가의 체험 속에 존재하는 역사적 원근법은 어떠한 미학
적 장치들을 투과하여 재현되고 있는가? 나아가 그 미학적 장치들은 충
분히 원래의 기획에 상응하는 예술적 성과를 획득하고 있는가? 획득하
였다면, 혹은 획득하지 못하였다면 그 원인은 어디에 놓여 있는가? 이들
순차적인 문제들은 서로 긴밀하게 결부되어 있으며, 작품의 전체적인

평가는 작가의 기획과 미학적 장치가 길항하고 있는 그 지점에서 맴돌
게 될 것이다.

Ⅱ. 내적 구조로서의 역사와 인물군

작가 송기숙이 이루어낸 역작『녹두장군』은 동학농민전쟁이란 역사
적 사건을 중심축으로 전개되고 있다. 소설은 1892년 삼례에서 동학 교
주의 신원운동이 전개되기 직전에서부터 시작되어, 이듬해 서울에서의
복합상소와 고부민란, 1894년의 1차 봉기와 전주 입성, 그리고 마침내
같은 해 10월의 2차봉기와 우금치에서의 패배에 이르기까지 동학농민
전쟁의 전 과정을 구성의 근간으로 삼고 있다. 따라서 이 소설은 구체적
인 실존인물인 전봉준의 별호를 제목으로 제시하고 있으나, 정작 소설
의 주인공은 전봉준이 아니라, 역사적 사건 그 자체가 아닌가라고 여겨
질 만큼 상황의 무게가 압도적이다. 그러나 그 무게는 소설의 중핵을 담
당하는 인물을 희생하고 얻어진 것이라기보다, 소설의 내적 형식을 이
루는 가운데 인물을 거대한 역사적 흐름의 주체로 끌어들이고 다시금
내보내는 수원지로서의 구실을 한다. 더욱이 이 역사적 사건은 어떠한
잉여도 허락하지 않을 만큼 그 자체로 완결된 서사적 구성을 이미 확보
하고 있다. 따라서 사건이 임박한 지점에서부터 소설이 시작되고, 사건
의 종료와 함께 완결된다는 것은 그만큼 소설의 자기 완결성을 앞질러
보장하는 거멀못이 확보되었음을 의미한다. 물론 그러한 가능성을 확보
한 것 역시 어디까지나 소설의 공간을 마련한 창작 주체의 역량이지 객
관적으로 존재하는 실체 자체로부터 분비된 힘은 아닐 것이다. 소설은

그 어떤 대상을 다루든지 주체의 시야를 통해 여과된 대상일 수밖에 없으며, 소설적 공간의 선택 역시 창작 주체가 능동적으로 관여한 결과이기 때문이다.

역사적 사건이란 중심축에 덧붙여 작가는 크게 네 부류의 인물군상과 그들의 역사적 현실 속에서의 각기 상이한 대응 양상을 또 다른 보조축으로 설정하고 있다. 이들은 각기 농민, 동학도, 탐관오리, 외세 등으로 조선 후기 정치권력이 일시적으로 와해된 역사 공간 속에서, 각각의 정치적 경제적 지형을 넓혀나가고자 각축을 벌이던 주체들이다.

이들 가운데 작가가 애정과 함께 가장 밀도있게 묘사하고 있는 인물군들은 당연히 농민이다. 애초에 이들은 탐학의 일방적인 피해자로 존재하였으나 전쟁의 과정 속에서는 변혁의 주력군으로 성장하기에 이르며, 마침내는 장렬한 비극적 최후를 통해 무엇이 역사의 동력인지를 온몸으로 열어보이는 인물군들이다. 작가는 역사적 사건의 전과정 속에서 이들이 어떻게 봉기를 시작하고, 봉기의 진행 속에서 어떠한 심리적 변화를 겪으며 성장해 가는지, 또한 궁극적으로 무엇이 진정한 인간적 삶의 모습인지를 다채로운 인물형상을 통해 심도 깊게 탐구해 보임으로써 작금의 수많은 역사소설이 지닌 영웅적 개인의 활약상이란 그릇된 역사관을 손쉽게 털어버리고 있다. 더욱이 이들 집단적 주인공으로서의 농민들은 생경한 관념적인 이상화를 단호히 거부한 채, 생동하는 개성을 여지없이 발휘하는 가운데 100년이란 시간적 거리를 성큼 뛰어넘어 우리 앞에 몸을 드러내고 있는 것이다.

동학 접주들 역시 중요한 역할을 수행한다. 계급적 기반, 관철시키고자 하는 궁극적인 목표 또한 다르나 농민군과 일정한 관계를 형성하는 가운데 작품 내적 구조의 한 축을 형성한다. 특히 이들 동학도들은 종교

적 신원과 합법화를 중심 과제로 상정하는 북접과 농민의 현실적 욕구
와 변혁에의 열망을 더욱 구체적으로 체현하고 있는 남접으로 이원화되
어 존재하며, 남접 내부 역시 전봉준을 비롯한 직접적이고 구체적으로
민중적 삶과 매개된 가운데 새로운 역사적 전망을 열어 나가는 인물과
명확하게 집단적 인물로 성격화하기 어려운 상태로 개별성을 마음껏 발
휘하는 김개남을 위시한 인물들로 대별된다. 이 가운데 작품의 중핵을
형성하는 인물들은 의당 전봉준을 비롯한 존재들이다. 이들은 명확한
이념적 지표 속에서 자신의 행위가 갖는 의미를 명료하게 인식하고 있
으며, 끊임없이 민중적 삶과 견고하게 결합된 가운데 이념을 현실화하
고 있는 인물이기도 하다.

　다음으로 소설의 한 축을 형성하고 있는 인물들은 양반들이다. 이들
은 구조적으로 형성된, 탐학과 수탈의 선봉이 되어 농민들과 팽팽한 대
립을 형성하는 인물들로써, 민씨 일파와 조병갑, 이용태 등과 함께 양반
들과 부호, 아전, 역졸들 또한 여기에 속한다. 작가는 이들에 대한 적대
감을 감추려들지 않는다. 특히 3부에 나타나는 역졸들의 행패는 지배계
급의 잔혹성과 부패를 상징적으로 제시하고 있다. 역졸들은 굶주린 야
수와도 같이 농민들을 철저하게 유린하고 있으며, 이 부분에서 독자들
은 어김없이 광주항쟁의 한 장면을 연상하게 된다. 부패한 권력은 역졸
을 매개로 하여 그 야수성을 어김없이 드러내 보이고 있는 것이다. 물론
이들 양반계급 가운데에서도 변혁의 흐름에 수동적으로, 혹은 능동적으
로 동참하는 이들 역시 존재하는 것이 사실이다. 하지만 이렇게 등장하
는 박원명과 김학진은 상이한 인물군들을 매개할 수 있는 적극적인 기
능들을 지니고 있지 않으며, 구체적인 삶의 자락들도 보여주지 않는다.
다만 단선적으로 지방의 유생들이나 동학 접주들과 규정된 관계를 맺는

한에서만 존재할 따름이다.

끝으로 이홍장이나 이또오, 오오또리 등 침략적 야욕에 불타는 외세의 구체적인 움직임 또한 작품의 내부에 존재하고 있다. 특히 일본군의 뛰어난 근대식 병기와 공주 전투에서 보여주는 전술 운용의 탁월함은 전투에 돌입한 농민군의 와해를 시시각각 강요하면서 비록 소설의 전편을 통해 나타나지는 않지만 무시하지 못할 존재로 제시되고 있다. 하지만 어디까지나 이들의 존재는 농민군의 시야 속에 투영된 존재일 뿐 그 독자성을 충분히 체현하고 있지는 못하다.

하지만 이들 인물군들과 민씨 일파 및 대원군의 움직임 등, 상층계급의 동향이 풍부하게 형상화되지 못했다[1]고 해서, 그것이 역사소설의 결함일 수는 없다. 이러한 지적은 루카치적 의미의 외연적 총체성에 매몰된 나머지 작품 내부에서 작품을 평가해야 한다는 기본적인 원칙을 이반한 것이 아닐 수 없다. 문제는 상층계급의 동향이 얼마나 상세하게 그려지고 있는가가 아니라, 그 동향의 본질을 명확하게 표출할 수 있는 구체적인 계기들이 확보되어 있는가에 달려 있을 것이다. 소설『녹두장군』은 적어도 이용태와 조병갑, 김학진과 박원명 등을 통해 상층부 내부의 인식의 궁극적인 차별성을 아주 적절하게 제시함으로써, 변혁기에 처한 한 사회의 구체적 실상을 선명하게 드러내 보이고 있다.

이처럼 송기숙의『녹두장군』은 특정한 역사적 시기를 내적 형식으로까지 고양시킴으로써 서사의 핵심적인 요건을 명징하게 확보하고 있으며, 그 형식 속에 다양한 인물들의 삶을 풀어헤침으로써 한 시대의 총체성을 복원할 수 있는 필요조건을 내재적으로 획득하고 있는 것이다.

---

1) 이상경, 농민의 시각으로 그려낸 농민전쟁,『창작과 비평』1994년 봄호, 1994, pp.96~97.

Ⅲ. 인물의 설화적 성격과 그 극복의 방식

역사 그 자체가 소설의 내적 구조로 완결되어 있다는 역동성과 함께 집단적인 인물군들이 정당한 위상 속에서 그 구조와 관계를 맺고 있다는 평가를 개별적인 각각의 인물들에 대한 평가에까지 충분히 삼투할 수 있는가에 대해서는 쉽게 답할 수 있는 성질의 문제는 아닐 것이다. 의당 더욱 치밀한 잣대들이 동원되어야 하나, 오히려 범박하게 재단해 보임도 작가가 작품에 기울인, 거의 10년을 경유해 온 치열함에 견줄 때 역설적으로 적절할 수도 있을 것이다. 비판은, 적어도 작가적 역량에 대한 공감으로부터 비롯되는 비판은 단호할수록 더욱 바람직하기 때문이다. 더욱이 작품이 분량으로 보아 몇몇 한계가 존재하는 것은 필연적이며, 이 작품 역시 그러한 부분적인 결함을 고스란히 안고 있음은 피할 수 없는 지적일 터이다.

이들 한계 가운데 특히 가장 두드러진 점은 명확한 선악의 이분법 속에 모든 개별적인 인물들이 자리매김되어 있다는 사실이다. 이는 사건의 진행에 따라 인물의 성격이 구체화되는 것이 아니라, 이미 선험적으로 존재하는 개별 인물의 성격이 개별적 생동성에도 불구하고, 소설의 전개 과정 속에 적절하게 배치되고 있음을 의미한다.

예컨대 아전이었으나, 농민군의 대열에 참가하고, 다시 전봉준을 밀고하는 악역을 담당하는 김경천의 경우 소설의 8권에서 처음으로 등장한다. 여각 주인이기도 한 그는 전봉준을 하루밤 머물게 하면서 백마를 선물한다. 이 인물을 등장시키면서 작가는 인물에 대한 주관적인 논평을 애써 감추려들지 않는다. 전봉준의 심리를 드러내는 가운데, '이속 가운데서도 형리를 지냈다는 것이 꺼림칙'(8권 175면)하게 여겨지기도

하고, 다른 인물과의 대화 속에서도 '이 집 주인부터가 믿을 사람이 못 됩니다'(8권 177면)는 진언을 받기도 하며, '그 작자 아무래도 께름칙합니다. 두 목소리 쓰는 놈 믿지 말라는 말이 있는데 그런 것도 그렇고'(8권 184면)라는 평가를 받기도 한다. 이는 여타의 인물들이 등장할 때 보여주던 서술자의 태도와 확연히 다르다. 이후에 그는 작품 속에서 깡그리 잊혀진 채 실종되며, 마지막 권 전봉준이 붙잡히던 순간에서야 나타난다. 이때에도 작가는 김경천의 구체적인 심리적 변화를 추적하는 대신, 다른 사람의 대화 속에 그의 행적을 드러냄으로써 행위를 가능케 만드는 선명한 동기화를 이루어내지 못하고 있다. 그리고 발고한 연후에 김경천이 제풀에 달아나다 뚜렷한 이유도 없이 피를 토하고 죽기에 이르는 부분도 설득력이 떨어진다. 이는 사건의 필연적인 전개 속에서 인물의 성격을 창출해 나가는 것이 아니라, 작가가 설정한 틀 속에 인물을 거꾸로 배치함으로써, 인물의 의미 기능을 현저하게 축소하는 적절치 못한 창작방법을 구사하고 있음을 의미한다. 더욱이 김경천의 죽음은 입에서 입으로 전달되어온 전달방식의 특성을 고려한다고 해도 설화적인 측면을 불식하지 못하고 있는 것이다. 그리고 이 설화적 측면은 인물의 형성과정과 서술방식에 모두 걸쳐져 있다.

긍정적인 인물의 제시에서도 다르지 않다. 화적패의 도당으로, 이후에는 농민군의 군소 두령으로, 그리고 관군의 손에 잡혀 치열한 저항 끝에 총에 맞아 죽는 김확실의 인물 형상도 엄밀히 살펴보면 설화적인 울타리를 넘지 못한다. 애초에 그는 종이었다. 그러나 수운 최제우에 관한 풍문을 듣고 도망쳐 나와, 다른 지방에서 머슴살이를 시작한다. 그곳에서 좋아하기에 이른 여자가 주인 양반에게 논 서마지기 값에 팔려 나가는 것을 보게되고, 그 분노를 다스리지 못해 뛰쳐나오고, '묘하게 연이

닿아’ ‘돈으로 사람까지 사는 지주놈들을 때려 죽이자’고 화적패가 된
다. 그러다 의적에 가까운 임군한을 만나 그의 졸개로 들어선다. 그는
이후 수많은 장면에서 날렵한 몸놀림과 무술 솜씨로 두드러진 역할을
수행하며, 마침내 소설의 말미에 이르러서는 당당히 관군의 우두머리에
게 자신은 의군 대장이며, 상대편이 ‘때려 죽일 왜놈이나 똑같은 똥강아
지’라고 질책하는 의연함을 보인다. 그리고 달아나다 관군이 쏜 총에 맞
아 죽는다. 이처럼 그의 전생애는 소설의 전편을 통해 집약적으로 드러
나며, 작가는 예사롭지 않은 애정으로 그의 행정을 소설 전편에 걸쳐 상
세하게, 그리고 감동적으로 그려보이고 있는 것이다.

　하지만 그의 생애는 다소 형식화된 틀 속에 존재함도 사실이다. 불행
한 과거, 그 과거로부터 벗어나게 된 계기, 과거와 단절된 삶, 그 삶의
확장과 강화로서 존재하는 현재의 삶이 바로 그의 생애이며, 이는 다분
히 설화적 모티프와 다르지 않은 것이다. 이러한 인물의 삶이 진전하는
과정이, 존재 자체의 현실성에 의해 추동되고 있음이 사실일 터이지만
문제는 거의 모든 인물들이 이러한 유형에서 그다지 벗어나 있지 않다
는 점이다. 같은 화적패의 일원인 용배가 그러하고, 임군한, 임문한 등
의 화적 수령들도, 김덕호처럼 농민군의 재정을 후원하는 인물도, 전봉
준을 사모하면서 자신의 존재를 확인하는 연엽에 이르기까지 거의 모든
긍정적 인물들의 이면에 존재하는 삶의 과정들은 이 모티프의 변형이거
나 복제로 존재할 따름이다.

　전봉준이나 김개남 등 소설의 중심적 인물 역시 다르지 않다. 직접적
인 묘사의 대상이 되는 전봉준이나 후반부에 이르러 간접적으로 소설의
공간 속에 자리잡는 김개남도 마찬가지로 어떠한 내면적 갈등도 겪지
않은 채, 묵묵히 자신의 역사적 과제를 담당하는 이념적 인물로 표상되

고 있는 것이다. 특히 전봉준의 전생애는 오직 이 주어진 역사적 시기를 위해 충일하게 모아지고 있다. 지관으로서의 그의 재능은 전투에서 지형을 읽는 혜안으로 나타나며, 서사의 진행 속에 존재하는 자잘한 에피소드들, 예컨대 물에 뛰어들어 심장마비를 일으킨 부하를 살려내거나, 길을 지나던 중에 앓는 아이를 치유해 주는 섬세함을 보이는 장면 역시 의원으로서의 그의 이력과 명료하게 연결됨으로써, 인물의 설화적 완결성을 위한 소도구로서의 역할을 기꺼이 떠맡고 있다. 물론 전봉준에게서 내면적 갈등이 존재하지 않는 것은 아니다. 그는 농민군 내부에 존재하는 기회주의적 속성을 날카롭게 통찰하고 있으며, 봉기의 결말이 자신의 삶을 어떻게 비극적으로 직조해 낼 것인지를 앞질러 예견하고 있기도 하다. 나아가 연엽과의 사이에 미묘한 형태로 존재하는 연연함도 그의 내면적 갈등을 빚어내는 분편으로 제시되어 있으며, 소설의 내적 진실성을 고양시키는 기능을 충실하게 맡고 있다. 그럼에도 한 인간의 모습으로 존재하는 이들 부분들이 전봉준에게 부과된 역사적 의미를 떨쳐버리지는 못하고 있는 것이 사실이다.

물론 이와 같은 긍정적인 인물과 부정적인 인물의 선명한 분리는, 많은 부분 주어진 정황 자체가 지닌 혁명성에 기인할 터이다. 혁명적 정세 속에서 우유부단한 인물이란 존립하기 어렵다. 그 어느쪽에 단호히 서지 않는 다음에야 역사의 격랑을 헤쳐나기기 어려우며, 그는 문제적 개인으로서의 소설적 인물이 되기에 부족하다. 그것이 작품의 인물들로 하여금 명확하고도 확연한 선택을 강요한 원인인 것이다. 하지만 이들 인물들에게서 나타나는 이념적 추상이야말로 작품의 설화적 분편들과 마주치는 가운데 소설적 진정성을 어느 정도 흐리게 만들고 있는 것 또한 사실이다. 충분히 개별적인 인물이 독자적인 현실성 속에서 활동하면서 발전해 가거나, 선회해나가는 것이 아니라, 고정된 자신의 역할, 곧 작가가 부여한 역할을 군말없이 수행하고 있는 것이다.

이는 인물의 대화 속에 나타나는 문체에도 다시금 나타난다. 예컨대 등장하는 대부분의 인물들이 전통적인 농촌 사회에서 배태되어 나왔다. 그럼에도 불구하고, 소설에서 적극적인 의미 기능을 담당하는 인물들은 한결같이 매끄러운 언어들을 구사하고 있으며, 방계에 존재하는 인물군들, 즉 단편적으로 등장하는 인물들이나 연엽, 두전댁, 삼매댁 등의 부녀자들에게서나 남도 지방의 방언은 제시될 뿐이다. 이처럼 문체의 명확한 이분법적 배치 역시 인물 형상의 분명한 이원적 분류와 일정한 관련을 맺고 있는 것이다. 이는 곧 각각의 인물이 자신을 형성케 한 사회적 상황 속에서 현실성 있는 사유와 표현을 담지하지 못한 채, 작가가 부여한 형식적 범주 속에 갇혀 있음을 드러냄으로써 설화성을 더욱 강화하고 있기에 이른다. 더욱이 이러한 인물 형상화의 설화성은 서술의 설화적 성격과 맞물려 있음도 주목할 만하다.

이것이 두드러지게 드러나는 부분은 서술자의 목소리를 빌고 있는 작가적 논평이 제시되는 부분이다. 서술자의 목소리는 이 작품의 곳곳에 포진해 있다. 인물의 성격을 직접적으로 제시하거나, 견훤의 행적에 대한 작가의 서술자적 논평(1권 237면), 특정한 풍습에 대한 작가의 논평(1권 142면)으로 나타나거나, 역사적 사건의 이면에 남북접의 이념적 차이를 피력하는 부분(3권 23면) 등이 그러하다. 이는 반드시 필요한 부분을 소설적 얼개 속에 배치하지 못한 채 작가가 직접 자신의 존재를 드러내는 것으로, 소설 내적 공간과 독자의 거리를 명확하게 가로막는 역할을 함으로써 서사의 진행을 방해한다.

물론 이러한 설화성을 극복하여, 생동하는 형상으로 존재하는 인물들 역시 없지는 않다. 달주와 만득이 그 대표적인 인물이다. 달주는 전봉준을 제외하고는 가장 많은 조명을 받고 있으며, 작가가 가장 심혈을 기울여 형상화하고 있는 인물이다. 달주는 이미 성격이 규정된 인물과 달리 작품의 내적 발전과정에 따라 자신의 사유를 명확하게 진전시켜 나가고 있다. 그는 작품의 초두에서 뚜렷한 필연성 속에서 고향을 등지게 되고, 전봉준의 심부름을 다니는 동안 각계층의 혁명적 인물들과 조우하는 가운데 비약적으로 의식의 발전을 겪고 있다. 뿐만 아니라 의식의 진전 속에서도 여전히 자신의 비판적인 목소리[2]를 놓치지 않고 있으며, 역졸들의 겁탈에 아이를 가진 경옥에 대해 연민을 느낌에도 불구하고, 기꺼이 포용하지 못하는 자신의 한계로 인해 치열한 내적 갈등을 치르기도 하는 인물이다. 만득 역시 짧은 기간에서나마 성장을 거듭하는 인물로 제시되어 있다. 더욱이 그 성장은 구체적 현실의 관계망 속에서 치밀하게 직조되어 있다. 그의 성장에는 아내 유월례가 양반과 아전에게 차례로 능멸당하는 현실에 뿌리를 내리고 있으며, 그의 각성 또한 자신의 주변을 이루고 있는 수많은 농민군의 삶을 풍부한 자양으로 삼아 이루어지고 있다. 따라서 소설의 말미에 마침내 작두장군이란 민중적 영웅상으로 거듭 새롭게 탄생함으로써 혁명적 시대가 배태하는 역사적 인간형으로 두드러지게 각인되고 있는 것이다.

이처럼 『녹두장군』에 존재하는 인물들은 선악의 명료한 이분법 속에서 작가의 목소리를 대신하는 긍정적 혹은 부정적 인물과 함께, 이러한 형식적 구도를 성큼 뛰어넘은 자리에 존재하는 지극히 역동적인 인물이

---

2) "임균한이나 김덕호는 말로는 자기들이 이 세상을 다 구할 것같이 도도했지만, 이렇게 먹는 것부터가 시골 무지렁이들하고는 너무 동떨어져 달주는 그들의 말이 한참 자위가 뜨는 느낌이었다." (1권 p.174)

공존하고 있다. 그리고 이러한 공존의 이면에는 민중적 삶에 튼튼하게
착근한 가운데, 인물이 스스로 작가 자신의 논리적 인식을 넘어선 자리
에서, 현실적 역사와 역사의 진행, 곧 작가가 드러내고자 하는 주제의
무게로부터 상대적으로 자유로울 때, 비로소 탁월한 인물 형상들이 구
축되고 있다는 사실이다. 반면에 작가가, 역사가 부과한 역할을 인물들
에게 일방적으로 강요할 때, 그 인물은 이미 생동하는 현실성을 놓쳐버
린 채, 지나치게 경직된 규범적인 인물로 전락하기에 이르는 것이다. 이
는 소설에서의 진정한 현실성이 어떻게 획득되는지를 확인케 하는 중요
한 지점이 아닐 수 없다.

Ⅳ. 동학의 이념과 민중적 이념의 결합

　집단적 존재로서의 인물 형상화가 이 작품의 진정성을 다소 훼손하
고 있는 것과 달리, 그러한 평가 자체를 무색케 할 만큼 『녹두장군』에서
탁월한 측면은 그 선명한 이념성에 있다. 이는 전망의 문제와도 밀접히
관련되어 있으며, 작가는 이미 전망이 단순히 결말구조에 국한된 것이
아니라, 서사의 전과정 속에 명료하게 표출되지 않으면 안된다고 지적
하고 있다. 따라서 작품의 결말이 비극적으로 끝나는 것과 관계 없이 이
소설이 획득하고 있는 전망은 그 어떤 소설에서보다 선명하게 포착되고
있다.

　　우리는 기왕에 세상에다 공언을 한 대로 그저 목숨을 걸고 싸우는
　　길 한가지 밖에는 다른 길이 없습니다. 승패는 하늘에 맡기고 사람으

로서 할 일을 다할 뿐입니다. 우리가 비록 여기서 패하여 모두 죽는
다 하더라도 우리가 들고 나선 보국안민의 깃발 아래서 떳떳하게 싸
우다가 떳떳하게 죽을 것입니다. 죽음으로써 그 대의를 천하에 떨칠
때 우리의 죽음은 결코 헛되지 않으리라 생각합니다. 우리들의 시체
는 비록 땅에 묻힐지라도 우리들의 정신은 팔도 백성의 가슴에 묻힐
것입니다. 그 정신이 이 나라 백성 가슴가슴마다에 조그마한 씨앗으
로 살아서 언젠가는 이 나라에 보국안민의 대의가 잎이 나고 꽃이 피
리라 확신합니다. 감히 말씀드리거니와, 우리들의 묘지는, 영광스럽게
도 이 나라 백성들의 가슴입니다.(7권 163~164면)

　전봉준의 입을 빌어 정식화된 형태로 제시되는 이 진술은 작가의 전
망에 대한 인식과 일치한다. 전봉준은 결코 전쟁이 성공하지 못하리라
는 사실을 앞질러 예감하고 있다. 그러나 그러한 비극적인 예감에도 불
구하고 탄탄한 역사인식에 힘입어 전봉준은 죽음 자체가 결코 헛된 것
이 아니라, 장구한 역사의 발전에서 뚜렷한 획을 그을 것임을 천명하고
있는 것이다. 그러나 자신들의 육신을 '이 나라 백성들의 가슴'에 묻겠
다는 것은 선언적인 주장 그 이상일 수 없다. 문제는 그 치열한 정신의
깊이가 서사의 전개 속에서 얼마나 명료하게 확증되고 있는가에 달려
있다. 그것은 전쟁이란 특정한 상황 속에서는 전쟁의 대의를 각각의 인
물들이 어떻게 내면화하고 있으며, 그 내면화된 인식을 구체적인 실천
속에서 얼마나 여실히 입증해 보이는가에 달려 있다.
　아마도 그 대표적인 인물은 이싯뚜리일 것이다. 싯뚜리는 '머리통이
숫돌처럼 울퉁불퉁하대서'(2권 254면) 지어진 이름이며, 김확실이 원래
화적패에 속해 있었던 것과는 달리 전형적인 농민의 형상으로 존재한
다. 그러나 그에게서 농민적 삶 자체가 형상화되지는 않고 있으나, 지속
적인 투쟁의 과정에서 동학과는 별도로, 농민적 요구와 실천 속에서 자

신의 소설적 역할을 감당하고 있다. 그리고 그의 죽음이야말로 민중적 정서의 핵을 놓치지 않고 있다. 그는 공주대회전에서 회선포에 속절없이 무너져 내리는 가운데 어깨에 총을 맞는다. 그리고는 몰려드는 관군들을 향해 홀로 버티며, 실탄이, 그리고 목숨이 끊어질 때까지 노리쇠를 당긴다. 그의 마지막을 작가는 다음과 같이 묘사한다.

> 노리쇠를 놨다. 텅, 노리쇠가 공허하게 울렸다.
> "실탄이 떨어졌구나!"
> 이싯뚜리 머리가 총대 위로 툭 떨어졌다. 볼을 총대에 뉘고 숨을
> 씨근거렸다.
> "어무니, 죄송하요."
> 이싯뚜리가 힘없이 뇌었다.
> "어무니, 오래오래 사시오."
> 이싯뚜리 입술이 힘없이 들썩였다. (12권 221면)

그는 여타의 인물들과 달리 애초부터, 그리고 마지막까지 농민이었으며, 투쟁의 과정에서 성장하는 인물이다. 따라서 그 어떤 생활의 흔적을 보여주지 않음에도 불구하고, 끊임없는 투쟁 속에서 단련되는 가운데, 성큼 농민적 정서와 갈망을 총체적으로 대변하고 있다. 그리고 죽음에 맞닥뜨렸을 때조차 그 어떤 화려한 수사에도 기대지 않고, 홀로 남을 어머니에 대한 안타까움을 되뇌는 것으로 마감하는 것은 질박한 민중적 정서를 여지없이 묘파해 낸 것이 아닐 수 없다. 그의 죽음이야말로 '이 나라 백성들의 가슴'에 묻히는 죽음인 것이다.

그렇다면 이들 민중들로 하여금 전봉준과 비견되는 깊이의 통찰을 가능케 한 힘은 무엇이었던가? 작가는 이를 두가지 차원에서 검증해 보이고 있다. 그 하나는 동학의 사상이며, 다른 하나는 대동세상으로 표상

되는 민중적 이념이다. 그러나 이 두 사상적 푯대는 결코 분리될 수 없으며, 마침내는 민중적 이념 속에서 동학의 종교적 사상이 습합됨으로써 이싯뚜리를 비롯한 모든 민중적 실천의 동력이 되고 있는 것이다.

먼저 동학사상은 해봉과 김한준의 대화(2권 176~285면) 속에서 명징하게 제시된다. 여기에서 동학은 '사람을 호랑이나 노루로 갈라놓고 보지 않고 사람은 모두 똑같은 사람으로 본다'는 평등사상으로 인식되며, 내세가 아닌 현세에서 평등사상을 실현하고자 하는 현실주의적 종교로 제시된다. 이는 김한준의 말에서 잘 드러난다. 김한준은 승지(勝地)가 피난처임을 설명한 다음, 난리가 나면 십승지를 찾는 자들이 밑바닥 백성이 아님을 주장한다. 그리고 이어서 '그 있는 자들이 도망간 곳에서 거기 남은 백성들은 목숨을 걸고 제 땅, 제 삶의 터전을 지켰습니다. 백성들한테는 그 땅, 그들이 일구어 농사지어 먹고 사는 그 터전이 그대로 승질 수밖에 없었지요. 그들한테 어떻게 승지가 따로 있겠습니까?'라고 밝히고 있다. 곧 진정한 이상적 삶의 터전은 바로 현실 속에서 이들이 몸담고 있는 터전일 수밖에 없다는 주장이다. 이러한 동학의 현실적 의미는 전봉준의 강론에서 다시금 반복되고 있다. '후천개벽의 후천은 극락이나 천당같이 사람이 죽은 뒤에 가는 세상이 아니고 바로 지금 우리가 살고 있는 이 세상'이며, '바로 이 세상을 개벽해서 이 세상에 그런 세상을 만든다'(3권 97면)는 도저한 현실주의야말로 바로 동학사상의 본질이라는 것이다.

그리고 이와 같은 동학의 사상은 인내천이나 현실주의 등의 포괄적인 속성만으로 존재하는 것이 아니라, 민중적 이념, 새로운 대동세상을 향한 열망으로 말미암아 그 혁명성을 증폭시킨다. 특히 만득 부부가 함께 달아나는 도정에 만난 지허 스님의 말은 이 소설 전반에 걸쳐 두루 존재하는 이념이 가장 선명하게 형상화된 부분이다. 지허는 인정을 끊지 못해 뒤를 돌아다본 며느리가 돌이 되었다는 '억불산 며느리 바위'에 얽힌 전설을 이들 부부에게 건네며, '돌아보지 말라'는 말의 진정한 의미를 탐색해 간다. 그에 따르면, 이 말의 의미는 종으로 목숨을 부지하던 옛날과 단호하게 단절함으로써 '새 세상을 새 세상답게 지키고 살아가'야 하는 과정 자체의 어려움을 환기하는 데 초점이 있다는 것이다. 따라서 이들 부부가 '도망친 것을 무슨 죄진 것같이 생각하는 것도 뒤를 돌아보는 것'(3권 297면)임을 역설한다. 결국 새로운 삶의 자락을 움켜쥐고자 하는 민중의 열망이, 그 열망으로 인한 저항과 혁명이야말로 당연한 것임을 주장하고 있는 것이다.

이처럼 동학사상을 민중적 지평에서 확장하고자 하는 의도는 작품의 도처에서 발견된다. 특히 월공스님과 설만두가 나누는 대화 역시 지허와 만득부부의 대화와 동일한 내용이 반추되고 있다. 월공은 '내가 하늘이고, 내가 먹는 밥을 뺏어가는 놈은 하늘이 먹는 밥을 뺏어가는 놈'이기에 '죽이는 별밖에 없'(7권 310면)음을 단정적으로 진술하고 있다. 보이는 대로 죽여나가고 마침내, '제발 그만 죽여라, 그런 놈들은 우리가 법으로 처단하겠다 이러고 빌고' 나올 때까지 닥치는 대로 죽여야 한다는 것이 월공의 설법이다.

결국 동학사상은 작품의 내부에서 단순히 추상적인 이상으로 존재하는 것이 아니라, 민중의 생존과 긴밀하게 결합함으로써 구체적인 현실로 자리잡을 수 있게 되며, 증오와 사랑을 양면이 공존하는 가운데 삶의 인간다움을 회복하고자 하는 치열한 혁명적 사상으로 진전되고 있는 것이다. 물론 이러한 혁명적 사상이 대부분 민중적 지혜를 통해 자연스럽게 분비되어 나오는 것이 아니라, 매개적인 인물들, 예컨대 전봉준이나 월공, 지허 등의 인물들을 통해 수직적으로 전파되고 마는 이념으로 존재하고 있다는 것은 이념이 충분히 소설의 육체로 전화하지 못한 표징일 것이다. 명료한 논리적 인식은 아닐지라도, 체험에서 우러나온 혁명적 사상이 선명하게 제시되지 못하는 것은 다른 한편 앞서 제시한 작가의 정신이 지나치게 소설의 내적 자질들을 강제하고 있기 때문일 것이다.

V. 결론

송기숙의 『녹두장군』은 몇몇 지적된 한계에도 불구하고, 분명, 정체와 혼미를 거듭하는 90년대 문학의 뚜렷한 이정표임은 확연하다. 무엇보다 그러한 평가를 가능케 하는 것은, 그의 소설에 나타나는 그 한계의 대부분이 단순히 작가적 역량이 미흡한 결과일 수는 없기 때문이다. 그 한계는 오히려 그가, 그리고 당대를 살아간 모든 살아있는 정신들이, 80년대 벽두에 치러낸 광주항쟁이란 구체적 역사에 기인한다. 여전히 우리 모두는 그 역사 속에 긴박되어 있기 때문이며, 적어도 송기숙은 그 긴박을 기꺼이 자신의 몫으로 껴안기를 마다하지 않기 때문이다. 따라서 작품의 한계는 오히려 예술과 사회가 어떻게 서로를 강제하고 있는지를 입증해주는 선명한 좌표로서 고양될 수 있다.

이러한 단서 외에도 미처 거론하지 못하였으나, 수많은 소설적 성취들이 『녹두장군』에는 도처에 산재해 있다. 특히 민중적 담론들이 응축된 속담이나 경구를 풍부하게 구사하는 가운데 생생하게 제시되어 있는 것은 두드러진 성취일 것이다. 예컨대 '큰일을 하겠다는 사람이 아무 일에나 서곱에 참견 닷곱에 참예, 걸리는 놈마다 걸어차다가는 동네 골목 일만 가지고도 한 생애가 부족하네'(1권 107면)라는 식의 담론이 그것이다. 지금은 비록 소진해 가고 있으나, 이러한 통사의 구성은 생동하는 민중적 언어의 실상에 가장 부합하는 것이며, 이를 생동감있게 되살려 놓고 있는 것이다. 또한 두레를 비롯한 농민의 생활상이 그 역사적 의미와 함께 포착되고 있다는 점도 빼놓을 수 없는 성취이다. 농민전쟁의 사상적 핵심을 파악하고자 하는 작가의 노력을 통해 재구된 이러한 농촌 공동체의 역동적인 면모는 진정으로 전쟁을 추동해 가는 동력이 어디에 있는지를 선명하게 제시하는 역할을 떠맡고 있는 것이다. 그리고 달주, 만득, 김확실, 이싯뚜리, 연엽, 유월례 등의 오래도록 잊혀져 왔던, 민중의 삶과 이름들을 예술적으로 되찾아 낸 것은 오직『녹두장군』을 통해서야만 가능했던 문학사적 성취가 아닐 수 없다.

이 모든 한계와 성취 속에서,『녹두장군』은 동학농민전쟁 100주년을 기념하기 위한 작금의 여러 기획들 가운데 가장 선연한 기념비이며, 가장 오래도록 우리를 100년전의 역사를 반추하며 살아가게 만들 가장 감동적인 예술작품임이 분명하다.

4. 고갈의 시대, 창조의 전략

I. 문학의 위기, 이론의 위기

한때, 그리고 지금도 여전히 영화광들을 열광케 하는 리들리 스코트 감독의 『서기 2019년 : 블레이드 러너』란 영화가 있다. 이 영화에는 복제인간들이 무더기로 쏟아져 나와 전통적인 영화의 주인공들이었던 인간을 대신한다. 그리고 영화 속에서 이들 복제인간들은 '인간보다 더욱 인간적인' 존재로 부각된다. 인간이 부과된 역할과 기능에 급급해 하는 반면, 복제인간들은 끊임없이 생의 고통을 만끽하고, 존재의 본질에 대한 탐구를 진척시켜 나간다. 심지어 견고한 연대감 속에서 유적(類的) 동질성을 추구해 나가며, 미래의 전망까지 힘차게 펼쳐보이기도 한다. 적어도 이 영화 속에서 과학은 '인간보다 더욱 인간적인' 얼굴로 '모조품보다 더 모조품'처럼 보이는, 왜소하고 뒤틀린 인간의 삶을 되돌아보게 만들고 있다.

　　물론 이러한 상황은 공상과학 영화의 문법 속에서나 가능한, 영화적 발상으로 간단히 치부하고 말 성질의 것이 아니다. 상업주의에 깊이 침윤되지 않은 한, 영화를 비롯한 모든 예술적 작업의 이면에는 직접적으로 혹은 우회적으로 현실을 포착하고 있기 때문이다. 이 영화 역시 현실의 특정한 편린을 생략과 과장이라는 예술 고유의 재창조 과정을 통해 투영하고 있다는 점에서 예외가 될 수 없다. 인간과 복제 인간의 경계를 무너뜨리고, 혹은 뒤집음으로써 이 영화는 인간에게 인간다움이란 무엇인가라는 질문을 던지고 있는 것이다. 나아가 그것은 곧 인간이 이러저러해야 한다는 믿음을 더 이상 견지할 수 없게 된 상황을 반영하는 것이며, 이 영화는 무서우리만치 냉혹한 시선으로 이 편린을 포착하고 있는 것이다.

　　이와 같은 희망의 철학, 삶의 진정성에 대한 신뢰가 소실된 것은 유독 어제 오늘의 일만은 아니다. 90년대 이후 자본은 더 이상 대타의식을 느낄 만한 어떠한 상대역도 갖지 못한 채 전일적으로 현실을 압도하고 있으며, 단순히 개별 민족국가의 제한을 뛰어넘어 세계 체제 속에서 자신의 위력을 펼쳐보이고 있다. 그 결과 삶의 진정성과 맞닿은 사용가치는 자본이 기획해 내는 교환가치로 완벽하게 대체되어 버렸다.

　　문학의 위기 혹은 문학의 몰락이란 용어가 단순히 수사적인 엄살이 아니라, 구체적인 고통을 동반한 채 거론되는 것도 이 때문이다. 애초 고전적인 의미의 문학은 삶을 반성적으로 되돌아보는 거울의 역할을 어김없이 수행해 왔다. 삶의 진정한 본질을 지칭하는 총체성을 모색하고자 하는 지난한 과정이 문학에는 의연히 존재해 왔던 것이다. 특히 소설의 경우 '길이 시작되자 여행은 끝난다'는 루카치의 설명을 굳이 빌지 않더라도, 쉼없이 길을, 삶의 의미를 찾고자 하는 충만한 역정임은 분명하다. 심지어 파편화되고 분열된 의식을 각인시키고자 했던 식민지시대 이상의 소설조차 역설적이게도 분열되지 않고 파편화되지 않은 삶에 대한 열망으로 충만했던 것이다.

그렇다고 몰락 혹은 변화에 대해 눈을 감거나, 그것을 번연히 목도하면서도 외면하는 것은 결코 바람직하지도, 가능하지도 않다. 무릇 이론이란 현실을 뒤늦게 포착할 뿐만 아니라, 현실에 되돌려 줄 그 무엇 역시 자신의 내부에 견지하고 있기 때문이다. 지금 여기에서 소설의 이론화를 모색하는 것도 이 때문이다. 현실의 일단을 추상적인 논리로 포착하여, 구체로 다시금 상승할 수 있는 계기를 모색해야 할 시점에 놓여 있는 것이다.

Ⅱ. 거대서사의 종언과 포스트모더니즘

새로운 현실은 새로운 이론을 요청한다. 변모된 현실이 특정한 사유의 방식들을 강제하고, 그 사유의 방식들이 일정한 양식으로 고형화될 때, 이론이 뒤이어 그 실체를 명료한 의미망으로 묶어두기에 이르는 것이다. 더욱이 모든 소설의 이론에는 항용 그 이론을 가능케 한 작품들이 있어 왔다. 루카치에게는 발자크가, 지라르와 오르테가 이 가셋트에게는 세르반테스가, 골드만에게는 말로가, 하다못해 로브그리예에게는 로브그리예 자신이 앞질러 존재해 왔다. 따라서 오늘날 우리 소설의 이론적 모색은 의당 지금 여기에서의 소설들로부터 비롯되어야 함은 물론이다. 그리고 '변화와 지속'의 날카로운 변증법적 긴장 대신 '변화'라는 한정된 관점으로 투사해 봄으로써 모색에 부응하고자 한다.

오늘날의 소설을 논의할 때 가장 쉽게 떠올릴 수 있는 말은 '지리멸렬'이란 말이다. 하지만 이러한 폄하는 오늘날의 소설을 전시대의 이론으로 포착한 것에 다름 아니다. 여전히 총체성의 관점으로, 긍정적 주인공의 관점으로, 거대서사를 포기하지 않은 희망의 원리로 대상을 투사해 보기 때문이다. 물론 이들 이론이 포착한 소설의 세계는 인정되어야 하며, 의당 '지속'이란 관점에서 존중받아야 한다. 역사가 확연히 잘라진 단층이 아니라, 끊임없이 덧쌓이는 퇴적물의 누적이란 점에서 더욱 그러하다. 그러나 변화의 계기를 포착하지 못할 때, 새로운 이론화를 위한 돌파구는 어디에도 존재하지 않는다.

그리고 그 변화는 소설가 자신의 육성에 가까운 다음과 같은 비관적인 인식으로부터 출발한다.

> 지금 내 앞에 주어진 미로는 너무 교활하다. 지식과 열정을 지탱해 주던 하나의 대안이 무너지는 것을 신호로 나의 출구도 봉쇄되었다. 나는 길찾기를 멈추었다. 길찾기를 멈추었으므로, 나는 내 소설의 새로운 주인공을 찾을 수 없게 되고 말았다. 작은 꿈, 작은 눈물, 그런 것들로 무찌르기에 이 세계는 너무나 거대하고 음흉하다. 문학은 곧 폐기 처분될 위기에 몰린 듯하다는 글쟁이들의 엄살은 결코 엄살이 아닌 현실이 되어버리고 진실이나 희망이란 말은 흙더미에 깔려 안장되었다. 그 순간 나의 출구도 파묻혔다. (양귀자, 「숨은 꽃」, 『천마총 가는 길』, 열림원, 1995, 351면)

길찾기를 멈추어 버린, 출구를 찾지 못한 막막함을 이 소설가는 술회하고 있다. 지나치게 거대해진 세계가 주체의 의식을 혼미에 빠뜨리고 있다는 것이다. 그리고 이러한 방향성의 상실은 포스트모더니즘으로 지칭되는 세계 인식의 기조이기도 하다.

　문화 현상으로서의 포스트모더니즘3)은 무엇보다 '관습에 대한 도전, 양식의 혼합, 모호성의 용인, 다양성의 강조, 혁신과 변화의 승인, 현실의 구성적 특성에 대한 강조' 등의 특징들을 보여 준다. 이 가운데 두드러진 특성은 포스트모더니즘의 현실 인식이다. 그들은 현실이 일반적으로 생각하는 것보다 훨씬 복잡한 것이라고 생각한다. 현실은 우리의 사고에 단순히 반영되는 객관적으로 존재하는 것이 아니라, 인간이 창조한 것이라는 주장이다. 인간은 인간의 관심과 필요, 편견과 문화적 전통에 따라 현실을 만들어낸다는 것이다. 곧 지식은 세계에 관한 우리들의 관념과 세계에 관한 우리들의 경험이 상호작용한 결과물인 것이다. 이러한 현실에 대한 상호작용적인 관점은 필연적으로 사실과 가치의 날카로운 구분을 무화시키게 된다. 모든 사실적인 진술들은 가치를 반영하고 있으며, 모든 가치는 사실의 전제에 의해 규정된다는 것이다. 다만 존재하는 것은 정도의 차이만 있을 따름이다. 푸코가 지식과 권력이 서로 분리될 수 없다고 주장한 것도 이러한 맥락에서 가능해 진다.

　포스트모더니즘의 구성적인 인식은 자연 존재하는 모든 것을 변화하는 역사적 형성물로 바라보게 해 준다. 문화나 지식은 영원하지도 보편적이지도 않으며, 끊임없이 미끄러져 가는 존재들인 것이다. 영원하고도 보편적인 것은 형이상학적인 기획일 뿐이며, 이성이나 주체, 정체성 등의 거대서사로부터 벗어나는 것이 오히려 바람직하다는 것이다. 그러나 이러한 주장에도 불구하고 포스트모더니즘은 아이러니하게도 문화, 인간의 본질, 가치 등에 관한 일반전 전제를 바탕에 두고 있으며, '텅빈

---

3) 포스트모더니즘에 대한 개략적인 안내는 Clive Beck의 논문 "Postmodernism, Pedagogy, and Philosophy of Education"에 근거한 것이다. "http://www.ed.uiuc.edu/ EPS/PES − Yearbook/ 93_docs/Beck.htm"

중심'이라는 표현을 수사로 전락시키고 만다.

포스트모더니즘은 의당 보편적이고, 불변하며, 통합적인 자아 혹은 주체에 의문을 제기한다. 자아 역시 몸담고 있는 문화에 의해 영향을 받으며, 주체가 말하고 생각하고 행동하는 것이 아니라 주체를 매개로 문화가 말하고 생각하고 행동하는 것이다. 따라서 포스트모더니즘이 중요시하는 범주 역시 개인이 아니라, 특정한 문화적 공통 자질들 안에 포괄될 수 있는 작은 집단들이다. 성적인 차이에 따른 여성이나 남성이든, 인종적 차이, 문화적 차이에 입각한 집단들인 것이다. 그 결과 포스트모더니즘은 서구, 백인, 중산층, 남자 중심의 형이상학적 주체를 적극적으로 해체하고자 하는 다원주의적인 문화적 지향을 갖는다. 그러나 소규모의 집단적 공동체가 중요하다면 개인 역시 통합적이고 개성적인 존재일 수 있다. 개인 역시 집단과 마찬가지로 자기 표현, 자기 인식, 자기 규제를 감행할 수 있기 때문이다. 따라서 개인을 무시한 문화나 공동체를 강조하는 것은 기초를 갖지 못한 추상일 따름이다.

이와 함께 포스트모더니즘은 탈윤리적이다. 어떠한 중심도 없으며, 따라서 어떠한 윤리적 척도도 있을 수 없다. 그만큼 포스트모더니즘은 비관적인 세계 인식에 사로잡혀 있다. '모든 신화를 여는 열쇠로 채택된 언어모델은 구조와 주체 관계를 해명하거나 해독하기는커녕 구조와 주체 사이의 관계에 대해 어떤 이론도 발전시키지 못하고 구조를 절대화하는 수사학으로부터 주체를 파편적으로 물신화하는 것으로 귀결되었다'[4]고 주장하는 앤더슨의 지적 또한 이러한 맥락에서 제기된 것이다.

---

4) P.Anderson, 「구조와 주체」, 『마르크스주의와 포스트모더니즘』(오길영, 윤병우 외 역), 이론과 실천, 1993, p.61.

Ⅲ. 새로운 모색, 힘겨운 도정

포스트모더니즘으로 지칭되는 비관주의적 인식론은 앞서 인용한 소설가에게만 국한된 위기의식만은 아니다. 지금 여기에서 몸을 담고 살아가는 한 그 융단 폭격을 비껴 갈 재주는 누구에게도 없다. 다만 대응의 방식이 다를 뿐이다. 물론 대응하고자 하는 기도 자체가 포스트모더니즘의 관점으로는 무의미하다. 그러나 소설은 그 부질없는 기획에 매달릴 수밖에 없다. 소설이란 애초에 계몽적 기획과 분리될 수 없기 때문이다. 그것은 소설을 소설이게끔 만드는 서사 자체의 본질적인 속성이다.

모든 서사는 계몽적이다. 모든 서사는 균형으로부터 시작하여 균형이 깨어진 결핍으로 치닫고 마침내 평형상태를 회복한 채 끝난다. 그리고 그 평형 상태는 바흐찐이 말하듯이 종결이 아니라 완결의 형식을 취한다. 더할 것도 뺄 것도 없는 그 자체로 완전한 세계가 서사의 세계인 것이다. 따라서 그 완결의 형식은 어쩔 수 없이 이데올로기의 형식을 띠고, 계몽이란 억압적인 기제로 나타난다. 더욱이 처음과 중간, 그리고 끝이라는 서사의 기본 형식은 세계의 자연스러운 흐름이 아니라, 명료한 인식의 결과이다. 시간은 끊임없는 연속성 위에 놓여 있는 것이며, 애초에 기원도 끝도 없는 것이다. 그러나 서사는 이 흐르는 시간을 분절시키고 고정시킨다. 여기에 서사를 구성하는 주체의 인식이 빠질 리 없다. 특정한 관점에 터한 인식이 시간을 분절시키고 고정시키는 것이다. 태어남으로써 시작되고 죽는 것으로 끝난다는 개인의 서사도 특정한 맥락이 강제하는 인식의 방식일 뿐이다. 자궁을 벗어나 세상에 첫울음을 터뜨리는 것이 시작일 수도, 어머니의 뱃속에서 마악 수정이 되는 그 순간이 시작일 수도, 숨을 거두고 몸이 차갑게 식어가는 것이 끝일 수도, 혼백이 되어 구천을 떠돌다 원망이 충족되어 이승을 완전히 떠나는 것이 끝일 수도 있는 것이다.

따라서 소설이 직면한 문제는 계몽적인 기획을 떨쳐버리는 것이 아니라, 또 다른 인식의 틀을, 아직 거대해지지 않은 서사를 구축하는 작업으로 귀결된다. 이는 달리 말하면 서사의 틀 안에서 서사를 넘어서는 다양한 양식적 실험을 거듭하는 것이기도 하다. 그렇다면 지금 여기에서의 소설들은 어떻게 서사의 틀 안에서 서사를 넘어서고자 하는가?

1. 거대서사의 초월

서사를 넘어서고자 하는 양식 실험의 초기[5] 형태는 소설을 서사 본연의 위치에서 끌어 내려 서정의 세계로 치환해 버리는 것이다. 서정의 세계는 서사에 내재된 인식의 세계보다 지각의 세계가 우위에 놓여 있다. 지각은 불명료하나 그만큼 육체적이다. 따라서 명료한 논리로, 이성으로 공유하기 어려운 삶의 기미를 포착하는 데 효과적이다. 시적 지각은 끊임없이 미끄러지는 삶의 의미를 굳이 단일한 기의로 붙잡아 두고자 하지 않는다. 애매함과 다의적인 함축으로 순간만을 멈추어 세울 따름이다.

이처럼 사유보다 지각을, 이성보다 감성을 전경화하는 대표적인 방식으로는 상징과 이미지를 들 수 있다. 상징은 비유의 원관념을 은폐시킴으로써 서사의 완료된 끝을 보여주지 않는다. 처음과 중간 다음에 그 모든 서사를 평형상태로 되돌려놓는 끝을 날카로운 시적 비약을 통해 성

---

5) 여기서 말하는 '초기'는 순서 개념이라기보다 경향적 발전을 염두에 둔 분류이다.

취한다. 따라서 기의를 갖지 않고 미끄러지는 기표처럼, 한정된 의미로 규정할 수 없는 의미의 자장 속으로 스스로를 적극적으로 밀어넣는다.

앞서 인용한 양귀자의 「숨은 꽃」은 상징을 통해, 현실을 나아가 거대 서사를 초월하고자 하는 대표적인 경우이다. 물론 이 초월은 극복이라기보다 굴복에 가깝다. '너무나 거대하고 음흉한' 세계에 무기력하게 방치된 나머지, 고작 획득할 수 있는 것은 다음과 같은 상징일 따름이다.

> 미로에서 출구를 잃은 나, 아침저녁으로 먹히고 아침저녁으로 우는 시인의 뜸부기, 안개 속으로 사라진 김종구, 자신의 꽃말을 암호로 만든 지브란, 그리고 의사의 바느질, 설명되어지지 않은 이 모든 것들을 어떻게 뚫으라는 것인가. 어디서부터 어디를. 나는 짓밟힌 귀신사에서 본, 모래더미에 파묻힌 이름 모를 꽃을 생각한다. 그 숨어버린 꽃 속으로 삼투해 들어간다……(앞의 책, 355면)

텍스트 전체를 관통하는 이미지들을 열거하고, 이들 이미지를 '숨어버린 꽃'으로 총칭함으로써 서사의 완결 대신 시적 상징으로 넘어가고 있는 것이다.

이러한 지향은 이 작품과 마찬가지로 유력한 문학상을 받은 윤후명의 「하얀 배」에서도 반복된다. '하얀 배'는 커다란 호수에 혹은 망망한 바다에 떠 있는 한 점의 정결함을 상징하고 있다. 이 상징과 등치되면서 타쉬겐트라는, 러시아라는 망망한 바다 위에서 모국어를 감동적으로 체득하고 있는 한 소녀가 하얀 배처럼 떠오르고 있는 것이다. 이는 소설의 전체, 혹은 일부를 앞질러 엿보게 함으로써 동일한 의미를 중첩시켜 나가는 상징의 역할을 잘 보여주고 있다. 마치 주제를 변주하듯이 조응에 따른 심리적 강화의 효과를 유도하는 것이 그 기능인 것이다.

상징이 거대서사를 내면화함에도 그것을 명료하게 언표화하지 않는 것인 데 반해, 이미지는 오히려 거대서사와는 대립적인 관계에 놓여 있다. 이미지는 서사를 효과적으로 전달하기보다 그 자체가 독립성을 지닌 채 서사의 진행을 차단한다. 예컨대 윤대녕의 작품들은 이러한 이미지로 충일해 있다. 그리고 그 이미지는 서사의 진행을 상징적으로 펼쳐 보임과 동시에 그 자체가 의도적으로 모자이크된 이미지의 연쇄라는 느낌을 불러 일으킨다. 「말발굽 소리를 듣는다」는 그 대표적인 작품이다.

이 작품은 다양한 말의 이미지가 등장한다. '근정전 석축 기단' 위에 새겨진 말, 경복궁 역에서의 기마인물상, 김벌레의 말이 달리는 음향 효과, 유년의 기억 속에 얽혀 있는 조부, 백부와 찾아든 말, 아버지의 화물차 오추마 등이다. 이들 말은 일상으로부터의 탈출이라는 의미소를 지닌 채 거듭 중첩되고, 심지어는 신비화되고 있다. 뿐만 아니라 이 작품에는 어떠한 뚜렷한 서사도 존재하지 않는다. 말의 이미지 속에 서사가 방기되고 있는 것이다.

물론 이와 같은 이미지와 상징이 전대의 소설에서 발견할 수 없었던 새로움일 리는 없다. 그러나 문제는 이 이미지와 상징이 거대서사의 완결성을 확보하는 수단이 아니라, 거대서사 자체를 지연시키거나 거대서사 전체를 압도한다.

2. 거대서사의 전복

거대서사를 넘어서고자 하는 두 번째 양상은 기존의 이데올로기와 정면으로 맞서는 상이한 서사를 구성하는 것이다. 이를 우리는 장정일, 신이현에게서 찾을 수 있다. 장정일은 이성과 질서를 말끔히 걷어내고 욕망과 혼미로 그 빈 자리를 대체한다. 그는 윤리라고 하는 기존의 사회를 지탱하던 거대서사를 우습게 안다. 그의 소설에서 주인공은 근친상간으로 규정되는 처제에 대한 욕망을 잠재우지 못하고 뒤척거리며(「너희가 재즈를 믿느냐?」), 고작 고등학생에 불과한 여자 아이를 능동적으로 능욕당하게 혹은 능욕하게 함으로써(「내게 거짓말을 해 봐」) 금기의 영역을 허물어 간다. 그가 법정이라는 윤리적 잣대에 무방비로 훼손되는 것은 그의 실험이 의도적으로 선택한 것이다.

신이현의 『숨어 있기 좋은 방』 또한 다르지 않다. 이미 『숨어 있기 좋은 방』이란 제목 자체가 버지니아 울프의 『자기만의 방』과 의식적으로 연결되어 있다. 이 위대한 페미니스트 작가 울프가 직면한 고통을 거름으로 삼아 신이현의 소설은 비롯되는 것이다. 버지니아 울프는 스스로가 여성이기를 거부함으로써, 남성성과 여성성이라는 치명적인 이항대립을 해체시키고자 했다고 평가된다. 울프에게는 여성의 억압적 현실을 고발함으로써 남성과 동등한 권리를 요구하거나, 여성만이 가진 고유한 자질인 여성성을 더욱 풍부하게 형상화함으로써 여성의 우위를 주장하는 것이 여성해방의 핵심이라고 생각하지도 않았다. 그는 아예 여성이기를 거부함으로써, 더불어 그 대척에 존재하는 남성적 존재 역시 거부함으로써 인간의 양성성을 획득하고자 하였다. 신이현의 소설이 갖는 가능성 역시 이러한 새로운 구도를 소설 속에서 제한적이나마 획득하고 있다는 점이다.

이 작품의 두드러진 특징은 인물이 거의 자신을 파멸의 상태로 적극적으로 몰아넣고 있다는 점이다. 물론 그녀는 의식적이라기보다 거의 본능적으로 삶의 방향을 선택한다. 현실의 모순과 폭력이 무기력한 개인에게 가해졌기 때문이 아니라, 어떤 뚜렷한 억압의 계기가 없는데도,

자각적으로 그 구조에 대한 환멸을 내면화하고 있는 것이다. 그녀는 전적으로 스스로의 선택을 통해, 중산층의 삶이 허락하는 타협을 거부하고 현실의 질서를, 그리고 자신의 내면을 철저하게 파괴한다. 더욱이 문제는 단순히 남성과 여성이란 이원적 대립이 아닌, 한 여성의 내면을 억압하는 사회적 구조 전체가 '자기만의 방'을 찾게 만들며, 그것은 어머니와 동생이 모여 사는 친정이라고 해서 예외가 되지 않는다. 그녀를 둘러싼 모든 관계는 부권과 서로 관련된 돈에, 신앙에, 아니면 이미지에 결속됨으로써 일상적 삶의 비속함을 적나라하게 드러낸다. 이를 그녀의 동생은 더욱 과격한 방식으로 해소한다. 완전히 집을 떠나고, 주변의 이목에도 관계없이 흑인과 결혼할 정도로. 그러나 화자인 이금은 위악을 떠는 대신, 자신의 내면에 상처를 입히며, 자신의 삶을 이해받지 못하는 주변성으로 내몰며 심리적 위안을 얻는다. 이금과의 관계를 통해 중성적인 태정은 점차 남성적 욕망을 지닌 주체로 성장해 가는 것과는 정반대의 행로이다. 그녀의 행로는 사회적 관계망으로부터 적극적으로 배척됨으로써 비로소 '숨어 있기 좋은 방' 속에서 숨어 있을 수 있게 되는 것이다. 물론 그 방을 작가는 결코 미화하지 않는다. 깊은 정신적 상처로 얼룩져 있음을 여실히 드러내고 있기 때문이다.

그럼에도 신이현의 작품은 작품이 획득한 절망의 깊이로 인해 깊은 감동을 남긴다. 원인조차 무엇이라고 규정할 수 없을 지경으로 잘 정돈된 남성성의 세계가 어떻게 한 인간을 파멸시키는가를 여실히 보여준다. 이금은 명백한 억압, 그 억압으로부터의 극복, 새로운 자아의 발견이란 고전적인 구조를 해체하고, 억압이 존재하지 않는 듯이 보이는 현실적 평화, 거의 본능적인 욕망의 일탈 행위, 주변성으로의 매몰이란 새로운 구도를 펼쳐 보이고 있는 것이다.

3. 거대서사의 확장

거대서사를 넘어서고자 하는 세 번째 양상은 기존의 거대서사가 포괄할 수 없었던 영역을 끌어들임으로써 서사를 확장하는 것이다. 그 대표적인 실례를 우리는 신경숙에게서 발견할 수 있다.

섬세한 감각으로 대상의 세부까지도 명료하게 그려내던 신경숙의 소설은 『오래전 집을 떠날 때』에 이르러 새로운 지평을 보여준다. 그것은 이른바 귀신이야기라고 볼 수 있는 괴기담이다. 그러나 그의 괴기담은 사위스러운 혼백의 세계를 보여주기보다 이승에서의 삶과 나란히 놓인 채 삶의 본질을 비추어내는 수면과도 같은 역할을 한다.

신경숙은 뜨거운 피와 심장의 펄떡거림만을 생으로 인식하지 않는다. 그녀는 죽음 이후에 다가서는 혼백의 세계를 믿을 뿐 아니라, 그것이 생의 일부이자 연장이라고 인식하고 있다. 심지어 최근작인 「작별인사」(창작과비평, 98. 가을)는 육신을 떠난 혼백이 서술자인 '나'로 등장한다. 갑작스럽게 불어나 밀어닥친 지리산 계곡의 물로 그의 육신은 짓이겨졌고, 다만 혼백만이 먼 이국에서 갓 돌아온 자신을 환영하기 위해 친구들이 모인 자리를 찾아든다. 그 자리는 온갖 푸짐한 음식으로 가득 차 있다. 생의 원초적인 욕망인 먹거리를 통해 죽음의 쓸쓸함을 역설적으로 비추어 보이고 있다. 그리고 한 사람의 흔적이 어떻게 살아남은 이들의 마음 속에 깃들어 있는지를 생생하게 펼쳐보이고 있는 것이다. 그는 죽음이 영원히 사라져버리는 멸실이 아니라, 선연한 빛살로 살아남은 자들 속에 깃들어 있음을 보여준다. 서사의 영역을 이렇게 확장함으로써 그는 기존의 비틀거리는 거대서사를 새롭게 곧추 세우고 있는 것이다.

Ⅳ. 새로운 기투를 기다리며

소설의 새로운 이론화를 모색하기 위해 새롭게 대두하는 현대 소설의 양상들을 살펴보았다. 때로 작품들은 상징이나 이미지를 통해 서정 양식의 특성을 극대화하거나, 기존의 부르주아적 가치로는 수용하기 어려운 상이한 윤리적 척도를 들이대면서 거대서사를 전복시킨다. 또한 이들 작품들은 기존의 소설에서는 담아낼 수 없었던 환상적인 세계를 끌어들이거나, 글쓰기 자체를 탐구의 대상으로 상정함으로써 서사의 영역을 끝없이 확장하기도 한다. 이들 양상들은 명백하게 전통적인 소설 이론으로는 긍정하기 어려운, 소설의 결여태이거나 과잉태일 따름이다. 그럼에도 변화는 의연히 존재하고 있으며, 나아가 더 한층 확대될 징후를 보이고 있다.

이에 무엇보다 요구되는 것은 완성된 양식이 아니라, 소설이 서사의 특정한 역사적 형식이라는 사실을 재인식할 필요가 있다. 굳이 '모든 것을 역사화하라'는 제임슨을 언급하지 않더라도 소설의 양식적 특성들을 변화될 수 있고 변화되는 것으로 인식해야 한다. 심지어는 소설이라는 장르종으로서의 개념조차 폐기될 수 있음을 자각해야 한다. 그러나 아직껏 이러한 사태로까지 문제가 확산되지는 않고 있다. 적어도 현재 이루어지고 있는 양식 실험들은 여전히 소설이라는 틀안에서의 시도들이기 때문이다. 따라서 소설의 이론이 이들 실험들을 승인하고, 그 의미를 객관적으로 기술하는 것은 일견 당연한 책무가 아닐 수 없다.

이러한 가능성의 일단은 오히려 소설의 이론이 아닌 영화 이론에서 발견할 수 있다. 영화는 서사와 이미지의 결합으로 이루어진 독특한 예술 형식이며, 서사의 변종으로 존재한다. 영화에서 서사와 이미지는 어느 한 편에 일방적으로 종속되거나 부차화되지 않고, 대등한 힘으로 서로를 끌어 당기거나 밀치고 있다. 이에 영화 이론은 소설의 이론과 판이한 시각에서 이미지를 검토한다. 거대서사로부터 자유로운 영화 속 이미지가 갖는 해방적 기능, 대중적 쾌락에 주목하는 크리스티앙 메츠6)나 스테판 히쓰7)의 영화 이론이 그러하다. 이들의 이론적 성과에 대해 귀 기울이지 않는다면, 소설의 이론은 현실 연관을 놓쳐 버린, 고식적인 정체성 안에서 답보하게 될 것이다.

이제 소설의 이론은 전통적인 논의의 틀을 뛰어 넘어, 더욱 정치한 현미경이나 더욱 광대한 망원경을 필요로 하는 시점에 이르렀다. 고전적인 이론에 기대어 이러저러한 작품의 미적 결함을 탓하는 것은 구태의연하다. 뿐만 아니라 관여할 문제가 아니라는 식으로 외면하는 것도 소설과 이론의 발전에 도움이 되지 못한다. 변화의 시기에 적합한 유연하고 탄력있는 대응이 무엇보다 시급하다. 덧붙여 우리들의 현실이 거대자본의 통제 아래 일방적으로 편입된다고 해서, 문화를 읽는 시야로서의 이론적 기획조차 언제까지나 뒤쫓아 가며 길이나 다지는 것으로 만족할 수는 없다. 출발선에 선 마라톤 주자가 느낄 법한 긴장과 결의가 연구자들에게 요청되는 것이다.

---

6) Christian Metz, *The Imaginary Signifier*, trans. by Cliabritton & Ann Williams, U.of Indiana Press, 1982.
7) Stephen Heath, *Question of Cinema*, U. of Indiana Press, 1983.

참고 문헌

1. 국내 저서

김외곤, 『한국근대 리얼리즘문학 비판』, 태학사, 1995.
김윤식 외, 『해방공간의 문학운동과 문학의 현실인식』, 한울, 1989.
김윤식 편, 『한국현대현실주의 비평선집』, 나남, 1989.
――― 편, 『해방공간의 민족문학 연구』, 열음사, 1989.
―――, 『염상섭 연구』, 서울대 출판부, 1987.
―――, 『이상연구』, 문학사상사, 1987.
―――, 『임화연구』, 문학사상사, 1990.
―――, 『한국근대문예비평사연구』, 일지사, 1972.
―――, 『한국근대문학사상비판』, 일지사, 1987.
―――, 『한국근대문학사상사』, 한길사, 1984.
김윤식·정호웅 편, 『한국근대 리얼리즘 작가연구』, 문학과지성사, 1988.
―――――― 편, 『한국리얼리즘 소설연구』, 탑출판사, 1987.
―――――― 편, 『한국문학의 리얼리즘과 모더니즘』, 민음사, 1989.
김윤식·정호웅, 『한국소설사』, 예하, 1993.
김종균, 『염상섭 연구』, 고려대 출판부, 1976.
김현·김윤식, 『한국문학사』, 민음사, 1980
박훈하, 『소설담론과 주체형식』, 삼지원, 1998.

서울사회과학연구소, 『한국에 있어서 자본주의의 발전』, 새길, 1991.

신동욱 편, 『현진건의 소설과 그 시대인식』, 새문사, 1982.

역사문제연구소 문학사연구모임, 『카프문학운동연구』, 역사비평사, 1989.

우한용, 『채만식 소설 담론의 시학』, 개문사, 1992.

이　상, 『이상 전집』(김윤식 편), 문학사상사, 1991.

이정식·Scalapino, 『한국공산주의 운동사 연구 2』, 돌베개, 1986.

임　화, 『문학의 논리』, 학예사, 1939.

정정호, 『전환기의 문학과 대화적 상상력』, 한신문화사, 1998.

조남현, 『한국지식인소설연구』, 일지사, 1984.

조동일, 『우리 문학과의 만남』, 홍성사, 1978.

최원식, 『민족문학의 논리』, 창작과비평사, 1982.

한국역사연구회 1930년대 연구반, 『일제하 사회주의 운동사』, 한길사, 1991.

2. 국내 논문

강진호, 「이상과 현실의 거리」, 『문학과 논리』 2, 태학사, 1992.

구인환, 「기법의 부정과 혁신」, 『국어교육』 18~20합병호, 1972.

―――, 「이광수소설연구」, 서울대 박사학위 논문, 1981.

김기림, 「스타일리스트 이태준씨를 논함」, 『조선일보』 1933.6.25~27.

김동환, 「1930년대 한국전향소설 연구」, 서울대 석사논문, 1987.

김문집, 「날개의 시학적 재비판」, 『비평문학』, 청색지사, 1938.

김미현, 「희망의 두 가지 담론화」, 『현대소설연구』2, 1995.

김상욱, 「소설 담론의 이데올로기 분석 방법 연구」, 서울대 박사학위 논문,
　　　　1995.

김상태, 「박태원 소설의 문체 연구」, 『현대소설의 언어와 현실』(김상태 편), 국
　　　　학자료원, 1997.

김성종, 「소설 담론 연구의 현황과 전망」, 『현대소설연구』 2호, 1995.

김윤식, 「이상의 현실에 대한 태도」, 『현대문학』 193호, 1971.2.

―――, 「한국소설의 미학적 기반(上)」, 『한국학보』 1976년 봄호.

김재용, 「안함광론」, 『1930년대 민족문학의 인식』(이선영 편), 한길사, 1991.

김정자, 「날개의 문체론적 연구」, 부산대대학원 석사학위논문, 1978.

―――, 「여성소설의 담론적 연구」, 『현대소설연구』 2, 1995.

김주연, 「불행한 여인상」, 『한국단편문학대계』(한국문인협회편), 삼성출판사, 1969.

김창주, 「맑스주의 미학의 제문제」, 『창작과 비평』 68, 1990년 여름.

김하철, 「박노갑·현덕·현경준 소설의 작중인물 연구」, 서울대 대학원 석사논문, 1989.

류보선, 「비극성에서 한으로, 운명에서 역사로」, 『작가세계』, 1994년 가을

박상준, 「1920년대 초기 소설 연구」, 서울대 석사, 1993.

박태원, 「이상 哀詞」, 『조선일보』 1937.4.22.

서경석, 「1920－30년대 한국경향소설 연구」, 서울대 석사논문, 1987.

송 욱, 「잉여존재와 사회의식구조」, 『문학평전』, 일조각, 1969.

송현호, 「한국근대 소설론 연구」, 서울대 박사, 1989.

신동욱, 「이태준의 소설에 나타난 민족의식」, 『1930년대 한국소설연구』, 한샘, 1994.

신두원, 「임화의 현실주의론 연구」, 서울대 석사, 1991.

우한용, 「김동리 ＜을화＞의 담론특성 연구」, 『현대소설연구』 호, 1996.

유문선, 「1930년대 창작방법 논쟁 연구」, 서울대 대학원 석사, 1988.

―――, 「1920－30년대 예술대중화론 연구」, 서울대 석사논문, 1987.

유철상, 「이태준 단편소설 연구」, 서울대 석사, 1993.

이대규, 「한국 근대 귀향소설 연구」, 전북대 박사, 1994.

이동하, 「1940년대 전후의 소설에 나타난 지식인상」, 국어국문학 94, 1985.

이상경, 「농민의 시각으로 그려낸 농민전쟁」, 『창작과 비평』 1994년 봄호, 1994.

이선영, 「속악한 삶과 승화된 삶, 『적도』(현진건전집1), 문학과비평사, 1988.

―――, 「시각상의 진보성과 회고성」, 『염상섭 전집 1』, 민음사, 1987.

이익성, 「1930년대 서정적 단편소설 연구」, 서울대 박사 논문, 1994.

―――, 「상허단편소설연구」, 서울대 석사논문, 1987.

이주형, 「1930년대 장편소설 연구」, 서울대 대학원 박사, 1983.

장창영, 「이상연구논저」, 『현대문학이론연구』 2집, 한국현대문학이론연구회, 1993.

전영태, 「멜로드라마적 상상력의 한계」, 『한국현대장편소설연구』(구인환 외), 삼지원, 1990.

정홍섭, 「1920~30년대 문예운동에 있어서의 방향전환론 연구」, 서울대 석사논문 1989.

조남현, 「지식인소설과 노동자소설의 이중음」, 『황혼』, 동아출판사, 1995.

채호석, 「김남천 창작방법론 연구」, 서울대 석사, 1989.

최 학, 「도촌 박노갑의 생애와 문학」, 호서문학 12, 호서문화사, 1986.

최병우, 「이상소설고 – 서술구조를 중심으로」, 서울대 대학원 석사학위논문, 1982.

최원식, 「현진건 연구」, 서울대, 1975.

최유찬, 「1930년대 한국 리얼리즘론 연구」, 연세대 대학원 박사, 1984.

최재서, 「단편작가로서의 이태준」, 『문학과 지성』, 인문사, 1938.

―――, 「리아리즘의 확대와 심화」, 『조선일보』 1936.10.31~11.7.

최혜실, 「근대 산업사회와 소설:일상성」, 『한국현대소설의 이론』, 국학자료원, 1994.

―――, 「이상문학에 나타나는 이항대립 해체로서의 근대성」, 『한국현대소설의 이론』, 국학자료원, 1995.

하정일, 「1930년대 사회주의 현실주의론의 발전과 반파시즘 인민전선」, 『창작과비평』 1991. 봄호.

황도경, 「존재의 이중성과 문체의 이중성」, 『현대소설연구』 1집, 1994.

3. 외국 논저

Adams, J.K. "Causality and Narrative", *Journal of Literary Semantic*, vol.18, no.2, 1989.

Althusser, L. 「이데올로기와 이데올로기적 국가장치」, 『아미엥에서의 주장』(김동수역), 솔출판사, 1991.

Bakhtin, M.M. 『맑스주의와 언어철학』(송기한 역), 흔겨레, 1988.

Bakhtin, M.M. 『문예학의 형식적 방법』(이득재 역), 문예출판사, 1992.

Bakhtin, M.M. 『장편소설과 민중언어』(전승희 외 옮김), 창작과비평사, 1988.

Bakhtin, M.M. *Problems of Dostoevsky's Poetics*(ed. and trans. Caryl Emmerson), Univ. of Minnesota.

Bakhtin, M.M. *Speech Genres and Other Late Essays*(trans. V.W. McGee), Univ. of Texas Press, 1986.

Barthes, R. 「옛날의 수사학」, 『수사학』(김현 편), 문학과지성사, 1985.

Barthes, R. 「이야기의 구조분석 입문」, 『구조주의와 문학비평』(김치수 편역), 홍성사, 1981.

Benveniste, E. 『일반언어학의 제문제 2』(황경자 역), 민음사, 1982.

Bernstein, B. 「계급과 언어」, 『언어사회학 서설』(이병혁 편), 까치, 1986.

Bernstein, J.M. *The Philosophy of the Novel*, Minnesota Univ., 1984.

Chatman, S, 『이야기와 담론』(김경수 역), 민음사, 1990.

Eaglton, T. 『문학이론입문』(정남영 외 역), 창작과 비평사, 1986.

Eco, U. *The Role of the Reader*, Indiana Univ. Press, 1979.

Fairclough, N. *Language and Power*, Longman, 1989.

Fish, S. "Rhetoric", *Critical Terms for Literary Study*(Eds. F.Lentricchia and T.McLaughlin), Univ. of Chicago Press, 1987.

Fowler, R. 『언어학과 소설』(김정신 역), 문학과지성사, 1985.

Freedman, N. *Form and Meaning in Fiction*, The Univ. of Georgia Press, 1975.

Furst, L.R. *Fictions of Romantic Irony*, Harvard Univ.Press, 1984.

Greimas, A.J. *Structual Semantics : An Attempt at a Method*(trans. J.E.Lewin), Cornell Univ.Press, 1980.

Halliday, M.A.K. *Language As Social Semiotic*, Edward Arnold, 1978.

Harris, Z.S. "iscourse analysis" *Language*, vol.28, 1952.

Jauss, H.R. 『도전으로서의 문학사』(장영태 역), 문학과지성사, 1983.

John, E. 『맑스 레닌주의 미학 입문』(임홍배 역), 사계절, 1989.

Kagan, M. *Ästhetik*, Dietz Verlag Berlin, 1975.

Kermode, F. "Novel and Narrative", *The Thoery of the Novel*(ed. J.Halperin), Oxford Univ. Press, 1975.

Kosik, K. 『구체성의 변증법』(박정호 역), 거름, 1985.

Lamarque, P. "Narrative and Invention", *Narrative in Culture* (ed. Christopher Nash),

Routledge, 1990.

Lanser, S.S. *The Narrative Act*, Princeton Univ. Press, 1981.

Leech, G. "This Bread I Break – Language and Interpretation", *Linguistics and Literary Style*(ed. D.Freeman),

Lukacs, G. 『미와 변증법 – 미적 범주로서의 특수성』(여균동 역), 이론과 실천, 1987.

Lukács, G. 『소설의 이론』(반성환 역), 심설당, 1985.

Lukacs, G. 지킹엔 논쟁과 유물론 미학의 성립, 『맑스주의 문학예술 논쟁』(조만영 편), 돌베개, 1989.

Lukacs, G. 『현대 리얼리즘론』(황석천 역), 열음사, 1987.

Lukacs, G. Erzahlen oder Beschreiben, *Problem der Realismus 1*, Luchthand, 1971.

Lukacs, L. 『변혁기 러시아의 리얼리즘문학』(조정환 역), 동녘, 1988.

Markov, D. *Zur Genesis des Sozialistischen Realismus*, Adademie – Verlag, 1975.

Miller, J.H. "Narrative", *Critical Terms for Literary Study*(ed. F.Lentricchia & T.McLaughlin), The Univ. of Chicago Press, 1990.

Minger, K. *Theorie des Modern Romans*, Alfred Kroner Verlag, 1970.

Ovsyanikov, 『맑스 레닌주의 미학원론』 (진중권 외 역),이론과 실천, 1990.

Pêcheux, M. & Fuchs, C. "Mises au point et perspectives à propos de L'analyse automatique du discours", *Language*, vol.37, 1975.

Ricoeur, P. *Time and Narrative* vol. 1 (trans. K.McLaughlin & D.Pellauer), The Univ. of Chicago Press, 1984.

Scholes R. & Kellogg, R. *The Nature of Narrative*, Oxford Univ. Press, 1979.

Schorer, M. "Technique as a Discovery", *The Theory of Novel*(ed. Stevick), The Free Press, 1976.

Schramke, U. 『현대소설의 이론』(원당희·박병화 옮김), 문예출판사, 1994.

Sebeok, T.E. ed., *Encyclopedic Dictionary of Semiotics*, mouton de gruyter, 1986.

Simpson, P. "Phatic Comunion and Fictional Dialogue", *Language, Discourse and Literature*(eds., R.Carter & P.Simpson), Unwin Hyman,1989.

Swiderski, E.M. *The Philosophical Foundations of Soviet Aesthetics*, D.Reidel Pub, 1979.

Thompson, J.B. *Studies in the Theory of Ideology*, Polity Press, 1984.

Todorov, Z. "Theory of Style", *Literary Style*(ed. S.Chatman), Oxford Univ.Press, 1971.

Toolan, M. *Narrative*, Routldege, 1991.

Watt, I. *The Rise of the Novel*, Penguin Books, 1970.

Ziegel, H. 『쏘비에트 문학이론』(정재경 역), 연구사, 1988.

Zima, P. 『텍스트 사회학을 위하여』(허창운 역), 민음사, 1991.

찾아보기

◆필자 약력

김 상 욱

서울대 대학원에서 문학교육을 전공하였으며, 지금은 춘천교육대학교 국어교육과에서 가르치고 있다. 쓴 책으로는『시의 길을 여는 새벽별 하나』,『시의 숲에서 세상을 읽다』,『다시 쓰는 문학에세이』,『소설교육의 방법 연구』,『숲에서 어린이에게 길을 묻다』,『문학교육의 길 찾기』등이 있다.

현대소설의 수사학적 담론 분석

2005년 5월 25일 1판 1쇄 인쇄
2005년 5월 30일 1판 1쇄 발행

지은이 • 김 상 욱
펴낸이 • 한 봉 숙
펴낸곳 • 푸른사상사

등록 제2 - 2876호
서울시 중구 을지로3가 296 - 10 장양B/D 701호
대표전화 02) 2268 - 8706(7) 팩시밀리 02) 2268 - 8708
메일 prun21c@yahoo.co.kr / prun21c@hanmail.net
홈페이지 //www.prun21c.com
편집/디자인 · 송경란/심효정/김수정 ; 기획/마케팅 · 김두천/한신규/지순이
ⓒ 2005, 김상욱

값 23,000원
ISBN 895640 - 337 - 6 - 03810